回家

王海 / 著

陕西新华出版
陕西人民出版社

图书在版编目（CIP）数据

回家 / 王海著 . —西安：陕西人民出版社，2023.7
ISBN 978-7-224-14974-6

Ⅰ . ①回… Ⅱ . ①王… Ⅲ . ①长篇小说 – 中国 – 当代
Ⅳ . ① I247.5

中国国家版本馆 CIP 数据核字（2023）第 113432 号

策 划 人：张孔明
责任编辑：彭　莘
整体设计：杨亚强

回　家
HUIJIA

著　　者	王　海	
出版发行	陕西人民出版社	
	（西安市北大街 147 号　邮编：710003）	
印　　刷	西安市建明工贸有限责任公司	
开　　本	787 毫米 ×1092 毫米　1/16	
印　　张	21.5	
字　　数	320 千字	
版　　次	2023 年 7 月第 1 版	
印　　次	2023 年 7 月第 1 次印刷	
书　　号	ISBN 978-7-224-14974-6	
定　　价	68.00 元	

如有印装质量问题，请与本社联系调换。电话：029-87205094

"归去来兮,田园将芜胡不归。"

秦人的故事正在咸阳湖畔徐徐上演……

壹

　　咸阳湖的人都知道杨豆花和魏得福有麻达呢。

　　隔壁老王说："你看豆花说话那娇相，走路那妖样，电杆见她都丢魂呢。"

　　大雪覆盖了咸阳塬，覆盖了咸阳城，咸阳城里静悄悄，平日里人欢狗叫的咸阳湖也空无一人。连庄稼人都在热炕头上懒得起来，城里人就更想睡个懒觉了。

　　秦人居旅馆红门徐徐拉开，门柱发出刺耳的响声，惊醒了咸阳湖沉睡的草木，也惊醒了隔壁老王。

　　老王从屋里出来，卸下商店第一块门板，他死死地望着秦人居红门发呆，嘴里念叨着"咋尿搞的，还没出来"。他卸第二块、第三块门板。秦人居门前狗大个人也没有，他很失望。

　　当他卸下第四块门板时，看见秦人居二老板魏得福走了出来。他扛着门板走过去问："豆花咋没出来，平时她先开门，开了门在门口一阵蹬腿甩手，然后去晨练。"

　　得福说："我咋知道！"

　　"美、美……美死你！"老王扛着门板向回走，"她是个填不满的坑，你娃小心身子。"

　　得福紧走几步说："王哥，没有，我和豆花没有那事！"

　　"看看你这脸色，眼泡肿的，一看就是过欲的样儿，我一眼能看出女人怀娃的性别，还看不透你和豆花的那事！"

得福着急:"哥……"

"好事,又不是坏事,哥是羡慕!"

"哥……"他又要解释。

老王说:"你甭瞒我,瞒我干啥,这冬天里旅馆没有客人,晚上就你俩孤男寡女在里面,能不有个事吗?就是你扛得住,豆花能扛得住?豆花正是失火年龄……"

忽然老王没了声音,咧着的嘴再也没合上,眼睛直直地望着秦人居门口说不出话来。只见身着白色大衣,胸前飘一条红色围巾的女子站在门前。

得福说:"你起来迟了。"

"夜晚看电视剧忘了时间,今早懒得起来。"她看见隔壁老王的怪样问道:"老王,你在那出啥神呢?"

老王听见女子声音,小跑过来,"呀,呀,你这身衣着,配得上这古城的繁华,你在这湖岸上一走,就是咸阳湖一道风景。"

女子说:"你舌头吊顺说话。"

老王说:"真的,真话,看见你,我啥活儿都不想干了……"

女子说:"你往后看,你老婆来了。"老王转身跑了。

贰

这女子就是豆花,姓杨名豆花,秦人居旅馆的老板。

豆花每天有晨练习惯,她习惯早起在咸阳湖跑一圈锻炼身体,这个时候得福就把早饭做好了。得福不是二老板,二老板是隔壁老王的戏称,叫得时间长了,人们都以为他是二老板了。

咸阳湖是人工湖,有万亩水面。湖以渭河为主轴,以渭河两岸为条带,与两岸现代景观交融,营造出一种人与自然和谐的现代生态景观。咸阳桥、秦都桥、渭城桥连通两岸,湖里有游船、快艇,岸边有步行道,沿着步行道可以走到古渡廊桥。登高清渭楼眺望,清朗日可见太白积雪,可观秦岭云峰。历史上清渭楼、黄鹤楼、岳阳楼齐名。曾有不少文人墨客在此登楼吟诗,"一上高楼万里愁,蒹葭杨柳似汀洲。溪云初起日沉阁,山雨欲来风满楼",这个楼指的就是清渭楼。

豆花这身打扮跑起来很好看,得福站在门口看豆花的身姿,那红色围巾在白色大衣上飘逸,远看像一幅画。他忽然看见隔壁韩信面馆门前有一堆黑物,走近一看,是一对冻僵的母女俩。

得福的惊叫引起豆花的注意,她停住脚步,回头走过来。得福说:"活着呢,活着呢,还动弹呢。"他问:"你俩咋坐在这儿呢?这大冷的天!"

那冻僵的女人转着眼睛不说话,怀里抱着一个不知是睡着还是冻僵了的女孩。豆花说:"是要饭的,快去拿两个馍端一碗热水来。"得福转身跑回旅馆。

韩信面馆的门开了,老板老韩看见这母女俩一脸不悦:"要饭的咋躺到我面馆门口呢!"

豆花听着这话不高兴:"韩哥,谁没个难处,出门在外谁都有个难处呀。"

"对,妹子说得对。"老韩也对内屋喊拿两个馍来。

得福端一碗冒着热气的开水和两个蒸馍跑过来。那妇人说了话:"我不是要饭的……"

老韩看了豆花一眼没说话。豆花说:"这娘俩可怜,晚上在这里冻了一夜。"

"是呀,我不知道么,我要知道就叫她娘俩到屋里歇去了。"老韩尽量想弥补刚才不善的言语,他觉得自己在豆花面前失了礼,丢了面子。他接过馍塞在女人手里。

女人摇摇晃晃地站起来,小女子趴在地上欲站起没能起来。这女子腿一定冻僵了。

母女俩搀扶着起来。得福给她水喝,送馍给她,妇人不要,夹着一个大包拉着女儿向路上走去。豆花望着远去的母女俩,心里忽然一颤,这么冷的天,她们母女俩到哪里去呢?她问得福:"这么冷的天,她娘俩到哪去呢?"

得福说:"谁知道,这娘俩好可怜!"

豆花忽然喊:"回来,回来!你领娃回来。"那妇人和女孩站住。她问:"你家在哪里?你们到哪里去?"

那妇人不吭声,女孩冻得哆嗦说:"我爸不要我了……"豆花落泪了。

得福知道豆花心软要收留这母女俩了,上前帮她们提包,"走,外边冷,坐到旅馆里去。"

旅馆大厅搭了一个铁炉子,炉火正旺,大厅里暖乎乎的。豆花说:"得福,把馍馏热,先让吃口热馍。要到哪里去,吃饱饭暖和了再走。"这母女俩的遭遇勾起她的往事,那女孩的一句话撞疼了她的泪腺。

豆花的男人叫李奇,村子拆迁,为了多分拆迁款,李奇天天到她家里要人,她无奈嫁给了李奇。李奇家弟兄多,日子过得艰难,父母去世后,弟兄们拿到分得的拆迁款,就分家各奔东西了。

李奇带她进城开公司,她看重李奇的志向抱负,她不期望他进城后挣大钱,干多大的事,她希望一种有滋有味的城市生活。

村子拆迁给他们搭建了奋斗的平台,拆迁款使他们有了实现抱负的资源,一切都由他们的心愿而来,钱挣得越来越多,积累在不断扩大,生活变得富有。然而他们两人越来越陌生,生活过得淡而无味。他们首先分开了经济,后又分开了公司。婚姻成了两人的枷锁,他雇了一个女秘书,她索性给自己雇了个男秘书,她完全是气他,他却真的和他的女秘书相好了,甚至形影不离。她怨他是当代陈世美,骂他忘情负义,可以一块儿打江山,为什么不能一块儿守江山,过幸福的生活呢?

一次吵架之后,他提出离婚,她当场答应了。他抛弃了她,之后带儿子去西安闯荡。

她一气之下卖掉了公司,买下湖边这座办公楼,改建成旅馆,做了一个休闲的生意人。在这旅馆里,她不论如何装饰自己的房间卧室,却再也找不到家的感觉了。

虽然她和这母女俩出走的原因不同,但她俩都是被抛弃之人,她想起儿子,他在哪儿,李奇对他好不好?

她常想,如果他们都在农村,如果没有拆迁,手中也没有那么多钱,他们可能会日出日落地在田间劳作,会幸福地生活着。他们有了钱,各自发挥自己的睿智,把自己的个性也发挥到了极致,个性发展极致的他们仿佛都不认识自己了。他们都认为对方变了,变得不认识了,分离是最后唯一的选择。

她不奢望城市那种有滋有味的生活了,她希望一个平淡的生活,夫妻双双早出晚归相依为命的生活。然而,这些成了一种梦想了,孤独一直陪伴着她。

叁

太阳不知什么时候出来了,咸阳湖一下亮堂了。

得福还在询问这娘俩流落街头的原因,那女人不说话。豆花觉得得福做得过分,为什么要刨根问底地询问人家不愿说的事呢?有人曾问她丈夫是谁,在哪里工作。当他们知道她是一个离异之人,就奇怪地看着她。因为这些,她从不给别人讲述她的过去。

他们都是没有家的人,家被拆了,兄弟姐妹四处走散了。他俩分开之后,原来办公司租赁的房子很快被别人占用,使她怀念的一块地方也没有了。

好在湖边还有这座楼,这个旅馆,也算是个家。他们在西安是租房还是买房了?孩子和他生活还习惯吗?他们在咸阳时,她还能去看儿子,也去看他。后来,他们搬走了,听说搬到西安南郊曲江。他是赌气搬走的,不然走时怎么不告诉她一声?他们住在哪里,也没人告诉她。

得福不再问,那女人也不吭声。她听见那女孩喝水的声音,那小女孩亮亮的眼睛使她想起她的儿子李又奇,这几年她心里念起儿子,隐隐约约都是儿子小时候的模样。她不知儿子这几年长成什么样子了。

离婚之后，她常对男人有一种厌恶感，任何男人对她的殷勤、献媚，她都视为一种不友好的举动。得福却例外，她对得福产生一种好奇和同情。她不让得福叫她老板，让得福叫她姐。得福就叫她姐了。

得福的事，她也知道一点，都是从隔壁老王那里知道的。得福家在彬州，在家排行老二，他还有个哥，为给哥结婚家里欠了很多债。他爸说："娃，一个媳妇彩礼十五万，你哥结婚把这个家掏空了，爸再也没有力气给你娶媳妇了，你到城里给你挣钱娶媳妇吧。"

得福进城才知挣钱的艰难，他什么时候才能挣够十五万彩礼钱呀。他还是默默地干着，慢慢地挣着，他相信总有一天会挣够十五万的。

豆花想不通，农村娃娶个媳妇彩礼就十五万，一个本分的农户多少年才能攒够十五万呀。她觉得这个习俗太违背常理，将会导致多少农村男子娶不到媳妇？得福讲他们村上就有十几个四五十岁的光棍汉。

她对得福好，知道他的心思，曾想在城里给他找个姑娘。现在这些女孩大都眼高手低，从农村出来就瞧不起农村人了，一听说得福没车没房是农村出来的，连面也不见。好在得福干活踏实、能干、听话，这几年她用起来很顺手。

得福又在轻声细气地询问那妇人的家境和出走的原因，又讲他出来就是为了挣钱娶媳妇，竟说得那妇人笑了。得福说："老板不许我叫她老板，让我叫她姐，她比咱俩都大，你也叫她姐，叫姐她高兴。"

妇人说她叫杨豆丫。得福惊喜："老板叫杨豆花，你俩是姐妹俩？！"豆丫说哪能呢。她问："我叫她姐能行吗？"

得福说："能行，我就是这样叫的。"豆丫问在旅馆里干活的有几个人，得福说："就我和她。"

豆丫说："就你们两个人？"

豆花在屋里喊："快做饭！"

得福叫豆丫去帮忙，"叫娃在这烤火，你帮我做饭去。"

肆

阳光下的雪白，让人睁不开眼睛，路灯上一串串红灯笼，使人对这雪白的世界产生无限遐想。

人都知道豆花有钱，谁知道她挣钱的不容易。

离开李奇那年，她好像走到了生命的尽头，没精打采地生活着，旅馆常关门不营业。她希望李奇回头，给她认错，她就与他和好，好好地相夫教子过日子。

他没有，他像脱缰的马自由了，带着女秘书满天飞。她忍气吞声地等了他一年，他一点没有与她和好的意思，她再也不想和他和好了。她学会了打扮，她学会了浪自己，她把好多钱花在了脸和衣服上。她要给李奇看看，没有你我照样活得人样。

她出众的打扮常常引起一些男人关注。她孤傲，冷艳中带着妖娆，孤独中透露着清醒。

她喜欢穿着漂亮的衣服在咸阳湖岸和两寺渡公园转悠，这里有书吧、艺术展厅，还有秦朝名将二十个代表人物的铜像群，是城里人休闲的地方。

稀饭在锅里熬着，馍在锅里馏着。得福和那娘俩在炉前烤火。豆花从屋里出来，这娘俩站起来。"坐下，坐下，"她问，"家在哪里？"

得福说："塬上人。"

她问："在城里有亲人吗？"

得福说："她到舅家找她表哥来了，她男人把她娘俩赶出来了。"

豆花生气地说："得福，我问她呢。"得福不吭声了。

豆丫说她叫杨豆丫，女儿叫陈娅。豆花很惊奇，她俩的名字只差一个字，让人一听，以为她们是姐妹俩。她很喜悦却没有表现出来，她说："得福，端馍端饭！"

"再馏一会儿，馍没馏透。"得福说。

"上菜。"

得福说:"馍没好,上啥菜呢。"豆花自个儿笑了。

豆丫说:"我有两只手,我能养活我娘俩。"

豆花说:"得福,吃罢饭,给她娘俩安排一下房子,把楼下那个库房打扫一下。"又说:"你娘俩哪都不要去了,先住这里。"

豆丫说:"我不白住,我给你们干活。"

豆花说:"你能干啥?"

豆丫说:"我能做饭,洗洗涮涮、打扫卫生都可以。我是高中毕业。"

她为这娘俩悲哀,豆丫文化水平不高,又无专长,在城里怎么混呀。她叹口气走了。

得福给豆花说:"咱那个保洁工,经常叫不动,急了还给咱使心眼,我看这娘俩实诚又可怜,把她留下给咱搞保洁。"

豆花说:"大雪天的,留就留下吧,你看着办。"

得福说:"那我给她娘俩说去。"得福给豆丫说:"说好了,你在咱旅馆搞保洁。"

豆丫问:"保洁是啥?"

"就是打扫卫生,客人退房后你去收拾房子,平日里打扫打扫楼道和门厅。"

"那就是打扫卫生么。"

得福低声说:"这活对你来说跟耍一样。"得福把火炉风门打开,大厅一下暖和多了。

门口忽然闪进一个人,是隔壁萧何商店老王。他问:"二老板,秦人居招新人了?"

得福说:"招啥人呢,现在淡季哪有人住?这娘俩在这里避难,老板见她娘俩可怜就让住下了。"

老王说:"现在哪有可怜人呀,农村房子现在可值钱,一拆就是几十万、上百万,可怜的是城里人。"

"你还可怜，你一块瓦当卖几千块，一个元宝成几万的卖……"

"你甭胡说！"老王忙压低声音，"现在公安查得紧，倒卖文物犯法！"

"你还怕法，你侄子在公安局你害怕啥呢？"

"你不敢胡说，谁不怕法！"老王说着坐下来。

门口又闪进来一个人，进来的是老王老婆。她叫卓花。她站在门口喊："商店还管不？这里有啥好东西，你整天往这儿钻。"

得福说："嫂子，你要进就进来，站在门口像照壁，把冷风都放进来了。"

豆花听见卓花的话，气不知从哪里冒出来，她走出房子说："老王，滚！回去守住你那好东西，以后少来，惹得鸡飞狗跳墙的，我害怕！"

卓花瞪眼问："豆花，你骂谁呢？"

豆花说："嫂子，你来了，快坐。"卓花转身走了。

豆花对老王说："快滚，你老婆再指桑骂槐小心着。"

老王站起来说："你这一身衣着惹眼得很，往湖岸上一站，好看！那些摄影的看见你爱死了。"

"滚、滚、滚！我穿衣服不是给你看的，也不是让他们拍照的，我是给我自个儿看的，自个儿感觉舒服。"老王看着豆花不走，豆花推着他说，"快走、快走！小心你那母老虎来了，我害怕！"

伍

一群少男少女的嬉笑声在湖岸上传得很远，惹得看雪景的人们纷纷停住了脚步。陈娅被门外的热闹吸引，站在门口，透过门帘的缝隙向外看。

豆丫和女儿总算有个落脚地方了。

吃罢早饭。豆花私下给得福说："你问问她带身份证么？我只是逮了娃一句,她爸不要她们了。她家在哪里?她有个事咱也好找她家人。"

得福对豆花的话很不悦,他不想查验豆丫的身份证。豆丫在灶房洗碗,他说:"洗完碗,你和娃坐在炉前暖和,我收拾库房,给你娘俩腾房子。"

"我收拾,咋能让你收拾。"

"这是男人干的活,你干不成。"豆丫感到心里暖烘烘的。

库房里塞满了杂物,得福用毛巾捂住鼻子,把杂物搬向另一个房间。为了让这娘俩有更大的生活空间。他把这个房间的杂物全搬了过去,那个房子杂物擦得挨上了房顶。杂物上的灰尘,在他的挥舞下,全飘浮在空中,房间的能见度很低,他跑出去吸一大口气,又跑进来整理地上的杂物。

豆丫端一盆水向屋里洒,欲降低尘埃。"你歇着,这咋是你干的活呢。"得福接过水盆,向房子空中四散洒水,飘浮的尘土很快降落下来。

得福把房子打扫干净,扛来一副床架。豆丫看见跑过去帮忙。他喊:"去,你坐下去。这活你干不成。"

豆丫坐在炉前心纠结在房子,她怎么也坐不住。得福在房里安好床架,铺上床垫,一个完整的床就形成了。他又给陈娅找了一张木桌子,放了把椅子,娃学习要用。他觉得一切都收拾停当,用毛巾抹了一把脸,出门轻声叫道:"豆丫。"豆丫听见,惊异地走过去。"你看,好了,房子收拾好了。"

"我娘俩咋谢你呀?"

"不谢,不谢,快把东西搬进去。"豆丫领着陈娅走进新房,得福一个人坐在炉旁傻笑。

他坐了一会儿,站在房门口看豆丫收拾房子,又回坐在炉旁傻笑。他感到没趣,出门到萧何商店找老王聊天去了。

他出门看见湖岸几个小孩在堆雪人,叹道:"这么冷的天,在雪地里也不怕冻着!"

老王见他,问:"那娘俩哪来的?"

"不知道。"

"那女的长得蛮好看的。"老王见得福点头称赞,又问:"你真不知道她从哪儿来的?"

"听娃说她爸不要她娘俩了。"

"这么漂亮的媳妇不要了?你看那女的,洗干净一收拾,不比豆花差。"得福笑。"肯定是离婚了,还住在男人家里,人家男的有了新人,自然要赶她走。"

得福说:"也可能是,也可能不是。"

"那到底是不是?"得福只是笑。老王说,"你一直找不下媳妇,你把这娘俩收了。只是你还没结过婚,她带个娃——"

"这娃长得心疼。"

"你看上这母女俩了?"

"你胡说啥呢?你甭胡说了,人家才来。"

"她娘俩找到你也算有个依靠,你回家也好给你妈说了。"

"不急,不急,不敢乱说。"

老王忽然问:"她在你旅馆住下,有暂住证没有?有身份证没有?"

得福说:"不知道。"

老王神秘地问:"你和豆花到底有麻达么?"

"哎呀,我给你说过一百遍了,没有。豆花那人正经得很,咋能跟我有那事呢?"

"我不信,干柴见火,哪有不着的?你二十多岁血气正旺,她三十来岁的寡妇。三十似狼四十如虎,你俩正是失火的年龄,你能憋住,她能憋住?你看她那骚劲,一天三换衣,换衣服给谁看?她像个发情的猫!"

"你不要说了,你再说我就走了。"

老王说:"你和她没有那事,你能这么护着她?"

"信不信由你,我也想有那事,人家能看上咱这个土豹子?我快三十岁了,连女人手都没摸过。"

"你是个笨厾么!你小心隔壁韩信面馆的老韩。老韩把豆花盯得紧,有空就送碗面过去,你以为那是送面,那是给豆花下套子呢。"

"人家老韩人好，从没在豆花跟前说过轻狂话。"

"那是他隐藏得深，他的目的很明确，非把豆花的活做了不可。他那面馆能叫韩信面馆？韩信算尿啥？他是被我萧何叫回来的，也是靠萧何爬上去的。"

得福觉得老王说得越来越过分，他不想再和他聊了。他说："我走呀！"

"你甭走，我给你一个方子，保准叫你跟豆花把事办成。"

"你俩在这密谋啥呢，卖谁呀？"卓花从屋里走进商店问。

老王说："卖你呀，看谁要呢！"

卓花说："你敢卖老娘，老娘先把你卖了。"

老王怯怯地说："哪敢，哪敢！"

卓花一本正经地说："得福，你和豆花悠着点，甭叫这娘俩看见。"

"嫂子，你咋也胡说呢！我给你们说过一百遍了，我们没那事。"

"避，避，避！有没有嫂子不管，你们有没有街坊知道，晚上把门一关，你俩的事谁知道？况且这大冬天的，秦人居旅馆就你俩，你说没有，谁信？"

得福急得想哭。卓花又说："我告诉你娃，年轻也要悠着，她会吸你的血，要你的命。把你吸干了，你干不动了，她就把你蹬了。到那时，你后悔就来不及了，你要趁早给自己打主意。"

得福气愤地走了，走到旅馆门口，老韩给他摇手，邀他去面馆喝茶。得福不想去，但老韩的笑脸他没法拒绝，他随老韩走进韩信面馆。老韩说："你跟隔壁那货说啥呢？你没必要生他俩的气，那两个就没到人地里去过。"得福"唉"了一声。韩老板说："早上那娘俩在我家门口避难，我话没说好，豆花生气没有？"

"没有，她咋会生你气？"

"中午，我请你和豆花还有那娘俩吃饭。"

得福说："人家刚住下，事多很，改日吧。"

红门外冰天雪地，红门内温暖宜人，秦人居大厅炉火正旺，得福很不高兴地回到旅馆，坐在炉前自个儿想心事。

隔壁老王啥心思，得福心里很清楚，他是癞蛤蟆想吃天鹅肉。他给豆花再骚情，豆花也不会上他的当。唯有隔壁老韩让他捉摸不透，他话少心事多，常邀请豆花去面馆吃饭，死活不收钱。这让豆花很为难，豆花是个不欠人情的人，她不愿吃白食，就很少到隔壁面馆去了。有时懒得做饭，她宁愿到汇通十字要碗汇通面，也不愿去韩信面馆吃面。

老王总说他和豆花有那事，这让他很奇怪，他巴不得和豆花有那事。和豆花有一场那事，他也不枉在世上走一趟，也不白做一个男人。老王说豆花晚上一定叫过他，叫他给她洗脚、揉肩、捶背，甚至给她房间送水送过吃的。这是信号，这是豆花要和他办那事的信号。可晚上豆花从没让他去过她的房子，更别说让他送什么东西了。

几年来，他不知豆花房子是个什么样儿，他倒很想到她房子里看一看，豆花睡觉的地方，她化妆的桌子、镜子、铺的床单和盖的被子。他没有去她房子的理由，没有她的招呼，他是不能进她房子的。即使在三伏天，他多么希望她和他像家人一样，在旅馆大厅、门前席地而坐，聊天拉家常。她一个人待在房子里，开着空调看电影，有时会传出一阵笑声，吓他一跳。

晚上她爱到咸阳湖散步，很少和人说话，她逛回来就会喊他关门，他关了门，她进了房子就很少出来了。

得福看见豆丫，问："房间收拾好咧？"

她说："好咧！"

得福去看，问："你们晚上盖啥？"

豆丫说："不冷。"

"你不冷，娃不冷吗？"

她说："我把她搂着睡，小孩子火气大，晚上像火炉。"

得福怨她说："胡说，没床单没被子，你娘俩咋睡？这么冷的天，你受得了，娃能受得了吗？"他从另外一个房子抱来了垫子、床单、被子、枕头和水壶。他说："把床垫铺好，晚上暖暖和和地和娃睡。灶房有热水，打一壶热水给娃喝，喝一碗热水就暖和了。"

豆丫感激地望着得福，不知说什么好。她本想在这里待几天，找下工作就走，他们对她这么好，她不知怎么感谢他，感谢老板。得福看着发呆的豆丫说："走，到灶房做午饭。"陈娅也要去。得福说："叫娃一块儿去，娃饿先给弄些吃的。"

"早上都吃饱了。"

得福笑："早上吃饱，晌午就不饿了？"他取出蒸馍给陈娅说："在炉子上烤着吃，烤馍香得很。"转身对豆丫说："豆花爱吃手擀面，我一天胡做呢，你的面一定擀得好，比隔壁面馆做得好。在这里早饭很简单，熬一锅稀饭，馏几个馍，青菜盐淡点。午饭不能凑合，吃好了饱一天。面要揉到，擀得薄，要切细，韭菜叶宽，主要是汤宽味淡些。炒个菜，增加两个人要加一个菜。"

"吃面还炒菜？"

"要炒要炒，以前我们吃面也炒菜，这是汤面。吃干面啥都甭调，你把菜端过去，豆花会给她碗里拨一些炒菜，这叫菜拌面，她喜欢这样吃。我这样吃不惯，须调盐添醋，拌辣子，味重。一块儿吃饭时，一定记住待豆花拌过面，剩多少咱吃多少。"

豆丫听得仔细记得明白。得福说："你来以后做饭的事就靠你了，不懂的你问我，这灶是私家灶不对外，客人在外边吃。这几天没客人就剩我俩，现在还有你娘俩了。"他闻出一股煳味，喊道："着了，着了，馍烤煳了！"他给陈娅说："这炉子旺，馍要翻快些，一会儿不翻就烤煳了。"

他把烤馍给陈娅，带豆丫去灶房，继续给她交代灶上的事。交代完毕，他走出灶房，抬头看见豆花坐在吧台里嗑瓜子。他说："豆丫勤快，干活麻利得很，我看咱不要再叫那个保洁了，让豆丫干，她给咱干还不要钱。"

豆花看着他不吭声。"看我干啥？"得福问。

豆花看着他问："你以前说那个保洁员面擀得好很，这娘俩一来，你就说不要人家了。还叫豆丫，我咋不知道她叫豆丫呢？看你豆丫豆丫叫得亲的。"

"哎呀，你咋不知道她名字？"得福说，"她就是叫豆丫嘛。早上吃饭时，她给你说了叫豆丫，她女儿叫陈娅，你是知道的。"

豆花问："那女孩叫啥？"

"叫陈娅。你笑我呢，你知道她名字。"

豆花说："我不知道。你问问，她有没有身份证或者暂住证，起码咱要知道她是哪个地方人。隔壁老王爱管闲事，把咱告到派出所就麻达了。"

"你想哪去了？你看她娘俩的相貌，就知道是好人。"

"坏人脸上不刻字。"豆花的怀疑使得福很不高兴。

"你害怕老王告，我去给他说。"见豆花没吭声，得福说，"我跟她要吧。"

得福走进灶房，桌上放了两盘热菜，面也擀好了，陈娅坐在一旁吃烤馍皮皮。他看见热气沸腾的锅喊："水开了、水开了，下面。"

豆丫把面在案上抖了两下，把面甩到锅里，水开后她给锅里丢一把青菜，麻利地取碗捞面。得福叮咛豆花要白面，不要任何调料，就这样端出去。豆丫为难地问："啥调料不调，咋吃呢？"

得福说："就这样端给她，她喜欢这样吃。"

豆花看见豆丫端面过来，"放到柜台上。"

豆丫说："要醋要盐你给我说，我给你端菜去。"

豆丫把两碟菜端过来，豆花分别给她碗里拨了些。"要醋要盐不？"豆丫望着她问。

"这样就行了。你去吧，你们吃去。"

豆丫在案上给得福面里调了盐、醋和辣子。得福吃一口说："香得很。"豆丫笑了。

她给女儿调好饭，和女儿坐在灶房吃。"我娘俩不爱吃菜，这面一调就行。"

得福端起她娘俩的面碗说:"在大厅桌上吃,那儿暖和。"

豆花见得福双手端着两碗面,知道他给她娘俩端的,只是埋头吃饭,当什么也没看见。得福怨豆丫不吃菜,"你不吃娃也不吃,这两碟菜我吃不完。"说着把两碟菜拨到豆丫和陈娅碗里,豆丫抬头看豆花一眼,脸就红了。

得福吃罢饭,收拾碗筷正要端走。豆丫说:"你放下,我收拾。"

得福说:"这桌子不是一般桌子,是自动麻将桌,一定要擦干净,不要在旁边乱按按钮,摁错了按钮,哗一下麻将就上桌了。"豆丫忽然停了,不敢再擦。得福笑了,"你擦你的,它不会那么娇气。"

豆丫走进灶房,得福跟进去,豆丫擦案板,他动手去洗碗。豆丫拦住他说:"你不动手,我来干,这活是女人干的活。"

"这活以前都是我干。"

"她不做饭?"

"豆花从不进灶房,她是个衣服架子,啥衣服穿上都好看。"

"她不做饭,干啥呢?"

"人家是老板,老板还做饭?"

豆丫笑:"对,人家是老板,老板哪能做饭呢。"

得福说:"豆花光爱穿新衣服,爱打扮,爱逛公园。夏季城里人下班早,有人就在咱秦人居对面的湖岸上等豆花出门。那些人心里我很清楚,咱也是男人,咋能不懂呢?看豆花的人里,最不是东西的是隔壁老王。老王老婆把老王看得紧,看得紧也不起作用,他最爱在豆花跟前骚情,常骚情不到向上,被豆花骂得狗血淋头。

"人都说豆花花,我最清楚,她是一个很传统的人,她从不和男人乱来。城里几个坏蛋住到旅馆里,想占豆花便宜。有个大老板在咱旅馆住了一月多,扬言要给豆花很多钱,被豆花轰了出去。你说她不爱钱吗?谁不爱钱,爱钱钱要来得正道。她见不得男人围着她裙子转悠,她瞧不起那些人。"

豆丫不愿听得福讲这些事,陈娅的眼睛扑闪扑闪地看着得福,不知他讲什么。豆丫给陈娅说:"回屋去,妈一会儿来。"

陈娅走了，得福感慨地说："女人的心思难琢磨，不知道她整天想啥呢？按说她吃穿不愁，却常发愁，冷不丁把人骂一顿。"

"她男人干啥的？"

"她没男人。"

"她没男人？"豆丫感到奇怪，这么好的女人咋没男人？

得福慢慢地说："以前她有一个男人，而且是一个大款……有钱了，两人却过不到一块儿了。"得福叹一声气又说，"有钱人有有钱的难处，没钱人有没钱的难处呀。"

柒

得福正给豆丫讲述豆花的事，豆花浑身携带一股冷气走进大厅，走到灶房，"你们说啥呢？"

得福说："胡谝呢，胡谝呢。"

豆花把得福叫到大厅认真地问："我给你说的事，你问了么？老王说她是黑人黑户，他要报告派出所。"

"他要报告派出所！"得福突然感到问题严重了。

得福走进灶房欲问豆丫。豆丫问："他俩咋离婚了？"得福愣着不吭声。豆丫问："我在这儿干啥呢，你给我个活干，我不能白吃白住。"

得福问："你有身份证吗？我给你登记一下。"

"我没带身份证。"

"你娘俩进城干啥来了，她爸咋不要你了，你出来咋不带身份证呢？"豆丫低头不语。他又说："你要告诉我，起码让我知道你是塬上哪个村的？"

"我没有家了……"还没说完她就哭了。

得福见状说："算了，算了，不说了。"

晚上豆花到大厅烤火，得福给豆花说了豆丫的情况。豆花说："她没有身份证，又不说家在哪里，她越不说越要问。她不说，这中间肯定有问题,万一有个啥事,咱担当不起。"

得福为难地说:"今天刚给她娘俩把床支好了,她娘俩都睡了。"

豆花说:"我也不是让她娘俩走,你明天再问问。"

天刚亮,得福听见扫地的声音,他爬起来看见豆丫扫地,她从五层扫到了一层。得福问:"你啥时候起来的?"

"我一觉醒来就睡不着了。"

她扫了楼层扫大厅,一直扫到门外。得福捅开炉灶,夜晚捂的火,打开风门就旺了。豆丫扫了地,打了一盆水擦吧台、麻将桌,又去擦楼梯扶手。得福看在眼里,不知如何去询问她的身世,如果她真有什么问题,豆花让她娘俩走了,再到哪找这样勤快的人。豆丫擦了楼上楼梯扶手走下来,得福见她额头有汗水,劝她干活不要急,坐下来歇息烤烤火。

太阳从东边的地平面上升起,咸阳湖上就飘了一层刺眼的光芒。豆花走出房子,红色披肩,黑色大衣,搭配格外显眼。她看见豆丫在炉旁烤火说:"早上熬小米稀饭。"豆丫不知道豆花是给得福说,还是给她说。

得福说:"豆丫天没亮就起来扫地,把五层的走廊楼梯都擦了一遍。"豆花笑着走了。

豆丫说:"你说得太悬了,楼梯扶手能擦,走廊能擦吗?"

"我是告诉她,你把这整座楼都打扫干净了。"

豆丫笑。得福忽然问:"你的身份证到底带没带?如果带着,拿出来给我看看。没带身份证,你要说清楚,你是塬上哪个乡镇哪个村的人。如果这些你不说,你要告诉我,你到城里干啥来了,你男人咋就不要你了?"

豆丫看着自己的手指头不言语。好大一会儿,她说:"我想听你讲豆花的故事,那个故事你没讲完。"得福思忖着,她还有心思听自己讲故事。

豆丫疑惑地望着他说:"这活儿太轻,让老板给我派些重活儿。"

得福说:"你男人咋把你赶出来了?"

得福说这话时语言很坚决,有质问的口气。她问:"一定要说吗?不说不行吗?我只是不愿提起过去的事……"话没说完就哭了起来。

得福问："到底咋回事？"

她说："我给你们好好干活就行了，你老问这事干啥呀……"

得福见状，便知她一定有不说的原因，何必要这样步步逼问人家的隐私呢！他说："你不说算了，快做饭去。"

豆丫做饭去了，得福心里阵阵难受，他仿佛做了一件亏心事，让他于心不安。他要担保豆丫是个好人，他要告诉豆花，不能再这样逼迫一个老实人。他忽然有一种为豆丫娘俩担当的冲动，他准备了一肚子的话要给豆花说。豆花回来，却没问豆丫的事。

他去找老王，给老王买了一包中华烟送给他。"这是干啥？"老王不解地问。

得福说："我知道你侄子在公安局，她娘俩是好人，你放她娘俩一马，她娘俩到我们旅馆干活，是没有身份证，你万不可告诉派出所，让他们来查。"

老王问："她真没有身份证？"接着说："我知道豆花收留那娘俩，我问她，那娘俩有身份证没有，没有身份证就是盲流，就是黑人黑户，不能收留。我是吓唬豆花，让她求我给那娘俩办暂住证，她一口咬定说那娘俩有身份证，我说让我看看，她说我又不是派出所的人，凭啥检查客人的身份证呢。那娘俩真没有身份证，看她豆花求我不求我。"

"好哥呢，你积德行善一辈子，咋要做这瞎瞎事。如果你逼豆花，豆花一气之下赶她娘俩走了，她娘俩到哪里去？好哥呢，弟求你了，你给她娘俩办个暂住证。"

"你叫你豆花来，叫她来找我，我一定给她娘俩办。"

捌

湖岸上，小孩堆雪人的喧闹声让人烦，得福冲着岸上吼一声，小孩们像在雪中戏耍的麻雀，受惊后轰一下散了。

得福回来把情况给豆花说了，豆花气得说不出话来，"我一直给老王说豆丫有身份证,他敢叫人来查?!你给他说豆丫没有身份证,他就真敢叫人来查了。查出豆丫没有身份证,你叫她娘俩咋办,到哪里去?你咋这么糊涂呀!"

得福说:"她叫你去给他说一下,他就给豆丫娘俩办暂住证。"

"你愿意让我去求他吗?"豆花问。

他真糊涂呀,他知道老王对豆花没安好心,还叫她去求他。

豆花说:"豆丫没有身份证就没有身份证,不怕他,他老王敢报告派出所,两家就没交情了,看我以后咋收拾他。不要给豆丫再要身份证了,她不愿说她的身世也不要再问了。你不要问人家出走的原因,你打听人家这事干啥?我叫你要她身份证,你打听人家这事干啥呢?"得福心里有鬼,转身走了。

豆丫在灶房做饭,她淘了米,烧开水,把米下锅。她忽然感到自己魂不守舍。

她不知得福为什么一再要她身份证,一再询问她娘俩出走的原因。她不想给他们身份证,他们看了身份证就知道她家在哪里,她和他男人的事就会传到城里,传到这旅馆来。

她不想在秦人居待了,她想逃出去。

过去的事,她不想再提起,她想和女儿在一个别人不知她经历的地方生活。有机会,她想再去舅家找表哥。她以前去过舅家,表哥大学毕业做生意,生意做得很大,在城里熟人多,一定会给她找个好工作。她能吃苦,只要离开那个家,她什么苦都能吃,一定能在城里生存下来。得福一次次地要她的身份证,逼问她怎么从家里出来的,什么原因出来的,她不知怎么办。

谁家没有一本难念的经?幸福的家庭都一样,不幸福的家庭各有不幸。

豆丫自从生了女儿陈娅,她的罪就来了。她生陈娅时是难产,之后多年再没怀上。陈进财带她到处寻医问诊,中药西药吃了一大堆,一直没有效果。陈进财家几代都是单传,他不想在他这一代失传。听说这一带村庄要拆迁,拆迁要分很多钱,他要钱有什么用,留给谁呀?

陈进财常动手打她，她不愿舍弃这个家，她更不想让女儿失去父亲。她曾多次告诉他，生儿育女不是一个人的事，而且让村上有文化的人给他解释，他也答应知道这事。但一提起生娃的事就打她。她曾救助于乡政府妇联，妇联主任亲自到家里做工作，告诉他打人是违法行为。她实在受不了家暴和人们的白眼，想和女儿走出这个家庭。妇联的好心人提醒她，你真要离婚也得等拆迁分了钱再走，现在离婚太亏了。

她说自己什么都不想要，凭两只手在外边干活能养活自己和女儿。表哥在城里生意做得很大，开的是高级小车，也曾来过她家，她让表哥找活干，表哥定会帮助她。但妇联的同志还是劝她，不要意气用事，到手的钱怎么不要呢！要考虑以后的生活，还有女儿成长上学的费用。

她忍气吞声地过了一阵子，村子没有拆迁，她实在不愿在家里待下去，她看见女儿心就软了。女儿一天天长大了，有一天女儿说："他再打你咱就走，咱娘俩拾破烂也不会挨饿。"她听着女儿的话就哭了。

陈进财等着拆迁分钱，地里的活不干，天天打牌赌博，见人就问："咋还不拆呢。"骂政府说话不算数。一天有人说："你想拆迁想疯了，现在城市规划变了，要压缩新区面积，咱这里不拆了。"

豆丫和女儿从地里回来洗脸，陈进财忽然从房子蹿到院子骂起来："他妈的说好了要拆迁，现在又不拆了，你们说话放屁呢。不拆了让老子咋过呀！"陈娅偎在母亲怀里，吓得不敢哭出声。他看见她娘俩又骂道，"你两个贱货，啥事也干不成，光知道吃，不拆迁了，你们就坐吃山空吧。"

豆丫不敢吭声，她知道她的任何解释换来的都是一顿毒打。她现在不怕挨打，她怕吓着陈娅，陈娅降生在这个家里，整天在担惊受怕中度日，娃受了惊吓，夜里常会一阵阵的惊悚。她给女儿说："再熬一阵子，马上就要过冬了，冬天冷不好出门，等到春暖花开咱到城里找你表舅去。"

冬天一天天逼近，陈进财的脾气一天天变坏。听说陈进财和外村一个寡妇好上了，她懒得问，她走了就什么也不管了。

最近拆迁的消息越来越急，村子真的要拆迁了。豆丫终于盼到拆迁了，村上一登记她就走,她再也不想在这个家待了。一天雪夜,陈进财从外边回来,豆丫和女儿都睡了,他揭开被子就打,陈娅吓得缩成一团不敢哭。他说:"你娘俩不是要离开这个家吗,现在就滚。"

她问:"黑天半夜的,你叫我娘俩往哪里去?"

他说:"你舅家拆迁不是搬到城里了吗?你表哥生意不是做得很大吗?你到城里找你表哥去,你不是要去找你表哥吗?"她知道他要赶她娘俩走了,听说拆迁组要进村了,她不能走。她说:"我不走,你打死我娘俩也不走。"

陈进财恶狠狠地说:"我知道你想着拆迁款,没门!你快给我腾地方,你不走我的人进不来!"

豆丫说:"你要脸不要脸,我还在家里,你就敢领那寡妇进来。"

陈进财说:"她已怀上我的娃了,你能给我怀上吗?"

天亮后,她去找妇联,妇联的同志到家里,陈进财提出要和她离婚。豆丫说:"我真的不想和他过了。"妇联同志告诉陈进财要离婚到法院去,你不许打人,你打人是违法的。陈进财保证不打人。但妇联的人走后,他不允许她做饭。她做饭,他给锅里扔土,她擀面,他藏了擀面杖。她感到这日子没法过了,晚上她给女儿说:"这家里咱娘俩待不下去了,咱不要拆迁款了,明天到城里找你表叔去,妈能养活你,饿不着你。"女儿她能听懂母亲的话。

早晨,豆丫做好饭,正要舀饭,陈进财回来了,身后跟了一个女的。他给女的说:"你已怀上我的种,就是这个家的人,今儿来了就不要回去。"

那女的挺高肚子说:"我来了就没想走。"

豆丫见状没理睬,舀好饭准备吃时,陈进财突然冲过来:"饭好了吃饭。"他把两碗饭端起递给那女的。女儿陈娅上前抱住案上的一碟菜,他推倒女儿,夺下菜碟端走了。豆丫刮了锅里的剩饭,母女俩分别吃了几口,带上几个馍,就这样冒着大雪走出了家门。

舅家已不是过去的舅家了,表哥也不是过去的表哥了。

豆丫带着女儿倒了几趟车终于来到了城里,按地址找到了舅家,叫了好久门开了,开门的是妗子。妗子愁眉苦脸地对她说:"娃呀,你表哥快一月没回家了，你表哥……你甭找你表哥了，妗子现在可怜得很。"

她问："我表哥咋咧？"

"你表哥他……"

"咋咧？妗子你快说。"

"他跑了，你嫂子回娘家了。他跑了，不敢回家……"

"他咋不敢回家？"

"生意赔了，人家要钱，天天有人敲门，天天有人逼债，他不敢回家，我也不知道他在哪里？"

"那他啥时候回来？"

"快一个月了我没见过他人影……"

豆丫惊异得说不出话来，她在城里人生地不熟的咋办呀。她说："妗子，我跟娃来了，走了半天，这冰天雪地的又渴又饿……"

"不是妗子不让你进家门，你看——"豆丫看见，妗子脚下放了一个提包。

妗子说："我要走了，我要回娘家去，你也快走，一会儿就有人来要钱，你我都不好走了。"妗子拉开门，拎着提包要走。"不是妗子不管你，管不了……"她拎着提包走了，豆丫木呆地站在门口。

天无绝人之路。豆丫听说城里有介绍工作的中介所，只要找到工作，她肯出力，她一定能养活女儿。在路人的指引下，她找到了一家中介所，中介所经理听了她的诉求，说："没麻达，不就是找一个能吃能住能干活的工作吗？没问题，一定给你找一个满意的工作，介绍费两百元。"

她说："我出门没带多少钱，一百元吧……"经理见她可怜，"行吧，交了钱明天就有消息。"

她说："我明天来。"她和女儿在夜摊上吃了一碗馄饨，住到附近旅馆。早上起来，她给女儿说她晚上做了一个梦，梦见咱有一个很大的房间，房间里有沙发、电视机、柜子、写字台、冰箱，还有餐桌，餐桌上放着好多好吃的东西。她觉得这是一个好兆头，领着女儿早早去了中介所。经理说："你咋这么急呢，今儿就来了？"

"你说让我今儿来的呀?"

"找工作,要慢慢找,你甭着急,后天你来吧。"

豆丫说:"不敢……你不敢哄我……"经理没理她走了,她回旅馆又住了两天,一大早来到中介所。经理说:"你咋这么急的呢?"

豆丫觉得上当了,"你找不着工作把钱退我。"

经理说:"哪能说退就退呢!人家正给你找工作,要是找到咋办?你明天来。"

第二天一早她又去了。经理见她,瞪了一眼没吭声,她知道今天又白跑了。她再也不敢在这个旅馆住了,这个旅馆太贵。

她带着女儿出门找工作,问了几个地方,人家见她带个娃,都不愿意接收她。天慢慢暗下来,她在城里想找一个便宜旅馆,这一条街旅馆一家比一家贵,她们沿着咸阳湖岸这条街道一直向前走,不知道是什么时候,走到一家饭店的屋檐下,女儿说困得很,走不动了。她说,那咱歇下。便和女儿歇下来。女儿说冷得很,她把女儿抱在怀里。谁知一坐下就睡着了。天亮后,就碰到好人豆花和得福了。

玖

晚上下了一场雪,早晨天地一片混沌,湖岸上人少了许多。

豆丫出门扫雪。豆花说:"各扫门前雪,把咱门前扫干净就行了,不要扫街道上的。"

晚上得福去了豆丫房间。豆丫问:"兄弟,有事?"

得福说:"没事,过来坐坐。"豆丫给得福搬来椅子,得福坐下说,"你一天忙得不停,这么大个旅馆,楼上楼下够你忙的,活要慢慢干,不着急。"

豆丫说:"嗯。"

得福又说:"你把咱旅馆门前扫干净就行了,不要扫老王门前,你不要和他说话。"豆丫点头,她不知道得福晚上到她房间来干什么,是不是还要身份证，问她和女儿出走的原因。她不想给任何人说这些事，她想忘记那一切，她打算在这里再歇几天，找到工作就离开。

闲话好像都聊尽了，得福没有走的意思。女儿在床上睡着了。豆丫心里害怕，这要在农村会传出很多闲话的，她更怕豆花对她有看法。她想让得福走，又没有合适的理由。得福没话找话说："你不愿说你出走的原因，不愿说出你家住址，我也不问了，只要你娘俩好。"

两人沉默好大一会儿。豆丫鼓足勇气说："我很感谢你和老板收留我娘俩，兄弟，有话明儿再说，很晚了……"

得福说："是呀，是晚了些，我走了。"

得福回到房子怎么也睡不着，他应当给豆丫讲清楚，我们不怕隔壁老王，你就待在旅馆里，豆花和我一定会保护你。他去推豆丫的门，门关了。他轻唤："豆丫……"屋里无人应声，他知道豆丫睡着了。

早晨，得福坐在炉前烤火，他看见豆丫说："门窗、椅子扶手天天擦，哪来那么多灰尘。"豆丫笑了笑。豆丫出门扫地去了。他喊："把咱门前扫干净就行了，甭扫到别人家门口去。"

豆花起来烤火，问得福："你深更半夜叫豆丫门干啥呢？"

"哪是深更半夜？天黑才多大一会儿。"

"还多大一会儿，你们夜晚聊了多长时间，你啥时候敲人家门的，我清楚。"

得福急得脸红脖子粗地站起来，"你胡说啥呢？"

豆花就喜欢看他着急的样子，"敲了就敲了，叫了就叫了，你怕啥呢！有事难道不能敲她门？"

得福坐下说："我说不过你，我也说不清。"

豆花说："你说不清才有事呢，有啥事说不清呢？"

得福说："我不说了。"站起来走了。

豆花笑说："你心里没鬼，你走啥呢？"

得福垂头丧气地出了门，碰见老王。老王问："咋咧，给谁吊脸呢？"

"你狗嘴吐不出象牙，甭胡想了。"

"看你脸色发白，眼圈灰暗，昨晚肯定没干好事。"得福没理他，继续向前走去。老王叫住他，"过来、过来，到店里来喝茶。"

得福站住犹豫，老王说："你过来。"得福回走到商店门口。老王说："你看那娘俩挺可怜的，这是个好茬……"

"啥好茬？"

"这娘俩一来，你就有想法了，我说要告发那娘俩没身份证，是黑人黑户，那是吓唬豆花呢，想叫她来求我，看把你吓的。你以为我真会告发她娘俩，咱成啥人了！尽管我侄子在公安局，咱可没害过人。"

得福问："你对豆丫又有啥瞎主意了？"

"我是为你老弟着想。"

得福疑惑，"为我着想……"得福纳闷。

老王说："那娘们和你年龄差不多，权大一半岁，就是带个娃。"

"你甭胡说了。"其实得福也有此想法，只是偷偷地想，他借豆花问她要身份证之事，几次询问她娘俩出走的原因，她始终不说。她是和男人赌气出走，还是离婚出走，这始终是一个谜。他说："你不敢胡说，她娘俩才来。"

老王说："你看你说大不大，说小不小了，也快三十岁的人了，在农村早过了说媳妇娶亲的年龄，在城里你没房没车，谁肯嫁给你。"得福低头不语。"那娘们虽然是寡妇，她年轻漂亮，是带个娃，那是女娃，她长大就嫁人了，过日子还是你俩的事。"

这事得福也想过，但没有想得这么仔细、这么彻底。豆丫来路他一点不清楚，问了几次也不说。甭管老王是不是好心提醒，他都应好好考虑一下这个事。他说："王哥，我从没想过这事，说不定人家有男人，在城里打工来了。"

老王说："你问问呀，现在这城里女的少，想下手的人多，近水楼台先得月，咱得早下手。"

"问了几次，人家不说。"

"这事还有问不出来的？我看你不想问。"

被老王一激，得福就急了："我咋不想问！豆花也想搞清楚她的根根筋筋，也好留她。"

"这事万不可让豆花知道，她知道了，你们这事就成不了。"

"为啥？"

"她不会让她用的男人去爱另外一个女人。"

"你又胡说。"

老王说："我只是提醒你，我问你，你想不想和那女的有这事？说实话。"

"想。"

"想就好，其实寡妇和姑娘一样，那一层纸捅破了就都一样了。再说姑娘总会变成媳妇的，那就是一夜的事，没必要太在乎。"

"你说的啥话嘛！"得福红了脸。

老王安慰他说："把那女的领回家，你不丢人，你妈你爸能高兴死！"

"王哥，这话你不敢在外边说，说开了，我和她的关系就不好处了。"

"你和豆花的关系就更不好处了，这我知道，你放心。事没一个眉眼，我不会在外边说的。我要提醒你，你和豆花的事，甭叫这娘们看见，她看见你就没戏了。过去旅馆没人，你俩咋折腾没人看见，现在有人了，有眼睛在盯着你们。"

"哥，你再甭胡说了。"

"我不胡说，你看你今日这相貌，像霜打了一样。那是个填不满的坑，小心你身子……咳……"老王叹气一声，仿佛丢失了一件值钱的稀罕物而惋惜不已，他擦着擦过千遍万遍的柜台欲言又止。

得福双手合起来，乞求地解释："哥，我倒是想和豆花有那事，人家从不给我机会……"

"甭唬我，你老弟我相信，她那人能憋得住？我还不清楚，我只是羡慕没办法。你年轻，哥老了……"

正说着，豆花从旅馆走出来。老王看见，兔子似的从柜台里穿出去，"妹子。"他轻声唤道。得福感到奇怪，不知老王要给豆花出什么幺蛾子。他们对话老王常会讨个没趣，甚至挨骂。但老王从不和豆花计较。

豆花不耐烦地站住了。老王走到豆花面前说："你出门注意一下个人形象，你现在是咱这一片，不，是咱咸阳湖的形象大使，出门着衣一定要注意。"

豆花笑："我啥时候成了咸阳湖形象大使了？是你给我封的，还是政府授予的。"老王只是傻笑。豆花问："我形象咋咧，有问题吗？"豆花说着双手把头发向上一撩。

老王低头看着豆花的裤子拉链说："上面没问题，下面问题大着呢。"说着伸手帮豆花去拉裤子的拉链。豆花看见老王的手向她裤裆里伸过来，一把推倒老王，扭头走了。得福跑过来扶起老王，老王委屈地说："好心得不到好报。"

得福笑："这就是爱管闲事的下场。"

老王说："我完全是好心，上次她裤边上沾了一根草子，我跑出来帮她择了，她竟骂我流氓，流氓会这样关心她？我要流氓早把她压倒了。"

得福又笑："我看你也太关心她了。"

老王说："她是咱这的人，咱不关心谁关心！她在外边出了事，影响咱街道形象，人家会说萧何商店隔壁的秦人居旅馆老板豆花如何如何，她要不是我隔壁，不是咱街道上人，我才不管她呢。"

得福傻笑一阵说："你看你还是少关心她好，你关心她得不偿失，甚至讨个没趣，让嫂子看见又得一顿臭骂。"

正说着，卓花从屋里往出看，看见得福给老王掸土，就问："咋咧，走路不小心？"

老王说："让驴踢了一下。"

"谁家驴，咋踢到人身上了？"

老王生气地说："野驴，谁能降住她！"得福扶着老王回到商店。

老婆问："城里还有野驴？"得福和老王心照不宣地笑了。

拾

下雪不冷消雪冷，乍暖还寒的溜溜风使人不敢解开衣襟，几个张狂的年轻人在湖边上疯跑，抓着雪团追打。得福看见叹道："还是年轻好！"

得福回到旅馆心里既兴奋又难受，他和豆花明明没有那事，怎么解释也无济于事。不仅老王有这看法，街上人也有这看法，他浑身是嘴说不清。但每次听到这种传说，他心里就泛起一点小小的激动，好像这事真的发生过一样。

老王提起豆丫之事，他心里也想过。她至今仍是个谜，难以捉摸的谜。豆丫不愿告诉她的身世，她出走的原因。他不能强问，不管怎么样，她娘俩是可怜的人，他想照顾她娘俩，不管别人怎么闲话。

午饭时分，豆丫做好饭，一个三十多岁的女人进来找豆丫，见到豆丫低头说了几句话，豆丫就跟着那女的出去了，刚出门又折回来对得福说："我出去一会儿，米饭蒸熟了，菜炒好了，在案上放着，你们先吃。"

豆花从外面回来，吃饭时没见豆丫，问："人呢，吃饭咋不见人呢？"

得福说："刚出去，说有事一会儿就回来，可能是来乡党了。"

"咋样的乡党？"

"一个女的，领豆丫出去了，一会儿就回来。"

"你告诉她，不要给旅馆带陌生人，带来人一定要告诉我。"

陈娅吃着饭说："我妈不是坏人！"说罢瞪着大大的眼睛看着豆花。

豆花笑说："没说你妈是坏人呀。"她看着陈娅的表情说："这娃挺可爱的。"

得福给豆丫留了饭，坐在大厅一直等她回来。他怕豆花随时从屋里出来再问豆丫回来没有，干啥去了。半下午时分豆丫回来了。得福问：

"咋出去这么长时间,吃饭没?"

豆丫说还没吃饭,得福给她去端饭。豆丫说:"我来,我来,我在灶房吃,几口就吃完了。"

吃完饭洗刷完毕,豆丫走出灶房,没等得福问就说:"一个乡党问个事。"

"问个事出去这么长时间?"

豆丫没回答,问:"陈娅呢?"

"吃过饭出去玩了,刚还回来了。"

第二天午饭后,豆丫又出去了,出去一会儿又回来了。老王提醒得福,这女人交际广,小心她在外面有男人。

得福说:"她去见村上乡党,她不会说谎。"

"你瓜呀,她去见男人还是女人?你要搞清楚,她要去见男人,你还等啥呢?"

晚上豆花问得福:"这两天豆丫出去干啥呢?"

他说:"去见村上个乡党,女的!"他强调女的,不让豆花多心。

豆花说:"我不管她见男的还是女的,不要给咱惹事。她见那人干啥?是找工作呢,还是借钱。她没身份证,也不知道她家在哪里,你说让人操心不操心。就是隔壁老王不告发她,咱也得把她情况弄清楚。"得福答应明天一定把豆丫的事搞清楚。

得福今天对豆丫有点生气,你住下就好好的,往外边跑啥呢。他给豆花说谎,说她出去见村上的乡党,是个女的吗?他心里很不安静。果真像老王说的那样,她在外边有了男人,咱给她还帮啥忙呢,人家会有人帮忙的。

豆丫始终拿不出身份证,说不出她家的地址,这其中一定有鬼。他怀疑豆丫,一定是个有事的人。他心里害怕了,他准备跟踪豆丫,看她这两天去见啥人。

早上,豆丫和往常一样,打扫卫生、做饭,今天她表现再好,得福也不会表扬她。他有一种感觉,豆丫一定藏了秘密,有一种难以示人的秘密。他有一种上当受骗的感觉,这种感觉他不敢告诉豆花,怕豆花一生气赶她娘俩走。

拾壹

今天,得福暗中观察着豆丫的一举一动,她一个上午都在打扫卫生,她把这项工作当成她生活的一部分。老韩过来聊天,问:"豆花在吗?"

得福说:"吃过饭出去了,说朋友叫她喝茶。"

"豆花的雅兴,谁也比不上。现在的女人,就恰恰缺少这种雅兴。"

"就你对我们老板评价高。"

"不是我对她评价高,你看她做事、说话、形象,哪一点不值得我们关注?就说把豆丫娘俩留在旅馆,谁能做到。现在酒店旅馆行业生意惨淡,谁愿意多留人。隔壁的老王——萧何商店的老王能做到吗?打死他也做不到,这不是一般人能做到的善事,而你们秦人居做到了,这是大善大义之举。"

得福见老韩夸豆花只是个笑。老韩说:"隔壁老王是个啥东西!整天给豆花骚情。借他侄子在公安局的势把人丢尽了,把萧何的名字用到他那里糟蹋了!"

"萧何是谁?"

"萧何,你不知道?他是西汉开国功臣,政治家,'汉初三杰'之一。"

"三杰?"

"对,'三杰',刘邦能够战胜强大的项羽,建立辉煌的汉朝,韩信、萧何、张良功不可没,他们被称为'汉初三杰'。起初我的面馆叫秦人面馆,这些你不知道。"

得福说:"那时我还没来呢?"

老韩说:"豆花肯定是看见了我家面馆的名字,才把你们旅馆叫秦人居的。秦人居的名号叫起来多顺口,叫人觉得秦人居旅馆和秦人面馆是一家子。但秦人面馆的生意一直不好,我邀请文化人把这个名字改成了韩信面馆。那天，咸阳文学界和书画界在我这里举办文化活动，来了很多作家和书画名家。关于面馆名字，几个人争议起来。有人说，秦人面馆这名字没起好，秦人脾气耿硬太霸气，和气才生财，所以生意不旺。有人说，老板姓韩，何不叫韩信面馆好，韩信布衣平民，曾受胯下之辱，却能成大事。有人写下了面馆名字——'韩信面馆'。韩信何人，他是一代名将，萧何月下追韩信的故事你知道吗？"

得福听老韩讲话像听天书，什么也不懂。老韩说："萧何是刘邦的丞相，听说韩信走了，月夜他把韩信追了回来，并劝说刘邦让韩信做了大将。我听了文化人的介绍，觉得韩信能伸能屈，是如此英雄人物，也是韩姓的荣耀，定能镇宅弘扬门风，即刻将秦人居面馆改名为韩信面馆，改了面馆之名，生意果然兴旺，食客不断。

"老王见我改了面馆名字生意兴隆，说他要改商店名。他的商店原来叫老王商店，他那隔壁老王的臭名怎能让他的生意旺盛呢！他也找了几个文化人说要压住我的店名，最后起了个萧何商店。他说萧何是老大，韩信是老二，要不是萧何追回了韩信，韩信早就要饭去了。他哪懂得历史，他咋会知道'成也萧何、败也萧何'的事呢，他把一个伟大的名字糟蹋了，他用了萧何的名字，也没见商店有什么起色。品行好，生意自然会好！从表面上看，他好像什么也没做，其实，见不得别人好，本身就是一种恶。"

老韩讲述历史典故，得福只是赞叹，赞叹老韩读书多，是个文化人。老韩说："不配不配，咸阳有那么多文化人，把我称文化人，人笑话呢。"

正说着豆花回来了，豆花一进来，大厅香气弥漫。豆花看见老韩问："韩哥啥时候来的，咋不给韩哥泡茶呢？"

得福说："冬天天凉人不渴。"

豆花笑："渴了才喝茶吗？"

老韩对得福说："喝茶是一种休闲，是一种享受，所以人常说品茶。"

得福去泡茶。豆花说："我来吧，你把茶叶能泡成面汤。"豆花从房间取出自己的茶具，放在铺好的麻将桌上，又取茶去了。

得福低声对老韩说："只有你才能享受我老板这待遇。"

老韩问："上次我说请你们吃饭，啥时请？"

"呀，我忘了问。吃啥饭，你经常给我们送面呢。"

"事和事不一样，我要为上次说的那句丑话买单，我想不到咋会说出那话。"

"啥话？"

"你忘了，我没忘。那天，我看见豆丫娘俩躺在我家门口，觉得霉气，说要饭咋躺到我面馆门口了。这话让我很后悔。"

"我们早把这事忘了。"

"我没忘，你有空给豆花说一下，就说我为这句话很后悔，想请她坐坐，不要说吃饭，吃饭多俗。"

"行，我有空给她说。你不是来了吗，你亲口给她说好。"

"我面情软，你说，她同意不同意，原谅不原谅，我都好转身。"

"你想得太多了。"说话间豆花来了。

豆花很会喝茶，也略懂茶艺。她洗茶、泡茶、倒茶的动作娴熟而优美。老韩说："这是品茶吗？是在欣赏一种艺术。"老韩喝下一口直叹茶好。

豆花说："我这两隔壁都是英雄豪杰，一边是萧何，一边是韩信。萧何和韩信都是西汉开国名臣，萧何月下追韩信的故事流传至今，而你们两个倒像仇人。"

老韩说："我和他不是一路人。"

豆花说："老王也不是个坏人，他就那德行，你当然是君子，是受人敬佩的君子。我知道民间传说的隔壁老王的故事，他真像人们传说的隔壁老王，可以说，隔壁老王就是他。"

老韩说："过去民间传说的隔壁老王，有很多善的一面，他给隔壁寡妇挑水磨面，常做好事落不下好，人常说，背着儿媳朝华山，出力不讨好，就说的是隔壁老王这种人。但隔壁老王的初衷是善的，结果适得其反，那是后话。咱的这老王，做事帮忙心术不正，他帮人做好事的目的是想着别的事。他还损人利己，而且损国家之利……"豆花和得福听得有些惊异。老韩继续说，"他商店经营范围乱七八糟，什么商品都有，有笔墨纸砚，日用商品和果品，啥都想卖，啥都卖不成。他还倒卖文物……"

得福说："他说那是复制品、艺术品。"

"你知道的只是皮毛……不说了，都是一条街道上的。"老韩意味深长。

豆花说："他也是聪明人，不敢干违法的事。"

门外突然闯进来一个汉子，他说找豆丫。他一句话惊呆三人。看这架势是来闹事的。老韩见状说："你们有事我走了，面馆还忙着。"

得福看着眼前这个汉子，似乎明白了许多，他的梦想完了。他知道自己给豆花惹下祸了，他让豆丫娘俩住在这里，管吃管住，但他没有把她娘俩咋样。他有很多想法，并没有付诸行动呀。他看着豆花，不知咋办。豆花厉声问："你是谁，你是她的啥人？"

"我是她男人！"

老王在他店里见这汉子气冲冲走进秦人居，知道没好事。来到门口听了汉子这话，走进来说："你是她男人咋了？她娘俩在这里好吃好住，你是她男人，先把这些天的食宿费结了。"

一听这话，汉子软了，只是支吾。老王说："谁在秦人居闹事，就是跟我闹事，谁和秦人居过不去，就是和我老王过不去！"豆花为老王的这几句话感动。

"你找她干啥？"豆花问。

汉子说："我找她要离婚。"

豆花忽然火了，"你找她离婚到法院去，来这干啥，滚出去！"

得福不知道怎么办，他忽然又觉得自己有希望了。汉子要和豆丫离婚，他就有希望和豆丫好了。

老王推汉子一把说道："听见么，老板让你滚！得福，拿棍去。"

汉子见得福起身，扭头跑了。得福在灶房提了一把刀冲出来。老王说："咋，失人命呀，让你拿棍吓吓他，你拿刀要剁他。"得福笑了。

豆花说："快把刀放回去，叫豆丫！"豆丫从房间出来，站在大厅。豆花对老王说："老王谢谢你！你回吧，我和豆丫说个事。"

老王走出门怨道："卸磨杀驴！"

豆花问："咋回事？刚才你可能也听到了，这就是你出走的原因？这就是你拿不出身份证的原因？"

豆丫从口袋兜取出身份证放在桌上。"姐，"她第一次这样称呼豆花，"我愿意和他离婚，只是他要女儿，女儿不能跟他去。他找了个女人，那女人已怀孕了……"

豆花听到豆丫叫她姐，心里很喜悦，就说了心里话："都到这一步了，你不和他离婚等啥呢？"豆花把身份证还给了豆丫说，"你明天跟他到法院去，让法官问女儿，女儿愿意跟谁就跟谁。"

豆丫说："我离了婚，你甭赶我娘俩走，我找到我表哥，找下工作就走。"

"我没说让你走呀。"

得福说："谁让你们走了，没人让你们走，明天办完事快回来。"

"要是法院把女儿判给他咋办？"

豆花说："法院听你女儿的，法院会公正判决的。你一定要告诉法院，你有固定工作，有稳定工资，在秦人居旅馆工作，住在秦人居。咱隔壁老韩他儿子在检察院，我叫老韩给他儿子打个招呼。"

得福说："老韩给人不办事。"豆花没吭声。

得福给豆丫说："你要害怕，我明儿跟你去法院。"

豆花说："你是他啥人？你添乱去呀！你去给老韩把情况说一下，让他给他儿子打个招呼，给豆丫帮个忙。"

得福去了，回来骂老韩不给面子，说法院是说理的地方，叫他去说情他不去。豆花并不在意："你把话说到就行了。"

拾贰

冰冻的积雪开始融化，春的气息从大地的各个角落缓慢地冒出来了。

老王那天的举动感动了得福，他去感谢老王。咱这街上就你仗义。老王只问："豆花对我啥看法？"

"还啥看法，对你佩服到家了。"

"我想请豆花和你吃个饭。"

"咋能是你请我们吃饭呢，我让她请你吃饭。你往门口一站，那气势，那做派，简直把豆花震翻了。"

老王说："他老韩做不出这事！"

"他胆小，没你这仗义之举。"

"我这是萧何，萧何是我。是刘邦的丞相，是管韩信的丞相。光我这名字就压他一折，他在我面前耀武扬威不起来。"

得福说："你是谁，他是谁？我就佩服你王哥。"

老王说："再甭吹了，请豆花吃饭的事，我就交给你了。酒店咱订到望湖楼，离咱这远些，我怕你嫂子看见。"

"她看见怕啥呢？"

"她心眼小，看见我和漂亮女子黏，她就吃醋闹事。"

得福回到旅馆，给豆花说了老王想请她吃饭的事。豆花说："这么大点事，吃啥饭。我不请他，他也不要请我。"然后又对得福说，"你是提着纸棍惹鬼呢！"

拾叁

豆丫从法院回来，进门说了句"离了"，钻到房子去了。

得福心里一块石头落了地，他更想知道离了的下文，女儿跟谁了？豆丫把房门关了，他不好敲门，也不好去问。

陈娅从外边进来。得福问："你判给谁了？"陈娅望着他，不知他说的是什么话。为啥要判我，我就是我，我就是我妈的娃。豆丫听见陈娅的声音开了房门，满脸泪花地把女儿领进屋里，又关了房门。

豆花从屋里出来说："这下满意了？"

得福笑："啥满意了？"

"你装、你装，你的心思我还不知道！"

晚上，豆丫红着眼睛，把身份证给了得福。她要毫不隐瞒地把自己和前夫陈进财的事情告诉豆花。豆花被得福叫出来。豆花说："从今儿起，你不再是只管食宿、不拿工资的临时工，你是秦人居旅馆的正式职工。"

得福说："还不谢你姐。"豆丫深深地鞠躬。

豆花说："你给旅馆干活，旅馆给你发工资理所当然。经过这段时间观察，你勤快，干活踏实，我们旅馆就需要你这样的人。"

豆丫说："我想把我的情况告诉你，还有家庭地址。"

豆花说："你现在哪还有家，你的家已被另外一个女人占了。"

豆丫仿佛醒悟过来，难堪地笑了。豆花说："今后这里就是你的家，你和女儿就住在这里，咱们是一家人，你是我的妹子，陈娅也是我的孩子。"得福把身份证递给豆花，豆花交给得福说："你登记一下还给豆丫，旅馆不押身份证。"

豆丫接了身份证心里踏实了，她不想再走了，她要在这里好好干，报答豆花和得福对她娘俩的好。她歉意地对豆花说："我的情况一直没给你说，得福问了几次，我没说，事情闹到这一步，我没必要隐瞒了。"

豆花说："以前要你身份证是有人要挟我，你的事不说了，我猜都猜到了，你跟那种人没法过，离了是好事。我也是离过婚的人，离婚不丢人，没人笑话，就像鞋子不合脚，换一双就是了。天下三条腿的牛难找，两条腿的男人到处都有。"

豆丫说："姐，那我不说了。"

"好好工作，带好女儿，重新组建一个幸福的家庭。"

"我没那心思了,那个家把我心亏扎了,我不想再结婚了。"

"看你说的,一朝被蛇咬,还能怕井绳?世上好男人多得是,只要你好好工作,我给你找。"她看了得福一眼,回屋里去了。

拾肆

春风从地上站起来,吹拂到哪里,哪里就一片绿色。街道的树枝长出了嫩芽芽。在湖面上起舞的鸟儿,互相追逐着,一会儿冲上天空,一会儿俯冲湖面,在湖面上激荡起一串串涟漪。

有人敲门。得福喊:"门开着呢。"

进来的是许总,其实他不是什么总,许总是对他的一种尊称,他叫许得。他父亲是一国企老总,很多人想通过他和国企扯上关系,承揽一些活儿。他父亲对儿女管束很严,一不许儿女在外做生意,二不许儿女在企业当领导干部。许得对父亲这个规定很有意见,他把自己的工作挂在厂工会,装病常年不上班,成了一个游手好闲的浪荡公子。因为父亲在国企当老总的背景,常被一些小企业老板前呼后拥着。

豆花听见许得的声音,走出来说:"不是刚喝过茶吗,咋又来了。"

得福忽然明白,经常约豆花喝茶的是许总。只见许得相貌堂堂,一表人才。许得坐定,豆花问:"喝啥茶?"

"当然是茯茶。泾阳茯茶,老牌子!"

得福要走,他觉得坐在许总旁边低人一等,人家也是男人,有钱又有相貌。怪不得豆花不和自己有那事,人家有这么一个相好,能看上咱这土豹子。他觉得自己想那事,想和豆花有那事,是对她的侮辱。他起身要走,豆花说:"他是狼?狼来了,你们都跑了。坐下喝茶。"

第二天早上起来,得福帮豆丫扫地。豆丫发现得福扫地,以为自己起迟了,抬头看吧台上表才六点多。她轻声问:"你咋起来这么早?"

"睡不着。"

"咋睡不着呢?"

他悄声说:"夜晚许总没回去。"他向豆花的房子努努嘴,豆丫不敢打问这事。

"你咋帮我干活呢?你起来晨练去。"

"我没那习惯,从今天起我帮你保洁。"

豆丫紧张地说:"你咋抢我饭碗?"

"没有。我帮你不帮你,你月月照样拿工资,不会少你一分钱。"

"那你甭帮我,让我自己干,我自己干心里踏实。你帮我干我没事干了,老板看我闲着转,不就赶我走吗?"

"你胡说啥呢!我天天闲着转呢,她咋不赶我走。"

"我跟你不一样,你是二老板。"

"谁说我是二老板?别听外边胡说。"

得福不听她的话,还是要帮她干活。到了楼上,他紧挨着她扫地。她离开他,他一会儿又凑过来。擦门窗一人一个多好,他偏要跟她擦一个门窗。这样还罢了,他又说:"我是单身,你也是单身,怕啥呢?"

豆丫听着害怕,单身就可以胡来吗?他干活有意无意地靠近她,她心里很害怕,这要让豆花看见咋办呀,她还有脸在这干啥?她求他说:"楼上你可以帮我,楼下的活我自个儿干行吗?"

他很不情愿地答应了。"我和你在一块儿,好像会吃了你,你怕啥呢?你看人家城里人没结婚,夜晚都睡到一起了。"

豆丫听着脸发烧,他怎么讲这样的话,她害怕得福了。好在得福还听话,帮她打扫了楼上,在楼下安静地坐在大厅炉前烤火,看着她干活。

豆花房门响了,豆花走出来问,"早上做啥饭?"

"玉米糁糁稀饭。"得福问,"许总夜晚走了?"

"他不走还能睡到我这?"豆花忽然醒悟,"得福你想哪去了,你以为许总夜晚没走,我就那么随便……"

"我以为……他没走我就要豆丫多做一人饭。"

"我就那么……"得福不敢再说,走了出去。豆花对豆丫说:"得福咋是那货呢……"豆丫干活不敢吭声,她只管干活,不愿听见这些事。

豆丫发现麻将桌腿边有一个黑包,拿起来重重的。她拉开黑包拉链,黑包里装满了钱。她去找豆花,她喊:"姐。"

豆花从房子出来,豆丫提着黑包,说这黑包里装了一兜钱。豆花接过一看,"许总的,这家伙丢三落四的。"

她给许得打电话。许得说:"我包在呢,在车上呢。"

"在你车上吗?是不是个黑包,装满了钱。"

"你咋知道?"

"在我手里,我咋知道?"

"呀!我以为放在车上了。我昨晚从你房子出来,忘了拿包呀,回来就睡了。"

豆丫里里外外打扫完卫生。豆花对豆丫很赞赏。她兴奋地问豆丫:"早上熬小米稀饭,还是玉米糁糁稀饭?"

豆丫说:"玉米糁糁稀饭。"她知道豆花最爱喝玉米糁子稀饭。

得福出门去找老王聊天。老王看见他,老远招呼他过去。老王问:"我让你说的事办了没?我把酒店都订了。"

"啥事?"

老王生气了,"你咋是这货呢,你昨天答应我的事!"

"我知道了,我问豆花了,她说这点小事吃啥饭,她不去咱俩去吃。"

老王有些愤怒:"滚!"

得福没趣地回来,她知道豆丫在灶房做饭。他到灶房给豆丫帮忙,他说:"许总一定是天亮时才走的。"

豆丫胆怯地说:"你不敢胡说,人家的事与咱没关系。"

"我天亮时听见门响。"

他说着去拉豆丫的手,豆丫缩回手,得福咋是这人呢。她低声说:"我刚离婚,刚工作,你不敢这样,让豆花姐看见不好!"

得福说:"她知道咱俩好,一定会高兴,以前我不敢动你,是不知道你的情况，不知道你有没有男人。现在你离婚了，我是个单身，你和我好，是天经地义的事。"

"就算豆花姐真的同意你和我的事，我现在也不能和你好，我刚离婚，你让我先歇一两年再说。"

"豆丫，你知道我不小了，我妈天天催我领媳妇回家呢，我等得起，我妈我爸等不起呀。"

豆丫急得想哭，"你找错人了。我不想结婚，我还带个女儿，你不要这样了。"得福很不理解，好像他要害她似的。

许得来了："你看我这人，年龄不大忘性大，包呢？"

"你甭急。"

"包是啥颜色？"

"黑色。"

"里面装了多少钱？"

"十一万。"

"还有啥？"

"还有一张卡。"

"卡里多少钱？"

"你干啥呢？卡里钱不能告诉你。"

豆花笑了，"我们员工早上打扫卫生，在麻将桌腿旁边发现了这个包，我一看就知道是你的。"

"我以为包在车上放着，到你这来时没带包。捡包的员工在哪？让我见见。"

"她叫豆丫。"

豆丫和得福一起走出来。许得从黑包里取一沓钱给豆丫，豆丫回避不要。许得说："拾金不昧好员工，这是我对你的奖励。"

"要奖奖我老板。"

豆花笑说："这是许总奖励你的，你拿上。"

豆丫怯怯地说:"我不要，这是你的钱，我没敢动。"说完，跑进了灶房。

得福站在那里被这场景感动。许得说:"好员工，你给拿上，要奖励这好员工。"

豆花接了钱用手捏了捏，"这点？太少了吧。"

许得又抽出一沓交给豆花。许得说:"能抱一下吗——"

得福进灶房问豆丫:"你咋不要？"

豆丫说:"我咋能要？那是人家的钱。"

得福说:"豆花替你把钱接了，豆花嫌少，许总又取了一沓子。"

豆丫说:"他俩的事我不管，那钱我不要。"

得福说:"许总坏得很，他给豆花一沓钱说，可以抱一下吗？把我吓跑了。"

得福忽然从背后抱住豆丫，"你真瓜！"豆丫惊讶得慌了神，手上的碟子掉在了地上，很响很响。

拾伍

秦人居门被推开，门口站着一位青年，自称是豆丫的表哥，叫姬天。

"听说过，"得福说，"豆丫说她去过你家，你不在。她现在在秦人居旅馆工作，是正式职工。"

姬天问:"我那外甥女呢？"

得福说:"也在这里，她叫陈娅。"

豆丫在大厅看见姬天，叫一声表哥跑过来。得福让豆丫表哥坐，忙去倒水。姬天说:"你啊，可怜!"豆丫望着他，不知表哥是什么意思。姬天说:"你要挺住，太阳落了还会升起来，苦难的日子总有尽头。"

豆丫不知表哥想说什么。她问:"咋咧，你撞见啥事了？"

姬天说:"我去了你家里，你男人说他和你离婚了。家里已有了另外的女人……"

豆丫轻松地说："我不跟他过了，我现在这里工作，工作很好，陈娅也很好。"说着兴奋地喊，"陈娅，你表舅来了。"

陈娅从房子跑出来喊："表舅好！"姬天抱起陈娅泪流满面。

豆丫说："我们好好的，你甭操心。"

得福说："这里有我呢，我会照顾豆丫和陈娅的。"

豆花恰好从外面回来，说："还有我呢，我们会照顾好豆丫和陈娅的。"

姬天一愣。豆丫说："表哥，她是我老板。"姬天点头感谢。

豆花说："豆丫，今儿多炒几个菜，你表哥来了咱会个餐。"

姬天说："不给你们添麻烦。"

得福说："你是豆丫的表哥，就是我的表哥，中午一块儿吃饭。"豆花笑得福，得福显得很得意。

吃了饭，豆丫把表哥带到她房子。姬天说："表哥不好，你那天来找我，我不在家。不瞒你说我躲债去了，你妗子给我说了，你来了都没让你进家门……"

豆丫说："现在呢，我妗子回来了没？"

"回来了。欠人的债一定会还的，我不是真的躲债。公司垮了，别人拿我的钱还不了，我手里没钱还人家，人家到家里闹事很正常。现在，我用住房和厂房做抵押贷了一笔款。我现在到处找人还债，欠人债不还，我一生都不得安生。你妗子、你嫂子和娃都回家了，你有空带娃过去，吃顿饭。"

姬天要走，被豆花拦住，让他坐下来喝茶。得福说："我老板轻易不请人喝茶，这茶具平时在她房子放着，有重要客人才会拿出来享用。"

姬天不敢推辞，坐下来。豆花说："你比我大，我也叫你表哥……"

"你也叫我表哥？"

豆花说："你是豆丫的表哥，也就是我们的表哥。"

今年以来，姬天第一次这么高兴，他应了。豆花说："表哥，姬姓很大，你是塬上费家村人？费家村人大都姓姬，是周陵的守陵人。"

姬天说:"我不是费家村人,我家在窑店。但听我爷说,我们应当是费家村的姬姓人,但没有证据证明。费家村姬姓人家,都是周文王、周武王的后人。过去有曲阜祭孔、咸阳祭周的说法,你知道吗?过去费家村姬家人历代不纳皇粮,这话是真的。我也姓姬,本是费家村人,不知啥原因,从我爷爷的爷爷手里流落到窑店一带了。"

　　豆丫笑说:"听我妈说,我外爷、我表哥家人最爱讲这些老话。姓姬能干啥,是皇上的后裔能干啥?现在不都成了老百姓了。"

　　姬天喝了几口茶说:"这是正宗的泾阳茯茶。"姬天起身要走,豆丫带女儿送他出门。路上姬天说,"表哥给你买个手机,以后联系方便。"

　　豆丫说:"我有钱自己买。"

　　清晨,豆丫扫了秦人居门前,在门口定会多扫几把,把韩信面馆和萧何商店门口都扫了,扫到萧何商店门口。老王低声告诉她:"你要把得福看住,不许他再往豆花房子跑。他和你好,再往豆花房子跑,就不像话了。"

　　她听了这话不敢再扫,转身跑了,躲在房子不敢出来。得福喊她做饭,她应了一声,不敢说话。她不知老王的话是真是假,她心里很害怕。她什么也不想要,只想安稳地工作。得福闯进了她的生活,使她平静的生活沸腾了。

　　豆丫失踪了。这天早上,旅馆的卫生没人打扫。得福喊豆丫,没人应声,他推开豆丫房门,豆丫和陈娅都不在。他走到门口,红门虚掩着。

拾陆

　　豆丫和陈娅失踪了。

　　整整一天没有她们母女的下落,得福丢魂似的,一天没进食,豆花托人打听,一直没有消息。

　　她娘俩到哪去了?晚上,豆花和得福检查自己这几天言语的得失,是否伤害了豆丫,他们找不出一句让豆丫出走的理由。豆丫为什么不辞而别,豆花和得福百思不得其因。

在寻找无果的情况下,得福忽然在自己身上找到了原因。他说他拉过豆丫的手,还抱过豆丫。豆花问:"啥时候?"

他说:"前几天在灶房。"豆花没说话,回房子去了。

豆花实在找不出豆丫能去的地方,她找到豆丫原来住的村庄。

村庄已成一片废墟,村子整体搬迁。她看见一个人带着几个妇女切砖头,把墙上倒塌废旧的灰砖削掉水泥,变成二次可用的砖。她说明来由,一个叫李强的小伙告诉她,说以前和豆丫家是对门,豆丫和她男人陈进财离婚后,陈进财又娶了一个女人,分了钱搬到安置房住去了,整天在外打牌赌博。

豆花忽然醒悟,他们分了钱,豆丫一定还不知道,前夫一定侵占了她的拆迁款。豆花问:"她前夫住哪里,你知道吗?"

"我知道,你要去,我带你去。"

豆花要了李强的电话,说:"有空进城到咸阳湖秦人居旅馆喝茶,免费给你食宿。"李强见她畅快,说:"村里有啥事你找我。"

豆花说:"你给豆丫前夫捎个话,请他把豆丫的拆迁款送到咸阳湖秦人居旅馆来,若不送,法院见。"

李强说:"没麻达,话一定带到。"

豆花说:"不论啥结果你告诉我一声。"

"没麻达。"

晚上李强的电话来了。他说:"陈进财,豆丫的前夫坚决不给这笔钱,他说他俩人已离婚了,这钱是他现在媳妇的。豆丫一直拖着不离,使他媳妇胡琴户口迟迟转不进村子,最后设法转进去已经迟了,所以这钱他不能给豆丫。他说现在也没钱,把钱输完了。"

豆花说:"知道了。"

李强说:"你们打官司一定要他的身份证,我这里有他的身份证号码。"

"好!"

"我是村民代表，当时陈进财要领这笔款，我们知道他和豆丫离婚了，我们让豆丫亲自来领，豆丫没有手机，电话联系不上。"

"谢谢你了。"

豆花把这事给老韩说了。老韩说这事好办，你的事就是我的事，答应给儿子说这事。

他儿子回话说，在法院不要花钱乱找人，法律准绳是平等的，只要拆迁登记前她的户口在村里，钱就是她的。

李强说豆丫的户口现在还在村上，这钱应该是豆丫的，有人证、物证，有老韩的帮忙，这官司肯定赢了。

得福不知豆丫母女去向，天天在街上乱窜，无心干活。他说夜里常会感觉到豆丫柔暖的手和豆丫软软的细腰，他甚至能感觉到豆丫身子的温度。

一天，他问老王，让老王给他指点迷津。老王扳指头算了半天说："豆丫往西南方向走了。"

得福问："是西南方向，具体是渭河南还是渭河北？"老王说是河北，河北就是两寺渡和马尔代夫公园了。得福按照老王指引的方向在公园找了好久，没有任何结果。

得福转到了菜市场，他几次到市场忘了买菜，豆丫的事把他的心搅乱了。他到菜市场念叨着青菜、青菜，不要忘了买青菜。他忽然看见豆丫的身影，豆丫领着陈娅。"豆丫！"得福惊喜地喊道。

豆丫听见有人喊扭头就走，已来不及了，得福跑到她跟前。他要豆丫回秦人居，豆丫不去，得福着急，硬拉着她走，引起众人怀疑。有人喊："干啥呢？人家不愿跟你走，你是他什么人！"

得福慌忙松开豆丫手说："她，她是我们单位的员工……"

"她是你们单位员工怎么不愿回去上班呢？看你就不是好人！"几个人围住他要拨打110报警。

他说："甭打了，她是我对象，女朋友！"他拨开人群。豆丫和陈娅已不见踪影。

有人说:"农村人把媳妇叫对象呢。"人群哗一下散了。

他喊:"你们这是干啥呢!我好不容易找到她娘俩,你们这一闹她娘俩又跑了。"众人笑他没本事,连媳妇都看不住。

得福回家给豆花说了他遇见豆丫的事。愤怒那些人误把他当坏人,让豆丫跑了。豆花说:"你应先问她住哪,再叫她回来,人家不回你不应该硬拉呀,你那样拉她,众人当然怀疑你了。"

老王知道这事,找到秦人居问得福,"豆丫走西边方向,对不对,准不准?"

"你明明说是西南方向。"得福说。

"但我还说在河北,菜市场不就在河北吗。"老王解释。

"是西南方向还是西边方向都不要紧,重要的是把豆丫找见了,我们得感谢老王。"豆花说。

"都是邻居感谢啥呢,只要你们信我就行。"老王满脸不高兴地走了。

得福从此什么事也不干,天天在菜市场转悠,却再也没见到豆丫娘俩。

得福是个痴人,自从抱了豆丫,就把心交给豆丫了。人天天见瘦,没了神力。老王看见他说:"没看出你还是个情种,吃在碗里看在锅里的。你不要太贪,太贪了会惹事的。"

得福听到老王的话就生气,"啥事你总不往好里想,好像世上的人都跟你一样下贱!"

卓花从房里冲出来骂道:"你这货咋不知好歹!你哥是为你好,劝你在她两个中间选一个,再不要受那光棍儿罪了,你把你哥的好心当驴肝肺了!"

得福怒吼:"他有好心,他能有这好心!"

"疯了!疯了!这小子疯了,"卓花说,"以后再甭跟这疯子说话了。"

豆花听见外边吵闹声,出门喊:"回来!"得福听话地回旅馆去了。

卓花说:"要说他们没事,鬼才信呢。两口子也没他这么顺当。"

老王说:"以后咱再甭说这事了,他俩好到天上去,与咱有啥关系。"

老韩站在门口说:"嘴上留些德有好处。"

老王说:"盐里有你醋里有你,我在我商店说话又没撞到你,你说谁呢?"

"我听到有些人胡说,心里不舒服。"

"老韩,你再甭胡献殷勤了,你是白忙活!她……"老王指着秦人居说,"她不是你的菜,这菜让许总早把菜花吃了,得福兄弟把菜帮帮吃了,你连汤都喝不上。"

"你还是人么!"老韩扑了过来。

"咋?你还想打人!"老王冲出柜台。

豆花跑出来,"韩哥,你回去,咱和他不较量。"

老韩走了。豆花对老王说:"你两个年龄加起来,快一百多岁了,丢人不丢人!"转身回去了。

卓花在她背后喊:"丢人不丢人,还不都是你这个妖精惹的祸!"

这天,豆丫领着陈娅回到了秦人居。老王跑到菜市场,给得福报告了喜讯,得福不信。他天天在这等候豆丫,日出晚归,她没出现,咋会去秦人居呢?

老王说:"真的,谁骗你是王八、龟孙子!"

得福相信了。他说:"我的真诚感动上帝了,上帝把豆丫给我送回来了。"

得福一见豆丫先哭了,豆丫怨得福没出息的样子。"我不是回来了吗,你哭啥呢。"得福的真诚感动了她,她再不回来,得福可能会出事,她不能看着得福为了她,毁了自己。

豆丫说:"女儿长大要出嫁,鸟儿出窝要高飞,这个理儿你不懂。再说,咱旅馆也没有多少生意,我在这白吃白住,心里不安,陈娅将要上学,我得挣钱养她。"原来一天她在菜市场买菜时,认识了在酒店旅馆干保洁的一个姐妹,给她介绍了活儿。豆丫说:"我告诉你们,我一天可以打扫十多个房间,一个房间五十元,我只拿三十元,十个房间一天多少钱?"

得福很惊讶,"挣那么多钱!那陈娅咋办?"

"锁到家里,我在外边租了个单元房,一室一厅每月两百元。"

得福说:"你住到咱旅馆,给你不收钱。"

豆丫说:"这里让我太舒服,我待在这里,一辈子还是个保洁工。"

"那你还想干啥呢?"

"我不想这样平淡的生活,我想出去闯一闯,或许能闯出个眉眼来。"

正说着豆丫的手机响了。"你还有手机?"得福惊奇地问。

"没有手机咋联系活呢?"得福羡慕地看着豆丫。

得福说:"不行,你得回来。"

豆花在旁插嘴说:"我看豆丫想法很好,在秦人居干一辈子就是个保洁工,她出去闯一闯有好处。"

得福说:"要那么多钱干啥,人要紧。"

豆丫对豆花说:"姐,我能和得福单独说一下吗?"

"行呀。"

得福、豆丫俩人走进豆丫原来的房子。一会儿得福沮丧地出来,"咱管不着人家,人家要走,咱也没办法。"

豆丫走时豆花告诉她,村子拆迁,她有一笔款被前夫侵占了。"我要给你追回来。"

"看见那钱,我心里不舒服。"

"你忙你的,把你身份证让我复印一下。"

豆丫走了,豆花几次想问得福,豆丫给你说了啥话,你让她走了。他竟平静地说:"天要下雨鸟要飞——"

早起晨练的人三三两两地出现在湖岸上、渭滨公园和两寺渡公园里。太阳从东方升起时,有人开始披衣回家,又一拨人来了,唱戏的、练歌的、跳舞的、拉琴的都来了,咸阳湖岸成了一个开放的大舞台。

火炉拆掉了,大厅显得很敞亮。豆花问得福:"豆丫给你咋说的,你俩到底咋回事?你让我心里明白明白。"

拾柒

"以前咋样还咋样。"

"这是啥话?"

"就是这话。"

"那你咋办,等她还是不等她?"

"我爸让我回去,说以前那个女的见我迟迟给不了礼金,跟别人结婚了。家里又给我说了一个,说这个姑娘礼金便宜。"

"你回去吗?"

"我这几天就回去。"

"这样也好,不敢这头抓不住,那头又丢了。"

得福回家没几天又回到秦人居。豆花没敢多问,只见他天天坐在大厅发呆。一天吃罢饭,豆花问:"你回来也不说一下,你见的那个姑娘咋样,成了没成?"

"没豆丫好看,"得福说,"我的事你不要管了。"豆花不再多问。

旅馆客人渐渐多了起来,豆花让得福找个保洁工。得福说:"叫豆丫回来。"

"她能回来当然好,你能叫她回来?"

"让她像打扫其他酒店旅馆一样,一个房间给她五十元。"

得福来看陈娅,把秦人居保洁的事给豆丫说了。豆丫一口答应了。她说:"我和陈娅住了那么长时间,豆花姐管吃管住,没收我一分钱,我免费保洁。"

"不行,人家给你多少,秦人居给你多少。"

豆丫说不要,给钱她就不干了。得福回到秦人居给豆花说了。豆花说:"她不要咱给她存下。许总给的那钱还在我这儿存着呢。"

豆花去看望豆丫,铁门锁着,敲门无人应声。她正要走时,里面木门开了,陈娅伸出头来。"陈娅!"她惊奇地发现是陈娅,"给姨把门开开。"

陈娅说:"你敲门我就知道你来了。"

"你咋知道?"

"这门有个小洞洞,我能看见你,你看不到我。"

豆花说："把铁门打开，让姨进去，姨跟你说话。"

陈娅说："木门能打开，铁门锁着打不开。"

"你妈几点回来？"

"中午两点她回来做饭，晚上八点下班回来。"

豆花后悔没有给陈娅买东西，她下楼去给陈娅买水果提上来。陈娅说："我知道你去买东西，我不要。我家里有很多好吃的东西，我妈不让我要别人的东西。"

"我是别人吗？"豆花感觉寒心，扭头要走。

"姨，你别走，和我说说话。"

豆花鼻头一酸，心里难受起来。豆丫为了挣钱养家，把女儿锁起来，在外边拼命地干活。她一定要给豆丫把该得的拆迁款追回，她要帮助她，让她尽快过上安逸的生活。

豆花回到秦人居，心里很难受。得福告诉她豆丫的前夫陈进财来找豆丫，"开着小车，车里坐着一个女的，那女的没下车。他说要见豆丫。我问他见豆丫干啥，他说说事，豆丫把他告到法院了。他要告诉豆丫，那笔钱他也不要，豆丫也不能用，那是他留给女儿陈娅的。我说让他给法院说去，他要见豆丫，我说豆丫早搬走了。他要豆丫的电话，我没给。"

"他只要愿意给钱，咱就不到法院去了。"

"你咋不早说呢。"

"没事，他还会来的。"

老王闯进来说："得福这二货，把豆丫男人赶走了。人家来看女儿，找豆丫可能有事说，你赶人家干啥？你是她啥人，要赶人家走？人家开着小车来，不知给豆丫和女儿带来啥好东西了，你咋能把人家赶走呢！"

豆花看见老王就来气，"你操的闲淡心，回你商店去！"老王灰溜溜地走了。

法院开庭，豆丫胜诉。陈进财退回豆丫人口、庄基和土地款共计二十万元。晚上豆花去给豆丫报喜，她知道豆丫晚上八点以后才回来。豆丫开了门，满屋的蒸汽。豆花说:"你这是干啥?"

"刚揭锅,热包子,你尝一个。"

豆丫说:"我早上出去,中午回来迟,下班回来晚,陈娅饿了可以吃包子。"她拿一个包子递给豆花。豆花咬一口说:"菜的!"

"全是菜包子,陈娅爱吃。"

"你把陈娅一个人丢在家里,让我看着心疼。"

"没办法。"

"你把陈娅放到我那里吧。"

"不行,陈娅有多动症,乱跑我不放心!"

"你把娃锁在家里,这样不行。"

"咋不行!我都不心疼,你心疼啥呢。让她受些苦,长大就知道生活的艰难了。"

豆花说:"你的官司赢了。"

"我不要他的钱!"

"这咋是他的钱,是你和陈娅应得的钱。"

"看见那钱我心里难受,就想起我在那家里受的苦,作的难。"豆丫说着难受起来。

"钱不咬手,有这些钱,你能把娃送幼儿园,你能送陈娅上个好学校,不要叫娃再受苦了。"

豆丫说:"陈娅今年就上学了。咳,我不想要他那些钱。"

"不说了,这钱我给你收着,还有许总给你的钱、秦人居房间的保洁费,这些钱我都给你收着。"豆丫没办法,由着她去。

豆花说:"你得赶快给陈娅找学校了。"

"找了好几家,说户口不在这里,人家不收。"

豆花说:"我想想办法。国家有规定,适龄儿童都得有学上。"

拾捌

今年的春天特别的短暂，人们刚刚享受初春拂面的感觉，夏天就到了，人们不得不穿上衬衣短袖。

姬天给老孙打电话。老孙是退休职工，把一辈子的积蓄都投给了他，如果他把钱不还给老孙，老孙的儿子就结不了婚，老孙家的日子就没法过了。

姬天有了这一笔贷款，他可以坦然地待在家里，等候讨债上门。奇怪的是，以前没钱时，天天门庭若市，讨债人不断，现在有钱了，却没有人讨债来了。

他打开一个红色的笔记本，里面记录着投资人的姓名、钱款和电话。财务有账，这个红色笔记本是他个人的记账本，他把这个笔记本叫诚信本。

看着这个诚信本，他就知道还有一件重大的事情没有办完。

翻阅着诚信本，最让他无颜以对的就是老孙呀。当时大秦贸易公司正红火，公司的仓库里堆满了钢材，人称他姬千万。公司资金周转不开，他期望有意者投资支持他的生意，入股分取红利。来的都是他的亲朋好友，有些亲朋好友是倾家投资。他为此彻夜难眠，这是亲朋好友对他的信任，要富大家一起富，这才是大秦人的做派，不愧姬姓后人所为。他用这个本本记录着投资的每一位亲朋的名字、家庭地址。本子的扉页上写着："因为你们的信任，才有我辉煌的今天。"

好景不长，房地产市场低迷，钢材也滞销了。公司做了调研，房价定会攀升，房产企业将遇到最好的年份，拉动钢材市场一定火爆。在充分研究市场的走向之后，他在银行贷款补充资金，低价囤积了大量钢材。

然而，他没有输给市场，却输给了机遇和命运。

房地产市场迟迟起不来，严重影响钢材生意，银行催还贷款，他实在撑不住了。公司接待南方一个大客户,他们要一口吃掉公司所有钢材库存,先付了部分款项,货到南方后再付后续款项。当钢材送到南方后,对方法定代表人因昼夜劳累脑出血昏倒,送进医院。公司派人连夜赶到南方,紧追后续货款,那人不幸一命归西。追款无望后只得告到法院,原来的公司已成空壳公司。

大秦贸易公司血本无归。

他用南方公司已支付的部分款项归还了银行贷款,倾公司所有资金归还了几个大股东的投资款。因为他知道如果自己不还钱,他们可能就会破产,几百名员工就会失业、下岗。剩余零散的客户他想慢慢偿还。

姬天用住房和厂房抵押贷款,准备一一还清那些亲朋好友的投资款,他首先想到的是老孙。老孙是个复员军人,退休工人,在企业开了一辈子机床,一辈子和老伴存了二十万,都给了他。老孙说:"我相信你,我要给儿子买一套房,儿子结婚没房,现在这房价涨得骑摩托也追不上。"姬天说:"这二十万放我这里,五年新旧我给你一套房子。"他没兑现诺言,老孙连本也没收回去。那次老孙到家里来,一进门就说:"姬总,我不是要债,我知道你难,但你侄子要订婚,我没办法呀。"他把最后一点压箱底钱五万元给了老孙,惭愧地说:"对不住,剩下的以后再说吧。"就出门躲债去了。

他翻开诚信本,一页一页地翻,他看见了老李的名字,老李也不接电话了。老李是乡亲,村子拆迁,分得一些钱,捂着这些拆迁款不敢花,更不敢做生意。老李怕生意赔了,后半生没人帮。最终把这些保命钱投给他,投给了大秦公司。老李对自己的信任,那是多年情感的积累。

然而他赔了,连本也收不回。老李怎么不接电话呢?他到老李家里去过一趟,老李没在家。姬天拐到湖边秦人居,他想去看看表妹豆丫和外甥女陈娅。听母亲讲,那天豆丫离家来投靠他,连门都没让进。她也是个苦命人,年幼时母亲去世,父亲"男寡妇抓娃",一手把她拉扯大。她结婚后,丈夫又是个不成器的货,赶走她娶了新人。可怜表妹娘俩在城里落脚打工谋生。

他想帮豆丫,现在无能为力,要是放到过去,他会给表妹买一套房子,让她在公司上班，不会在外受这个苦。他给陈娅买了些水果，去看望那个可爱的小外甥女。

得福说豆丫搬走了。怎么会搬走了，搬走了也不给他说一下，他要去看她们。得福给了他地址，他去找豆丫。在一个老社区的楼上，他按照得福提供的地址找到了豆丫的家。他敲门，开门的是陈娅。他说："给表舅把铁门开开。"

她摇着脑袋说："打不开，我妈锁了。"

"你妈呢？"

"我妈上班去了。"

"你一个人在家？"

"是呀，我一个人在家。"

"你吃饭咋办？"

"中午我妈会回来给我做饭。"姬天心酸得落泪了。陈娅低声说："我妈回来会带好多好多好多好吃的东西。"

他说："表舅给你带来了圣女果，还有香蕉。"

陈娅从屋里拖出一篮子香蕉。姬天问："你妈给你买这么多香蕉？"

她说："不是买的，是我妈在宾馆拿的。"

姬天一听难受了，姬天隔着铁门和陈娅对话。"陈娅，表舅坐在门口，你搬个小凳子和表舅说话。"

陈娅让表舅给她讲故事。他讲了诚信本上的故事，讲着讲着陈娅睡着了。中午一点了，豆丫还没回来，他给豆丫打电话，电话无人接听，却把陈娅吵醒了。她调皮地问："我咋睡着了？表舅给我继续讲。"

"我讲着讲着你就睡着了。你妈咋现在还不回来？"

陈娅跑进屋去看了钟表过来说："快了，一点多了，快回来了。表舅你和我说说话，整天没人和我说话。我和窗外的鸟说话，鸟儿不理我，我和天上的云彩说话，它们很快就飘走了，它们都嫌弃我。"

"它们不嫌弃你呀，它们怎么会嫌弃你呢？表舅和你说话。"

说话间楼下的脚步渐近。陈娅喊："妈，我表舅来了。"

姬天往楼下一看，豆丫回来了。

姬天埋怨道："你真胆大，把陈娅一个人放在家里。"

"那咋办，我带着她去不方便，单位也不允许。"姬天叹了一声。豆丫说："你来了咋不给我打电话。"

"我打了你没接。"

豆丫打开手机，确实有几个未接来电。"多亏你送我这个电话，旅馆酒店的活全靠手机联系。"豆丫说。

"有了工作就好，就不用我操心了，只是你把陈娅一个人锁在家里不行，让我把陈娅带走吧，你妗子你嫂子没事，让她们给你带娃。"

"她不愿到外边去。把她放到秦人居旅馆，她都不去。不去也好，放到别处我也不放心，她今年就上学了，我正在托人找学校。"

"上学好。"他又问："你给娃咋买那么多水果呢？"他不愿说她拿宾馆的水果。

豆丫笑说："不是买的，是宾馆旅馆里的。"

"宾馆旅馆的东西你咋敢拿回来，咱再穷不要拿别人的东西，人家的东西咱不能拿。"

"表哥，你想哪去了，你甭笑话我。我给旅馆宾馆打扫房间，客人退房时，好多东西没有带走，其中就有很多食物和水果，我就把那些客人没吃过的食品带回来，那些东西干净着呢。"

"咳，那毕竟是别人剩的东西呀！"

"表哥，你不来我还想找你去。"

"啥事？"

"我想开个保洁公司。"

"开公司？"

"保洁公司，就是带一帮人给旅馆宾馆打扫卫生。很多旅馆宾馆不设专门服务生，养着服务生他们划不来。客人退房了，他们联系像我这样的保洁，打扫一个房间多少钱，一月结一次账，既不出工资，也不办劳保福利。这几个月，我每天跑几个旅馆宾馆打扫卫生，认识了很多保洁员。旅馆宾馆有时找不到保洁员很着急，很多保洁员没活干又闲着。有旅馆宾馆委托我给他们找人，他们要我承包保洁工作，有好几个姐妹愿意跟我干。"

"行，我看行。"

"要成立公司，得办营业执照，选办公地址，这些我都不会。"

姬天听着高兴，"这些我给你办，公司就叫明天保洁公司。"

"好呀，明天名字好！明天就是希望，"豆丫说，"你赶快给我办，没有公司人家不跟我签合同。"

姬天说："你先和那些熟悉的旅馆宾馆谈好合作的事，我马上去给你注册公司，这个房子就是你的办公室，也是注册地。"

豆丫听着激动，说："表哥，我能干吗？"

"有表哥呢，你大胆地干！"

明天保洁公司注册成立了。豆丫顺利签下了两家旅馆的保洁工作，第二天又签下了两家宾馆。四个旅馆宾馆一百多个房间。姬天告诉她："学会经营，公司才能发展，一腔热血是干不了企业的。"

"我这也算企业？"

"表哥先教你一阵子，打扫一个房间五十元，你先招聘一些保洁员工，每个员工提取管理费十元。"

"太黑！太黑！"

"以前人家给你介绍活儿，一个房间收多少钱中介费？"

"刚开始人家介绍一个活，每个房间收二十元，甚至对半和我分。"

姬天说："咱不拿那么多，只收十元管理费或叫中介费。"

豆丫说："收五元，五元就行了。我们经常骂那些包工头心黑，我咋也成了黑心人了。"

姬天说："你给他们揽活，收他们管理费是天经地义理所当然的事，这叫市场经济。没有你，他们就找不到工作，找到工作也是三天打鱼两天晒网地干。有了你，你让他们天天有活干，天天能挣到钱，多好的事。"

"收他们五元，这些姐妹干活不容易。"

姬天说："你这样的做法，实际上扰乱了市场秩序，同行们是不高兴的，你收十元比较好，这也是同行中相对低的市场价格。"姬天的坚持，豆丫觉得在理，只是心里不安，觉得剥削了姐妹。几个姐妹却不那么想，愿意跟着她干。

豆丫做梦也想不到，她在城里有了家，有了公司，当了老板。她为自己走出秦人居高兴，如果她还在秦人居，她现在干什么？依然还是一个混吃混喝打扫卫生的。

她感谢豆花、得福接纳了她，感谢在生命中遇到他们，也感谢自己毅然走出了秦人居旅馆。

她并不认为自己是老板，别人叫她经理，她羞得不抬头。她为他们服务，为他们忙碌，并且有了可观的收入。她要融入城市人的生活，她要成为城市中的一员。

拾玖

炎热的天气使人们浮躁起来，午后的咸阳湖在安静中蕴藏着一种骚动。

陈进财最近手气很旺，在赌场赢了钱，他要看女儿去。

陈进财不知怎么知道豆丫住在这里，他开着小车找上门来。陈进财看到周围环境，看到豆丫和女儿的住处，觉得女儿跟豆丫受了委屈，他要给豆丫和女儿换住处，陈娅不愿跟他去吓哭了，躲在豆丫身后。

豆丫说："我娘俩生活得很好，我们已度过了最艰难的日子。"

陈进财说："你这个地方是人住的吗？我不能看着女儿在这里受苦受罪。"

豆丫并不认为她和女儿在这里受苦受罪，不愿意让他给她娘俩换地方，更不想让他把女儿带走。豆丫说："女儿判给我了，我有责任保护她养活她。"

"你能保护养活了她吗，你没有条件让女儿过上幸福生活，你连让女儿生存的条件都不具备。"

"我有，我一定会有！你走你的阳关道，我和女儿走我们的独木桥。今后生活的好坏与你没关系。"

陈进财没法。按道理讲，陈娅判给母亲，他无权带走陈娅，但见她和女儿住在这狭小的空间里，他心里难受。豆丫正为难时，得福带了两个人冲上来，一拳把陈进财打倒，拖了下去。陈娅惊叫一声缩在母亲身后。

得福进来问："他把你咋了，欺负你没有？"这突如其来的情况吓坏了陈娅，也吓坏了豆丫，"你咋能这样？你咋能随便打人！"

得福不知如何回答。得福得知陈进财去了豆丫家，他知道陈进财去豆丫家一定会闹事。他去找老王，老王说："这是你显摆能耐的时候，你去救了她，她一定对你感恩不尽的。"

得福说："我打不过他。"

"我给你叫两个人去，中午你请他们吃顿羊肉泡就行。"

老韩看见得福带着两个人气冲冲地从门前走过。他喊住得福："得福，我告诉你，办啥事咱得讲理，不敢莽撞！"

得福一随从说："他做了挨打的事就得打，他们已经离婚，这女的就不是他老婆了，他现在是我得福哥的人。"得福欲解释，两人拉着他走了。

老韩说："有话好好说，你甭胡来，小心惹下事了。"

得福真的惹下事了。他打了陈进财，被豆丫怒斥，他担心那两个人把陈进财拉下去弄出事。他跑下楼，陈进财倒在地上，满口是血，得福见状吓坏了。他问："你们咋把人打成这样？"

"你叫我俩来就是打人的，不打人，你叫我俩干啥来了？中午在哪吃饭呢？"

得福从口袋掏出一百元："快走！快走！"两人接了钱扬长而去。

得福扶起陈进财，陈进财一把抓住他："你为啥打我？你为啥打我？我来看我女儿，你为啥打我！"说着把满嘴满脸的血，涂抹在得福的白衬衣上。

得福知道做了错事，不敢吭声，任由他涂抹，这白花衬衣是不能再穿了。他问陈进财："你要紧不，我送你去医院。"

陈进财猛地拾起身子来说："我和你没个完！"然后抓住得福的白衬衣又擦了擦鼻子，走出社区，出门向车上走去。他不愿让车上的女人看见他被打的样子。

打人的人吃羊肉泡去了，被打的人也走了，得福把血衣卷上胸部上楼向豆丫解释，"我是来保护你的，完全是怕你被人欺负。"

豆丫把他推出门："你为我不怕伤害陈娅吗？他是陈娅的父亲。你当着她的面打她的父亲，你叫我如何面对她？"

他知道自己闯祸了，吓了陈娅，又得罪了豆丫。他低头往回走。老韩看见他说："看你这屄样，就知道闯祸了。你咋能听老王的话，他的话你能听？把人打了？"

得福点头。"人要紧不？"老韩问。

"不要紧。"

"你寻老王去，他给你出的主意找的人，你找他去。"得福无脸去找老王。他悄悄地回到了秦人居，用手遮住卷上胸部的血衣。豆花坐在吧台算账嗑瓜子，低头没看他。

事情并没有结束，下午陈进财开着小车，找到秦人居旅馆。他拿了一沓医院票据要得福报销，得福欲拉陈进财到房子里去说。陈进财说："就在这说，我怕谁呀！上午我怕我女儿看见，现在你把人叫来，把我打死在这里，打不死我，我就住到这里。"

豆花过来问："有话你说，甭在这里耍死狗！"

陈进财说："我要啥死狗？上午他带人打我，你知道不？这是我的医疗费，现在我头还疼，你们管不管？"

豆花问得福："咋回事？"

得福说："他在豆丫那闹事，老王给我寻了两个人……"

豆花明白了，她不想让得福再说下去。她问陈进财："你一个大男人家，整天欺负一个女人，还有脸找这来？"

陈进财说："我去看女儿，我没闹事。"

"你没闹事，咋会打你？"

陈进财辩解说："我是去看女儿，见她娘俩住得窝囊，想给她娘俩换个宽敞的地方，话还没说完，他就打了我。这是我的医疗费。"

豆花接过医疗费票据看罢问："打你哪里了？"

"脸上和头上。"

"你看你这单子简直是一次全面体检。滚、滚！拿走，甭在这恶心人了。你头疼咋没住院呢？还能跑来闹事，你这分明是讹诈。"她随手将票据甩在地上。

老王听说被打的人找上门来，躲在家里不敢出来。老韩知道这是老王捅下的麻达。他听见秦人居里闹腾并不大，就是被打者要得福报销医疗费。于是走进去问："你咋能证明是他打的呢？"

得福说："是我打的。"

老韩问："你在医院检查，谁叫你去的？有公安调解书没有？有伤残鉴定证明没有？你拿不出这些，给你咋赔？你要把这些拿来，他给你全赔。"

陈进财见这人一脸官相，说话有根有据，不敢再胡来，起身要走。

老韩说："把你的医药费单单捡起来拿走。"陈进财站着不动，豆花捡了。陈进财问豆花要，老韩说："有了公安调解书或伤残鉴定证明，按法律程序来。"陈进财不敢再停留，赶快走了。

陈进财走了，豆花感谢老韩，她留老韩喝茶，"韩哥，他要把公安调解书或法医鉴定真拿来了咋办？"

老韩说："他肯定没报案，是自己去医院的，调解要双方当事人到场，得福没去，哪来的公安调解书？如果他有事，就不会跑来，早住院去了。能跑来说明他没事，公安也不会管，也不会给他鉴定。他真要法医鉴定，等他把鉴定那一套手续跑下来，他就没气了，也不会寻咱了。为了那点药费，他去做法医鉴定，他一定不会这样做。"

豆花说："多亏你来，不然我不知道咋收场呀。"

"咳，得福咋能听老王那货的话呢。人家找豆丫不一定就是去闹事，打人打下麻达咋办？得福没脑子！老王让你打人你就去打，还带人去打，这本身就带有黑社会性质。国家有法律，街办也有司法所。有理走遍天下，无理寸步难行，咋能一打了之！"

得福见老韩一再批评自己，很不高兴。你帮了忙，也不能在豆花面前这样数落我。得福欲走，老韩说："得福你还不高兴，你惹下麻达连累了豆花。真把人打出个好歹，你赔得起？"

豆花不想再得理不饶人。她语重心长地对得福说："吃一堑长一智，你在秦人居也干几年了，处理事要多用脑子想一想，不能别人一煽惑，就嗨起来，惹下事你我都承担不起……"

豆花说了些什么，得福再也没听清楚。他觉得自己好憋屈，这场事他本想去帮忙，却得罪了豆丫，惹得豆花不高兴，还让老韩当了好人。

贰拾

陈进财被打，在秦人居受辱。他到秦人居并不想要得福赔多少钱，只是当着女儿面被人打，希望在秦人居有个说法，没想到是那样的结局。

他到派出所反映了挨打的经过，派出所说他当时没报警，不好处理。民警问他："你们离婚了，还去她那干啥？你不是没事找事呢。"

派出所不处理，他找得福报销医疗费碰了一鼻子灰，他连说理的地方也没有。

他想去找豆丫谈谈，豆丫不理解，女儿不理他。如果豆丫理解他，他更想给豆丫诉说衷肠。

他和豆丫离婚，跟一个女子结婚了，这女子叫胡琴。本想和她生个儿子，谁知道结婚后，她才说了实话，她根本没有怀孕。她户口转进村里，因为过了拆迁的登记时间，没分上拆迁款。她常常埋怨他不给她办事，给她办事不用心，她竟说，骗他怀孕，是对他的报复。

他心里很难受，他想给豆丫诉说，豆丫不理他，女儿不听他的话。他几次去找她们，敲门无人理睬。他回家睡不着，他不知为什么要去找豆丫，是真的要给她们换一个新住处吗？如果真想给她娘俩换一个环境好的住处，为什么不找好房子，给她们装修安置好，直接把钥匙给她们，证明自己是真心的。那天如果豆丫和陈娅真听了他的话，跟他去新住处，他的新住处又在哪里？他怀疑自己这样多次去找她，只是想和她说话，是想去见她。

他再次去找她们，走进社区，走进单元门口，他发现楼梯走廊站了好多人，不知今天人咋这么多。他走到豆丫家门口，门口坐了两个人。他问："咋回事，你们坐这干啥？"

一人说："我们没事坐这干啥！这家是个黑包公司。我媳妇在她公司干保洁，在路上被车撞了，现在躺在医院里不省人事。"

陈进财说："谁撞了，你找谁去呀！"

"撞人的司机开个烂面包车，是个穷光蛋，把人送到医院就跑了，"那人说，"我媳妇是她公司的人，是下班路上被人撞的，她得负责任。"

有人问他是谁，和这公司老板啥关系。

豆丫惹下麻达了。陈进财面对这场意外束手无策。他不敢说他是豆丫的前夫，更不敢说来找她的理由。他匆忙下楼，回家去了。

胡琴一见他就埋怨，说他见旧情人去了。他说："你甭怨了，豆丫拿了钱也没好日子过。"

"咋咧？"胡琴问。

"她出大事了，不知啥时候，她张狂地开了一个公司，惹下人命官司了，这次把拆迁所得的那点钱全赔了，就这也可能平不了事。"

"这是她的命，她的命里就不该拿这笔钱，拿了钱有祸就等着她。"胡琴得意地说。

公司出了事，豆丫不敢回家。她不知陈娅一个人在家里怎么吃饭，饿了自己会不会找吃的，会不会哭。她给豆花打了电话，叫人送了钥匙，让她去接陈娅。豆花几次到豆丫家单元门口，过道里总站着几个人。被撞的家属轮换着在等她回家。

凌晨以后守候的人走了，豆花和得福打开了门。可怜的陈娅，脸上挂着泪珠，躺在地上睡着了，得福抱起陈娅先走了。家里也没有什么值钱的东西，豆花拿了几件豆丫和陈娅的衣服，锁了门。

出事的员工在医院躺了几天，没有抢救过来。一切等待法院判决。

一个逆行，一个闯红灯。况且是在下班之后的菜市场违章行驶，本应是交通事故，于公司没有责任，但肇事方无能力承担对方医疗费用。法院调解要求公司承担部分费用，人死了总该要赔付。

豆花把给豆丫存的钱，包括拆迁款、秦人居的保洁费、许总的奖励金全部交给了豆丫。豆丫再没说不要这些钱，这些钱救了她的急。

豆丫已是倾家赔付了，赔付之后她无能力在外租房住了，又回到了秦人居。豆花说："秦人居永远是你的家，你啥时候回来都行。"

贰拾壹

晚饭后，人们都奔咸阳湖消夏来了，咸阳湖岸、公园里到处是人，没一处安静的地方。

豆丫回到了秦人居，一切又回到了从前。

豆花怨她，这场事故与保洁公司有什么责任？双方都是违章，况且你的员工是在菜市场出了车祸，她下班回家去买菜，这与公司有啥关系？你慷慨赔款，只能证明你瓜。

豆丫每天早早起来，仍在秦人居打扫卫生、做饭。陈娅仿佛一夜长大了，知道母亲遇了事，起来帮母亲扫地，豆丫看见就落泪了。

豆丫没事坐在大厅发呆，只愿在旅馆忙活，不愿意出门见人。

豆花看见生气地说："你总要见人的，在哪跌倒在哪爬起来。你觉得你的员工可怜，赔了就赔了，咱从头再来。"

豆丫说："我爬不起来了。以前的那些客户不接我电话，更不敢给我活了。"

豆花说："你受这点挫折就打回原形了，这点挫折在人生的道路上算个啥！这次事故要说你有错，就是没给员工办保险，如果给他们办了保险，就不是这个结果了。"

豆丫仍然不想出门，在门前扫地像做贼似的。老王看见豆丫赞叹道："没想到你的家底这么厚实，给对方赔付了那么多钱……"老王还要说，豆丫转身回到了秦人居。

豆花气不打一处来："难道你想一辈子待在这里，在这里当个保洁员！长期下去，我这里也要不了这么多人。"

陈娅看见豆花生气，忙说："姨，你不要赶我们走，我也能干活了。"

豆花没理睬陈娅："娃以后还要上学呢，你就这样倒下去不想再起来？"

豆丫说："你别激我，你容我想想。"

姬天来看豆丫。租住的房门关着，他敲门无人应声。他叫陈娅，屋里没有回声，他不知表妹和外甥女到哪去了。

他到秦人居想问个究竟，发现她们都在这里。姬天知道了豆丫的情况，先是叹息，又说："好事，好事，娃娃走路，哪个不跌几跤。"

豆丫对表哥的话很不悦，原以为表哥会安慰几句，谁知表哥会这样说话，就好像出这事是应当的，是她必须过的一个坎。

姬天说："明天我帮公司员工买保险。"

豆丫说："现在没活了，哪来的员工？你给谁买保险？"

"咳，怪我，我只想公司在试运行阶段，经营正常了再买保险，谁知会闯下这祸。"

豆丫说："表哥，咋能怪你——"

"出事之后，你没有退缩，没有回避责任，而是承担责任，积极赔偿。我相信通过这件事，你一定会吸取教训。你还年轻，摔这一跤是好事，会提醒你很多事，更会让你明白，成立公司的责任和义务。"

豆丫说："我再吸取教训，也没人敢给我活，和我签保洁协议了，有的人连我电话都不敢接了。"

姬天说:"他们不接你电话,是怕你把这事故没有处理好,给他们惹事。你处理好了,他们一定会和你再合作的,因为你的为人,做事负责任的态度,让人信服。"

豆丫说她不干了,她害怕。姬天走时说:"你冷静思考一下也好,我知道你能干,表哥等着你清醒的那一天。"

贰拾贰

得福自从打了陈进财,像得了病一样没精打采。见人话也少了,他再也没去过萧何商店。

老王一直等着得福来找他。他知道打人惹了事,陈进财找过得福,他当时害怕事大,把人打下麻达,后来得知陈进财没受多大的伤,就觉得没事了。他几次见到得福想问问情况,得福有意躲避他,头也不回地向前走去。

他看见豆花出来,低声唤道:"妹子!"豆花见是老王,提高嗓门问道:"啥事?你贼声贼气的卖谁呀?"

"卖你呀!"老王笑。

豆花走过来。老王说:"你看你穿的这叫衣服,两只兔子要跳出来了,那东西是咱自己看的,咋能让别人看呢。"

豆花脸一下红了,"你会说人话不?"

"你看、你看,胸口的衣服要溜下去了,兔子要跳出来了。"豆花停住再不敢向前走。他说:"妹子,得福咋不理我呢?"

"我咋知道。"豆花扭头走了。

"你站住。"老王喊道。

豆花站住。"咋,你还吃人呀?"

老王走近豆花问:"你告诉我,得福咋不理我呢?"

豆花说:"你做的好事!"

"咋咧？"

"你给得福找人，打豆丫的前夫？"

"是我找的人。"

"人家陈进财去看女儿，你让得福打他，得福是豆丫的啥人，不允许人家去看女儿？"

"我是为得福好……"

"你害了得福，他当着豆丫面打她的前夫，他们再有矛盾也有过一段感情，她能原谅得福吗？当着女儿的面打他的父亲，这样好吗？"

老王说："我只是让那两个人去吓唬吓唬，谁知那两个家伙真打了。豆丫生气了？"

"她不生气才怪呢？"

"难道我给得福帮倒忙了？"

"我告诉你，豆丫现在出了事，她忙大事呢，她给我说，不想再理得福了。"

"行、行，是我的错。我哪天给豆丫妹子赔不是。"

豆花说："你甭惹豆丫了，她怕你。你这人我都怕，豆丫能不怕吗！"

"我跟她没啥事，她怕我干啥？"

豆花说："女人见你都怕，你说话，动不动就上手，哪个女人见你不怕？"

老王很委屈："我只是对你好，特别关心你的衣着和形象，我还关心过谁？"

"你关心谁我咋知道。你关心人也不能太过分，关心得简直让人受不了。我知道你的心是好的，有些事点到为止，不要给女人动手动脚，这样不好！"老王点头。

豆花问："卓花嫂子最近没闹着回娘家？"

"没，她是吓唬我呢，她知道我不放心她回去才闹呢！她回去干啥，前几年说回去还有老娘，现在只有一个弟了，连住的地方都没有了她回去干啥？再说，我想在农村买一个庄基再买块地，她就有一个真正的家了，她还回啥娘家呢!"

"乡下庄基和土地不是你想买就能买的,私下买卖土地是非法的。"

"这我知道,我就是这么一说,我想国家以后不会把农村土地扣得这么紧。"

"嫂子没在家?"

"买菜去了。"

"怪不得你叫我,平时你敢跟我说话?"

豆花要走,老王叫住她说:"看你裤子夹沟渠子了。"

"滚!"豆花红着脸骂道。

老王一本正经地说:"是真的,你咋不听人话呀?"豆花不再理他,匆忙进了秦人居。

老王老远看见得福回来,招手让得福过来,得福走到门口,站着不想过去。老王喊:"咋,帮忙还帮成仇人了!"

得福走过来。老王说:"给你帮了忙,也不说谢我一下,还躲着不理我。"

得福说:"我给了那两个人一百元。"

老王问:"谁叫你给他们钱呢,你应给我,你给他们干啥?"得福心里骂道,你咋这么爱钱呢!

得福说:"咱为啥要打人家陈进财,陈进财去看他女儿,咱凭啥打人家呢?"

"你叫我找人打的呀?"

"我啥时让你叫人的,是你自己叫的人,说中午吃顿羊肉泡就行了。"

老王说:"还不是你叫的,不是你叫的,你为啥给钱请人家吃羊肉泡。"得福觉得很委屈,花钱帮了人,没落下好。

老王说:"你不必埋怨也不要后悔。表面上豆丫不高兴,那是给前夫看的,她是在脱离和打他人的关系,她要让前夫知道打他的人不是她叫的,她根本不知道这事。其实她心里一定在感激你,把那货打得美。过去他把豆丫欺负扎了,你替她把仇报了。"

得福眼前一亮，觉得也是这个理。他对老王佩服就佩服在这里，很多事经他一转说，坏事就变成好事，而且有理有据叫你服气。得福问："王哥，那我以后咋办呀？"

"啥事甭管，就当以前的事没发生过。当下是豆丫最难过的日子，她遇难了，你要帮她。你帮不了她大忙，在生活上照顾她，管她高兴不高兴，愿意不愿意，你只管去做。她一定会忘了那事，只会记住你对她的好！"

得福感激地要了盒中华烟扔在柜台上说："哥，这是给你的。"

得福回到旅馆，换了模样。

豆丫坐在大厅想心思。他给豆丫端一杯水过去，豆丫说她不喝，他又端一碟瓜子给豆丫，豆丫看他一眼，觉得得福怪怪的。

姬天这几天常到秦人居旅馆来，豆丫在经营上摔了一大跤，他不放心。他要帮她重新站起来，他觉得豆丫能吃苦耐劳，讲诚信又本分，这是做生意的根本，这样做生意最易成功。

他不觉得豆丫是失败，而是一次锻炼和实践。豆丫见到表哥说："你甭催我了，我也没心情再干了。"

姬天问："你知道'文王拘而演周易'的故事吗？你妈给你讲过先祖这个故事吗？姬昌在羑里被囚的漫长岁月里，他发奋治学，潜心研究，用了整整七年时间著成《周易》一书，成为中国的传统经典，中华民族文化之源。你用经商失败的这段时间，好好反省检讨一下自己，你为啥会失败？失败的原因是啥？我想，你从失败中醒悟之后，一定有一个继续发展的欲望。表哥看好你，保洁公司是你起飞的平台。你不是平庸之辈，你有远航之志，我期待你这一天。"

豆丫望着这个经商失败的老兄，想不到他竟这么看好自己。但自己仍陷在事故的惊骇之中，无法走出来。她初涉商海，得知行走商海之艰难。她有些却步，不敢再向前走。

表哥的一番话，使她胆怯的心激动起来。她不能就这样下去，女儿长大要上学，如果她不努力，如果女儿过不上幸福的生活，陈进财可能会从她身边夺走女儿。陈进财曾说过"你没有条件让女儿过上幸福的生活，你连让女儿生存的条件都不具备"。这句话使她惊醒，她必须继续努力，必须迅速从失败的痛苦中走出来。

姬天说："明天的太阳依然会从东方升起，表哥有信心等待你清醒的这一天。"

得福给豆丫续了杯水，什么话也没有说走了，这叫豆丫很内疚。得福帮她打了陈进财，她知道他打陈进财的原因。但是你不能当着女儿的面打她的父亲，这会给女儿留下噩梦。她当场训斥了得福，从此他一直躲着她，不敢直面她。她也想和得福谈谈，谈他打人的莽撞，怨他打人不分环境。他今日一改往日的躲避，主动给她倒水，殷勤地给表哥倒茶。她不知道怎么和他搭话，她不能说他打人是对的，如果打人是对的，她该如何收回自己的训斥。

得福上午有事没事在大厅转悠，想引起豆丫的注意。陈娅跑过来要吃瓜子，豆丫给陈娅抓一把说："给你叔送去。"

陈娅跑过来说："得福叔，我妈给你吃瓜子。"

他没有接瓜子，而是蹲下抱住了陈娅。陈娅突然发现得福脸上有泪珠，她问："得福叔，你咋哭了？"

豆丫没想到自己的训斥，竟使得福如此痛苦。她知道她在这里，会使他更难受，她不愿看见他难受的样子，她站起来向屋里走去。豆花从房子出来看到这一幕说："没出息的东西，男人有泪不轻弹。有本事你就寻她去，错了就道歉，对着就讲明白，她还能把你吃了。"

得福抬起泪眼看着她。豆花说："陈娅，到姨这里来。"陈娅跑到豆花跟前，豆花领着陈娅走了。无助的得福愣在了原地。

得福终于推开豆丫的房门。他说："我不该当着陈娅的面打他……"

"打得好，他不该挨打吗？你给我解气我要谢你。"得福不知是这样的结果，他激动得又要落泪。

夏天是女人的世界。街道上打遮阳伞的女人形成一道别样的风景。

"有人没？"许得提着一条鱼在门口喊。

得福在大厅应了声："许总来了。"

豆丫喊豆花："姐，许总来了！"

许得说："我不是来看她，我是看你来了。"

豆丫说："我没那福气。"

豆花走出房子。许得对豆花说："咸阳湖的鱼刺少，肉鲜得很。"

许得把鱼给得福。豆丫说："给我，他不会做。"

许得说："你一天忙得跟吹鼓手一样，还有时间做鱼？"

豆丫说："我现在不忙了。"

"不干你的保洁公司了？听豆花说你是包工头，一天赚不少钱呢。"豆花示意许得不要说此事。许得并没有领会豆丫的话，继续说道："现在能赚钱不犯法，赚钱越多证明你本事越大！"豆丫沉下脸进了灶房。

豆花说："哪壶不开你提哪壶，你不知道豆丫出事了？她现在又回到秦人居搞卫生来了。"

"咋咧？"

豆丫走出来说："我是一个失败者，我承认自己是一个失败者。但我不会永远失败下去，我要从头再来，从保洁做起，再重做起来。"

许得不知豆丫怎么失败，失败成什么样子。他说："失败是成功他妈。"豆花豆丫笑了，得福却怎么也笑不起来。

豆丫知道许得找豆花一定有事，她带着陈娅回了房子。许得对豆花说："到你房子坐。"豆花带许得到她房间去了。这让得福很羡慕，外边传说他和豆花如何好，可他至今连她房子都没去过。他想豆花的房子一定有很多化妆品，床单被子是印花的，他想象不出豆花房子的温馨和美丽。

在老王的教唆下，多少个不眠之夜，他侧着耳朵细听豆花房间传出的微小声音。天黑之后，豆花依然会指派他干什么活，但从没有邀请他去她房间帮什么忙。他总是给老王解释，晚上豆花没让他去过她房间，老王就是不信。他很想去豆花房间看看，豆花从没给过他这个机会。

豆丫和陈娅回到房间，见得福痴呆地站在大厅望着豆花的房子。她喊："得福，你出啥神呢！"

得福一惊向她房子走来。她问："你出啥神呢？"

"我想许总到豆花房子干啥去了。"

豆丫说："你管人家干啥去了！"

得福说："豆花和许总谈恋爱呢，他俩谈恋爱到两寺渡公园谈多好，在房子干啥呢？"

豆丫说："谁说谈恋爱一定要到公园去？"

得福说："晚上公园一双一对的男女，手拉手坐在椅子上谈恋爱呢，夏季晚上你就不敢到公园去，看不得！"

豆丫问："你去过？"

得福说："晚上没事，我去过。刚开始看见那些男男女女搂搂抱抱，我就躲避，我害怕，现在不怕了，看见就当没看见。"

陈娅出去玩了。豆丫说："你一个单身少去那些地方。"

得福说："不是我要去那些地方，是他们要到咱门口了。夏夜隔壁老王假冒公安人员在公园巡逻，专往那黑地方走，吓得那些人乱跑。"

"你不要跟老王去胡闹，谁没年轻过，你们这是不文明现象。"

得福说："我从没跟他胡闹过，你不知道……"

豆丫不愿再听得福谈论这个话题。她也听说过人们对得福和豆花的议论。而他那时却老想黏她。她万万不可和得福有什么事，一旦传出不好的事，她对不起得福，更对不起豆花了。

尽管在旅馆她没有发现得福和豆花的任何事，但流言很可怕。她出走的决定是正确的。因为正确的决定，她赢得第一桶金；因为正确的决定，她又失败了。她正在检讨自己失败的原因。

面对诚实单纯的得福,她不敢对他的示好随意回应,任何一次回应就可能误导他的情绪和决定。她问:"得福,你啥时候才能挣够娶媳妇的彩礼钱呀,那是一个不小的数目。"

得福说:"我妈来电话说,又给我找了个对象,我给她说我在城里有了,她不相信要到城里来看,我不知咋办呀!"

豆丫说:"你不要骗你妈,她在农村给你找下了,你快回去看看。"

"看了几个了,都因为咱拿不出彩礼钱,人家跟别人结婚了。没钱看了也白看。"

"你母亲要到城里来,你咋办?"

"咋能让她到城里来,我回去应付一下。"

"可怜天下父母心。"

得福说:"你和豆花以前说要到我老家去看大佛,这次随我一起去,去看彬县大佛寺。这个时节,正是农村瓜果成熟的时候,农村有好吃的又好玩。"

忽然豆花的房里吵起来,"你出去!出去!"

豆丫和得福跑出房子,见许得被豆花推出门。许得说:"你不同意算了,这样干啥!"

豆花说:"走、走!我不想见你。你整天游手好闲,是个浪荡公子。"

许得说:"我有公司,我做生意。"

豆花说:"你做啥生意?你敢做生意,小心你老子收拾你!"

豆丫拉得福回房子。得福说:"他俩喊啥呢,我去问问。"

豆丫拦住他说:"你瓜呀,人家两个人的事你咋问呢,你不是说他们在谈恋爱吗?"

"谈恋爱咋能吵起来?"

豆丫说:"这种事你不要管,人家两个人的事,你不能问。"

他俩在房间听见许得给豆花解释,"是我哪里做得不好?"

豆花说:"滚!我不想见你,我不想听你说。"

得福听得糊涂，问豆丫："他要干啥事，他要做啥事豆花不同意了？"

"走、走，你也走！"豆丫推他出去。

"你们咋都是这样，我又没咋你，你让我走，我走哪去呀？人家正闹事，你刚才不让我出去。"

"咣"一声，秦人居旅馆红门关上。豆花向屋里走去。

得福听见豆花的脚步声，他从豆丫房子出来。他忽然觉得女人都怪怪的，动不动就发脾气，而且无理由地发脾气，你根本找不出原因。他走出旅馆门，老王伸着脖子向这里望。老王问："咋咧、咋咧，豆花和许总咋咧？"

"我不知道。"得福说。

"我看见豆花把许总推到门外关了门，两个人以前好好的，许总提着一条鱼进去的。"

得福说："我听见许总说你不同意算了，这样干啥！"

老王明白了。"她当然不愿意和许总弄那事，身边有你这个小伙子，要他许总干啥。这对你来说是件好事，说明豆花心中有你，她只和你一个人好，愿和你保持那种关系，别人不行。"

"你想哪去了？"得福急了，"豆花跟我没那事，都是你给我说出去的。"

"好，好，哥胡说呢。咳！哥要是有那事，愿意让全世界的人知道。"

得福说："我妈来电话，又让我回去相亲，相来相去没钱是白相。豆花和豆丫一直想到我们彬县去看大佛，我想带她们去逛逛。"

"这大热的天去彬县？"得福没吭声。

"我给你们开车？"

"我得问问豆花，你知道她老骂你。"

老王说："女人都喜欢男人给她骚情，嘴上说讨厌，心里乐滋滋的。"

"你要正经点，我看豆丫豆花都讨厌你。"

"豆丫我不敢说，豆花一点不讨厌我。"

得福问："许总他爸是国企老总，咋不让儿子做生意？听说还不许子女当干部。"

老王说:"假正经,老干部大都是这样。"

得福回到旅馆,邀请豆花豆丫到他老家看大佛去。豆花很高兴,说把老王叫上,老王车好,他给咱开车。豆丫和得福没吭声。他俩都想不到,她怎么会叫老王同路,得福说叫许总去,豆花没言语。豆丫说:"还是叫上老韩,韩哥人稳当。"

豆花说:"那得福你去给老韩说一声。"

豆丫说:"还是你去说好。"

"我说咋会好?"话虽如此,豆花还是去了韩信面馆,回来高兴地说:"他说随叫随到,路上的开销他全包。"

贰拾肆

明天就回老家了,得福晚上睡不着,他琢磨不透女人心思到底是个什么样。豆花讨厌老王,老王常在她面前做出让人厌恶的事,被她辱骂,今天她却提出想让老王随同。她喜欢许总的英俊大方,她常和许总在一起喝茶,却因为不同意什么事,把许总从房子赶出来……

他尊重老韩,老韩行事彬彬有礼,豆花有时对他大大咧咧,么三喝四很不在意他,即使他给她把面端来,给碗里偷偷窝个鸡蛋,她也无谢意之情,只是她高兴时会把他叫到大厅聊天。他觉得老韩是一个让豆花闲坐的木墩墩,用时她会坐一下,不用时就被丢在墙角了。

按老王的说法,豆花是一个不安分的人,夜里会叫他按摩,给她捏脚,捶背,捶着捶着她就会脱了裤子,求他和她干那事。然而,几年来,老王说的话从没灵验过。

按老王的说法,他几次夜里去偷看她,她的门关得死死的,没一丝缝隙。一天夏夜,他偷偷去看,他揭开门帘,豆花的门没关,他轻轻地推开一条门缝,他看了一眼就跑了。

夜里他做了很多奇奇怪怪的梦,早上起来裤头湿了一大片。从此以后豆花睡觉的姿态,一直存在他的脑海里,他有时会发呆,不敢去想豆花的睡姿。不由他哟,他一闭眼,那一幕就展现在眼前,那是一个多么美好的睡姿呀。她随意地躺着,上身穿着一件齐腰的白色汗衫,双腿并没有合拢。他没看清楚,也想不出豆花的下身是个什么样子。他后悔没看清楚就跑了,或许他压根儿就没看清楚,完全是一种想象。

慢慢地,他觉得偷看很无聊、很无耻,他就不再做那事了。

豆花是一个对男人失去信赖的人。她唾弃她的前夫,讨厌老王,她对老韩存有一点点敬意,这种敬意常常在眉宇间游离。

许总对豆花的真诚执着让豆丫敬佩,尽管豆花有时对许总很不礼貌,甚至让他在众人面前下不了台,但他依然来看望豆花,对豆花百依百顺。这样的男人为什么不能尊重他呢?难道要得福像许总追豆花那样来追求她才喜欢,她拉了她的手,抱了她一下,她是那样的不高兴。他愿意为她付出一切,她却是那样的不接受他的真诚帮助。他打了陈进财,为了得到她的谅解,他费尽心机向她表示歉意,她一句理解的话,使他激动得落泪。他所做的一切都是为了打动她,而她却没有被打动。

第二天多云,太阳钻进云里一直没出来。高速公路通畅,从咸阳市区到彬县一个多小时就到了。走进县城,一群娃娃在广场跳舞,豆花拉着陈娅要去看跳舞。一路上老韩只听豆花的话,豆花说停就停,想看啥就看啥。老韩见豆花领着陈娅进了广场,放下车也跑了过去。得福见豆花他们去了广场着急了,母亲在家等着,得福喊他们回来。豆花说:"韩哥,你随他俩去得福家,去这么多人他妈也应酬不过来,我和陈娅在广场等你们,你们回来了,我们一块儿去看大佛。"

老韩不敢怠慢,转身过来找得福。豆丫和得福坐上车。豆丫说:"我和你们去得福家像啥话嘛。"

老韩笑说:"你就成全一下得福,让他妈他爸高兴一下多好!"

"韩哥,你胡说啥呢!"

得福说:"我真的不想相亲。豆丫,如果你能帮这个忙,是我修行积下的德行。"

豆丫说:"你们是不是以前商量好的。"

"没有,绝对没有!"得福解释。

老韩说:"你给得福帮了这个忙,得福就能尽快回城,还能让他妈他爸高兴一阵子!"

"咋帮?"豆丫问。

老韩说:"你假扮得福找的媳妇回家,得福既能推了那门亲事,又能让爸妈高兴。"

"他爸妈只能高兴一阵子,那得福一辈子的事咋办?"豆丫问。

老韩说:"这你就不操心了,像得福这小伙还能找不下对象?"

豆丫左右为难。得福说:"到了,马上到我村里了,让我妈我爸高兴这一回,我定要好好感谢您。"

此事已无法回转。豆丫还没准备好,车已停在得福家门口。

得福家门口停了一辆小车,乡亲们一下子拥过来。得福从车上下来,领下来一个女的。有人向得福家里跑去。"得福领媳妇回来了!"一句话,惊呆了一家人。

得福母亲向门外跑去,他爸不知如何应酬。走到门口,的确看到得福领了一个女子进门。得福爸回屋抓一笸篮糖和瓜子,见人就往人怀里塞。得福和豆丫进了房子。得福母亲埋怨:"你咋给妈捏得这么严实,让妈也准备一下么,妈和你爸啥啥都没准备。"

"准备啥呢,我们只是回来看看你和我爸,我们吃过饭就走。"门口窗口围了很多人看得福从城里领回来的新媳妇。豆丫脸色通红,她从没干过这事。她觉得老韩和得福把自己架到火上了。

老韩坐在车上,笑看这一场戏怎么演。得福看见车里的老韩,劝他下车喝茶吃饭。老韩说:"我是司机就不进去了,一会儿吃饭给我端一碗就行。"

得福爸说:"胡说啥呢!你百里路上把我儿和儿媳妇送回家,咋能让你在车上吃饭呢,来的都是客,一定要上桌吃饭,这是咱北五县的讲究。走,咱先进去。"

老韩在盛情邀请之下进了家门，他端个凳子坐在房门外。得福妈进灶房做饭去了，得福爸端着笸篮在院门口给看热闹的乡亲送糖递瓜子。"得福一点信息没透，我和他妈不知道么，把我两口都惊了。"得福爸在门口给乡亲们解释。

"再甭哄人了，这么大的事，得福能不给你说！"

"你是喜糊涂咧，把乡亲们忘了。"

"想不到，得福小子有福气，领回来这么个漂亮媳妇……"

豆丫在屋里再也坐不住了，她要帮得福妈做饭去。被得福拦住。豆丫说："我在房子坐不住，你让我出去透透气。"

她走出房子，又被得福妈拦住。豆丫说："我帮你做饭。"

得福妈说："以后有你做饭的时候，今天不让你做。隔壁你婶你嫂都来帮忙了。"得福母亲看见老韩说，"坐房子，咋坐在院里呢？"

老韩说："我是司机，开车的，坐这就行。"

得福母亲进屋对得福说："叫司机坐进来，咱农村没有那么大的讲究。"

得福说："他爱坐哪，就让他坐哪。"

"上菜、上菜，乡党进来坐。"得福父亲在门口喊。门口看热闹的人哄一下散了。

院里放着一个矮桌，得福爸妈上坐。特别请来了大哥和嫂子，他们坐在右边，得福和豆丫坐在左边。得福父亲硬拉来老韩坐在下首。四个热凉菜——彬县荞麦凉粉，御面，红焖羊头，酱汁猪蹄。都是名吃。扯面端上来，豆丫只吃半碗面，就放下了碗。她可能想起了女儿，她们中午吃什么呢。得福妈说："快吃，锅里还有。"

老韩吃了两碗喊叫香，他觉得彬县的扯面有别样的味道，比他的韩信面好吃。他问得福父亲："叔，这面咋做的，这么有味？"

得福父亲笑说："这是咱彬县的美食之一。当年元朝蒙古兵占领彬县时，怕彬县人反抗，严禁民间使用铁器，菜刀也不准用。老百姓不能用菜刀，只得撕扯面片片吃。县城南大街一杨姓妇女几经摸索，竟扯出了这种细如丝的面条，味道胜过刀切面条。于是家家仿效，扯面随之传遍彬县。扯面花样多，今天这道扯面只是其中一种。彬县面外观油光黄亮，出锅就香气扑鼻，入口光筋爽利。再咥一碗。"

老韩说："吃不下了，饱饱的了。"

得福父亲说："开车的辛苦，你一定要多吃。"豆丫觉得老韩话多，急着想走。

老韩说："咸阳的扯面偏厚也宽，味难入浸。彬县扯面细如发丝，浇上汤，味就全进去了。"得福也觉得老韩话多。

放了筷子，得福父亲问："吃好没？吃好了坐到炕上。"得福爸站起来向屋里走去。

豆丫在房子坐立不安，她示意得福快走。得福妈待得福的大哥走后，上炕从箱子里取出一块红绸布，打开红绸布亮出一个银镯。她拉住豆丫的手说："这是我结婚时，我娘家陪我的银镯。原来是一对，你大哥结婚时给你嫂子一个，这一个是你的。"

豆丫不要，她望着得福，不知如何是好。得福无奈地说："拿上，拿上好。"

豆丫拿了银镯就再也坐不住了。得福母亲说："再坐一会儿，我再取些干果。"

"不要。"

豆丫说："娃……"她把自己也惊了一跳，她想说娃还在城里呢，她不敢说。改口说道："路远，我们得走。"

老韩在门口说道："咱这路远，我们在路上也想多看看，提前走好。"

得福父亲说："路上慢些，赶天黑到咸阳就行了，甭着急。"

得福和豆丫走出门，门口站了好多人，他们看得福媳妇的俊样。豆丫坐上车，车刚启动，豆丫把银镯塞给得福："给，我给你把忙帮了，我今儿干了一件啥事嘛，说出去笑死人了。"

豆丫如释重负地喘了口气，得福没接这银镯，豆丫拿在手里不知放在哪里好。

豆花和陈娅早已在广场等候，看见老韩的车喊起来："你看看，太阳快压山了才来，把我俩急死了！"

老韩给得福说："你快给她解释一下，今个儿一天都是为了你。"

车停下来，得福欲解释。豆花说："咋去这么长时间，快走，去看大佛，小心一会儿人家下班了！"

得福想解释。她又对豆丫说："你心真大，把娃甩给我，你们就逛去了，我们中午还没吃呢。"

陈娅说："我和我姨中午吃的是荞麦凉粉，可好吃啦。"

豆花拍一下陈娅笑了："这娃嘴长很。"

豆花问："你们中午吃的啥？"

老韩说："我们中午吃得美，也有荞麦凉粉，还有御面、酱汁猪蹄、红焖羊头，这都是彬县的名吃。特别那一碗扯面做得精细，入口又滑溜又劲道，能咥得很，回去咱韩信面馆要增加一个彬县扯面。"

豆花说："你们这一场成绩不小，得福跟对象见过面了？"得福没说话，老韩和豆丫不敢吭声。

豆花问："那女的咋样？"

得福说："好，不知咱有运气娶么。"

豆花说："好好干，我帮你争取把这个媳妇娶回家。"

老韩说："大佛寺石窟，马上就到了。"

豆花问："你来过？"

老韩说："来过好几回了。"

豆丫问："那你咋还来？"

老韩说："我不来谁给你们开车，我今天是司机，是为你们服务的。"

豆花很感动，老韩去过大佛寺，今天还开车带他们来。她知道老韩这么做，是为了自己，她望着老韩的背影，不知如何感激他。

得福说："我在县城去过多少次，从没来过这大佛寺，看景不如听景，这寺没啥意思。"

老韩说："你呀，这是世界文化遗产，陕西第一大佛，为唐贞观二年所建，是唐太宗李世民为彬州浅水原大战中阵亡的将士超度亡灵所建。这是中原文化鼎盛时期唐代都城附近，重要的佛教石窟寺。值得一提的是这大佛共三尊，中间一尊是阿弥陀佛，旁边两尊是观世音菩萨和大势至菩萨。他们并称为'西方三圣'。这大佛高有二十多米，比河南龙门石窟最大的佛像还要高。"

大家下了车，老韩去买票。得福说："站在这里看一下行了，近看不如远看好看，花那钱干啥？"

豆花叫住了老韩。老韩说："我们不是光看景，还要了解大佛寺文化，历史渊源。"

豆丫拉豆花一下说："今天不早了，站在外边看一下算了。"

豆花说："韩哥，站在外边看看，不买票进去了。"

老韩听话地走过来。得福说："那边有很多小吃，咱去看看。"

豆花说："彬县就是个大佛寺有名，再也没啥看的。"

老韩说："侍郎湖也不错，是陕西最大的天然淡水湖，有'高原明珠'之美誉。这湖有三大不可思议的神奇：一是涝不升旱不降，无论雨水充沛还是干旱少雨，都不会影响侍郎湖的水位；二是夏秋无落叶，侍郎湖四面环山树叶茂密，可是湖面终年干净无落叶；三是湖面有时会出现一条神秘的水线，这条水线能准确预测天气情况。"

豆花说："算了，咱在湖边住着，还去看湖？"

老韩今天是当司机来的，对自己的定位很准确，从不强求什么，随着他们的心意来。

这次出游，豆花、豆丫、得福都觉得玩得很开心，既吃了彬县小吃，又逛了大佛寺。特别是为得福完成了一件大事，让他父母好好高兴一阵子。只是豆丫觉得自己办了一件瞎瞎事，对不起得福的父母，更对不起得福，回家后要尽快把银镯还给得福。

回到秦人居，豆花请大家吃饭，重要的是感谢老韩。夜里豆丫给豆花说了实情，私下告诉豆花："老韩是个好人，他做事有规矩，说话有分寸，善良更有爱心。"

豆花听着高兴。豆丫又问："你当初咋想叫隔壁老王去呢？"

"我只是随便说说，老王爱谝，他去热闹，再说老王爱献殷勤，让他献个够。"

豆丫对豆花的话不悦，女人咋能随便让人献殷勤呢，像老王那人她是不敢沾的。她让豆花代她把银镯还给得福，豆花不同意。她说："解铃还须系铃人，这个忙我帮不了。"

"我今天没办法了，事情赶到那里，我心软只想帮他一下，谁知真帮下事了。他家父母是那样的认真，简直让我受不了。你不知道，当时我想寻个地缝钻进去。银镯我不能要，我不能再耽误他了。"

豆花说："你要不同意就认真地告诉他，其实你也是农村人还带个娃，人家是未婚小伙，只要得福不嫌，你还嫌啥呢？"

"我说不出不满意他的地方，我就是不想和他结婚，他完全可以找一个姑娘，不能找我这老太婆。"

"你老了吗？你有我老吗！"

豆丫笑了。

豆花说："不同意，赶快把银镯还人家。"

不知什么时候得福推开房门，站在了门口。他说："豆丫，我不为难你，你把银镯还我。"得福的话，把豆花、豆丫都惊呆了。

贰拾伍

下了一场雨，天气凉爽多了。上班后，咸阳湖岸、公园里大都是退休的老头老太太。

许得被豆花赶出门后，心情一直不好。特别听说豆花邀请老韩开车，带他们去彬县看大佛，他坐卧不安。那天许得提着鱼，去看望豆花完全是一片真情。两人进了房子，豆花泡了茶，许得想和她干那事，竟遭到她拒绝。

　　许得认识豆花完全是一次偶遇。许得虽然不做生意，因为他爸的关系，旁边总是跟着几个人。豆花看见，不知他是哪路神仙，这么有派头，也没有搭理过他。

　　因为同住在一条街上，来回走得多了，豆花知道他叫许得，听老王说，他爸是国企老总，许得是国企工会一名干部，他爸不允许儿女做生意、当领导干部。许得嫌父亲不让他做生意，不让他当官，在单位不好好上班，整天在街上游手好闲，常给小企业拉些小生意，从中收取一些红利。一次许得路过秦人居，豆花向外泼水，溅了许得一身水，他抬头看见豆花，惊叹这条街上竟有这样的美人儿。两人认识以后，他常请豆花去喝茶，两人成了要好的朋友。

　　后来许得得知豆花离异，自己也是离异之人，两人由相知变成相爱，很快走在一起。没几天，许得硬生生地把他那光滑之犁插进了她那松软湿润的土地里。她说疼、痛呀，她说她快要死了……许得笑她："你这一声声的号叫，不要说隔壁老王能听见，把老韩都能招来。"豆花就打他，说他羞辱她，"人家多少年没干过这事了，能不难受、能不痛快吗……"

　　开始豆花是半推半就的，次数多了，豆花就完全顺从许得了。他们曾有过一段热恋，许得以为豆花离不开他了。谁知他最近几次要求都被豆花拒绝。一天她说，我们的关系没确定，整天这样像啥嘛？他说，那我们把关系确定下来呀，把朋友都叫来，办个订婚仪式，就名正言顺了。豆花不同意，她对许得还不了解。

　　她和许得怎么相处，她还没有想好。他和许得关系的发展取决于她对一个人的怀念，那就是她的前夫。前夫李奇把公司搬到西安去了，把儿子也带去了。她不知他的生意做得怎么样，他还会不会想着她。因为她牵挂儿子，夜里她常梦见他们。在这种情况下，这段时间，她不愿和许得有那种关系了。

　　许得贪恋他们的床笫之欢。他和谁也没有像和豆花这样让他难以忘怀，难以忘怀的不仅是她让他热血涌动、激情喷发的叫床声，还有她那不断吞咬永无满足的贪婪。这一切就发生在昨天，而今天她却不愿做了。他不知为什么了？他只要提出这个要求，她就像被蝎子蜇了一样摇头拒绝。

今天许得来秦人居，又提着一条鱼，说这是刚打上来的新鲜鱼。得福见许得说："许总，你下次来能不能换一个礼物。"

许得说："现在啥都吃不得，只有咱咸阳湖的鱼，无毒又新鲜。"

他问："她在吗？"得福努努嘴示意她在房子。许得把鱼交给得福，向豆花房子走去。他走到门口喊道："在吗？"豆花开了门。

许得进了豆花房子。得福给豆丫说："许总是白忙活，我看豆花的心思没在他身上。"

许得进去一会儿又出来，他坐在大厅告诉得福，咸阳湖的鱼怎么做。得福说："你给豆丫说，她做饭。"

许得说："做鱼有几种做法，有酸菜鱼、糖醋鱼、红烧鱼、黄焖鱼、清蒸鱼，方法多得很。"

得福说："你想吃啥鱼咱做啥鱼。"

许得说："你问老板想吃啥鱼。"

得福说："你那几次拿的鱼老板都叫红烧了。"

许得说："红烧鱼好做，你俩听着。做鱼先要备料，不要油煎了才手忙脚乱的。红烧鱼主要要备好姜、大蒜、花椒、料酒、豆瓣酱、香菜和老抽。锅里放入大蒜、生姜、花椒、小米椒炒香，放入豆瓣酱，炒出红油加料酒去腥，然后锅中放水，放鱼，加白糖、生抽、老抽，大火烧开，再煮八九分钟放一勺醋，大火收汁，起锅撒香菜浇口汁……"

得福问豆丫听明白没有，豆丫说听得糊里糊涂。得福说："要做好，你给豆丫去教，不然鱼做出来就成了搅团了。"豆丫笑了。豆花房里也传出了笑声。

许得说："豆丫，我给你教做红烧鱼。"

月亮像一个银盘挂在空中，一片一片云翳从银盘飘过，演绎出诸多莫可究诘的故事，使少男少女们产生无限的遐思。

晚上，豆花给豆丫说起他儿子的事。说儿子自从跟他爸去了西安，就什么消息也没有了，她想见儿子，不知李奇把儿子带到什么地方，这是他有意不让她见儿子。豆丫说："不会，是不是遇到啥难处，或者不方便。"

"他带儿子走时，为啥不给我打招呼，听说他走时把那个女秘书辞了。"

豆丫说："你甭急，我给表哥说了，让他打听呢，他门路广，认识人多。"

"听说你表哥整天给人还债呢？"

"是呀，他说过去他们都信任他，给他投资，投资的大都是亲朋好友，他不能亏待他们，那些钱是他们一辈子挣的血汗钱。有些投资者电话变了，拆迁了，搬家了，他骑着电动车，到处打听给他们还钱。"

豆花说："现在这样的人少。投资是有风险的，投资就要有赔的思想准备，赚了高兴，赔了也要承受，他不应该给他们还钱。"

"他说他心里难受，过意不去。我表哥有一个本本叫诚信本，上面记着亲朋好友给他投资的钱数。他说这是他这段时间的重要工作。还不上亲朋好友的钱，他睡不着觉。"

豆花感叹道："你表哥是一个失败者，又是一个成功者。他为我们这代年轻人做了一个诚信的榜样，让人敬佩。下次你表哥来，我一定要请他吃饭。"

夜深了，俩人还没有歇住的意思。豆花说："你不和得福组建家庭，别人都认为你会错失良机。得福人老实，勤快，跟他过日子心里踏实。"

豆丫说:"我心里不踏实,人家是个单身,我结过婚带个娃,回村乡亲会笑话他,他父母也不会同意。我不能为了自己,不顾对方的影响。我现在这情况还不是组建新家庭的时候,也没心思说这事。"

豆花不再说什么了,豆丫完全没有和得福结婚的意思。豆丫想得也对,得福一个大小伙,回家领个带娃的女人,家里人肯定接受不了。城里人爱面子,农村人更爱面子。

豆丫见豆花不言语了,知道她同情得福。她想把他俩捏合在一起。她哪里知道得福现在是饥不择食,急着想找一个媳妇带回家,让父母看。她是过来人,想得更多一点。

她问:"你光关心我,你的事咋办?你到底喜欢老韩还是许总?"

豆花说:"这两个我都不喜欢。"

"那你把话给人家,省得两个人都急着给你献殷勤。"

豆花说:"我咋不知道呢?"

豆丫说:"许总爱往咱这跑,每次来都带条咸阳湖的鱼,是因为你说过咸阳湖鱼干净,污染少,鲜嫩又好吃。他这个人,我不能说人家不好,但我觉得他这人轻浮。"

豆花说:"他教你做鱼时,对你动手动脚么?"

豆丫即刻否认:"没有。"豆丫反应过于敏感,倒使豆花怀疑许得不安分。

豆花问:"他咋样给你教做鱼的?"

"就那样,他说我做。他知道咱俩像亲姐妹一样,他不敢咋样,"豆丫说,"老韩人稳重,懂得礼仪。就说这次到彬县去,老韩一路很少说话,你说啥就是啥,他把自己只当一个司机。特别去得福家,他是个老板却硬把自己装扮成一个跟班。他去过彬县,看过大佛,你邀请他去,他仍然答应和咱们同去,给咱们开车。到了景区他抢先给咱买票。这样的男人可靠,是一个有诚意、有爱心,靠得住的男人。"

豆丫又说:"他听说你喜欢四合院,他要在乡下给你盖四合院呢。"

"谁说我喜欢四合院!那天跟得福聊天,我就是那么一说。"

"你是身在福中不知福。"

豆花听得高兴，眉梢间闪出一道难以掩饰的光芒。豆丫叹了一口气说："当初你为啥能推荐老王去，我咋都想不通，老王能和老韩比？"

豆花说："以后不要许得来了。其实他不是啥总，他没有公司，是个花花公子。"

贰拾柒

美丽的早晨是快乐的开端，每个清晨总会有福音降临。

豆丫虽身在秦人居，心里无时无刻不牵挂着她的公司、她的客户。这天早晨，她要出去找工作，秦人居这点活儿她要着就干了。

她面见皇城宾馆李总，李总认为她在那次事故中没有责任，"员工去市场买菜违章逆行，肇事者闯红灯，与你有啥责任？可你依然给她赔偿了，听说你是倾尽所有。当初我们不接你电话，是怕你们的事没有了结，那些人跑到宾馆闹事，实在对不起。那事平息了，我联系了你几次，你关机。这下好了，我们合同可以续签，我想其他的几家宾馆、旅馆，一定和我一样，愿意和你续签合同，我们相信你会比以前干得更好！"

许得来了，手里又提着一条鱼。得福说："许总，咸阳湖鱼是不是便宜？"

许得说："再甭胡说了，上次我教豆丫做红烧鱼，她没学会，这次我再教教她。"

豆丫说："你把鱼放下，我会做。"

豆花从房子走出来说："咱今天吃臊子面。"

豆花一锤定音，许得手里的鱼不知道给谁，他站在大厅无所适从。他说："得福，先把鱼拿上，总不能这样让我提在手里。"

豆丫看见这尴尬局面接了鱼。许得说："放到水里，活着呢。"

豆花不邀请他去房间，他不敢去，坐在大厅，无人招呼他。他看见一个客人在大厅转悠，过去问："你需要帮忙吗？"

他说："我想要一辆车去机场。"

许得说："别急，我给你叫。"他打了个电话，很快过来一辆出租车。

有客人要退房，已超时一个多小时，得福要按半天计费，客人不满意，话说得很难听。许得对得福说："不就是一个多小时吗？客人下次来咸阳再住咱旅馆就行了。"

得福看一眼许得，心想，你算个啥东西在这里指手画脚。他没有说出口，许得毕竟是豆花的朋友。得福给客人办了退房手续。豆丫给得福说："你去买点黑木耳，臊子面要有木耳。"

许得说："我去、我去。"起身向门外走去。

豆花说："他回来让他走，不要搭理他。"

豆丫说："这样不好吧，人家给咱送鱼，又去买木耳……"

豆花说："要留你留，我不留他！"豆丫不再吭声，快步进了灶房。

许得买了一袋子足有十几斤黑木耳回来。豆丫接过木耳说："你咋买这么多，半年也吃不完。"没人吭声，豆丫没趣地进了灶房。

许得说："我给咱泡木耳洗木耳，这木耳是南山的，上等木耳好吃又好看。泡木耳要用温水泡，泡着洗着木耳发得更快。"

豆丫给碗里放了一把木耳，添了热水。许得捏着木耳认真地洗着，那认真的劲儿，像一个犯错被主人训斥后处处小心的孩子。豆丫觉得他很可怜。许得忽然说："你身上的优点正是她的缺失，我很喜欢你这样的人。"

豆丫端着面盆出去了，她不敢听许得说这样的话。得福见豆丫端面盆走出灶房，问："咋咧，揉面咋揉到大厅来了？"

豆丫说："在大厅揉面畅快。"面揉好，豆丫进灶房擀面。许得仍在洗木耳，豆丫说，"你这样能洗到下午去。"

许得笑了，放下木耳，说："我看你擀面，你擀面姿势好看很。"

豆丫不想惹事，她不想听许得的夸奖，更接受不了他献殷勤的举动。她擀面不能出去，她无法躲开他，这要让豆花看见，她怎么解释。

城里的男人怎么是这样的，即使他不是豆花的朋友，她也不喜欢这样的人。她说："你忙去吧，我擀面有啥好看的。"

许得说："你擀你的，我不影响你。"

豆花在外边喊："得福，你去看一下饭做好了么？"

豆丫抱着两个面拳头跑出灶房说："没、没好呢，我的面还没擀好呢，你再歇会儿，一会儿就好。"

豆花问："许得在灶房干啥呢？""洗木耳呢。"豆丫说。

许得在灶房没有吭声。豆丫回到灶房问："你咋不吭声，咋不说你洗木耳呢？"

"我没有洗木耳，我在看你擀面呀。"

贰拾捌

豆丫要搬出去住。

豆花说："你和得福的事，你不同意他也不会逼你。你住在秦人居好坏大家是个照应，你住到外边我不放心。"

豆丫心意已决，外边的房子她找好了。得福给陈娅也找到了学校，陈娅要上学了。

许得拎着一个提包走进秦人居。得福说："豆花没在。"

许得说："我说找她了吗？"得福怪怪地看着他。

"听说陈娅上学，我给娃买了一身新衣服。"

"谁让你买的？"

"我自己买的。娃要上学，还不穿一身新衣服。"

得福不知从哪冒出一股火："把你这东西拿走！"

"这是给陈娅买的，又不是给你买的，你有啥权力让我拿走。"

老王听见吵闹声，过来看了一会儿又走了。老王走后，老韩过来说："这是好事，许总给娃买一身新衣服，你发啥火！你为啥不要？"

许得显得很有理的样子。得福说："我就是不要，我就是不收。"

老韩对得福说:"你不收没有道理呀。"扭头对许得说:"许总,他不收,你放我这里,我替你收下。等豆丫回来,我交给她,她一定会高兴的。"

老韩见许得常往秦人居跑,其实心里很不舒服,况且来时总会提一条鱼,听说豆花喜欢吃这种鱼,他不高兴也没办法。传说豆花和许得有相好之意,他心里难受好几天无法给别人诉说。他不知自己什么时候喜欢豆花的,日常见到豆花,他有一种想和她接触的感觉,他每次去秦人居,豆花对他热情相待,唤他哥,他心里不知有多么喜悦,他知道自己喜欢上豆花了。

豆花是单身,他也是单身,他给豆花讲过自己的过去,老婆去世多年,有合适的,他希望重新组建一个家庭,儿女都没意见。豆花对他的想法很赞同,对儿女的理解很赞赏。他希望以后找一个像豆花这样的女人,漂亮、能干,又懂经营管理,他需要这样的一个人辅助他。

老韩老家在礼泉县农村,他初中毕业就进城打拼,在咸阳奋斗十几年,盘下了这个面馆,经过这些年的辛苦经营,韩信面馆有了一定的收益,他也有一定的财富积累。他知道豆花这种人不会看重钱,在她面前他从不夸富。听得福讲,她说以后在城里待腻了,就到乡下盖一座四合院。他从乡下走到城里不容易,他想在城里买一个大房子,把家安在城里。他听到豆花有这样的念头后,他的想法变了,他不留恋城里了。父母去世后,老家的宅基一直空闲着,他回家把老宅修整一番,他想盖一座四合院,收回租出去的土地,他要和豆花一块儿养老,过上自由自在的乡村生活。

许得捷足先登,比他早走一步,他和许得见过面说过几句话,深知他不是豆花喜欢的人。他曾了解过豆花的前夫,那是一个成功的生意人,长得仪表堂堂,豆花看重他的不是他能赚钱的智慧和英俊的面孔,她向往有品位有情调的二人世界。然而前夫让她失望了,为了生意他早出晚归,带着女秘书满天飞,从不顾及豆花的感受。

她不愿孤独寂寞,她走出家门也像男人一样做生意。她坚信做生意不会比丈夫差,她成功地进入商海如鱼得水。他们都有钱了,却生活不到一块儿去,和平地分手了。丈夫去了西安,她留在了咸阳。从此,她守着这个旅馆再没做其他生意。她有做生意的天赋，却没有去做大，她希望找一个和她志同道合的伴侣，共同生活在一起，她宁可一生独身，决不会委屈自己。她就是这样一个女人，一个孤傲高洁的女人。

许得夸夸其谈，有工作不干，依赖父亲的权力给一些企业介绍生意，老韩认定许得再有钱豆花也瞧不起他。

老韩乐意把这些东西交给豆丫。许得凭啥给豆丫娃买东西，明眼人一看就明白，这是给豆花摆谱呢，你不理我，天下的女人多得是。这件东西，把许得自私轻浮的脸孔全暴露了。他想，如何把这些东西交给豆丫呢？

晚上，秦人居人吃饭的时候，老韩把许得给陈娅买的衣服提了过来。豆丫看见这些东西触电般的否认，不可能，他咋会给陈娅买东西？老韩你一定搞错了。老韩说："你问得福，得福不收，许总才交给了我。"

豆花看到这些明白了一切。她说："咋不可能，陈娅要上学，他给娃买一身衣服，好事，收下。"老韩放下提包就走了。

得福问："他为啥给陈娅买衣服？"

豆丫说："我咋知道。"

得福说："他是黄鼠狼给鸡拜年，没安好心！"

豆丫说："你胡想啥呢！"站起来去了灶房。

豆花埋怨得福："你甭瞎操心了，吃饭。"

得福说："他和你好，给陈娅买东西干啥？"

豆丫从灶房出来生气地说："得福，你会说话不？"

得福说："谁都知道，谁都看得明白，许总在讨好你。"

"不要说了。"豆花回了房子。

贰拾玖

走远的是岁月，走近的是真情。豆丫还是搬家了。

豆丫租了两室一厅单元房，以前是一室一厅的小房子，现在面积比以前大多了。陈娅有了一个学习写作业的地方。

姬天是第一个到她新房的人。姬天说："瘦了，你瘦多了。"

豆丫说："我一天保洁十几个房间，能不瘦吗！"

姬天说："得福说你搬家了。你搬出来，就说明你又要创业了。"他又问，"你和几家宾馆旅馆都谈好了，要开始工作了？"

"这段时间，我在秦人居干保洁时，抽空到几家宾馆、招待所、旅馆走了走，他们大都愿意和我签保洁合同，说我的人脉广，有诚信，是一个有责任感的人。我倒没有看出我有多么好。"

"从明天开始，你可以招聘员工，我给他们办保险。你有了公司，要按公司规矩办事，要签订劳动合同，不要随意改变提成方案。有了保险，即使出了事，不要自己送人到医院，叫120救护车，比你会更快更安全。你是老板，事情未处理之前，万不要去医院看望或垫钱交医疗费。不然你将会很被动，被纠纷缠住，甚至还会挨打。赔偿交给保险公司去办理，他们会帮助你处理好一切事务。这是我的经验之谈，也是给你上的企业管理第一课。"

她说："表哥，我现在没有多少钱，能否借我一些钱，我要多招一些员工，赶快把我以前的损失补回来。"

"表哥现在有钱，但这些钱都是我还诚信债的钱，我给投资人都留了口信和电话，我随时准备给他们还钱，所以我不能把这些钱借你，我不能拿我朋友的钱让你去投资。你现在不要靠别人，你自己完全可以发展起来。你有资源有人脉，从小做大没问题，不要想一镢头挖个井的事。你慢慢做，有多大能力做多大的事，我想你会做得很好！"

豆丫理解表哥不借钱的苦衷。她很佩服表哥，他讲起企业管理，是这样的胸有成竹，激情飞扬。

　　姬天走了，豆丫无法掩饰自己激动的心情。"我能行吗，我能干好吗？"她反复地问自己，看见坐在桌前认真做作业的女儿，她忽然有了力量。

　　豆丫搬家的理由无法阻挡，只好由她而去。

　　这一段时间豆花和豆丫相处，慢慢地产生一种亲情，一种姐妹之情，或许是名字的缘故。她待豆丫像妹妹，豆丫待她像姐姐，她俩在很多方面不分彼此，让得福和周围的人很羡慕。豆丫突然搬走了，大厅显得空旷而安静。上次她突然离去，豆花是一种怜悯，怕她出去吃苦受罪，而她今天搬走是为了发展，她为豆丫今天的搬走高兴。

　　最近，豆丫在躲避一个人。他的无赖，他的轻浮，她看得清清楚楚。豆花当初怎么会看上他，和他交往，而且发生了那么多事。那种事像毒瘾，他有了第一次就想有第二次、第三次——

　　豆花对那种事产生一种厌恶，她和前夫分手之后，她就对那种事淡忘了。在她和许得有那事之后，她莫名地会想起她的前夫李奇。李奇是一个很讲究的人。他每次和她干那事之前，都会洗个澡，他管这叫净身。即使在农村他也会洗，他不会随便和她上床做那事。每次做之前，他会使她浑身燥热，欲罢不能时他才慢慢地动作。那像火棍一样的东西，撞得她五脏六腑都张扬起来，不号叫就觉得身子要爆炸，爆炸之后他会安抚她，使她觉得漂浮在一汪洁净的水面上，一片云彩之中，舒服得要死……

　　许得像一个愣头小伙，当你还没有准备好时，他便迫不及待地进入。当你还没有缓过神来，他已草草结束。当你还在梦中之时，他已收拾干净，坐在床边喝茶补水去了。

　　她不愿和他干那事，他每次的要求，都会使她想起前夫。这是拒绝他的直接原因。但他是那样的固执，致使那天把他推出门外。想不到他转身又去讨好豆丫，她知道豆丫不会对他好，因为她知道豆丫是一个有品行的人，绝不会上他的当。当她知道，他教豆丫做鱼，给陈娅买衣服时，她感到许得要对豆丫下手了。她怕豆丫认不清他的丑恶嘴脸，又不方便给豆丫挑明说。

豆丫搬走了，豆花去看她，她要提醒豆丫提防许得这人，万不可上他的当。

豆花听见门口有说话的声音，是许得的声音。"你把娃衣服给豆丫了？"

"给了。托人事小误人事大，我亲手交给豆丫了。"老韩说。

豆花走出门，果然是许得。豆花问："给我带好东西没有？"

许得说："你把我都赶出来了，我还敢给你带东西。"

"你给豆丫带了，难道不想给我带些啥？"

豆花还想说什么，许得走进旅馆里。豆花唤得福倒水，得福见许得来了，知道他们有话说，倒了水就去了房间。

许得和豆花在大厅相对无言，好大一会儿，许得说："我们的关系就这么结束了吗？"

"你不要把我看得那么小心眼，我们还是朋友。"

许得起身要走。豆花说："你给陈娅买衣服了？"

"你看见了。"他板着脸回答，似乎又在反问，我想给谁送东西还要你批准吗？

"她不会要你的东西！"

"她收下了，她已经收下了。"

"她收下只是给你一个面子，她很单纯也很诚实，你不要扰乱她的生活。她生活得很苦，很不容易，你不要去碰她。"

"为啥，因为她单纯诚实，我就不能去追她，和她相好！"

"因为她和得福好，他们已经谈婚论嫁了。"

"你以为我不知道，豆丫那次陪得福回家是做戏，豆丫会嫁给他吗？他痴呆，一无所有，豆丫能看上他？！即使得福是个百万富翁，豆丫也不会嫁他的。"

"你这么肯定。"

"我肯定！"

"滚！"

"你怎么是这人，正说话着就翻脸。"许得转身走出了旅馆。

爆竹在楼下炸响，不明真相的人纷纷围过来看热闹。

"明天保洁公司"今天重新开业了。

老王送来花篮，这让豆花很奇怪，豆花感谢老王。老王说："我给豆丫送花篮，你感谢我干啥？"老王低声说，"你不让我亲，不让我抱，还不允许我对别的女人好了？"

"滚！"

老王对她笑，去揣她的腰。她打了他一下说，"你不要去招惹豆丫，她是我妹子，她没见过大世面，你不能打她的坏主意。"

"除非你应了我……"

"你想得美。我告诉你，豆丫是有下家的人，你做事说话小心着。"

"谁？"

"你不知道豆丫陪得福回家的事？"

"别哄我了。那是得福哄他爸妈开心呢，这事我比你清楚。"

"滚！滚！你清楚个屁！"

老王下楼跑了。

豆花气冲冲走到门口，碰见老韩来了。他说："你跟那货说啥呢？中午过去吃面。"

豆花说："不了，韩哥，中午豆丫请大家吃饭，已经安排好了。"

最近，得福常常不在旅馆，豆花不便去说。眼瞅着大龄小伙还没找下对象，她也替他着急，所以尽管旅馆忙，只要得福请假，她都会让走。

豆丫忙于她的公司，很久没来秦人居。豆花去看豆丫，刚上楼要敲门，门忽然打开，得福扶着豆丫走出来。她问："咋咧？"

得福说："刀把手指头切了。"豆花拉住要看。

豆丫说："没事，划破点皮，我用创可贴包了。"

得福说:"这么大的口子,一块创可贴能顶用?你看满手流的血。"豆丫确实手上有血。豆花让开,得福扶着豆丫向楼下走去。

得福说:"你进去坐,我们马上回来。"豆花走进豆丫的家里,这是两室一厅的房子,她和女儿一人一间卧室,大厅放了两张办公桌子,成了一个有模有样的办公室。一会儿工夫,得福和豆丫回来了,一进门豆丫说:"我说不要紧,得福说怕感染,要去社区医务室包扎。"

"那么大的口子,不消毒包扎,感染咋办?"

豆花说:"你看得福对你多好,我给他发工资,他对我都没有对你好。"豆丫笑了。

她对得福说:"对豆丫好些,旅馆现在事不多,你找下媳妇了,我就放心了,也省得有人说闲话。那天许得去咱旅馆,我告诉他你俩的事了,让他别再给豆丫献殷勤。"

她问豆丫:"你真把他给娃买的衣服接了?"

豆丫说:"没、没有,老韩送我,我不要。"

"不要还收下了?"

"我暂时收下,他再来我就给他。"

得福说:"你给我,我还给他。"豆丫没吭声。

豆花说:"你不要被他那种人黏上,他跟老王差不多,只是比老王皮囊好。你要注意呢。"

豆丫说:"我是谁,我就是一个农村妇女,人家才不稀罕我呢。"

豆花叹气地说:"你还看不出来吗?他被我赶走后又对你好了。"

"不会,咋会呢?"

豆花说:"不会?为啥给陈娅买东西。他那一套我知道。"

豆丫说:"他送的东西我一定还给他,我决不会收他的东西!"

得福说:"不会的,豆丫不会收他的东西,你放心。"

豆花知道,豆丫不会和许得好,但她总有一种担心,怕豆丫上当受骗。许得主动给她教做鱼,给陈娅买衣服,重要的是他已有了这心思。他亲口给她说过,"因为她单纯诚实我就不能去追她,和她相好"。她明确地告诉他,豆丫和得福要谈婚论嫁。可他不信,他料定豆丫看不上得福。她的谎言被许得识破,许得那眼神和态度,使她害怕。

她拷问自己,自己当时怎么会喜欢他?她现在是那样的反感他。奇怪的是只要他走近她,前夫李奇的形象就会呈现。只有赶走他,她心里才会平安下来。她不知这是一种什么样的心态,是对前夫的难以舍弃,还是厌恶许得的一种反应。

她真的担心,担心豆丫对付不了这个轻浮、夸夸其谈的浪荡公子。

豆丫电话忽然响起,电话中说陈娅病了发烧,让她到学校接陈娅去医院。豆丫急忙出了门,得福也跟着跑。三人刚下楼碰见了许得,他们都愣住了,他怎么知道豆丫这地方?他来干什么?许得问:"怎么了,有啥事?"

豆丫说:"陈娅病了,在学校。"

许得说:"上车,坐我车。"

豆丫急忙上车,她坐上车喊:"得福,快、快、快过来上车。"

得福不愿坐许得的车。豆花在后边催说:"救人要紧,快坐车上去。"

得福慢腾腾地坐上车。许得说:"你性格咋这么凉的,坐好。陈娅在哪个学校?你给我指路。"

豆花望着他们三人驱车而去,久久地站在那里,直至小车消失在视野里。

八月十五就要到了,得福父母安排得福走丈人的事。得福母亲说:"你八月十二去你丈人家,给你丈人家要人,正月捏个日子,给你俩把事办了。"

得福接到这个电话,不知怎么办呀。他去找豆花,希望豆花给他想

叁拾壹

个办法。豆花说:"那天我和豆丫在大厅讲话,你也听见了,你主动把银镯要去了。这段时间,你对她一直很好,明眼人看得很清楚,有时候把我都搞糊涂了。你俩到底是啥关系?你看你俩有可能发展下去吗?"

得福说:"我对她好,她一直没吐口,我知道我配不上她。"

豆花说:"她给我说过,她不愿意主要是怕别人笑话你,怕你父母接受不了,她比你年龄大,而且还带个娃。"

得福说:"我同意,我没意见,我父母也不会有意见,我父母听我的……"

"问题是豆丫她不同意,她几次表示不愿和你走这条路。我也认为豆丫瓜了,只要你不嫌弃,她还嫌弃啥呢!这事不能着急,说不定她哪天就想通了。"

得福着急地说:"现在咋办呢?八月十五是个坎儿,这坎咋过?"

豆花认真地说:"现在给豆丫说啥她都不会愿意,弄不好会把事说僵。你告诉父母以前陪你回家的那个姑娘和你吹了,没结婚闹翻是常有的事。只有这样,你父母才不会赶你去丈人家。"

得福说:"我父母非得大病一场!"

"你给父母先打电话说明情况,八月十五你回去,把两个老人安慰一下。"

得福给父母打了电话,父母坚决不让他回去。他们说:"你已是订婚的人了,你一个人回家,一定是把媳妇丢了,你回家干啥,你回家让乡亲们笑话咱呀!"

叁拾贰

保洁公司招聘的保洁员大都是失地农民。根据姬天的建议,对员工进行技能培训。豆丫把她的卧室当作一个样板间,让员工实习技能。

正干活着,一员工笑说另一员工男人赌博输光了拆迁款,对方又说她丈夫做生意赔光了拆迁费,两人说着说着动起手来。豆丫见状束手无策，得福上去拉架被抓伤了脸，整个房子乱了套，又是打又是叫，豆丫急得直想哭。

豆花听说保洁公司举办培训班，本想过来参观参观，没承想碰上打架。这哪里是培训班？分明是菜市场！混乱之际豆花把桌子一拍，喊道："停，你们干啥来了？打架来了？打架的出去！"

豆花一声吼，震惊在场的人。大家愣在了那里，两个打架的人也住了手，不知如何是好。豆丫说："坐下，其他人坐下。"

豆花说："打架的人出去！没有规矩不成方圆，你们两个被开除了！"

豆丫说："她俩干活麻利，合同都签了……"

豆花说："天下能干活的多得是，合同签了也可以解除。"打架者互相看了一眼低头往外走。

豆花说："把你们的东西带上。"

"还真让我们走？"她们盯着豆丫，希望豆丫挽留。豆丫不敢吭声，她俩只好垂头丧气地先出去。

豆花把豆丫叫进厨房，关了门。问她："你招的这些是啥人？"

豆丫说："都是我的乡亲。"

"你是开办公司，还是扶贫呢？你要把公司办成乡党会！你就这样办，打架乡党会也会办不下去！"豆花生气地说，"你咋把公司办成这了！你咋把人管成这样！这样的团队咋干活？那两个人最后咋处理你自己看着办。我觉得照你这样的管理，公司还会出事。"

"她们都签劳动合同了。"

"你就依据劳动合同，把在培训班打架的事先处理好，才会有人遵守规章纪律，不然那就是一张白纸。"

豆丫觉得豆花说得句句在理，她俩走出厨房，打架的两人在门口等着豆丫。一个说："你和陈进财打架时，我给你拉偏架，你回不了家就住我家里，我对你多好，你不能开除我。"一个说："那次陈娅病了，是我陪你去镇医院给娃看病，那晚把我冻凉了，我都没告诉你。我错了，不该为那烂事和她打架,你留下我吧,我不出来干活,我娃咋上学呀?你知道我那货对我一直不好——"

豆花懒得听她们废话,走了,她也不愿意去过多干涉豆丫公司的事。得福在旁边说:"你们以后不敢再打架了。咱是公司,在这里进行技能培训,不是自由市场,你们想干啥就干啥,想骂谁就骂谁,打架、骂仗都是违反合同的。"

豆花走下楼,上面的声音越来越小。

豆花看见姬天匆忙赶来。他问:"培训开始没有?"

"开始了。"

"豆丫让我给员工讲一堂课,我怕讲不好,在家备了课。"

豆丫听见沉重的脚步声,知道表哥来了,她仿佛遇了救星。"表哥,你说吃完饭就来,都十点了,你才来!"

姬天来了,有人认识姬天,"这是豆丫的表哥。"

"他做生意做赔了,他讲啥课呢?"

"他欠债不还,要债的天天守在他家门口,他和老婆不敢回家。"

"他上过大学,现在有钱了,天天寻着给人还钱呢,他是天下少见的有良知的人。"

姬天说:"大家都知道,我姓姬……"

"豆丫咋不姓姬?"

"豆丫是外甥女,当然随她父姓,现在讲究儿女随父姓,如果在母系社会,豆丫就姓姬了。"

"那你也就不会姓姬了?"

得福实在看不下去,喝道:"老师讲课不许插话,谁讲话出去!"有了刚才差点儿开除打架员工的先例,谁也不敢吭声。

豆丫坐在那两人旁边,拉着她俩手生怕她俩跑了似的。豆丫说:"她走了,没事了,她那人刀子嘴豆腐心,她就是那么一说,不会真开除你俩的。"她俩委屈地哭了。得福看着豆丫,觉得她心太软,这菩萨心肠咋能管好一个公司呢。

姬天说:"我为啥要说我姓姬,姬姓是全国百姓之祖,周文王周武王姓姬,就葬在塬上的周陵。周陵镇费家村你们知道吗?这村人大都姓姬,属周文王周武王的后人,是世世代代守护周陵之人,姬姓守陵人已经传承至第八十四代孙。有族谱记载,周陵祭祀距今已有两千多年的历史。姬姓人家各朝历代不交皇粮,就是不纳税。蒋介石到西安先来祭祀周陵……"

"蒋介石来祭祀你先人?"

姬天解释道:"蒋介石和夫人宋美龄一起来的,在周陵还植了两棵柏树。"

有人问:"有啥证明那两棵树是蒋介石和他老婆栽的?"

姬天有些生气说:"咸阳志上有明确记载!"

"谁看过咸阳志?"

有人喊:"今天是技能培训,你咋讲你们姬姓,讲周文王周武王呢!这与保洁培训有啥关系?"

豆丫恍然大悟说:"表哥,咱今儿要讲保洁员服务知识。"

姬天说:"你们问呢,我就随便说说,咱现在谈正事。我这里有一个明天保洁公司管理制度,这是公司保洁工作标准、公司保洁奖惩分配方案、公司人事工作制度,请你们经理宣读。"

豆丫说:"让得福读。"

姬天说:"大家一定要把公司管理制度记准记牢,这是你们在公司行为的准则,决定了你们在公司能不能干下去,也关乎你们每天能不能挣钱、挣多少钱的事。"钻在卧室和厨房的人,听到姬天严肃的讲话都挤进了客厅。

得福宣读了公司管理制度,没人提问。谁也不敢说话,知道那就是束缚他们的框框条条。

有人喊:"豆丫,你快给我们说,打扫房间咋样能又快又干净!"

姬天说:"到时候了,豆丫,你给大家上保洁技能课吧。"

姬天说有事要走。豆丫说:"表哥,我就不管饭了,我嫂子把饭可能给你做好了。"豆丫走进卧室,员工们一下都拥了进来——

叁拾叁

豆花从明天保洁公司回来，她为保洁公司的管理担心起来了。

豆丫招聘的都是自己的乡党，都是失地农民的家属。有的有钱了，把钱存在银行来这里散心慌来了，并不是为了挣钱。有的丈夫拿着拆迁款在外边打拼常年不回家，觉得没事可干，在外面干活找刺激，想寻个说话的人。也有拿到钱就去赌，或者做生意赔个精光，为了养家糊口出来挣钱来了。公司人员复杂，心态各异，这是一支难以凝聚的队伍。

晚上得福回来，和豆花谈到豆丫招聘人员的杂乱，尤为担心。谈到姬天讲课，得福叹服他为保洁公司制定的规章制度，让人不服不行！他毕竟干过企业，有一套实用的管理经验，值得豆丫借鉴。他三句话不离姬家的事，姬姓已成为他的骄傲，周文王周武王，已成为他荣耀的资本。他做人做事诚实诚信，他的企业垮了，他信守承诺，抵押住房和厂房贷款还债，整天骑着电动车寻找曾经给他投资的人，这是一般人做不到的。现在欠钱的是爷，借钱的是孙子。这或许就是祖宗传下的优良品德。

豆花对得福说："你对豆丫好，我们都看得见，但你们一定没有结果。"得福不吭声。豆花说，"我探过豆丫的话，你另打算吧，不敢耽误自己。"

得福说："我已耽误自己了，我不找了，现在这样很好！"

豆花叹息一声："在农村有合适的找一个吧。"

得福说："她们都以为我在城里挣了不少钱，一旦我拿不出彩礼钱，她们就飞了。"

豆花问："像你这样在城里打工还能挣到钱，那些在农村的青年人咋办呀？"

"熬着，等运气，等天上掉媳妇。他们熬着熬着就熬过了年龄，有的已熬过四五十岁了，我们村四十岁以上的光棍汉就有十几个。"

"他们咋办呀？"

"咳，等政府给他们批发媳妇。他们明知在村里等着没有希望，他们还是在村里，熬着，等着。"

老王在商店骂人呢。得福走出去问："咋咧，谁把你惹咧？"

"那货要回四川去。"

"你又欺负嫂子了？"

"谁敢欺负她？你看她那样子，谁敢欺负她。"

"咋回事？"

卓花走出商店说："这家待不成了，我要回我娘家去。"

"嫂子，听说我哥要给你在乡下买地，买宅基盖新房呢，你还要走？"

"那是牛年马年的事了。"

"嫂子，你和我哥好好地过，娃都这么大了……"

"他欺负人，日子没法过了。"

得福问："王哥，你又做啥坏事，被嫂子抓住了？"

老王说："做啥坏事，我能做啥坏事？我给店里买糖果，和糖果店老板谝了一会儿。"

卓花说："他中午吃罢饭，丢下碗就走了，太阳快压山还不见人回来。这是一会儿吗？"

老王说："要谈价格，筛选好糖果，一会儿能完？"

"那你和她在店里谈，咋坐到她床上谈去了？我迟去一会儿，你们就出事了！"

老王解释说："她说房间有好糖果，我就去她房间看了，她家在市场后边，抬脚就到了。"

得福说："嫂子你多心了，王哥也不是那人，大白天和那女老板能干啥事吗？"

"干那事，也就是一会儿的事。"

"你看你看，这不是胡说吗！"老王恼怒地说。

得福说:"没事,没事。嫂子就是那么一说。"

"我听说她要回四川娘家就来气,她动不动就说她要回娘家去,要不是女儿正在上学,她爱回哪回哪去!"

卓花再没吭声,回屋里去了。得福问:"嫂子娘家还有谁,她老想回娘家去看谁。"

老王说:"她说的是气话,她娘家有一个弟,已成家了,她回去哪有她住的地方。"

二十年前,老王和原来的老婆离婚了。他到兴平看望生意上的朋友,认识了现在的老婆卓花。卓花是四川人,到兴平看望她姨认识了老王。二十世纪七八十年代,因生活所迫,很多四川女人逃出山沟嫁到关中平原,兴平的川女最多。卓花觉得老王长得壮实,虽有婚史,但看到他的家境,两个房子是小点,除了一个老母亲,家里还有一个不大不小的商店。老王说:"我以后要在农村买庄基买地,咱的家就变大了。"他们结婚之后,老王由着她的性子来,她常以要回四川吓唬老王,老王就让她在家管事了。她有娃之后,在家里就成了真正的主人了。

得福听了老王的述说,觉得卓花很可笑,俩人过半辈子了,咋还要回娘家。老王说我亏欠她,结婚时她是姑娘,咱是过来人,我处处让着她。她是个小心眼,不敢见我和女人说话,你看我和豆花干干净净啥事没有,她整天像防贼似的防着我。

"防你是嫂子离不开你!"

"离不开,还要回四川去?哪天把我气极了,我真让她回四川去。"

"吹,吹,你舍得,娃还舍不得,她走了谁照顾娃?女子还正在上学。"

"那个时候,我在农村有房有地有家了,她一走,我再找个姑娘。"

"你饱汉不知饿汉饥。你睡觉好坏还有个人搂着,我是光棍一条,晚上抱着枕头睡呢。"

老王笑说:"是你没本事!甭怪别人。"

得福不解。老王说:"这几年,秦人居没有客人时,旅馆就你和豆花俩人,你俩日到天上谁管你？你说你们没有那事，我不相信。你要真没那事，你小子肯定有病呢。她不主动你主动呀，要放我早把她放倒了。再说，豆丫给你都做回媳妇了，你竟然还和她黏黏糊糊，没个结局。你要主动，给她来个先斩后奏，女人只要有了那事，心才会随着你，人才是你的，才会听从于你。"

"她不同意！"

"她不同意就没办法了？她又不是姑娘娃，你把她弄了，她还会在外喊叫？"

"不敢、不敢……"得福神神道道地说着离开了萧何商店。

叁拾肆

不论春与秋，一生乡亲最难求。豆丫看重的是乡情。

员工培训之后，正式上岗。豆丫不需要表哥制定的规章管理，也没有采用他的奖惩分配制度。她实行人性化管理，每个人下午在她这里领取次日的工作单，只要宾馆、旅馆满意，保洁公司每月结一次账，月初发提成工资。她揽活儿员工干活，因为她从不拖欠工资，员工对她很满意。

有人敲门，豆丫开了门，许总手里提着一条鱼。豆丫让许得进屋，给他倒水唤他坐下。问："你带鱼干啥？我又不喜欢吃鱼。"

"你不喜欢吃鱼，是你没吃到烧好的鱼。"

她不知道许总怎么知道她家地址的。念及给陈娅买衣服，送陈娅去医院，她还是感谢他的。许得说："我今天带鱼来，教你怎么烧鱼，烧好鱼。你吃了我给你做的红烧鱼，一定喜欢吃鱼。"

豆丫走进卧室，拿出老韩交给她的衣服说："你给陈娅买的衣服太小，娃穿不上。我很感谢你。"

"怎么会？"

"真的太小，穿不上，她现在正是长身体的时候，一天一个样。"

"你放下，我给娃再买一身大的。"

"不要，娃的衣服不缺，我现在有钱，有娃用的。"

"那是我的一点心意。"

豆丫很为难。"不要，没必要。"

许得问："你生意现在不错？"

"没有。"

许得说："其实你完全不必这样干，我给你介绍一笔生意就够你用的了。"

"我啥也不会。"

许得说："我和豆花的事已经结束了，她不适合我，我也不适合她，我们现在是一般朋友。"

"我看你俩蛮般配的。"

"我俩结束了。其实我喜欢你这种类型，内秀、朴实、贤惠的人。"

"你不了解我。"

"我们可以慢慢了解，我今天教你做红烧鱼。"

"我不喜欢吃鱼。"

"我给你做，你看着就行。"

许得进了灶房，刮鱼鳞，备了各种作料和配菜。他喊："豆丫你过来呀。"

豆丫低头算账，"我正忙着。"

许得过来扶豆丫起来，把她拉到灶房。"我把鱼洗干净了。第一步将蒜、葱、姜倒入油里；第二步将鱼放入油锅翻炒，注意火候调小，太大背面就烧焦了；第三步倒入料酒去腥；第四步倒入生抽；第五步倒入凉白开，水过鱼身即可；第六步加入五香粉，大火煮片刻；第七步倒入香菜、青椒，关火出锅。"

豆丫听着瞀乱："吃个鱼这么麻烦。你讲的咋和上次不一样？算了算了，我也记不下，不会做。"

许得给锅里倒上油打开火，"你看着，需要的材料我给你备好了，我让你放啥你放啥。"

"你要做你做，我忙着呢。"豆丫要走。

许得喊:"油煎了,快放葱姜蒜!"豆丫见锅里冒了烟,急忙把葱姜蒜先后扔进锅,豆丫熟练地操作着。

许得惊异地问:"你做过鱼?"

"没吃过猪肉,还没听过猪哼哼。"

"你会做鱼为啥不说!"

"我会做啥一定要说出来吗?"

许得觉得豆丫是一个很聪颖的女人,他不由自主地从后边抱住了她,豆丫一惊,丢了锅铲。

"我喜欢你,请你不要拒绝我。"

"你放开我,鱼烧煳了。"

许得放开豆丫拾起锅铲,清洗后交给豆丫。豆丫说:"你坐下,你让我好好做鱼。"她怎么也想不到,她拒绝了得福,却惹来了许得。她觉得许得更不适合她,他有钱,有挣钱的靠山,她只是一个进城的打工者。她带着一个孩子,她希望找一个和自己家境相当的男人,门当户对的男人,这样她心里没负担,也不觉得亏欠谁。

对于许得,她从没想过和他在一起过日子,他不是一个过日子的人。他昨天和豆花好,今天又要和她好,她接受不了这个事实。

鱼做好了,她让许得把鱼和陈娅的衣服一块带走。许得说:"你这是干啥,即使一般朋友给娃买件衣服也是应当的,况且这鱼是我专为你买的。"豆丫无可奈何地又都收下了。

许得转身欲走,看见得福来了。得福看见许得在豆丫家里,他不想进门了。

豆丫唤得福进来,他一进家门闻见鱼的味道,"许总,你又给豆丫送鱼来了。"

她想解释又怕解释不清楚。她说:"你坐,我给你倒水。"

得福说:"我看看就走。"他在屋里转一圈走了。

叁拾伍

大雁排着整齐的队形向南飞去，这些灵性的鸟儿比人精明多了，它们走了，还会回来。它们留给人的美好念想，即使在寒冬腊月、茫茫的雪塬里也会浮现在人们的记忆里。

在秦人居旅馆，得福告诉豆花在豆丫家碰见许得的事。他怎么也想不通，豆丫怎么允许许得进她的家门，还给她做鱼，他不知他们之间的关系发展到什么程度了。

豆花不这么看，她认为豆丫不会喜欢许得这样的人，这种人不适合豆丫。但她知道许得是一个什么样的人，豆丫对他的进攻是无法防守的，她害怕豆丫守不住底线，同时她为自己没有守住底线而悔恨。她曾想过，不成夫妻成朋友也好。听到得福的讲述，她对许得产生一种厌恶，这种厌恶是无法用语言表达的。

得福的手机响了，得福说："是豆丫的。"得福不想接。

豆花说："你还不快接，是不是许得欺负豆丫了！"

得福接电话。"你来，你快来。"豆丫急急忙忙地说道。

"啥事，啥事？"

"你来了就知道。"

豆花问啥事。得福说："她没说，说我去了就知道。"

"她一定遇到麻烦了，不然，这个时候不会叫你到她家里去，你快去！"

得福还在迟疑。"你想让豆丫恨你一辈子，你快去帮她。"

得福忽然醒悟，在库房拿了一把铁锨出了门。

豆丫一定出事了，不然这么晚了给得福打电话。豆花猜想一定是许得这东西欺负她了，她对着得福的背影喊道："如果是许得欺负了豆丫，你给我打电话。"

得福提锨走到豆丫门口，门开着，家里的灯亮着，一个男人站在客厅里，这个男人是陈进财。他以为是许得在家欺负豆丫呢，他抱定主意要为豆丫的安危拼命。在这个时候，在她面临危险的时候，她能想到他，是对他的信任。然而面对的却是陈进财，她的前夫，他不知如何办？

陈进财来了敲门。豆丫以为是得福又来了，她开门发现是陈进财。她问："你来干啥？"

"我看女儿。"

"娃睡了。"

他要去卧室。她拦住他说："娃睡了，有话在这里说。"

陈进财毫无神气地坐下说："胡琴把我骗了，她根本没怀娃。"

"她还可以怀呀，她又不是不会生。"

"她是可以生，她要求把房产证银行卡都换成她的名字，她说怕我赌。"

豆丫没吭声。

"我现在不赌，上次输了钱，我再也不赌了。"

"你赌嘛，赌完你就不赌了。"

陈进财问："你说我敢把房产证银行卡都换成她的名字吗？"

豆丫说："只要你不变心，她不变心，谁的名字都一样。"

"我怕她又骗我，我想等她怀上娃再办。"

"这是你俩的事，你给我说这事干啥呢？"

"我想听你的意见，想让你拿个主意。"

"这事你不要问我，你的事你自己拿主意，你快走。这个时候你到我这里，让人看见不好。"

陈进财说："我不走，我不想走。"

"你不想走，还住到我这里呀？"豆丫说，"你快走，我背不起这名声。"

陈进财迟迟不走。豆丫说，"你不走我报警呀！"

"你以为我怕报警，你要报警就报，反正我今晚不走了。"

豆丫不敢报警，他毕竟是陈娅的父亲，让公安把他抓走，对娃有影响。豆丫想起得福。她对陈进财说："我已有人了，你这样不好，让他知道对你不好！"

"我不怕，他来了我也不怕。"

得福推开门，手里提着一把锨，陈进财没想到得福真来了。

得福上次打了陈进财，他觉得对不起陈进财，一直没有机会向他道歉，他站在了门口。

陈进财看见得福两腿发软，上次他带人打了他，他至今心有余悸，今见他提着锨，忙说："兄弟，有话好好说，我走、我走……"陈进财向外跑了。

得福喊："你、你……"陈进财奔跑下楼，没敢回头。得福对豆丫说："他咋这样，怕我干啥？"

豆丫说："你看你手上提的啥东西！"

"一把锨。"

"你提着打人的家伙，他能不怕？"

他委屈地说："我真不是打他，我要向他道歉。"

"道啥歉呢？"

"我上次打了他，一直没有个机会给他道歉，真心地想给他道歉，却把他吓跑了。"

"你吓得好，我叫你来就是收拾他的。"

"咋咧？他欺负你了？"

"你看啥时候，他赖在这里不走，叫人知道咋议论我。"

得福放下铁锨问："娃睡了？"

豆丫说："他走了，你也走，这个时候你在我家里，影响不好呀。"

"你叫我来，也得让我喝口水再走吧。"豆丫笑了。

"你咋学的油腔滑调的，不像以前的得福了。快喝，喝了快走，我累一天要睡了。"

得福抿一口水，说："许得这人不行，你不要和他黏，他昨天还和豆花在一起，今天就跑到你这里了。"

"这事你不要提醒，我心中有数。"

得福心里犯嘀咕，你心中有数，还让他教你做鱼，收了他给陈娅买的衣服。豆丫说："你走时，把这条红烧鱼给豆花带去，把他给陈娅买的衣服放到旅馆，有机会你还给他。"

"这样好，这样多好呀。"得福起身要走。

豆丫说："把这杯水喝了再走。"

得福想起老王，怨他不会先斩后奏的事。他转过身看着豆丫。豆丫奇怪地看着他。他说："豆丫，老王怨我对你不主动，我真的对你不主动吗？"

"我们没有结果，咱做个好朋友不是很好吗？"

得福说："我要先斩后奏……"

"先斩后奏啥呢？干啥要先斩后奏！"

豆丫不明白，让得福说清楚。忽然她明白了，喊道："走，把你的锨快拿走！"

他拿上锨问："豆丫，我能先斩后奏吗？"

豆丫把他推出门说："你找老王先斩后奏去。"

得福回到旅馆，豆花问了情况，觉得很好笑。她说："陈进财看见你就跑了，他咋那么怕你呢。"

得福说："我推开门，手里提着锨，他见我能不怕吗？"他不敢说他给豆丫说先斩后奏的事，豆花知道他要对豆丫先斩后奏，一定饶不了他。

豆花问："你还真敢打。"

"说不来，如果他对豆丫动手动脚，我一定会的。其实我见到他并不想打他，我想给他道歉，谁知他一见我跑了，拦都拦不住。"

"这么晚了，豆丫能叫你去她家里，是信得过你，你今天给她帮了忙，她会感谢你的。"

"咋感谢？"

豆花说："你想让她咋感谢？你告诉我，我给你安排。"

得福说："先斩后奏……"

"先斩后奏，这是啥意思？"她想问仔细，得福却走了，傻笑着进了房子。

一大早得福去寻老王，老王见他喜悦的样子问："把事办了？"得福只是笑。老王问，"跟谁把事办了，是跟豆花还是豆丫？"

得福说："先斩后奏。"

老王拍着得福的肩头说："还是兄弟有本事，昨晚那么晚了，我听见旅馆门响，就知道你从豆丫家回来？"

得福点头。老王对得福刮目相看了。人说乡下人老实，得福一点不老实，一点就通。这点子是他出的，他有一种成就感。他说："中午请哥吃饭。"

得福说："一定，一定。"

老王说："不要去韩信面馆，看见老韩我就来气。韩信算个啥？虽被称为汉初三杰之一，萧何是丞相，韩信只是个将。啥是丞相，就是现在的国务院总理，一人之下万人之上的官。"

午饭后，老王满脸通红地回到商店。豆花早已在旅馆门口等着他。得福昨晚说的"先斩后奏"，她感到奇怪，她想了半晚上，理不出个头绪来。今天她一直在琢磨这句话，一定是老王给得福出了什么坏主意。

当她得知今天得福请老王吃饭，她忽然明白了。

得福回到旅馆，她去找老王："得福请你吃饭了？"

"你咋知道他请我吃饭？"

"看你这大红脸就知道，得福请你吃啥好东西？"

"得福是请我了，我弟兄俩好久没坐了，在一块儿坐坐。"

"得福为啥请你？"

"我请得福。"

"你会请得福？得福给你帮了啥忙，你请得福？你这话谁信！"

"啥事，你说甭胡绕？"

豆花问："先斩后奏是啥意思？"老王迟疑一会儿不明白是什么意思。这话从豆花嘴里说出来，那样的不是味道。

"我告诉你，你给我啥报酬？"

"你想要啥报酬？"

"哥想抱你，亲你一下。"

"滚！"

老王知道，豆花一定知道得福先斩后奏的事了。

他认真地说："你也是过来人，得福三十岁的人了，还没有碰过女人，娃好可怜！他跟你在一起几年……"

"你胡说啥呢？"

"不对，对呀，他在旅馆和你……分着住，住了几年，娃没沾过你的身……"

"你再胡说！"

"我没胡说，我说的是事实，我以为你们两个会在一起……"

"你又胡说！"豆花抬手打他。

"你让我把话说完行不？"

豆花欲言又止，她不想让老王再说下去。老王说："我给你俩还清白，你打啥呢？以前我认为你和得福一定有那事。你俩都是失火的年龄，没有那事才怪呢。可是你俩就是没有那事，得福给我说了实话，你确实没有给他机会，他也不敢主动去你房间。"

"你说正事。"

老王接着说："你说娃可怜不，娃在你这没尝到甜头。认识了豆丫，他以童子之身屈求豆丫，想和她建立一个家庭，你说他有错吗？没有。豆丫竟然看不上他，豆丫离过婚还带一个女孩，竟然还嫌弃得福。他委屈想不通，找我要主意。我有啥主意，我骂他没本事，骂他跟你住了几年，竟然没上你的身。他跟豆丫黏了这么长时间，竟然还是竹篮打水一场空。现在眼看豆丫又要跑了，你说急人不！好在前天晚上，得福还是有本事，把豆丫的事办了，豆丫和得福有了这事，豆丫心就稳定了，再不会胡思乱想了。"

豆花问："这就是你给得福教的先斩后奏，你真缺德！"

老王说："我是缺德。不先斩后奏得福那笨屄，能降住她。"

豆花说："你确定得福和豆丫有那事了？"

"你甭说得福了,他为了弄这事,不知耍了多少心眼,下了多大的功夫,才把豆丫办了。生米做成熟饭了,咱就准备给得福办喜事吧!"

豆花走后,卓花问老王:"你跟豆花说啥呢,高一声低一声的。"

"我俩能说个啥,还不是得福的事。"

"她能离开得福,舍得给得福找人。"

"你甭胡说了,人家没有那事。"

"你咋知道没有那事?"

"得福给我说的。"

"我不信!"

"你快忙你的去,甭操人家的心!"

豆花回到旅馆,怎么看得福觉得不是干那事的人。他在旅馆住了这几年,老老实实本本分分,从没做过出格的事,他怎么会对豆丫先斩后奏呢?除非豆丫同意。她不知怎么问得福。犹豫半天,她问:"得福,你最近和豆丫有啥事没有?"

"我和豆丫有啥事?"得福不知豆花想说啥。

豆花又问:"你和豆丫有那事没有?"

得福又问:"我和豆丫有啥事?"豆花觉得没法问下去,但她又不甘心。

"你和豆丫先斩后奏了?"豆花觉得没有表达清楚,"你先斩后奏了?"

得福反问:"我先斩后奏了?"

"对,你对豆丫先斩后奏了。"

"你听谁说的,没有,"得福低声说,"我还等你安排呢。"

"谁说给你安排?"

"你昨晚问,让豆丫咋感谢我,我说先斩后奏……"

"你真是个瓜尻。"豆花笑着走出门。她找老王说:"得福不是你说的那种人,你永远也教不坏他。"扭身走了。

"啥意思?"老王愣在那里。

叁拾陆

后来老王知道得福没有先斩后奏，骂他笨戾，那么好的机会没得手，枉做男人了，骂得福一辈子打光棍是料定的。"先斩后奏"成了笑谈，得福为那晚的事感到羞耻。

今天豆花回来买了鸡蛋，要得福做木耳炒鸡蛋，拌粉丝，蒸包子。晚上吃饭时豆花说："豆丫多久没来了，你给她送些包子过去。"得福没吭声。

豆花说："给你说话听见没有？"

得福说："她好久没来了，你不去看看她。"

豆花笑说："没有先斩后奏，就不去看人家了，当不了媳妇，还不做朋友了。"

得福说："你去，你送去，顺便也看看她。"

"我先把你让到了，你不去，我就去了。"

豆花走后，老王偷偷摸摸地走进旅馆说："兄弟，给哥开个房，标间就行。"

"我不敢，免费开房，必须给豆花说。你知道，我没这个权力。"

老王给他出的先斩后奏的主意没有成功，成了他人的笑柄。他怨老王，也怪自己没胆量。他只盼老王不要再笑他就行了。老王说："你把房间钥匙给我，我领她去房间，豆花回来睡之后，你再叫我出来。啥事没有，保证不给你留麻达。"

"这人是谁，男的还是女的？"

"女的，我叫男的开房干啥呀！"

"这女的是干啥的？"

"你到底给我开不开房？"

"你告诉我这女的是干啥的！"

"街口洗头房的。"

"有嫂子呢，你咋还干这事。"

"有嫂子就不能干这事，你干一回就想第二回了。"

"我不敢，打死我也不敢。"

"快开房，给我钥匙，小心豆花回来就弄不成了。"

"干这事，你又不是第一回，你怕她干啥？"

"她知道这事，给我胡要钱呢，有意坑我。"

得福胆怯地说："免费给你开房，我不敢。豆花知道，非开了我不可。"

正说着，豆花进门了，"老王，你又给得福出啥瞎主意？"

"没有……老王想开一间房。"

"来亲戚了？"

"没……"

豆花说："老王，你快回去，小心你老婆一会儿找过来，我害怕她。"

老王说："她不在，去她姨家了。"

"你老婆不在，你开房干啥坏事呀？"

"我给你钱，你给我开个标间。"

"干啥用？"

"你管我干啥用。"

"你不说清楚，不给你开。"

老王说："我带个女的……"

"滚！"豆花一听就知道啥事了。

"你不跟我好么，你要跟我好，我就不弄这事了。"老王说。

"小心我割了你的舌头。"

得福在一旁只管笑。

豆花转念一想又说："我是开旅馆的，不能把客人拒之门外。五百元！"

"抢人呀，你豪华间一天才三百元，我要一个标准间，你就要五百元。"

"要不要？不要走人。"

老王说："我今没有那么多钱，打个欠条，以后我还你。"

"得福取纸，让老王写欠条，他开房干啥咱不管。"说罢豆花回房间去了。

老王写了五百元欠条说："单人床。"得福给了钥匙，要走。老王说："我的人还没来，你急着走啥呢？"

"我怕碰见不好。"

"坐下跟我谝，再看看这女的咋样，看哥有眼力没。"

豆花在屋喊："得福你还不睡去！"

得福说："吧台没人。"

"你睡去，谁还能把吧台背去。"得福听见豆花怨他，回了房间。

一会儿，门口进来一个人，得福从房间门缝里往外张望。女的进门说："你在门口不等我，我还以为走错地方了。"

老王从口袋掏出一罐饮料说："喝，我给你说过，在我商店隔壁旅馆等你，这附近就这么一个旅馆，还能走错。"

"房间开好么？"

"好了。"

"好了快进。"

"急啥呢。"

"时间长了，老板会找我事的。"

"她敢找你事，我让人查她。"

"快走，快走。"那女的拽着老王走。

老王说："看把你急的，是不是几天没找到活了。"

女的说："公安查得紧，不是熟人我不出来。"

老王和女的一进房间，房间的灯亮了又灭了。得福去关旅馆门，听见老王说："拉灯干啥？我啥也看不见……"

得福觉得老王的胆真大，躺在床上就再也睡不着了。

叁拾柒

寒冷从门缝钻进屋里,今年的冬天来得特别早。老王和那女的晚上什么时候走的,谁也不知道。早晨起来,旅馆的门虚掩着。

豆花起来,让得福把老王昨晚用的被褥、床单、枕头、枕套,通通加重洗衣粉洗了,所有他们碰过的用具,用消毒液消毒。

太阳老高了,萧何商店的门还没开。得福闲着没事,在门口喊:"王哥,都啥时候了,还不开门。"

门板缓慢移开一个缝,老王扶着房门说:"不行了,不行了。昨晚把人挣死了,人不服老不行呀!"

得福不知道他给谁说话,也不知他讲话的含义,他欲走。老王叫住他说:"昨晚美得很,哥以后给你也找一个。"得福吓跑了。老王自言自语:"娃没见过世面,把娃吓的,你有一次就尝到甜头了。"

得福闭了旅馆门,坐在大厅喘气。豆花问:"一大早,你闭门干啥?不营业了。你像是刚跑步回来,你也跑步去了?"得福没说话,一个人去了房子。

吃饭时候豆花说:"昨晚我去看豆丫,豆丫问你,说你好久没去她那里了,是不是生她啥气了。我说你不是爱生气的人,况且有啥事能叫你生气呢。最近豆丫公司业务忙,工作也顺利,你有空去看看。我觉得豆丫信任你,有啥事都想着你,这是难得的友谊。"

晚饭时,得福说他去看望豆丫,让豆花去老韩家吃饭。豆花说:"吃饭的事你别管了。"

得福在市场买了菜,买了鱼,咸阳湖的鱼。他走出市场,又扭头买了一瓶"回家"牌白酒,听老王说过,这酒不上头。有人说喝了这酒,就想着回家,想起老家的老爹老娘了。保洁公司重新开业以来,生意兴隆,他得庆祝一下呀。

得福上楼敲门,豆丫开门,惊讶地看着得福手中的鱼和酒。她怨得福:"你来了买这些东西干啥!还买条鱼,你会做鱼吗?"

得福说:"你会做,咱晚上好好吃一顿。"

得福亮起他手中的"回家"酒,"品牌酒,好喝不上头"。

豆丫说:"我不敢喝酒,喝酒头晕。"

得福说:"这酒不上头,少喝一点,一来祝贺你公司重新开张大吉,二来庆祝你公司生意兴隆。"

豆丫说:"早都开张了,才想起庆祝开业大吉?最近忙得很,我把陈娅送我舅家了。几家宾馆,还有一些家庭旅馆、招待所都找我,要我承包他们的保洁工作,我简直忙不过来,又得招人。"说着,她放下手中的活,进厨房去做饭。自从认识得福,她好运连连,有了住处,有了工作,现在还办了公司。难时她总会想起得福,高兴时她也会想起得福,他是她生命中不可缺失的一个人。上次他来,虽然她对他说的话不满意,甚至感到可笑可气,但她相信他,不怪他,他人实诚,决不会做出那样的事,一定是有人在背后给他出了坏主意。今天见到他,她心中异样的喜悦,她想亲自给他做几个菜,做一个红烧鱼,让他尝尝她的手艺。

她烧菜,得福过来帮忙。她说:"你去看电视。"她给公司已增添了设备,买了文件柜,也买了电视机,安装了电话,完全像个公司了。豆丫利索地做好菜,厨房里溢出的香味,弥漫了房子。

饭菜端上桌,得福像客人一样端坐在桌前。他看着豆丫,她要是自己的媳妇多好呀,可她不愿意做他的媳妇。看着豆丫,他有一种端上来的红烧鱼又被人端走的遗憾。豆丫见得福奇怪地看着她,"看我干啥?看酒,酒给你倒上了。"

得福看见一杯满满的酒放在他的面前,他说:"咋给你没倒呢?满上满上。"

豆丫拿起酒瓶,又添满自己面前的酒杯。三杯酒下肚,得福的话就多了。他说:"家里人催我结婚,我和谁去结婚呢……有人说喝了这酒,就想着回家,就想起老家的老爹老娘了。我不敢回家,不敢回家去看我的老爹老娘……"

他好可怜，为了娶媳妇的彩礼钱，他进城打工，他什么时候才能挣够彩礼钱？豆丫心里也难受，她不想让别人笑话他，她更不愿让家乡人笑话他的父母。她知道，在农村谁家的儿子领个寡妇回来，定被人耻笑。况且她想在城里打拼一番，她要供女儿上学，她想在城里有一个家。她从农村走出来，不想再回农村去。

她更想让陈进财看看，没有他，她能自立，会生活得更好。她不敢给得福讲这些，怕他伤心。看着喝得红了脸的得福，她无法劝他继续喝下去。得福说："我羡慕隔壁老王的活法，他想干啥就干啥。他昨晚领了一个小姐，在旅馆住了一夜，他今天像啥事没发生一样，与人聊天说话，商店照样营业，我要向他学习……"

豆丫阻止他再说下去，"得福，你和他不一样，你不敢学他。"

"他活得多自在呀……"

"之所以我们愿意与你来往，是我们认同你的人品和作为。人一旦堕落成老王那样，活着还有啥意义。"

"老王不好吗？老王吃得好，玩得好，有酒喝，有烟抽，还有女人，我啥也没有……"

豆丫知道得福喝多了，她不该让他喝这么多酒。她不让他喝了，她扶起得福，把他扶到卧室，让他躺在床上。她把得福放在床上，自己也感到昏昏沉沉，她平时不喝酒，今天张狂也喝酒。她给得福盖好被子，自己躺在一边，听着得福的呼噜声，她想起得福刚才说的话，她感到很可笑。老实的得福，怎么会说出这样的话。

一觉醒来，豆丫迷迷糊糊地感觉脸上热乎乎的。她本能地觉得好像得福抱着她，她想反抗，却没有动。得福轻轻吻她的额头，她觉得脸上一阵阵的发烧，她怎么变得这样低俗无耻，让一个男子这样的抱着亲吻她。她浑身燥热，得福亲吻着她的唇，停在那里，仿佛陷入一种情绪之中。她知道他定是在激动之时，他抽泣一下，他哭了。他为什么哭了？他好瓜，这个时候你难受什么？你不是要先斩后奏吗？这是一个多么好的机会，她会顺从他，她想自己也是过来人，任由得福抱着她亲吻她，甚至……

得福的一只手向她的下身摸索过去，她一动不动，仿佛等待什么，她屏住呼吸，面热心跳，任由他继续下去。她等待着，等待着……忽然，他的手停了下来。她身子一颤，得福一惊，从床上滚到了地上。

她起身下床扶起得福说："你喝多了，躺下睡一会儿吧。"他听话地起来，胆怯地躺在床上，泪水顺着眼角流了下来。

叁拾捌

豆丫发财了，人们传说陈进财的媳妇豆丫发财了。

豆丫已不是陈进财的媳妇。豆丫被陈进财赶出家门之后，带着女儿独闯城市，在城里买房开公司，有了自己的产业。

找豆丫的都是乡亲。豆丫给他们解释："我没有发财，我没有买房，这房是租的。我也没有产业，只是开了个保洁公司，带一些妇女搞卫生，和扫街道的一样，他们在室外，我们在室内。"

乡亲们不相信她的话，生活困难的人找她，让她指点发财的门路；生活富裕的人找她，希望扩大自己的产业。豆丫仿佛成了指路财神。

豆丫还是原来的豆丫，只是回秦人居的次数越来越少。老王说他没看走眼，豆丫刚来秦人居，他就觉得她不是个凡人。老韩说豆丫就是一名普通的创业者，要说成功，只是比别人受的累大，吃的苦多。豆花说豆丫想买房子，想供娃上学，拼命地挣钱想做一个城里人。许得说豆丫是含在口中一块咽不下又舍不得吐掉的糖块。得福说豆丫好像是他的另一个身子，她的幸福和痛苦都牵动着他的心。

明天保洁公司成了乡亲们在城里的聚集地。乡亲们找工作找她，没钱了找她，两口子吵架找她，娃没对象找她，在城里被人欺负了也来找她……明天公司成了他们工作生活的一个聚集场所，不知谁给起了一个洋名字叫"乡亲沙龙"。

豆花去了一趟公司，回来形容说那里像个自由市场，房子里坐满了前来求助的乡亲。

李强给一个建筑工地供应二手砖，就是把拆迁村庄废墟里有棱角的砖铲去除灰土，二次使用。这几年拆迁村庄多，他组织几个队伍专干这活儿。他手里有了钱，他很想念乡亲，过节时，他会开车带着礼品去看乡亲们。有些乡亲不给他开门，不愿意见他，更不收他的礼品。他问豆丫这是啥原因，是他哪里做得不对吗？还是拆迁把乡亲们的乡情拆散了？豆丫说："你以前是我的对门，我对你还是了解的，你说为啥呢？"

李强迷糊地摇头。村子没拆时，李强有一个养猪场，效益很不错。他看到乡亲吃水困难，就在村中间打一眼机井，打井开钻那天全村村民都来了。打井成功后，他在村里放了一场电影，几里外的乡亲都知道他给村上打了一眼机井，从此解决了村里人吃水的困难。

李强贴了个告示：此井是李家人打，每天先由李家人打水。后来告示又多了一个内容，某某人不许打水，说这些人以前骂过他，欺负过他。村子拆迁前，在本家人的劝告下，李强取掉了这些规定。豆丫提起这件事，问李强是不是事实。李强点头。豆丫说："尽管村子拆迁前，你知道自己做错了，但当时那些不被允许打水的人心中有了刺，所以后来你去看望他们，他们不开门，拒收你的礼品。或许再过一段时间，这些过节他们就淡忘了。你现在所做的没有错，只要继续做下去，他们一定会原谅你、理解你的。"

李强说："过去大家在一块儿时，谁也不珍惜乡情，常会做一些得罪乡亲的事，现在分散了，我常常念起他们对我的好！"

豆丫说："其实大家都一样，他们也惦念你。就说我办公室常常挤满了乡亲，城里人理解不了，他们没感受过乡亲乡情，所以不理解咱的心情。"

有人说给他儿子找工作，豆丫让他们在那块写字板上贴上字条，留下要求和电话。有人要给儿子找对象，她让他们把要求和电话都贴在写字板上。她办公室有一块写字板，贴满了乡亲们的需求和电话。

姬天来到公司办公室，他看到乡亲们留在写字板上的字条，哈哈大笑。他问豆丫："你在开中介所还是家政公司？"

豆丫说:"我哪有时间开中介所、家政公司,是给乡亲们帮忙。"

姬天又笑:"你忙得过来吗?"

豆丫说:"公司现在招聘了两个人,一人负责保洁管理,一人负责给乡亲们做中介服务。"

姬天见她忙,说:"你晚上等着我,我有事给你说。"

豆丫说:"晚上乡亲们要聚会,你改日来。"

乡亲们见保洁公司生意好,有人要入股投资明天保洁公司,豆丫正有扩大公司规模之意,她要带领乡亲们一块儿挣钱。晚上,她准备和几个乡亲股东商议公司发展方向。

姬天一进秦人居就笑:"豆丫太不可思议!"

得福叫一声表哥,让姬天坐下,给他倒茶水。姬天来了,豆花从屋子出来说:"表哥,你还笑得出来,豆丫把公司办成自由市场了,我不知道她想干啥!"

"这就是豆丫,与人不同的地方。"

豆花不解:"你还夸她?"

"她就是个农村人,是个家庭妇女,她用她的办法办公司笼络人脉,这有什么不好呢。你看她的人脉多旺,有了人脉事就好办了。我现在没人脉,那段时间把好多人得罪了,现在我拿着钱找人家,给人送钱集聚人脉,人家还不愿意呢。"

得福说:"人多热闹,你看豆丫那边,啥时候去都是满屋子人。"

姬天说:"她永远不缺劳动力,信息灵通。我想建议她办个中介公司或家政公司,合法经营,把各方的经济也可以流通起来。"

豆花惊喜地说:"你这一说把我提醒了,对,她应当办一个家政公司,把各路资源整合统筹起来。"

姬天说:"我晚上想和豆丫谈谈,人家说没时间。"

豆花说:"我给她打电话,让她赶紧和你见面沟通。"

"不要打,她说晚上有会。"

"她晚上有啥会？"

"乡亲聚会。"

豆花叹了一口气。

"我们要尊重她的选择、她的工作安排。"

"我也想见她和陈娅，看见陈娅我就会想起我儿李又奇。"

陈进财听说豆丫在城里发财了，他不相信，说她的本事能发什么财？村里人越传越凶，说她挣了很多钱，很多大老板都想给她投资。他和豆丫生活了八九年，他看不出豆丫有什么特别之处。

他和胡琴结婚后，日子一直不平静，胡琴以怀孕骗婚使他赶走了豆丫。她本想赶走豆丫，把她自己的户口迁进村里分钱，谁知户口迁进村里也没分上钱，这就成了胡琴怨恨他的根源。她心里不高兴就提这事，说他有意不把豆丫户口迁走，是还想和豆丫过日子，致使她迁进的户口过了时限，没分到一分钱，为此她拒绝为他生孩子。

胡琴提出条件，让她生孩子可以，把房子和存折都换成她的名字，她有了生活保障才可以生孩子。她说怕他赌，只有她有了生活保障，她才可以放心生孩子。

陈进财不敢呀，他把存折和房子过到她的名下，一旦她变心，他什么也没有了。她迟迟不愿生孩子，让他着急。他几代都是单传，在他手里连个儿子也没有，这是他的心病，没有儿子他还有什么奔头。

他瞧不起的豆丫在城里弄了这么大的世事，他不知是高兴还是难受，他难以相信这是事实。他上次去她家里那个办公室，那叫什么公司办公室，只是一个居住所，这全是她表哥给她摆的谱。

她表哥是什么人物，因为虚荣，爱做假大空的事，才把公司办到今天的地步。但他寻人还债的事，还是值得人们称赞的。

豆丫真的发财了？陈进财想打听一下她的真实情况。他们虽然离婚了，但她是女儿陈娅的母亲，她公司经营的成败，直接影响女儿的成长。晚饭后，陈进财打车去了豆丫的社区，他走上楼，敲门，开门的是李强。

"哥……"

房子里的人都惊了，陈进财怎么到这里来了？陈进财很不情愿地走进来。李强问："你找……"面对陈进财，他不知该把豆丫称嫂子，还是姐。

豆丫看见陈进财，问："啥事？我们正开会呢。"

陈进财问："你生意还好？"

"只要你过得好就行，甭操心我娘俩。"

陈进财站也不是坐也不是。他说："只要你娘俩好着就好。"

他转身走了，缓慢地走下楼。李强关了门说："他的日子过得不顺当。"

陈进财羡慕豆丫的人缘，公司有那么多人帮忙。他下楼坐在楼头的一把固定的木椅上，望着豆丫窗口的亮光，想起他和豆丫的很多往事。有人捅他一下，"你干啥来了？"陈进财回头见是得福，他忽一下站起来。

"你坐下，我不会打你。"

陈进财怯怯地坐下。得福问："你刚从豆丫家出来？"陈进财点头。

"她在家干啥呢？"

"坐了一屋子人……"

得福说："老王说这么多人涌进城里，城里有多少活让他们干呀。"

陈进财说："他们没了土地，在农村没活干，拆迁分的那点钱就要扑腾完了。住在城里小区，水电费、物业费天天在后边催着，不在城里寻活，就得饿死。他们没有一技之长，寻到的也是下苦力的活……"

得福不愿和陈进财谈这个话题。他问："他们在屋里干啥呢？"

"开会呢。"

得福问："你咋不上去坐？"

陈进财说："我没脸上去坐。"

"是呀，你是没脸坐上去。"

陈进财问："你咋不上去？"

得福说："没脸上去。"

陈进财问："你咋没脸上去？"

得福生气地反问:"你咋没脸去呢?"陈进财不言语,悄悄地坐在旁边。

那天,得福在豆丫家喝酒,他怎么也想不到会做出那事,不是豆丫及时阻拦他就闯祸了。当他的手向她摸去时,豆丫忽然撞了他一下,他惊吓得滚到了地上。他觉得无处可藏,怎么会趁她熟睡之时做出这事,他想起自己做的龌龊事,再也无法面对她,他匆忙拉开门跑了。

他很想去她家里,却不知如何面对豆丫,他有一种犯罪的感觉,他气愤时想剁掉自己这只手。

得福说:"我上次打你是不对,但你们离婚了,你还来找她,让你老婆看见不好。"

陈进财说:"再甭提她了。"

"她是谁,是你现任的老婆还是豆丫,她咋咧?"得福问。

"我现在的老婆。她让我把家里的钱和房子都过到她的名下,她才肯给我生娃,她说这是她生娃以后生活的保障。"

得福说:"你就过她名下怕啥?她是怕你变心,你不变心你怕啥。况且你这人爱赌,听说你把小车卖了?"

"我是怕胡琴私下把我的车卖了,她整天要学开车,钱装到我口袋心里才踏实。"

得福说:"她学车是好事呀。其实,女人一般不会变心,她是怕你变心,你不变心你怕啥?"

"她要变心咋办?她要变心就会把车开走。"

得福说:"她生了娃咋会变心呢!"

陈进财望着得福说:"我害怕。"

"你害怕是你心里有鬼。"

"难道我的担心是多余的?"

"你要好好和你老婆过日子,不要吃着碗里的看着锅里的,这样不好!"

"她靠不住。"

得福生气了,他说:"你是不是想挨打呀?你再往豆丫这里跑,小心我打断你的腿。"

好大一会儿，陈进财壮着胆子问："你是不是看上豆丫了，豆丫比你大，还领个娃。"

得福威胁他说："你是不是想挨打呀！"陈进财不敢再问。得福说，"你还不走，你在这干啥！"

陈进财不敢说他在这看豆丫家窗口的亮光，他站起来说："她就是人缘好，没有啥值得男人喜欢的。"

得福抓住陈进财说："她啥人我知道，不允许你侮辱她！"

陈进财忽然强硬起来，扯开得福的手说："她和我过了七八年，她的啥我不知道！她身上有几个痣我都清楚。只是你不清楚，你是不是看上她的钱了，你一个单身小伙，咋会看上一个有拖累的离婚女人？"

得福去打陈进财，陈进财转身跑了。陈进财跑远后回头喊道："豆丫不会和你好的！"

"为啥？"

"我不告诉你。"

得福坐在木椅上，呆望着豆丫窗口的亮光，在明月的陪衬下，那亮光好看极了。

冬天毫不掩饰地来到人间，伴随着西北风，咸阳湖很少见到人影了。

得福他哥来电话说爸病了，花了几千元才出院，最近又住院了，让得福打些钱回去。得福想回去看父亲，他哥说家里就你在外挣钱，你回来干啥呀，把钱寄回来就行了。又说现在的医院是吃人的老虎，你多打些钱回来。

豆丫想起表哥来找她的事，那天表哥说他有事给她说，她不知表哥说什么事。这一晃几天过去了，她有好多事也想给表哥说，她打电话让

叁拾玖

表哥过来。

保洁公司股东商议之后，在当下暂无好项目的情况下，不能让钱在银行闲着，他们一致同意把融资的钱投到一所学校。有人算过一笔账，学校融资利息每月百分之十五，月月分红，这是投资的好项目。

资金投进去之后，豆丫心里一直不踏实，他们几次到学校去考察，发现去学校投资的人不少，人们排队给学校交钱。学校已盖好，眼见为实。况且这是临时投资，一旦有了好项目，他们会立即撤回资金投入新项目。

这几天姬天的右眼皮一直在跳，他现在最不放心的就是表妹豆丫。她从农村出来，眼界窄、阅历浅，初涉商海，虽然赚了些钱，这都是她辛辛苦苦挣来的。在商海中，她还是一只经不起风浪的小船，他希望凭自己多年的经商经验，给豆丫指路导航，让她平稳前行。

他骑电动车路过韩信面馆门口，老韩喊他："姬总，过来喝茶。"

姬天停下过去说："这就是信誉的情分。如果我欠你的钱不还，你还会叫我过来喝茶吗？人活在世上讲的是'诚信'二字，没有诚信寸步难行。你知道我为啥寻人还钱吗？有人看我骑着电动车寻他还钱，以为我没钱，硬是不要钱，或者少收钱，这都不是我的初衷。"

姬天低声说："他们以为我买不起小车，其实我是放着车不开。咱欠人的钱没还完，咋能开个小车乱窜，人笑话。国家现在有规定，欠钱不还，要上黑名单，上了黑名单的人不能坐飞机，坐高铁，进入高消费场所。咱欠人的钱没还完，不能享受高消费……"

"喝茶、喝茶，"老韩打断他的话说，"你一来话就多很。"

姬天问："我说得对不对？"

"对，"老韩连忙称赞他，"你不愧是姬姓人，是周文王的后裔，我不佩服你不行呀。"

姬天最爱听这句话，他听了这话就兴奋。他说："姬姓人就要有姬姓人的德行，再作难咱不能丢先人的脸。"姬天喝了几口茶要走，他说豆丫在公司等着他，他得赶快过去。现在耽搁啥事，都不能耽搁豆丫的事，她的事都是大事。

姬天走到楼下，给豆丫打电话。豆丫说："你啥时候来都行，不需要打招呼。"

房门早已打开，只有豆丫一人在办公室。姬天还没开口豆丫就说："表哥，我有好多事要给你说，不给你说我心里没底。"

姬天说："我也想找你说说，不跟你说，放心不下。"

"那你咋不找我？"豆丫问。

"你不是说改日说吗？我一直等你叫我呢。"

"你来还用我叫吗？你啥时想来就来，我不能没有你这个参谋顾问。"

姬天看着她笑。

"你那天说找我有事，啥事？"豆丫问。

"我那天找你，看到你办公室坐了那么多人，我心里高兴，人脉就是财富。我想问，你对今后的工作有啥打算？你有这么好的人缘，要利用起来。"

"我们已利用起来了。"她讲乡亲们给她投资，以及他们把公司融资二百万元投入学校的事告诉表哥，希望他参谋一下。

姬天惊问："你们投资咋不征求我意见？"

"月百分之十五的利息不少呀！我们去学校考察了，投资的人排队呢。款交得迟了就没有指标了。"

姬天心里有点发毛，现在融资骗局很多，他真怕豆丫上当。"你看过他们的财务账表没？"

"哪来得及看，去迟了就没机会了。"

"让我去学校看看。"姬天走出豆丫办公室，路上一直在想，学校支出那么高的利息，他们的利润在哪里？一个学校有那么高的收益吗？

学校位于西安南郊，姬天好不容易找到了，学校门卫不让进，说现在不收款了，资金够了。姬天说他是投资人想进去看看，门卫依然不让进。他到工商局去查这个学校的注册情况。工商局说好多人都查过这个学校，这个学校注册资金两千万元，法定代表人叫黄旦。他很快在网上找到这个学校，看到学校的远景规划、实施计划，还显示准备在香港上市。但下面的网民留言大都在质疑。有人说这是个骗子学校，香港上市有严格的要求和程序，这个学校根本不可能在香港上市。

他认定这个学校有问题，想让豆丫把投资资金赶紧收回。猛然间，他看到网上一句留言——"学校老板失踪，学校财务室已锁门，办公室人不知道老板干啥去了。有人要辞职，找不到老板。"他火速给豆丫打电话，要求她赶快去学校追回投资款。

一切都已晚了。人们冲开学校大门，楼里到处是情绪激动的投资者。学校有些员工还不知道变故，仍在继续工作，听到投资人的呐喊，纷纷收拾东西跑了。

晚上，学校人去楼空，门卫不知道自己还有没有守在这里的必要。

豆丫在学校里转了一圈，回到家里不知怎么办。如果把这消息说给投资的乡亲，他们肯定接受不了，她向表哥咨询办法。姬天说："静观其变，公安已经介入了，这是一场数额巨大的诈骗案。公安正在找学校的法定代表人，等找到人再说。你要尽快把这个消息告诉投资的乡亲。"

豆丫不敢。

她想不起来那天晚上是谁提出把闲钱变活钱，把闲资金投出去，等需要的时候再收回。又是谁提出把钱投资到这个学校，猛赚一把，再回来投资其他项目。她记不清楚是谁，把大家引向到了这万劫不复的沟里。

她不知给乡亲们怎么解释，他们一旦知道这些钱被人骗走，会如何埋怨她。这个事情如果隐瞒下去，她不知如何收场。李强来，她先给李强说了，李强听了这事腿就软了，坐在那里站不起来。他说："这下咋办呀！我还等着这钱赚钱买房呢，你知道拆迁的钱我没买房，没添一件新衣服，我倒卖二手砖，就是想在城里买套房。"

"咋办呀，这可咋办呀？乡亲们都要找我要钱，我哪里有这么多钱赔呀。"豆丫欲哭无泪。

"唉，我和老婆娃好坏在原上有房住着，你先考虑其他乡亲吧，我不会做落井下石的事。再说，投资学校我也是同意的。"李强起来走了。豆丫没送。她起身时感到一阵眩晕，醒来时已躺在医院里。

豆花说豆丫已好久没回秦人居了，想叫她回来吃一顿饭。

她给豆丫打电话没人接。她让得福去看看，得福不愿意去，上次和豆丫发生那事之后，他一直没敢去豆丫家，他后悔做了那丢人事。这事放到别人能讲得过去，豆丫对他最信任，他却对她做了那事，要不是豆丫及时醒来，及时制止他，他一定作孽了，就再也见不上豆丫了。

他好久没有去她家里了，只是坐在她家楼下的长条椅子上，偷偷地看她家窗口透出的亮光。他觉得晚上偷看，或者说欣赏她家窗口里的亮光也是一种幸福。他曾连续几个晚上都坐在那椅子上仰头凝望，他觉得那光很柔美，散发着香气，只是太远他闻不着罢了。

豆花问："让你去叫豆丫，你咋还没去呢？"

得福听见豆花怨他。"就去。"他不知如何面对豆丫，她见到他会不会骂他，"我把你当人看呢，你却不做人事！"他走上楼，在他犹豫进不进去时，发现她家的门开着，他轻手轻脚地走进去。客厅没人，厨房没人，他走进卧室，发现豆丫斜躺在床上，一条腿搭在床边。他唤豆丫无反应，他上前拉她的手，发现她不省人事。他抱起豆丫跑下楼，叫了一辆出租车驶向医院。

豆丫躺在急诊室的床上，忽然醒了。

得福问："你咋咧？你咋咧？"

"我咋咧，咋躺在这里？"

"你吓死我了，你到底咋了？"

大夫怨得福声大："你出去，让我看看。"

豆丫坐起来说："我好好你把我送医院干啥？"

大夫说："你躺下让我检查一下。"

肆拾

得福说:"你快躺下,让医生检查一下。"

医生检查后说,好着呢,没有啥问题,在医院观察一阵。豆丫站起来说:"我还有事呢,我得回去,陈娅放学没?"

得福说:"你回秦人居,我把陈娅也接到秦人居,你回公司我不放心,豆花也不放心。"得福叫车把豆丫送到秦人居,给豆花说了豆丫发生的情况,豆花大吃一惊,"你看后怕不后怕!"

得福问:"你家门咋会是开着的。"

豆丫说:"记不清了,或许是我忘记关门,或许有人走后没关门。"

平静之后,豆丫向豆花说了投资被骗的事。豆丫说:"我只说那么大的利息投资半年就出来,只投资半年,谁知道他们是骗子。"

豆花问:"现在情况咋样?"

豆丫说:"公安已介入调查。我咋办呀,这么多钱,我哪来钱赔乡亲们呀。"

豆花说:"你最近就住到秦人居,不要回办公室去,看看情况再说。让得福去接陈娅。"

没有几天,乡亲们都知道了明天保洁公司投资被骗的事,很多乡亲到保洁公司打听情况。只见门上贴着一张字条,上面写道:"公司在经营中出了一点状况,正在处理之中,请投资的乡亲不要着急,静候消息。"

"公司被人骗了,还说是出了一点状况!这不是忽悠人吗?"

"豆丫咋会关机,她会不会跑了,我们投资款要打水漂了。"来的人看了房门上的告示,骂骂咧咧地走了。

一部分人走了,一部分人又来了。有人找到了秦人居旅馆,豆花一口拒绝:"没有人,我这没见豆丫。"找人的人不敢进旅馆,不甘心地走了。有人去公司砸门,有人给门上贴上了骂人的字条。

豆丫在秦人居待了三天要出去见投资的乡亲。姬天不让她出门,他说:"你出去就会出事,现在那么多人在外边疯了似的找你,都在气头上,找见你还不把你吃了。"

豆丫说："我这样躲着不见他们，也不是个办法！"

姬天劝她："躲过一段时间再说，表哥也受过这难，出去躲了一阵子回来，大家的气就消些了。我现在有钱了，找他们还钱，他们都为当时说的那些过头话、做的那些过头事后悔。"豆花、得福也不同意豆丫回公司去，怕那些情绪过激的人动手动脚，打了她。

李强在人们的谩骂中坐在豆丫家门口。他说："豆丫让我在这里和大家见面，她配合公安寻骗子去了，找到那些骗子，她就回来了，拿大家的钱一定会还的。她是一个讲诚信的人。"

一些人走了，李强劝乡亲们不要在这里胡骂胡闹。豆丫有难了，我们都应理解她，她一定会回来的，她回来一定会给大家一个说法的。

公司出事了，李强着急呀，豆丫不见人了，家里门锁着，他给门上留下了公司告示。李强白天晚上守在豆丫家门口，给要钱和询问情况的人解释，来公司闹事寻事的人越来越少了，最后没有人再来了。

豆丫知道这些情况要见李强，姬天还是不让她见。他说："再等等，等事态平息后再见吧。"

姬天问她今后有什么打算。她说："卖掉保洁公司，给乡亲们还债。"

姬天说："你的公司值钱吗？你的公司不值钱。值钱的是你的人脉。"豆丫不吭声了。

姬天接着说："别人买你的公司不一定能经营好，因为他们没有你的人际关系，你这么多年的资源积累是你最大的财富。你虽然被人骗了，甚至被骗得一无所有，只要你在，这个公司在，你依然很富有，以你的智慧和才能一定能还清公司的欠债，能重新在保洁市场站立起来。"

豆丫听了表哥的话，如醍醐灌顶。她笑了，几天来她第一次笑了。她说："公司有救了，我有救了。"

姬天说："你现在最重要的是安抚人心，把你的资金全部集中起来，先支付一部分着急用钱的人，不能全给。再发一些红利，让他们相信，让他们看到公司正常运转，有能力偿还他们的投资款。"

姬天又说："停几天，你在公司召开一个股东代表会，给大家讲清楚受骗的经过。政府和公安正在追踪学校融资款的去向，相信政府会把这些款追回来的。其次讲清楚公司的发展计划，扩大经营范围后每年能赚多少钱。即使被骗的钱追不回来，多长时间可以给大家赚来钱。要告诉大家收益不变，分红份额不变，让大家一定要相信公司有能力偿还乡亲们的投资款。我相信只要你讲清楚，乡亲们一定能理解你的。"

豆丫激动地不能坐下。她说："我要和关系牢靠的几个宾馆、招待所、旅馆商谈，签协议，让他们提前预付部分保洁费，再招收一批保洁工，扩大保洁范围。"

姬天说："怎么经营是你的事，我相信你今晚肯定睡不着了，不如出去和你要见的那几个宾馆、招待所、旅馆的老板见见面。你从公司被人背到医院，身上肯定没有多少钱，我给你几千元，你出去请他们吃饭、喝茶。"豆丫忽然觉得表哥太伟大了，什么事都替她想好了。姬天临走时说，"你虽然不姓姬，你身上有姬姓人的血脉。咱不骗人不亏人，不能像先祖那样让人仰慕，但一定要做一个让人信服的人。"

豆丫要出门，得福看见告诉了豆花，豆花拦住她。姬天说："让她去吧，她可以出门了。"

肆拾壹

一场大雪让整个世界沉寂了。

陈进财知道豆丫出事了，他不敢去她家里，怕惹上麻烦事。

雪夜里，陈进财推掉长条椅子的雪，坐在椅子上望着豆丫家的窗户出神。这个豆丫呀，过去在村里就是个家庭妇女，离开他后变成了另外一个人，给人打工又办公司，这都是他没想到的。当时因为胡琴闹得急，说她怀孕，又要把她户口转到村里分钱，他一时鬼迷心窍，逼着她娘俩出走。他想她表哥在城里开公司，逼她出走，她表哥一定会接受她，在她舅家甚至会比家里更好。谁知她表哥的公司早已垮了，她表哥到外躲债，再已无暇照顾她了。

他知道她们流落街头，秦人居收留了她们。他后悔赶她娘俩走了，她们不走他也不会上当，让胡琴骗了他。

她办公司一次次地失败，他担心她不是办公司的料。这场灾难不知她能不能躲过去，躲过这一劫，他要劝她，让她打工赚钱养活自己就行了，陈娅由他养活，不让她再劳累了。但她这一关怎么过，他为她担心呀。

晚上豆丫紧急召开公司股东代表会。会上大家互相埋怨、悔恨，鼠目寸光只看到眼前的高额利息，没有想到对方融资方案的真假。豆丫先是深刻检讨自己的错误，表示一切责任后果由她承担，然后讲了公安正在追捕诈骗嫌疑人的情况。她承诺按计划按期给大家分红利，讲明情况有多少分多少，现在要退股的也可以退股，没钱她想办法。

都是乡亲，公司出了事，是大家不愿看到的，股东代表走了。得福又把豆丫接回了秦人居，他不放心她住在这里，临走时得福擦掉了门上贴条的痕迹。

晚上豆丫走出秦人居，想着去面见长期合作的几个宾馆、招待所、旅馆老板。她更牵挂公司的股东代表，他们每时每刻都担心着公司安危。和他们见过面，他们就能睡个安稳觉了。

半夜她就起来了，再也睡不着，一大早，接连找了几个宾馆、招待所、旅馆的老板，他们没有一个愿意预付保洁费用。

回家的路上，她很淡定，想着在这个时候能借她钱的人。她想到了许总。她没有回家，直接去了许得办公室。许得惊奇地接待了她，泡茶削水果。她一再说不需要，但许得不听。她觉得很难向许得开口。许得看出她的窘态说："有事你就说，我是愿意帮你的。"

豆丫说："你也听说明天保洁的情况了，我们公司被人骗了。"

许得说："这事我知道，但这事不影响明天保洁公司的经营。公司月月照样有钱进账，你的员工还在，公司还在正常运转着，没有多久，被骗的钱就会赚回来。"

豆丫说："现在一些股东要退股，公司还要照常经营，我需要钱，想……

借一点钱。"

"多少？"

豆丫没想到许得如此畅快答应。她说："五十万，不敢多借，怕借多了还不上。"

许得说："只要你人在，不怕你不还，如果你答应我的要求，这笔钱可能就不需要还了。"

豆丫说："那不行！借钱一定要还的。"

许得笑了："要是两个人成一家人了，还需要还吗？"

许得走近她诚恳地说："豆丫，我真的喜欢你，我真的想和你成为一家人。"

豆丫不知如何回答，她是来借钱救急的，不是谈论个人问题的。豆丫说："我很烦，我要面对很棘手的问题，没有时间谈论这个事。"

许得说："我只是问你，你愿意不愿意，如果愿意，我马上给你取钱。"

"今天不谈这个事行吗？"豆丫再次说道。

许得问："我只是问你同意不同意？"

豆丫知道许得要拿此事要挟自己。她说："谢谢许总关心，我不愿在这个时候、这个坎上谈论这个事情。"

她转身欲走。许得说："茶刚泡好。"

豆丫头也不回地走了。

回到秦人居，她向得福豆花谈了老板们不愿意提前支付保洁费的事，她没有提到她见许得的事。豆花说："我给你二十万，你先用着。"豆丫说："我住在秦人居吃在秦人居，再不能拿你的钱，我不能这样做。"

"那你咋办？我听说今天有人到公司要退股，你知道吗？"

"知道，李强告诉我了。"

"那你咋办？等着他们闹事！"

"你的钱我不能要，再拿你的钱，我心里过意不去。"

"过意不去就好好干，赚下钱还我。"

"我有办法，你不要管。我暂时住你这里，吃你这就行了。"说完豆丫回房间去了。

得福敲开了许得的家门。

许得见是得福，一脸不高兴。

当得福说明来意之后，许得感到很可笑。得福要借钱，说借二十万，说要用一生工作来给他还钱。

许得说："你要是死了，谁给我还钱。"许得知道他是替豆丫借钱。他说，"你没有保证还钱的基础和条件，我不能借钱给你。"

得福从许得家里出来，他感到很丢人，他知道了有钱人和没钱人的区别，城里人和乡下人的区别。

老王慌慌张张去秦人居说："听说豆丫受骗了，你们知道吗？"

得福没回答。豆花说："不知道。"

老王说："听说这次赔大了，被人家骗了几百万。"

豆花生气地说："你胡说啥呢！她哪有几百万被人骗呢，滚滚滚！"

老王说："得福，咱不说别人的事，哥有事找你。"

"啥事？"

"开个房。"

得福看一眼豆花说："上次开房钱还没清呢，又要欠账。"

"这次我是现钱。"老王掏出钱让豆花看。

豆花说："三百！"

老王抖了抖手中的钱说："这是三百，你心黑得很！标间也敢要三百元？"

豆花给得福说："本应还是五百，你是熟人，这次收三百算了。"

"你心黑很！"老王恨恨地说。

得福收了钱，欲去吧台取钥匙。豆花问："上次欠的钱呢？"

老王乞求地说："缓几天，缓几天再给，把今天的房开了再说。"

"不行，上次账清了再开房。"

老王说："妹子，哥没有了，就这三百元。等你嫂子回来给你。"

"没钱别想开房，快走快走。"

老王着急，在大厅转圈圈。豆花说："你快走吧，你老婆知道你在我这里，还不把我吃了。"

"她没在家。妹子缓几天，我还你六百元，今天先把房开了。"

豆花淡定地说："不行，坚决不行。"

老王生气地说："见过爱钱的，没见过你这样爱钱的。"他转身走了，片刻又回来了。拿了五百元交给得福说，"这是我明天进货的钱。钱给你了，把我上次写的欠条给我。"

得福欲取。豆花说："欠条早丢了，得福，你给老王开个收据。"

"收据我不要，没欠条把钱还我。"

"想得美，得福把收据给他，不要扔到门外边去！"

老王气得说不出话来，"你咋是个这……人呢！"拿了收据走了。

老王走了。得福说："欠条没丢，我收着呢。"

"你把欠条给我。"

"你要欠条干啥？"

豆花没吭声，回房子去了。

得福去豆丫房子，给豆丫床头放了四万元。他说："这是我这几年攒的钱，你先用着。"

豆丫说："你那点钱能干啥？快拿上，我有办法。"

得福说："你有啥办法？还不是硬撑着。我现在不用，娶媳妇的钱反正不够，放我那里也是白放。"

豆丫说："你不要让我为难，我不借你的钱，我的事自有办法。"

得福要走，她抓住他说："快把钱拿上，我的事你甭操心。"

一天，许得到秦人居来了，豆花感到很稀奇："啥风把许总吹来了？"

"谈不成对象了，交个朋友还是可以吧。如果我再不来，显得我太没有男人气度了。"

许得的表白，豆花很满意。她说："以前三天两头来送鱼，现在突然不见人影，我还有点念想呢。你这次来咋没有带鱼呢？"

许得低声说："我给你送钱来了。"

豆花一惊，"是送我的吗？我知道不是送给我的。她人不在。"

"是送给你的。"

豆花认真地说："真的，豆丫不在，吃过晚饭就出去了。"

许得说："真是送给你的。"

许得讲了豆丫找他借钱的事。豆花说："你直接送给她，我不能转交，我不想掺和你们的事。"

"我给她，她肯定不要。"

"她找你借钱为啥不要，你是不是有啥附加条件？"

"没有，没有。"许得急忙否定。

豆花说："我就当一回好人吧，我只帮你转交钱，我不参与你们的经济纠纷。"

"可以，只要你把钱转交她就行。"

豆花说："说真的，她现在正作难，你帮了她，她一定会感谢你的。但不要附加条件，我是上过你当的。"

"不会不会。"

"钱呢？"豆花问。

许得指着门口一个皮箱说："五十万都在那。"

豆花惊讶，"你真有心，五十万现金！"

"显示我一点诚意。"

"快拿进来放到吧台里。"

许得对豆花说："你给她钱时不要说是我的钱，说是我的钱她可能不要。"

"她咋会不要？"豆花问。

许得说："你别问了，你就说是你的钱，千万不要说是我的钱。"

"行，做这么大的好事不留名，你肯定做了见不得人的事。不然她去借钱，怎么又不要你的钱呢？"

许得双手作揖表示歉意，扭头就走。

那天豆丫走后，许得觉得自己做得很不妥。怎么能在她借钱时提出那样的要求，这不是乘人之危吗？让她多么难堪。她也做不出来，如果她真答应了，她就不是豆丫了。

豆丫回来。豆花说："你甭跑了，我给你把钱准备好了，一共七十万，五十万现金，一会儿我再给你银行转账二十万，现在的人，除非你对他有用，没亲没故的谁借你钱。我想你今天跑了一天，肯定有这体会。"

豆丫听了豆花的话就哭了。她说："姐，豆花姐，我住你的吃你的，本不该再向你借钱。我今天跑了一天，没有人肯借我钱，只有你肯帮我，你的恩情我忘不了。"

豆花问："你都去找谁了，除过你服务的那几个单位还找过谁，找过许得吗？"

豆丫不想说她去找许得的事。一是许得和豆花过去关系非同一般，二是许得提出的要求她难以兑现。豆花看着她，她觉得不给豆花说又不行。豆花说："你不要顾忌我和他的关系，我过去和他好过一段时间，现在分手了，分手的原因不瞒告诉你，我和他在一块儿，就想到我娃他爸，我现在不想和任何人说谈婚论嫁的事。"

"在我走投无路时去找过许总，想在他那里借些钱，但他提的要求我接受不了。"

"啥要求，他要求你干那事？"

豆丫脸就红了："你想哪去了，他提出要和我结婚。"

"你咋说的？"

"我不能答应他，我不能为了借钱，把自己卖了。"

"最后咋办了？"

"我走了，我宁愿不借他的钱，也不会答应他的条件。"

"你为啥不答应他？"

"他这人和咱不是一条道上的人，咱是老老实实地做事呢，他是叼着吃的人，靠他爸的关系介绍生意赚钱，咱做不到。"

"你讲得对，咱和他不是一条道上的人。"

豆丫要去银行存钱，豆花叫来老韩和得福，老韩开车把他们一直送到高新区工商银行，存了钱。老韩提出在韩信面馆吃饭，豆丫忽然接到学校电话，说陈娅上午没到学校去。

肆拾贰

陈娅没去学校，去了哪里？老韩开车去市区找，豆花豆丫在学校周围找，得福去几个大商场寻找。老王知道陈娅没上学的事，关了商店，开车去了两寺渡公园、马尔代夫公园。姬天知道陈娅不见了，他和媳妇坐在秦人居门口传递消息，他想起社会上拐卖妇女儿童的传闻，再也不能安心坐下。

老王走了几个地方没找见陈娅，他打电话要求报警。

吃饭时候，韩信面馆给姬天夫妇一人端了碗面。姬天说他吃不下，他媳妇也不愿意吃，面凉成一坨，又被面馆人端了回去。

午饭后，姬天问媳妇："走来的那个女娃，你看是不是咱陈娅？"

媳妇擦了擦眼睛："就是咱陈娅！"

姬天跑过去抱住陈娅："娃呀，你跑哪里去了，把表舅吓死了。"

陈娅流着眼泪说："我找他去了。"

"找谁去了？"姬天问。

"找他。"陈娅说。

姬天和媳妇疑惑："他是谁？"

陈娅说："他……世界上最坏的人。"

姬天惊问："他是最坏的人，为啥还要去找他？"

陈娅委屈地说："我给我妈借钱去了。"

姬天明白了："你找你爸借钱去了？"陈娅点头。

姬天抱住陈娅落泪了，"好女子，你咋那么傻！你去找他，给你妈说一下呀，你没去学校，把我们吓死了。他答应借给你妈钱了吗？"

陈娅说："没有，他不借钱，我就坐到他家不走。"

姬天惊问："他答应了？"

"没有，那女人骂我，说要打我，他把我提起来扔在了门口。我打他家门，他们不开，我肚子饿了就回来了。"陈娅说得很委屈，姬天和媳妇听得满脸泪水。

姬天给豆丫豆花打了电话，她们听说陈娅平安回家了，就都回来了。

豆丫进门就打陈娅，骂陈娅不听话，害得老老少少不得安宁。陈娅哭着跑进房子。豆丫听了姬天的讲述，觉得愧对了女儿，又进屋去给陈娅道歉。陈娅不理她，趴在床上哭，哭得满屋的人都落泪了。

豆花说："你回来不问原因就打娃，娃还不是为了你！小小年纪多么懂事呀，比我的儿子强多了……"

得福说："你甭再说了，把人说得难受的。"

老韩给每人端了一碗韩信面。豆丫把面端给陈娅，陈娅不吃。豆丫说："你不吃妈也不吃。"陈娅扑进豆丫怀里放声大哭，她说："他不借你钱，还骂我，要打我，把我扔在了门口……"

谁也吃不下饭了，陈娅的哭声令在场的人动容。

肆拾叁

时间是最公平的，会记得你曾经种过的花、摘掉的叶，早晚有一天，会以另外一种方式，全部回赠回来。

午饭后，豆丫召开公司股东代表会，安排退股分红的事。大家听了豆丫讲的话心里不再着急。在公司被骗的情况下，公司照常分红利。知情的股东很感动，知道豆丫是个靠得住的人。

豆丫安排了事，说她累得很，想回秦人居好好休息一下。刚躺下老王在门口喊："娃找见了也不给我说，让我在公园里瞎跑。"

豆花知道老王也找陈娅了，赶快把老王请到旅馆喝茶。豆丫爬起来跑到门口迎接老王，老王坐在桌前品着茶说："这是第一次享受豆花亲自给我熬茶、倒茶的待遇。"

豆花说："没想到你也找陈娅去了，我第一次发现你做了一件人事。"

老王说："秦人居的事就是萧何商店的事，只要妹子喊一声，逢沟逢崖我都敢跳。"

豆花给老王续茶说："你这人，人是好人，就是见不得漂亮女人，见到漂亮女人就坐不住了。"

老王听了很不高兴，"咋是这样说话，我是那样的人吗？我是见了妹子坐不住了，你看妹子这小蛮腰，这身段，哪个男人见了不动情。"

说着就去摸豆花的腰，豆花闪到一边，说："你再动手动脚就出去。"

老王不敢再狂了，得福和豆丫就笑。豆丫说："王哥，只有豆花姐能降住你，这条街上没有人能降住你的。"

老王笑问："他们都叫我哥，豆花你咋不叫哥呢？"

豆花说："我怕叫你哥你狂到天上去了，咱这条街就不得安宁了。"

门口有人叫老王，老王听出是老婆的声音，起身跑了，"我一会儿再来，茶给我凉着。"

卓花在门前问："大白天把商店门关了，到隔壁吃奶去了？"

老王火了："你胡说啥呢！陈娅丢了全街人都寻娃去了，你喊啥呢，你再胡喊，你回四川去。"

卓花哭了："我老了，不中用了，我年轻时要回四川去，你咋不让走呢。现在让我回四川去，你个没良心的，你是不是在农村买下庄基买下地不要我了……"

老王说："我要买下地，才不会让你走呢。"

豆丫出去劝："嫂子，你甭生气，王哥说的是气话，他哪舍得你回四川去，你走了谁给他做饭呢？"卓花见豆丫向她说话又喊起来："我回四川去，我不在这待了，我要回娘家去！"

豆丫说:"娃在上学呢,你能走,你舍得走吗?"

老王说:"四川有啥好东西,值得你整天喊着要回四川去。"卓花突然不喊了,回屋里去了。

豆丫劝老王快开门营业,找娃耽搁你的生意了。老王说:"今天不开门,我逛去呀!"他一转身,又进秦人居喝茶来了。

豆丫进门怨豆花:"姐,嫂子怨老王,你也不出去劝劝,光坐着喝茶呢。"

豆花说:"我出去是火上泼油呢。"老王坐在那里喝闷茶,再也没有说笑的兴致。

豆花说:"老王,你跟嫂子的日子是多好的光景,再甭闹活了,你也要把心收一收,这么大年纪了,再甭在外边狂了,甭叫人笑话。"

"我在外边狂啥了?"

豆花低声说:"在我旅店开房还不狂?你再狂小心我把你开房的事告诉你老婆。"

老王胆怯地看着豆花。豆花笑说:"其实你也是个好人,善良的人,就说前些日子陈娅丢了,你也帮忙东跑西颠地寻找。"

老王站起来说:"你别夸我了,再夸我就干活去了。"老王开门营业去了。

肆拾肆

得福他哥来电话,先说父亲病重,后说父亲病故了。

豆丫说,这是一个有经验人报丧的方式。得福先一阵着急,后大哭一场,他说刚给家里寄了钱,人咋就没了,说他不想回家去。豆丫说:"父亲去世,是天大的事,你不回去咋行?"

得福说:"我在城里混了几年,媳妇没找下,娶媳妇的彩礼钱也没挣下,我回去干啥?我孤身回家不说乡亲问这问那,我妈也会着急。"

"我不能再陪你回呀……"豆丫认真地说。

豆花过来劝他:"你们两个人走不到一块儿,豆丫再回你村去,只会给你带来更多的麻烦。"在豆花豆丫的劝说下,没出息的得福又哭了。豆花知道他是借父亲的丧事哭自己呢。

豆丫见不得得福哭,扭头走了。她暗暗叹道:"没出息的人呀,你是这样,哪个女子能看上呢!"

送走了得福,豆花豆丫刚坐下,门口进来一个女子,豆花不认识。豆丫问:"你咋来了?"

女子说:"我找你来了,表哥让我找你来了。"

豆丫介绍说:"这是我妹子叫豆苗。"

豆苗说:"我高中毕业了。"

豆丫说:"表哥叫你来干啥?"

豆苗说:"表哥叫我来你这工作,说你这里正缺人手呢。"

豆花看豆丫一眼说:"你不是又签了几个宾馆招待所,人手不够么,她来得正好。"

豆丫说:"你来了要听话,不许偷懒,干活要穿工作服,脱下你那身时髦的衣服。"

豆花说:"你咋是这人呀,妹子刚来你就先训斥一顿。"

豆丫说:"她的毛病我知道,爱穿贪吃懒做不动弹。"

豆花笑了。她问豆苗:"妹子,你是不是这样的人?"豆苗不吭声。

豆花说:"豆苗今天来了,让老韩弄几个菜过来,咱今儿吃韩信面,不做饭了。"

豆丫说:"花那钱干啥!"

豆花亲自到韩信面馆点了菜,老韩亲自端菜过来说:"小妹来了,今儿我请客。"

豆花很感激地说:"韩哥这人做事做人就是跟老王不一样,找老公就是要找他这样的,有形象有谈吐,人实诚又能干。"

豆丫看着豆花笑。豆花说:"看我干啥?我又没说跟他。"

豆丫说:"每次咱在他那儿吃饭,韩哥都找理由不让咱掏钱。他这人挺好,你要有意,我给他去说。"

豆花说:"不敢乱说,说不好,隔壁都做不成了。"

两人说话间,陈娅看见老韩端一碟牛肉放在桌上,陈娅捏一块要放到嘴里,豆丫看见一掌打掉陈娅手中的肉块。陈娅被打,肉又掉到地上,陈娅扔了筷子哭着走了。

豆丫去拉陈娅,这娃越惯越不像话。豆花拦住说:"你打她干啥,她还是个娃。"陈娅进房子关了房门。

吃了饭,豆丫安排豆苗上班了。豆苗希望姐给她找一个像样的工作,不愿干保洁。豆丫说:"我在城里认识的都是保洁圈的人,圈外的人我不认识。"她告诉豆苗保洁工作很不错,只要勤快提成也高,比在外边打工强。

豆苗说保洁的名字不好听,想寻个体面的工作。她自己在外面跑了几天,回来说,"让我先干干保洁吧。"

豆丫安排一名有经验的老保洁工带豆苗清扫房间。这活看起来容易干起来不简单,手脚慢的一上午能做四五个房间,手脚快的一上午能做七八个房间,这就是差距。这活也有一个程序,从头到脚从左到右,先干啥后干啥,不是一把抓,熟练的工作程序叫人看着像跳舞。豆丫干这活儿自己编了一套口诀,说着唱着二十多分钟就打扫一个房间,在宾馆保洁行业树立了一个标杆。

豆苗干活回来喊累得很,换上时髦衣服就往外跑。她给豆丫说:"姐,女人后半生能不能享福,过上吃香喝辣的日子,就看你找个啥样的男人。找对了一辈子享福,找不对了一辈子做牛做马。"

豆丫看了豆苗一眼没吭声,心道:"她从学校刚毕业,怎么有这样的想法?"豆丫不赞同这种态度,没有去理睬豆苗的话。她对豆苗说:"一个月后,你有了工资,要到外边租房子住去。"

"为啥?"豆苗问。

"有了工资就应当自立,你要靠自己养活自己。我和陈娅是暂住到人家这里,况且你住这里,我们也不方便,三个人挤一张床,我翻身都翻不过去。还有陈娅，她晚上要学习。"

豆苗奇怪地看着豆丫："姐，你是咋想的，你想赶我出去，我住这里一月要省多少钱，你算过账没有？"

豆丫说："这是人家的地方不是咱的，有钱了就得出去住。我告诉你，明天我就搬出去住了，你和我一块儿搬走。那边房子大，一室一厅，你暂时和陈娅住一起。"

豆苗很不理解："你们明天搬走了，我一个人住这里。"

豆丫说："豆花姐对咱好，咱不能给她添麻烦。你和我明天必须搬走，我们在外边有房子，一个月后，你自己找地方去，你不要再靠我了。"

豆苗吃惊地盯着豆丫："你是我的亲姐吗？"

豆丫从秦人居搬走了，豆苗却留下了。

豆花找豆丫说："是我让豆苗留下的，我寂寞得想有个说话的。"

豆丫说："一定是豆苗找你了。"

豆花说："是我找豆苗求她留下的。你要搬走，我不挡你，你有公司，要管那么大一摊子事，在我这里也不合适。"

豆丫把豆苗叫到她的办公室问："你找豆花要求留下的？"

"你胡说。"

"老实说，不然我就送你回老家去。"

豆苗说："你为啥不让我在那里住，那个房子空着咋不让我住呢？"

豆丫恳求她说："咱不能给人家再添麻烦，你住那里我不放心，我怕你给我惹事。"

"我不惹事。"

"你告诉我，是不是你找豆花要求留下的。"

"我嫌挤，我和陈娅睡一张床挤，我去找豆花姐的，我一说她就答应了。"

"是你让她告诉我，她想留下你。"

"我怕陈娅晚上睡不好觉，影响她学习。"

豆丫叹息一声说："豆花答应你留下，你就留下吧。但你一定要听话，晚上不许乱跑，早些回来，要按时吃饭，不要主家等你，吃饭时主家动筷子你再动筷子；说话办事要有礼貌，不要抢着和主家说话；自己的衣服自己洗，不要用旅馆的洗衣机。听见么？"

"听见了。"

"你去吧，甭给我丢人！"

"知道。"豆苗达成了自己的心愿。她知道这一顿训斥是躲不过的，她不在乎姐怎么训她，只要叫她不掏钱住下，而且一个人睡一张床，她是十分愿意的。

豆苗一下班就换一身新衣服往外跑。豆花问："你姐给你买的？"

豆苗说："她才不会呢，用我的工资买的。人是衣裳马是鞍，女人这时不打扮要等何时。"

肆拾伍

得福从家里回来，几天闷头不说话。

豆花知道他的心思也不去劝说他，怎么劝他也无用。他要的是媳妇，是过日子的媳妇。在这见钱眼开的城市里，她没办法帮助他，他每次回来都是这样，要闷上几天，或者到老王那里去上几次就好了。她知道老王不会给他说什么好话，出什么好主意。但他常常从老王那里回来就自个儿发笑，话也就多了。她也懒得怨他找老王的事。

晚上豆丫过来问豆苗在秦人居咋样。豆花说："她都成大人了，还用管她。她回来就累得睡了，吃饭时候就来了，也没有啥事。"

豆丫问："听话着么，吃饭还拌嘴不？"

豆花不耐烦地说："你虽然是她姐，但也管得太宽了，你把你公司管好就行了。"

豆丫说："你不知道这娃得管，不管不行。"

豆花关心她的公司："现在退股的人有多少？"

豆丫说："把红利给大家一分，大家安心了，有些人退了股又找过来入股，李强坚决不要。"

豆花说："那就好。我看你这么关心妹妹，我就想起儿子了。不知道他在他爸那里生活得咋样？个子长高没有，胖了没有？他一直瘦，男娃要壮实一点才好看。"

豆丫说："我知道你的心思，你甭急，我明天会给你一个好消息。"

"你给我啥好消息？"

豆丫说："你最想要的好消息。"

豆花笑了，"那我回去睡了，让明天赶快来吧。"

自从豆丫知道豆花离婚，李奇带儿子李又奇去西安之后，豆丫就托人寻找李奇的公司和孩子。豆丫本村一个女子在西安南郊一所学校教书，说原上有一个企业家在西安开了一家大公司，干得大得很，他儿子在我们学校上学。豆丫几次想去找本村这个女子打听李又奇的情况，一直没时间去。那次陈娅丢失找到之后，她看出豆花念儿的心情。她去西安，按照朋友说的地址找到了本村这个女子。这女子说的那个大公司就是李奇的公司，在她学校上学的那个娃，就是李奇的儿子叫李又奇。

李奇的公司叫莽原公司。他的公司现在做得确实很大，在西安曲江租了一层楼，项目涉及铁路和电子工业，给国有大型企业配套生产产品，都是当下的热门项目。本村女子教书的学校，就是李又奇上学的学校。她之所以没有告诉豆花李又奇的情况，是李又奇不想见他的母亲。她拜托本村的女子，一定要做好李又奇的工作，让他尽快与母亲相见。

早上起床豆花打电话问豆丫，有什么好消息告诉她。因为本村女子没有回话，豆丫无法回答，"再等等。"

"有啥好消息，还不能现在告诉我？"

豆丫说："不行，馍蒸熟了才能揭锅。"

豆花说："好事多磨，那就再等等。"

豆花想不出她有什么好事，该不是老韩托她办什么事吧，老韩托的事万不可接，若接了就让对方难堪了。她和李奇虽然离婚了，但他的影子一直挥之不去，这就是其他男人难以走进她心里的障碍。许得没有走进来，反而使她产生反感。她对老韩有好感，但总觉得哪里还有点不合适，一时又说不出来。

早上起来，豆花急忙去豆丫家，豆丫说今天有好消息告诉她。门关着，她敲门无人应答。家里咋能没人呢？她打电话，豆丫说："没在家，在外边有事，下午才能回来。"

豆花没趣地向回走去。老王看见她，从商店里跑出来说："妹子，我找了个好地方，你有空我开车带你逛去。"

豆花说："好呀。"

老王说："现在就走。"

"现在不行，我今天有事。"豆花说着向秦人居走去。

老王说："你今天好香呀。"

"我哪天不香，你猫鼻子尖得很。"

豆花走进门，老王也跟进了。他问："得福没在？"

"出去了。"

豆花坐下，老王也坐下。他说："妹子，哥对你好是真心的，你不要和隔壁的老韩来往，那人假得很，做事人面一套人后一套，我怕你上他的当。"

"谁好谁坏我分得清。"

"妹子你说，哥对你好还是老韩对你好？"

"你俩都对我好，好的方式不同，目的也不同。"

"他有啥目的，我有啥目的？"

"你的目的你不知道？"

老王把椅子移到豆花跟前问："我啥目的？"说着去拉豆花的手。豆花触电般的缩回手。

"干啥呀？"豆花说，"你坐下好好说话，甭动手动脚，我不喜欢你这一套。"

老王说："这一条街上，哥就关心你、喜欢你，是真心地喜欢你……"

门外传来脚步声，得福回来了，老王移开椅子。得福惊异地看着坐在豆花旁边的老王。

"看啥呢，不认识？"老王说。

得福没吭声走过大厅进了灶房。老王见得福回来了，和豆花的悄悄话说不成了。他低声说："妹子我等你，你有空给我打电话，我们一块儿逛去。"

老王走了。得福从灶房出来问："你跟他说啥呢，他那人你不知道？"

豆花说："只许你和老王说话，不许我和老王说。"

得福说："我是男的，你是女的。"

豆花倔强地说："女的怕啥，他还吃了我不成。"

她看着得福笑，得福脸憋得通红，出门去找老王。老王坐在商店里乐滋滋地哼着小曲，看见得福喊："你这人真没眼色，我刚跟豆花说了两句话，你就回来了，你咋回来这么早呢？"

得福压住火问："你跟豆花说啥话呢？"

老王看着他："你管呢！"

得福忽然火了："我要问你，你和豆花说啥呢！你不能对豆花打瞎主意。"

老王说："我对豆花打啥瞎主意？我对豆花能打啥瞎主意！"

得福说："我一回来你就走了，你光明正大怕我干啥？"

老王很不服气地说："放着一块肥肉，你吃不上还不允许别人吃。"

"你……我就知道你对豆花打主意了，我要让你这瞎主意打不成。我告诉你，你敢对豆花动邪念，我就把你在秦人居嫖娼打的欠条给你老婆看。"

老王忽然想起来，"那笔钱我早还了，你把欠条没撕掉？"

得福说："我老板不让撕！"

"你们留欠条干啥，还想要钱？"

老王向秦人居走去，他走进秦人居气冲冲地问："妹子，我上次欠你们的钱还了没？"

豆花说："还了。"

老王说："把欠条给我。"

豆花说："我早撕了。不是给你打收据了吗？"

老王说:"得福说没撕,你不让撕。"

"胡说啥呢,我给你写个证明,就说你把开房的钱还了,咋样?"

老王无话可说。豆花写了说明。老王问:"那我要是把这说明丢了呢?"

豆花生气了:"你把我看成啥人,为几百元,我不会瞎我的名声。滚、滚!"

老王觉得自己做得过分,说:"妹子,哥不是不相信你,哥是害怕你忘了这事。"

"滚、滚,为了几百元在这里寻事,我丢不起这人!"

老王急忙道歉:"哥错了,妹子,哥错了。"说着去拍豆花的肩。豆花打掉他的手说:"把你的爪子拿开。"

老王说:"别、别,我中午请你吃乞丐驴肉。"

豆花说:"你不能叫嫂子知道,我怕她。"

老王伸长脖子说:"你嫂子去她姨家了。"

豆花问:"她老去她姨家?"

老王说:"你不知道吗,那几年四川山里人穷,好多女子都跑出来嫁给咱关中人了,现在一串联都成亲戚了。"老王脚刚迈出门,得福把稀饭和热蒸馍往桌上一放说道:"没吃过饭!你想吃乞丐驴肉,我请你。"

豆花问:"老王请我吃饭,你生啥气呢?"

得福说:"我生我的气呢。"

一上午得福很不高兴,他无法阻挡豆花去和老王一起吃饭。他忽然想到了老韩,便去找老韩。他给老韩说豆花和老王中午要一起去吃饭。老韩手颤了一下把抹布掉在地上,他拾起抹布说:"吃个饭有啥,老王请豆花吃饭,是个啥事?"

得福说:"你不知道老王那人,他请豆花吃饭不可能没事,他和豆花一定有事。"

老韩无奈地说:"他要请,豆花要去,我有啥办法?"

"你不让她去。"

"我有啥理由不让豆花去，她是我的啥人？"

得福说："她是你的啥人你不知道？今天他俩吃了饭，明天说不定还有啥事。老王那瞎心眼比筛子的眼眼还多。"

老韩说："你走吧，你走吧，你给我说这话啥意思嘛？"

他觉得老韩要赶他走，生气地说："算我没说，我多管闲事。"

还不到十一点，老王过来："妹子，我把包间订好了，快走。"

豆花在吧台说："你看才几点，十一点半走，我正在这忙呢。"老王走了。

豆花说："得福，一会儿咱一块儿去。"

得福说："我不去，要去把老韩也叫上。"

"叫老韩干啥？你是没事惹事呢。咱和老王去吃饭，你不要告诉老韩。"

得福不敢吭声。豆花说："你吃过乞丐驴肉么？我是想让你和豆丫吃个新鲜。"

得福说："我没吃过，我不去。"

豆花说："你以为我想去和他吃饭，你是个榆木脑袋！"

得福倔强着头不吭声。豆花说："给豆丫打电话，让她过来一起去吃老王的乞丐驴肉。"

得福无奈给豆丫打电话，豆丫说她中午回不来，回来到晚上了。豆花说："叫豆苗，叫豆苗回来吃饭。"

得福这时候才醒悟过来说："我以为你真想和老王去吃饭。"

豆苗听说豆花请她吃饭，丢下活就回来了，一听吃乞丐驴肉，兴奋得不得了。豆花说："去告诉老王，咱们走。"

得福说："还没有到十一点半呢。"豆花说："豆苗活紧，咱快去快回。"

老王把车早已停在门口，他发现出来了三个人，"得福，你和豆苗干啥去呀？"

豆花说："他两个听说你请客吃乞丐驴肉要跟我去，就让他们去吧，不就多两双筷子！"

老王不乐意地站在车前磨蹭。豆花催得福和豆丫坐上车，自己坐在前座问:"走呀,你还等谁呢?让老韩也上来一块儿去!"

老王钻进车恨恨地说:"我请他,除非太阳从西边出来。"

豆花问:"你和老韩有啥过节?仇咋这么大?"

老王说:"我看不惯他那神气!儿子在检察院有啥了不起,不就是个法官。我侄子马上就当公安局科长了。"

豆花说:"那把你侄子叫来,咱一块儿去。"

老王忽然来气说:"你是吃大户去呀!"

豆花说:"老王你要不高兴,我就不去了,我到老韩那里吃面去。"

老王说:"胡说啥呢!你把我看成啥人了,我是那咨啬人吗?得福是我弟,豆苗是咱小妹妹,我请客,我情愿我高兴。"老王一踩油门,车向前冲去。得福和豆苗在后排偷笑。

老王后悔让豆花点菜,要让他点菜不会点那么多,驴皮、驴肉、驴筋样样点个遍。吃得得福和豆苗捂着肚子走出了驴肉馆门。他悔不该请豆花吃饭,她这是宰他,宰得他哑口无言。然而豆花下车一句"王哥,谢谢你!"的一声"王哥"叫得他悔意全无。

老王自从认识豆花,不管他对她怎么好,她没叫他一声哥。他忽然觉得这一顿饭值了。他希望豆花承诺和他外出去逛的事不要黄了,只要她和他出去逛一圈,晚上再在外边住一宿,他请他们吃十次乞丐驴肉也愿意。

吃晚饭时,得福兴奋地去找老韩。老韩听了得福的话,仰头大笑,忘记手中端的面汤,汤溅了出来,洒在客人裤子上,"面汤洒我裤子上了,"客人不悦,"这裤子二百元,你赔。"

老韩二话不说在吧台取了二百元交给客人,客人好奇怪。老韩高兴地端了一碗面出了门,去了秦人居。

豆花见老韩端一碗面进来,说:"韩哥,你知道我晚上不吃面。"老韩说:"吃面减肥。"放下面笑着走了。

得福回来,豆花问:"这是咋回事?"

得福说:"我咋知道!"

春从来不语，却温柔了世界。花从来不言，却芬芳了人间。

豆丫很晚回来，她没进家门直接到了秦人居。

豆花埋怨豆丫出门逛了一天没吃上乞丐驴肉。得福和豆苗夸驴肉好吃。得福说："天上龙肉地上驴肉，这驴肉是世上最好吃的肉。"

豆苗怨姐姐没有福气。豆花忽然问："你夜个晚上说要告诉我一个好事情，我一大早就去找你，现在可以告诉我了吧。"

豆丫对得福和豆苗说："你俩回房子去，我有话给姐说。"

得福和豆苗不走，"有啥事还对我俩保密，好像我俩是外人。"

豆花说："快去快去，我和豆丫有话说。"豆苗和得福走了。

豆丫说她去西安找到李奇和李又奇了。豆花问："他们在哪里，我儿子长多高了，在哪里上学？"

本村女子几次说服无果。李又奇说要与妈妈见面，必须告诉父亲，但父亲一定不会同意他们见面，所以他不想和她见面，也不想惹父亲生气。豆丫几次去看李又奇，李又奇很乖，很有礼貌。但就是不答应见母亲。

今天豆丫又去了学校，她给李又奇带去了孩子们喜欢的巧克力，李又奇收下了。她说："这是你妈送你的。"

李又奇说："我小时候爱吃巧克力，现在不喜欢吃甜食了。"他收下了巧克力，仍不愿见母亲，但答应母亲可以在学校远远地看他。达成这个协议后，豆丫急忙往回赶，倒车、等车、换车，回到秦人居快晚上十点了。

听了豆丫的诉说，豆花激动得想哭。她拥抱豆丫，感谢好妹妹帮自己找到了儿子，她又说这都是李奇做的怪，不让儿子见她。她忽然问："李奇知道我去见儿子吗？"

豆丫说："他不知道，李又奇说他爸知道和你见面一定会不高兴，所以没有告诉他爸。你看这孩子多懂事！"

豆花生气地说："懂啥事呢！怕他不高兴，就不怕我不高兴！"说着就哭了。

豆丫问："那明天去看看？"

"看，肯定去看！不知他长高了没有，瘦了还是胖了……"

肆拾柒

冬去春来，陈娅上初中了。秦人居招待所变宾馆了。

得福还是那个得福。

老王出了点事，听说卖假文物被公安局叫去了几天，侄子并没有给他帮忙，从此公安局有人的大话被人戳破。老王见人话少了许多，但见了豆花还是收不住，老婆不再喊着回四川了，家里安静了许多。

老韩的面馆生意依然很好，陕西人胃亏面，三天不吃面胃就闹情绪了，天天吃面也不厌。只是和豆花的关系毫无进展，豆花把他的韩信面吃厌了。

姬天还在给朋友还钱，电动车换了一辆又一辆，天天骑着他的电动车给朋友送钱去。听说原上有一个村民开玩笑说："姬总，我也给你投过钱，只是把收据丢了。"

他问："多少钱？"

村民说："一万五。"

姬天说："把卡号给我，我给你转过去，收据丢了，人情在。"他回家查了诚信本，没有这位乡党的名字，但他还是把钱打给了乡党，次日这个村民果然收到了一万五千元。

诚实的村民给姬天打电话告诉他，只是开玩笑，"我哪有钱投资你？这钱我不能收，我给你退回去。"

从此人们认为姬天很有钱，把过去融资的钱全退还了，他还是个有钱人。

许得的父亲出事了。

许得的父亲因贪污受贿被纪委带走了。一天，检察院来了办案人员，连家里的保险柜也被抬走了。羁押期间不许探望，可怜母亲在家整天以泪洗面。

平时紧跟许得的人再不来往了，这让许得很生气，他常常一个人泡在酒吧喝酒。

那天，许得喝酒回来去了萧何商店。他趴在柜台上诉说："我爸一生并不是没做过好事，那年他给村上修了一条通往县道的公路，他回村时，村民敲锣打鼓在村口迎接他。他虽是本村人，十几岁出门上学，在外工作家里只剩一座老屋，我爷爷奶奶去世后，屋里再没住过人。他回家后，乡亲都想拉他到家里吃饭，他回家只看了看老屋，连门都没进就走了。"

老王见许得喝醉了酒，没理他，任他叨叨去。

许得和豆丫的关系还在僵持中。在她最困难的时候他通过豆花帮了她，使她的公司起死回生，他知道豆丫是一个善良的人，懂得知恩图报。然而，等待他的却是一封感谢信。当豆丫知道她在困难时许得帮了她，她写了封长长的感谢信和钱一块儿由豆花转交给了他。

许得去寻豆花，埋怨豆花给豆丫说了实情。豆花说："我不能永远瞒着她，我不能永远让她欠你这份情。"

许得说："你是妒忌。"

豆花说："你值得我妒忌吗？"得福听见豆花的喊声，从房子跑了出来。许得乖乖地出去了。

豆花每次看了儿子回来都会骂李奇，几天不高兴。这让豆丫很纠结，让她去见儿子还是不让她去见儿子呢。不让她去见儿子她念叨，让她见了儿子回来又不高兴。豆丫不知这事如何是好。

豆丫的门前热闹非凡。村里的乡亲大都来看望她，来了就骂陈进财不是东西，夸豆丫在城里干得好。她讲到在城里的作难，幸遇豆花的故事。有人说，你没问你妈，豆花是不是被遗弃的姐姐。豆丫妈去世多年了，往哪问去呀。大伙笑成一片。

乡亲们来了就坐在她的屋里，来了一批又一批。她的办公室成了乡亲们在城里歇脚、休闲、聚会的地方。有人说你开个家政公司，给乡亲们帮忙还能挣钱。豆丫说："我给乡亲们帮忙，咋能收钱呢？收钱那还是乡亲吗！"

好几天没见李强了，豆丫找他有事，李强电话关机。有人说李强在工地跟人打架被公安抓了。豆丫赶快去找老王。老王说，你再甭提我那侄子，那是个白眼狼，我今生再不见他了。他去找老韩，老韩晚上回了话，说李强在工地向老板要钱，老板没给钱，他就把人打得住院了，被公安抓了。老韩让她自己去处理，他和儿子都没法出面。

豆丫去公安局询问了情况，李强确实把人打了。公安说，人在医院里，检查结果没出来，他们不能放人。如果对方不追究，可以减轻处理。

豆丫去医院见了被打的人，好在检查结果出来，没有造成大的伤害。护理老板的人告诉她："大老板没给钱，公司就没钱，我们几个月没发工资了。"

受伤的老板说："不论咋说，咱没给人家钱，我受伤也不严重，我给公安打电话，让他们放人。你给你弟说清楚，大老板给钱，我马上给他钱，不能再在工地打人了。"豆丫丢下一千元说这是医疗费，不够了给她打电话，并留下了手机号码。

豆丫去拘留所接回了李强，李强说他明天还要去工地找老板讨薪，豆丫不让他去。李强说："我给他工地送了半个月砖，他一直没给钱，说今天给明天给就是不给。"

豆丫说："你简直是个法盲，你打人是违法，伤害罪会判刑的！你钱没要下，先坐了牢，你划得来吗？"

乡亲们也劝李强不能再动粗了，停一段时间再找他也不迟。没过几天老板派人把钱送来了，也退回了豆丫留给的医疗费。豆丫不要，人家放下钱就走了。

李强说他准备重开黑猪场，现在人都爱吃黑猪肉，黑猪养大了不愁卖。豆丫问："你现在咋想办养猪场？"

"村子拆迁了，村民大都进城了，没人种地了，我看那么多地闲置着，我想在闲地里办一个养猪场，把土地利用起来，我也就有了营生干了。"

豆丫问："不打人去了？"李强笑。"这是好营生。"豆丫称赞他。

李强说："只是还差些资金。"

"差多少？"

"十万就够了。"

豆丫说："明天我给你，养了黑猪，我们就可以吃黑猪肉了。"

李强刚要走，陈进财敲门进来。豆丫看见陈进财，一脸不高兴。李强问："哥，你来干啥？"

"我来看女儿。"

豆丫说："陈娅还没放学。"

"胡琴要和我离婚。"

豆丫说："你们离婚与我有啥关系！"

陈进财蹲在了门口。以前胡琴说可以为陈进财生娃，为防陈进财变心，要求陈进财把钱和房子都转到她名下，陈进财照她的话做了。刚开始还可以，能老实地待在家里，但肚子却一直没起来，今年住娘家不回来了。陈进财几次去她娘家接她，开始还说缓几天，现在竟然守在娘家不走了。

陈进财生气，去她娘家问她以前怎么说的，现在有钱有房了就不回家了。胡琴竟说她不想和他过了，要离婚。他生气地说："要离婚可以，你把钱还给我，把房产证还给我。"她就骂他，她弟把他从她家赶了出来……

豆丫说："你给我说这话啥意思，让我去断你们的官司？"

陈进财站起来说："我只是给你说说，我走了。"

看着陈进财走出去。李强说："活该，这就是报应！"

豆丫说："人家可能早给他设了一个局，他以后的日子咋办呀。"

李强说："你心不要太软，他今天的下场是自取的，不能怪别人。"说完就走了。

李强下楼，发现陈进财一个人坐在条椅上望着豆丫家的窗户发呆，忍不住走上前说："哥，你这是为啥？离婚了你过你的日子，让豆丫也好好过她的日子。"

陈进财瞪他一眼说："我看我娃她妈和娃与你有啥关系！"

"有本事你上去看，到家里看去。"

陈进财不吭声了。

李强走了，陈进财哭了，想当初他怎么会上胡琴的当，赶走了豆丫。如果没有胡琴缠着他，他们是多么幸福的一家人。更可怕的是胡琴没有和他过日子的心，她见村子要拆迁，他家要分一大笔钱，她是冲着钱来的。她先谎称怀孕，赶走了豆丫和女儿，后又一步步骗他。他只是想，她说谎是为了和他好，为了尽快进这个家门，谁知她有计划地逐渐侵吞了他的财产，使他变成了一个一无所有的穷光蛋。当她弟把他从她娘家赶出来后，他就完全明白了胡琴和他结婚的企图。

一切后悔都晚了，他不知以后的日子怎么过。

肆拾捌

咸阳湖周边青绿的草坪、青绿的树枝，树叶都是清新的，阳光下湖面泛着多彩的光谱。廊桥上的猎猎红旗，仿佛在迎接一个盛大的节日，咸阳湖以从未有过的清纯面孔展示着自己的美丽，使人流连忘返。

面对咸阳湖的如画风景，身处其中的乡下人得福，没有一点兴趣。得福做好早饭也不吭声，端起碗就吃。豆花从房间出来见得福埋头吃饭，感到奇怪，平时得福做好饭，饭菜摆上桌，会叫她吃饭，她常常磨蹭出不了门，得福一遍一遍地喊："饭凉了！"她才出了房子。每次都是她端起碗吃起来或者夹了第一筷子菜，得福才会吃饭，才会夹菜。今天怎么了？吃饭不叫她，自个儿吃了起来。

她走到饭桌旁看着得福吃饭。得福忽然抬起头说："你也快吃，总把你叫不来。"

"你没叫我，我咋知道你把饭做好了？"

"我叫你好几遍，咋说没叫你。"

豆花佯装生气："你胡说！我没来你就先吃了。"

"我委屈死了，我叫你，你让我先吃，我就吃开了。"得福感到不解，疑惑地看着豆花。

豆花真生气了："你没叫我，我也没叫你先吃！"

得福很不耐烦地说："好好好，我不吃了，你吃，你吃了我再吃。"

"得福，你来秦人居这么多年，我把你当外人没有？就说吃饭，我从没要求过什么规矩，一切规矩都是你形成的。今天，我并不嫌你吃饭不等我，而是你确实没叫我，我也没说'你先吃'这句话。"

得福感到纳闷，他不想再解释。豆花说罢端碗吃起来，得福殷勤地给她夹了一筷子菜，向她表示歉意。

"得福，你最近是不是遇到啥事了？"

"没有，我能遇到啥事！"

"你若有啥事需要我帮忙，你告诉我，你这样的状态吓到我了。"

"我啥状态？"得福一头雾水。

豆花把得福的事给豆丫说了，"我并不是嫌他吃饭没叫我，而是他确实没叫我。"

"他病了？"

"没有。"

"你认为他是咋咧？"

"我觉得他精神上出了问题。"

豆丫笑："没叫你吃饭，没礼让你先吃饭，就说他精神上有问题，那我问你，如果他真叫了，你真那么说了，是不是你精神上出了问题。"

"你怀疑我出了问题？"

"你知道夜游症吗？有人睡着后在外边走了一圈，回来什么也不知道。别人明明看见他出门在外遛了一圈，他却啥也不记得。"

"你说我出了问题？"豆花有些害怕。

"我并不是说你有问题，中午我去秦人居，咱三个吃顿饭，让我看看你们谁有问题。"

午饭时豆丫来了。因为豆丫突然到来,得福很不高兴,他埋怨豆花没有提前告诉他。得福问豆花:"豆丫来你咋不早告诉我,我只做了两个人的饭,没炒菜。"

豆花说:"她又不是外人,咱中午吃啥她吃啥。"

得福说:"晌午我做的西红柿子汁拌面。"

豆丫说:"你们吃啥我吃啥,多下一碗面多放些青菜就行了。"

得福觉得不妥,又去找豆花:"我给咱在韩信面馆叫两碟菜。"

豆丫说:"叫啥菜呢,在隔壁给我要一碗韩信面。"

得福感到很为难,不知怎么办。豆花说:"去吧,去吧,去韩信面馆要一碗面,再要两碟菜。"

豆丫觉得豆花很见外,把她当客人看了。韩信面馆的菜和面都端来了,豆花说:"吃,你快吃,甭嫌弃,好坏就是这了。"

三个人吃了饭,得福收拾碗筷进了灶房。豆丫对豆花说:"得福没问题,出问题的是你,得福不会说谎,他肯定叫你了,你没听见,你有可能是白天游,游到饭桌前给得福说你先吃,他才没等你吃了饭,他做好饭没有理由不叫你,没有理由不等你先吃饭,况且他是一个老实守规矩的人。"

豆花百思不解,她怎么会听不见得福叫她吃饭的声音,她怎么会到饭桌前告诉得福"你先吃"又走了。她感到自己的思维是清醒完整的,也没有出现过恍惚的意识,更不会发生什么夜游、白天游症这些事。

晚饭时,得福的一段话使豆花更迷惑惊慌。吃饭时得福很不高兴,他说:"我让你给豆丫说说我和她的事,你贸然把她叫来,让我一点思想准备也没有。这么大的事,把人家请过来让她吃了一碗面,我心里实在过不去,她是啥态度,你咋一直不告诉我呢!"

豆花一听就蒙了。她问:"你给我说过这事,啥时说的?"

"我吃饭时给你说的,你答应我的,不然中午你叫豆丫过来干啥呢?"

得福的话让她无法回答,她忽然怀疑自己脑子有问题了。她问得福:"你这几天发现我有异常行为吗？"

得福奇怪地看着她："没有呀，你有啥异常行为，甭自己吓自己了。"

豆花很害怕，她怕自己得了什么怪病。她去找豆丫，把得福的话告诉豆丫。豆丫愣愣地看着她："他真这么讲了？"

豆花说："他讲这话的意图我不管，事实是他没给我讲过，如果他讲过这事，难道我真的得了怪病？"

"你直接告诉他，就说我说的，我和他没有这个缘分。我上次去他家，只是帮忙。他还年轻，我比他大好几岁，也不合适。这话你一定要讲清楚，不要耽误了他的事。"

豆花说："我哪有这心思去给他讲这事呀，我心里瞀乱得很。"

豆丫说："我判断你俩发生的事，并不一定是你出现了问题，也可能是他出了问题。"

"真的吗？"豆花问。

豆丫说："有可能只是一种可能，他想告诉你一件事，只是想告诉你，当他在想起这件事时，以为给你说过了，因为太专注一件事，也可能出现大脑混乱现象。"

"那是他的问题喽。"豆花说。

"不一定，这只是我的猜测，你也要注意休息，不要追剧到深夜，或者为某一件事影响你的情绪，这都是引发这种病的诱因。"

豆花连连点头："这几天晚上我没追剧，但确实有几件事影响我的心情。"

"哪几件事？"

"许得怨我把给你借钱的事情告诉了你，骂我是嫉妒，他值得我嫉妒吗？况且你也很反感他这种人。"

"不是反感，是不合适。"

"不合适就是讨厌，就是反感。对他那种人就应当反感，"豆花说，"还有一件事让我心情不好。"

"啥事？"

"老韩……"

"隔壁老韩人好呀！"

"他这个人对人一会儿热一会儿冷，就只会给人送面。"

"他做的是面，再没有啥好东西呀。"

"他要有老王那个热乎劲，说不定早都办事了……"

"他要有老王的热乎劲，你可能早和他分手了。世上没有十全十美的事，也没有十全十美的人。我看老韩人不错，严谨、踏实，还有个馆子，不愁吃不缺穿。"

"老王人也不错，爱逗乐，人聪明，对人也好。"

"那你为啥不跟老王好呀？"

"他有老婆我咋和她好？"

"他没有老婆你也不会和他好，你这人心性高的，我还不了解你！你要想和老韩好就告诉人家，人家以后也好待你。"

"他咋不告诉我，哪有女的主动送上门的。"

"那我去告诉老韩一声，他保准晚上就跑过去了。"

"别，你去还不如我去，这是缘分，缘分没到你去也不顶啥。"

豆花的心情好多了。豆丫说："你回去快把我刚才说的话告诉得福，别叫那瓜子等我了，在老家有合适的，赶快订一个，甭耽误了终身大事。"

"好好，我给他说，不影响你。"

豆花回去转述了豆丫的话，得福一句话没说回了房子。豆花后悔晚上把这个不好的事告诉了他，他肯定睡不着了。她看着得福慢吞吞进屋的背影，心里掠过一阵酸楚。

得福一夜未眠，早早起来扫了大厅和大堂。他站在门口，看着老王卸商店的门板。他闷闷不乐地走过去。老王见他这样子就知道他有心思了，"厌样子，夜晚没弄成？"

得福走到老王跟前说："早跟你说了，我和豆花就没有那事，你不敢胡说了。"

"有那事是好事,哥替你高兴;没那事,哥才遗憾呢。我要像你这样和她共处一室好几年,不要说同床共枕了,说不定早把娃都抱上了。"

得福正要解释,豆花立在了秦人居门口。老王看见豆花,放下手中的门板笑嘻嘻地迎上前:"妹子啊,起来这么早,你哪天请哥吃顿羊肉泡,哥给你找个好对象。"

得福看见老王的神态心里发笑,这人怎么一见豆花就变成这个样子了。他整天和豆花在一起,从没感到豆花有什么特别之处。

豆花冲得福喊道:"回!"得福听见豆花叫他,转身走了。他俩走进秦人居,豆花顺手把门合了。

老王看着愣住了,他俩没有那事怎么会这样,大清早关了旅馆门,他深信得福和豆花一定有那事。他怪得福的嘴严,一定是被豆花封了嘴才不敢说出真相,他想象不出就凭得福那两下子,怎么会惹得豆花高兴。这几天秦人居没有客人,这正是他俩疯狂的时候。老王身不由己地走过去,来到秦人居门口。他贴耳听屋里动静,什么动静也没有,他知道得福不会弄事,把一窝好白菜让这小子糟蹋了。他听得着急,这样的美人儿咋能整不出个声儿来呢,这又不是绣花纳鞋底子呢,擀面就要甩出声音来。

老王在门口想着美事儿,屋里一句话把他听凉了,"啥时候了还不做饭?"他听见得福往灶房方向走的脚步声。咳,他叹息了一声,泄气地走了,笨尿、瓜尿!一辈子打光棍的命!

得福熬了稀饭,拌了凉菜,端在大厅桌上。他喊:"吃饭了!"

豆花走出来,他俩坐定。豆花拿起筷子说:"这糁子没熬黏,稀汤寡水的。"

得福说:"我怕你饿提前关了火。"

豆花说:"玉米糁子一定要黏糊,才好喝。"

得福忽然问:"你给豆丫说清楚了没有?"

"啥事说清楚了没有?"

"我和她的事。"

"说清楚了，你不信你亲自问她。"

得福说："论条件我是单身，她还带个娃，我不嫌她，她咋还嫌我呢？"豆花看他一眼没吭声。

豆花说："我告诉她了，你是单身，还是童男子……"豆花给碗里夹好菜走了。

得福追问："你给她这样说的？"

豆花背着身子说："你是单身谁不知道，其他话我说不出口。"豆花突然转过身问："谁能证明你是个童男子呢？"

得福说："咱到医院检查去。"

豆花笑说："女人能检查出来，男人能吗？"

得福认真地说："我不知道。"

豆花感到很可笑，她坐下对得福说："俩人的感情与这些没有关系，她觉得你俩人不合适，她比你大还有个娃，这对你不公平，你家里人也很难接受。"

得福说："这些我都给我家人说了，我妈说只要我不嫌弃，她嫌弃啥呢。我妈得病了，说她等不住了，让我赶快结婚。"

豆花耐心解释说："结婚是两个人的事，你同意，你家人同意，她不同意是结不成婚的。我劝你正确面对这个事情，你不如在老家找一个姑娘，你们在一起生活合适。"

得福有些急："农村姑娘我娶得起吗？这十五万元彩礼我啥时才能攒够呀！"

豆花看着得福笑："看你、看你，没出息的东西。慢慢来，别着急，有机会我在城里给你找。"

"是不是那天吃饭，我的面没擀好，我拌的凉菜不合她胃口。"

"那天你是在韩信面馆给她要的面，端的菜呀。"

"哪是在韩信面馆要的面，端的菜？是我擀的面！拌的凉菜！"

"不是吧，你记错了。"

得福肯定地说："这事我咋能记错呢！"

她忽然想起得福叫她吃饭的事，他会不会也是记错了。吃罢饭，豆花去找豆丫，碰见姬天也在豆丫家里。她说："我没病，我脑子好着呢，是得福有病，脑子有麻达了。"

豆丫问："咋回事？你说清楚。"豆花说了情况。豆丫叹息一声，"好可怜的得福，如果他脑子真出了麻达，可咋办呀！"

姬天说："有这事，不能说明得福脑子就出了问题，你们不要自己吓自己，在得福身上出现这样的事，说明他在婚姻上太上心了。"

豆丫说："他说他妈怕等不及了，让他赶快结婚，这事咋办呀。"

姬天说："先甭操别人的心了，你舅要回来了。"

肆拾玖

村口的那盘石碾子，几十年如一日地纹丝不动。石碾子旁边那棵老槐树，几十年如一日地挺拔，它们默默地坚守在故乡的土地上，仿佛在等待那些失散的游子归来。

子衿是村上最早出去打工的人。子衿是姬天的父亲，豆丫她舅。

子衿高中毕业那年，说要不负今生，随后去广州闯荡。家里人不知他在外边干什么事，每次回来他会带来稀奇的东西，两胳膊的电子表震惊村里的人。

子衿是最早在村里戴表的人，他常把衣袖卷得很高或做呼口号的姿势，把手腕上的表亮出来给人看。子衿说，他在广州当工人，乡亲们不相信。他虽没考上大学，却是一个有抱负、有志向的人，在村里时，他口袋里常装着书。他带回来的电子表大都不卖，而是送给乡亲。有外村的人买表他也卖，是为了把送给本村本队乡亲的表钱赚回来。

有人出主意让他去广州贩表，能赚一大笔钱。他说他姓姬，是周文王的后人，不干那些投机生意。有一次回来，他带了一个像砖块那么大的录音机，吸引一村人到他家里来看。来的人都说一句话，他录了又放，放了又录，村里人感到很惊奇。

他每次回来都会给乡亲们带回新奇的玩意儿，后来回来的次数越来越少，听说他在广州开了公司，再以后就更少回来了。乡亲们想念他，想念他带回的那些新奇的玩意儿。

他到了结婚年龄，父亲把他叫回来，给他娶了一房媳妇想收住他的心，然而家里的媳妇没收住他的心，他结婚后又去了广州。他爸要抱孙子，把他又叫了回来，他有了孩子，几年后去了广州再没回来。有人说他被公安抓了，判刑入狱了。乡亲们很遗憾，常在街头巷尾谈起他。有人怀疑他死了，不在这个世上了，家里没有他的任何消息。豆丫小时候见过舅的面，在她的记忆中，舅只是一个称呼，与她没有什么关系。

豆丫她舅，姬天的爸，真的回来了。

子衿依据自己的记忆走到村口，村子已经没有了。他看见村口那棵老槐树，老槐树下那盘石碾子。过去一大早，乡亲们排队在这里碾玉米糁子。

眼前是一座工业厂房，他想走进厂区寻找生他养他的那个家的位置。门卫不让他进，问他找谁。他找谁呀？他出门三十多年了，还能记住谁呢？能记住的都和他年纪差不多，已经老了，下一辈的年轻人他不认识。他转身走了。

他站在老槐树下看着这座厂房，他似乎想不起来村子原来的模样了。这就是我的村子哟。他边走边回忆，村子的景象渐渐清晰地浮现在他的眼前，村里的街道、涝池、门前的大槐树，没牙的婆坐在炕上笑，劳累后的父亲蹲在门前抽烟，他和儿子姬天在院里戏闹……

迎面走来一个小伙子。他问："您认识这个村子的姬天吗？"

小伙子问："哪个村的姬天？"

他说就是这个村，他指给小伙看，就是这个村，现在拆了盖工厂了。小伙子说："你是姬天的啥人？"

子衿没有回答，他不知如何回答，"我和姬天是亲戚……"

姬天一惊，"啥亲戚……"

"……是亲戚。"子衿低头走了。

"我就是姬天。"

子衿忽然转过身自言自语地说:"不像,一点不像……"他为自己惊叹,站在家乡的土地上,他讲了一口顺溜的家乡话。

姬天说:"我就是姬天。"他有些激动。父亲没死,姬天猜到眼前这位老者就是他日夜想念的父亲。

子衿说:"你是姬天?"他为能和儿子一样说一口家乡话而骄傲。

"爸,你出去这么多年,口音一点没变。我就是姬天。"

"不能变,变了我就不是你爸了。你妈现在咋样?"

姬天走向父亲,接过他手中的拉杆箱说:"好着呢。人都说你……不在人世了,我妈不相信,一直等着你。"

子衿无语。

姬天说:"人都说你在广州开公司,后来受法了,后来就没有消息了,都三十多年了,你一点消息也没有。"

子衿说:"难怪他们这样说……我没受法,也没死,我这不是活得好好的。"

"你真是我爸……"父子互望,他们简直不敢相信这事实。

姬天说:"我给我妈打电话……"

子衿说:"你不要打,小心吓着了她。"

姬天说:"你在这等着,我给咱叫车。"

子衿坐上出租车,姬天把父亲的箱子提上车。子衿望着姬天心里无法平静下来。他问:"你今年多大了?"

姬天说:"我三十八岁了。"

"我走时,你六岁。"

"爸,你这些年去了哪里?给家里一个电话也没有,难怪村里人乱说呢。"

子衿想起在外闯荡的这些年,他不知从哪说起。他结婚生子后,为让儿子和妻子过上好日子,拥有一个富有的家,他又去了广州。

随着年龄的增长,他回乡的心态慢慢淡漠,重要的是在广州如何赚钱。父母先后去世,家里没有了老人的牵挂。他在广州办了公司,生意并不如意,在朋友的介绍下，他走出国门。他走遍东南亚各国，落脚在缅甸。他只想等待发财了再和家人联系，谁知一晃多少年过去了，他一直没有和家里联系。后来他曾想联系，电话却打不通了。

他在外漂泊了三十多年，也挣了些钱。三十多年的背井离乡，他受尽欺辱和艰辛，他对家乡有很多想法，重要的是他想回家，他想妻子和他的儿子。他今天回家了，不知妻子能否接受他。他对姬天说："你不要给你妈打电话，我见后给她慢慢说。"

姬天按捺不住，他把父亲回家的消息发信息告诉母亲。她很长时间没有回复，快到社区门口时，他看到了母亲的信息："你咋能见到他？他回来干啥？他回来干啥！"

他说："妈，你快给我爸做饭，我们一会儿就到家了，我回家告诉你。"

姬天看着面前的这位老人，他想不到父亲会变得如此苍老，头发白了。在外边干成事的人回家不是衣冠楚楚，就是珠光宝气，看父亲这样是没有发大财的。到了社区门口，姬天从车上提下来箱子说："到了。"姬天扶着父亲向社区走去。

姬天带父亲上楼，母亲早已开了门，门虚掩着。他推开门，让父亲坐在大厅沙发上，去倒茶水。他喊："妈，我爸回来了！"

母亲没有从卧室出来，父亲坐在那里像一个做错事的孩子。姬天见这情景说："爸，你回来一定累了，你歇着。你孙子要放学了，我接你孙子去，一块儿过来和你说话。"

子衿说："我和你一起去。"

姬天说："不用，我妈在房子等你呢，她一定有很多话要说，你给她说说咱俩的偶遇。"姬天给父亲泡了茶水，放在父亲面前，说一句"你慢用"就出去了。

姬天出门碰见媳妇走来。他说："快走，快走。"

媳妇说："我还没见爸呢。"

"明天见一样。你今晚带娃回你娘家住去，我一会儿也过去，有啥话回去说。"

　　一夜无语。姬天几次到房门口偷听，他怕父母闹起来，他更担心父亲三十多年没音信，母亲难免要怨要骂。他也不容易，他不回来肯定有难处，谁有家不愿意回呢？他今天回家，是他还想着这个家。他期盼父母相互谅解，一家人团圆。他听了一阵又一阵，房里鸦雀无声，屋里的灯仍然亮着，他觉得他们的战争还没开始。后来，他困了，到丈人家睡去了。

　　天蒙蒙亮了，姬天爬起来回到家，他先在门口偷听，屋里一点动静没有。他敲门，父亲开了门，那个箱子还是原样放着，父亲坐的沙发那里深陷一个坑。他问："爸，我妈呢？"父亲指了指房子。他去推门，门关着。

　　他正要敲门，房门开了，母亲走出房子去了灶房。他说："爸，我妈给你做饭去了。"子衿突然跪下，灶房里传来洗菜的声音。姬天觉得自己成了多余，不愿在屋里再待。

　　姬天走下楼，碰见媳妇带着儿子来了。他拉着媳妇说："回去，回去。"

　　媳妇问："你咋还不让我见爸呢？儿子要去看他爷。"

　　"听我的话，回去。让爸和妈好好说说话。"

　　"夜里说了一晚上，还没说完话！"

　　"三十多年的话，一晚上能说完了？你快带娃回你娘家去。"

　　姬天拉住媳妇不让上楼，媳妇很不高兴地问："他俩是不是有啥事？"

　　"三十多年没回家，能不有事吗？"

　　媳妇担心地说："爸在外边会不会又成家了，来找妈……"

　　姬天推一把媳妇说："你胡扯啥呢，爸是那样的人吗？"

　　媳妇带着儿子走了。姬天在楼梯口，浑身瘫软坐在台阶上。

　　一个多小时过去，姬天去敲门，开门的是母亲。他走进屋，见父亲仍然跪着。他说："妈，你就饶了我爸，他走了三十多年，今天毕竟回来了。"

　　母亲说："谁让他跪呢，饭好了，快吃饭吧。"

　　他扶起父亲，扶他坐在沙发上。菜上桌。

　　子衿说："你妈不原谅我。"

姬天说:"她不原谅你,给你做这么多好吃的?你快吃,我妈原谅你了。"

子衿说:"叫你妈过来一块儿吃。"母亲拨了些菜端饭进了房子。

"爸,你在外边成家没?"姬天忍不住,说出他最担心的话。

"你说啥呢!我在外边成家还回来干啥?"

姬天给媳妇打电话,"你带儿子回来,爸妈在家等你们呢。"姬天忽然觉得困了,要去房子美美睡一觉。

次日早晨,子衿说要到村子去看一看。姬天说:"村子早没了,村庄盖成工厂了。"他说想去看看,看村子街道、涝池和村门口的那棵老槐树。

姬天说:"那棵老槐树和那个石盘石碾子还在。村子的街道、涝池早没了,村子已不复存在,哪里还能找见它们的痕迹。"

母亲说:"你就带他去看看,省得他夜里梦里念叨着。那直直的街道、汪汪的大涝池,还有那棵大槐树。"姬天就笑。

母亲说:"我都记不清那些了,他还记得清清楚楚,仿佛他能看见似的。"

走到村口,村子早已没有村子的模样了。在老槐树下,子衿说:"看见这石盘石碾子,我想起乡亲们排队碾玉米糁子的情景。"他问,村子拆迁了,这老槐树、石碾子怎么还在?

"乡亲们不让挖、不让搬走,厂领导觉得厂门口有老槐树和石碾子,保存了历史文化感,就让留下了。"

在工厂门口,姬天给门卫说了几句,门卫就让他们进去了。姬天说你看这一排厂房,在哪能找到你说的街道、涝池,还有咱家的位置呀?

子衿说:"过去,咱村有城墙,村东边石人石马排成行……"他走到一个地方说,这是村里的中心街道,咱家就住到那里,他走过去说这就是咱家。姬天完全没有这个记忆,就顺着父亲的话点头。他们要进车间被人挡住了,说,这是无菌车间,要换工作服,要消毒才能进去。子衿指给姬天说,那是爸住的房子,灶房在那。咱院子过去还有一个渗井,翻新房时把它填了,再也找不见了。门前有棵柿子树就在这里。

姬天看到是一片水泥地,他对柿子树仿佛有了印象,小时候他常爬上树摘柿子。

找到了房子，他又要去找涝池。姬天顺着父亲的记忆去寻找。他说这就是涝池，姬天不辩解。他说村子的涝池大得很，全村子洗衣服、牲口饮水都在这，夏天会有小孩在这涝池游泳嬉耍。他说过年村里磨豆浆、做豆腐也用这水。这水质是如此的复杂，奇怪的是从没听说谁喝了这水拉肚子、生病。

姬天不信，那么脏的水人吃、牲口喝了不得病？他不愿给父亲解释，只要他高兴说什么都行。他完全没有涝池的记忆，在他的印象中，村里先是用上了机井水，家家吃水、洗衣，用铁桶子拉水，后来村里每家每户都通上了自来水。

子衿在村里转一圈很高兴，临走时他对门卫说，"我是姬天他爸，以后我再来，你们要认得我哟"。

伍拾

咸阳湖改变了人们的生活观念，外地人说咸阳人讲究了，人变得洋气了。

咸阳湖由古渡廊桥、统一广场、古渡遗址、清渭楼、咸阳桥、秦都桥、渭城桥、马尔代夫公园、两寺渡公园、渭滨公园、古渡公园等景点组合而成。经过长年累月的建设，咸阳湖已成为咸阳市民日常生活的活动娱乐福地了。

走在咸阳湖岸上，望着燕子滑过的水面，豆丫迈着轻盈的步伐要去舅家。豆丫见了舅，子衿仿佛对她没有什么印象，妗子收了她带来的礼品回房子去了。

人常说亲舅假妗子，舅回来亲情就回来了。以前她很少到舅家来，她不是不愿认舅家，而是深知到舅家只会给舅家添麻烦。妗子对她有看法，她不怪妗子，妗子的疏远冷漠，她很理解。但她不是一个嫌贫爱富的人，不是因为传言舅发了大财才来看舅的。

豆花听说豆丫去了舅家，问："你舅送你东西没有？听说他在缅甸干了好多年，缅甸是个啥地方，是产翡翠的地方。翡翠你知道吗？一块翡翠价值几万元，甚至几十万上百万元。他回来肯定带了很多翡翠珠宝，没送你一块？"

豆丫摇头。她说："我去看舅，不是要翡翠去的，翡翠再贵重，那是人家的，我舅给我，我也不会要。"

豆花说："你瓜呀，今后你舅家要经常去，他回来肯定带翡翠了，你要对他好，他一定会给你的。"

一天，子衿问姬天，咱还有地吗？姬天说："现在哪还有地？有地能干啥？现在的种子只能种一料庄稼，再下种只长秆秆不结穗。"

子衿说："这事我知道，在国外我就知道这事了。"

姬天说："这些年都是这样种的，农民手里没有一粒自己的种子，听说种子都是国外种子公司的，每年咱要买人家的种子才能下地。"

"咱家有种子。"子衿突然冒出这句话。

"咱家有种子？"姬天迟疑一会儿又说，"咱现在没地操那心干啥！"

子衿说："你们进了城，成了城市户口能干啥？咱还是个农民。这么多人进城了，有多少生意可以做？我想在乡下承包一块地，吃自己种的麦子，吃自己地里长的蔬菜。"

"农民上楼了，没了农家肥，用化肥几年土地就板结了，再说到地里走一场要几里路，那地咋种呀？现在闲地多得很，很多都荒着。"

子衿一声叹息。

"爸，你若要一块地我给你想办法。"

"咱得有咱农民的种子，给咱农民留条后路，一旦哪天农民买不到种子，这种子能救了咱的命。"

"你刚说咱家有种子，在哪里？"姬天问。

子衿神秘地说："你爷棺材里有。埋你爷时，我给你爷的棺材里放了几把麦和玉米种子，还有菜种子。"

姬天问："你放的？"

"你爷让我放的，他让我把咱吃的蔬菜和小麦玉米种子各抓一把放在棺材里。这么多年了，我没有告诉别人。"

"咱不能掘我爷的坟呀！"

"是呀……"

"听镇上讲，村子拆迁了，老坟也要迁。政府在百顷沟的坡上修了一座公墓，以后去世的人都火化埋在那里。"

"那是牛年马年的事了，"子衿问，"听说你做生意亏了，现在到处给人还债？"

"有这事。"

子衿说："过去，亲朋好友给你投资是看得起你。公司赔了，情义没赔，乡亲乡情没赔。钱赔了还能赚回来，乡亲乡情赔了，就赚不回来了。"子衿问儿："你还想继续办企业吗？"

"办呀！在哪里跌倒要在哪里爬起来。"

子衿欣慰地笑了，"你想干啥？"

"我想办个实体。"

子衿说："你上过大学，应当有超前思维，是否转变一下创业观念。"姬天望着父亲，他不知父亲说的创业观念是什么意思。

"创新，一种新的创业方式。"

姬天仍不明白。

子衿说："有一种投资，投资是有限的，亏损是无限的，像工厂、商场、饭店，如果亏损直至倒闭，那亏损就是无限的。还有一种投资是有限的，一次投资，利润的增长是无限的。"

父亲的创业思路让姬天备受鼓舞，"爸，你有好项目吗？你从国外带回来好项目了吗？"

"没有。"

姬天问："听说你在外国赚了很多钱，是不是真的？"

子衿意味深长地望着儿子说："我回来带给你的创业观念，这比带回来多少钱重要。你卖房还债的事,让我很骄傲!正因为你诚信赔款做得好,才有我今天回家的平安。"

伍拾壹

刚下过雨,地上的湿气还没退尽,洒水车唱着歌就来了。豆丫急跑几步,路过萧何商店,避过洒水车,她要去秦人居。老王在店里喊住她说:"你要管管你女子……"

豆丫站住问:"咋了?"

老王说:"我前天晚上在河岸上看见一个男娃抱着一个女的,我侧面看好像是陈娅,小小年纪就谈恋爱了!"

"老王,你眼花了吧,陈娅才多大,她知道谈恋爱是咋回事,会做那样的事?"她再也没心情去秦人居了,转身回去了。

她对老王没有什么好感,他花花肠子整天给豆花骚情,惹得人笑话,自己竟满不在乎。相比之下,老韩稳重,干事说话没有轻狂的举动,也没有轻薄的话语。男人就该这样让人敬重让人敬佩。她改日准备劝劝豆花,别挑花了眼,一旦选择了老韩,老王也就不会那么张狂了。

她回到家里,陈娅已睡着。她不相信老王的话,这么个小人儿,咋知道恋爱是怎么回事呢?她给女儿盖好被子,看着女儿自己笑了。

上午得福过来。他对豆丫说:"听说陈娅不好好上学,在校和男生谈恋爱。"

豆丫问:"你听谁说的,是听隔壁老王说的吗?他的嘴里能说出啥好话。"

"他说他亲眼所见,确确实实是咱陈娅。"

"你别信老王的话了,他只会把你引到沟里去。"豆丫的坚定态度,使得福认为老王在骗他,让他在豆丫面前出丑。

得福经过萧何商店门口,再也不想理老王了。老王走出柜台叫住他:"到门口招呼不打就走,哥哪里得罪你了?"

得福质问道:"你凭啥说陈娅在学校谈恋爱?"

"前几天晚上,我亲眼看见的。"

"你胡说!"得福扭头走了。

回到秦人居,得福把老王的话给豆花说了。豆花说:"宁可信其有不可信其无。陈娅没人管,这几年荒了,老王的话说不定是真的。"

得福生气地说:"就你相信老王,老王的话你也信。"

"老王有时说话办事是荒唐,但这件事不是小事,他咋敢拿陈娅开玩笑,给陈娅编出这样的事来。"

得福觉得豆花说得在理。"那咋办呀?"得福着急地问。

"你再去问他,在啥地方见陈娅谈恋爱。时间地点问清楚,如果他说不上来就是捏造。"

得福说:"我去问他。"

得福去找老王。老王一见得福就怨起来:"你神经了,我好心好意把陈娅的事告诉你,想让你在豆丫面前落个好,你竟怨我来了。我为啥?还不是为了你。"

得福问:"你在哪儿看见陈娅和男娃在一块儿?"

"在湖岸上那棵大槐树下。"

"她可能和同学在一起学习呢?"

老王气得两眼发直:"学习,抱在一块儿学习?"

"你看清楚了。"

"我眼不花,我看得清清楚楚是那个男娃抱着陈娅,陈娅看见我,把头扭向一边。我能看清她。她就是咱的陈娅,这娃要管管了。"

得福没吭声走了。得福回到秦人居给豆花说:"老王说他看得清楚,就在湖岸上那棵大槐树下。"豆花沉默了。

得福问:"咋办呀?这娃要变坏了。"

豆花说:"你不要告诉豆丫,我去给她说。"

晚上,豆花准备去找豆丫,她想把老王的话告诉豆丫。陈娅还小,才十四五岁，怎么会做出这事。她先走到湖岸，貌似休闲地踱步。夜里的公园是年轻人谈情说爱的地方，远远看见一对对情侣，手拉着手肩并着肩散步。还有的情侣坐在条凳上，两人依偎在一起。她最近晚上很少到湖岸上来，看到这些情景，她心里浮躁不安。

忽然她看见一对少年模样的两个人相拥在一起，她躲避不开径直走过去，其中的少女撒腿跑了，她看见那人竟是陈娅。她没有喊陈娅，她怕吓了陈娅。她拦住和陈娅在一起的男孩，问他和陈娅在干什么。他说和陈娅谈恋爱。豆花难以接受："你们才多大就谈恋爱？"

男孩说："我十八岁了。"

豆花说："你知道她多大，她才十四岁，你和她是同学吗？"

男孩说："我和陈娅同校，我比她高两级。"

豆花训斥道："下次再让我看见你和陈娅在一起，小心我打断你的腿！"那男孩走了，豆花腿软了，陈娅怎么变成这样了。

她不知道如何对豆丫讲。她走到豆丫家问："陈娅在家吗？"

豆丫说："陈娅睡了。"

豆花不敢讲自己刚看到的情形，豆丫一旦知道此事，肯定接受不了，一定饶不了陈娅。

她和豆丫坐了一会儿，没有说陈娅的事，她想找一个合适的时机再告诉豆丫。

第二天放学后，陈娅来到了秦人居，她毫无掩饰地对豆花坦白："姨，感谢你没有给我妈说我和那同学的事，你要是告诉了她我会恨你的。我要感谢你，同时我也告诉你，我和他不来往了，请你保证以后也不要告诉我妈你看到的事。她养我不容易，如果她知道我在学校谈恋爱，她会气死的。"

陈娅的话让豆花很不舒服，但听说她和那男娃不再来往了，她问："你真的不和他来往了？"

"不会再来往了，他今天约我，我没去。"

豆花说："我不给你妈说，但你一定要听话，断了和那同学的来往，好好学习。他是高年级学生，比你大好几岁，你还是个娃，啥也不懂。"

得福问豆花把陈娅的事告诉豆丫没有。豆花对得福发了火："老王的话你也能信，别人咋说我不管，你咋也会这么说，陈娅正在上学，她咋会干那种事！"

得福听得莫名其妙，不敢反驳。看着豆花生气的样子，他说："姐，我错了，以后再不说了。"

伍拾贰

传言迁坟移至公墓的事，村上人说得越来越玄乎。

子衿说："姬天，你到镇上打听一下，若有此事，咱要早做准备。"

姬天从镇上回来说："无风不起浪。传言是真的，为了节省土地，老坟全部迁到百顷沟公墓里。"

子衿回来后，一直关心种子的事。姬天一直有疑问，他今天再次问父亲："你说我爷的棺木放种子的事，是真的吗？"

子衿点头说："是我亲手放的。你爷去世前，他把我叫到跟前说，民以食为天，我死后，你给我的身边放些种子，以后想吃啥我自己种。我说粮食会引来老鼠的，他说老鼠还能咬透我的棺木？"

子衿接着说："你爷的远见不在这里，这个谜揭得太早了，当我们手里真的没有咱的种子时，才显得这种子的珍贵。"他又说，"现在有洋种子，他们不一定能看上咱这本土种子。但我们有了自己的种子，才能安稳地生活。"

传言变成了现实，镇政府正式下了通知：迁一个坟砖箍墓三千元，一般坟墓两千元，老坟地里的新坟旧坟必须在一周里迁走，谁迁得早有奖励。

古有"贫不挪窝富不迁坟"的古训，一些老人想不通。但凭你有钢嘴铁舌头，不能和国家政策打擂台，几十年的农村改革，农民的传统观念也在改变。

迁坟开始了，政府派来了挖掘机，有胆大的人做了迁坟人。坟墓挖开后，故人不能见阳光，家人用床单和遮阳布遮住光线，四个人拉住遮阳布的四角。新坟还好办，拆开棺木就是逝者。有的还有肉身，有的化成了一片白骨。老坟就很难办了，棺木和骨骸混在一起，需要迁坟人一块一块地拣拾。拣一堆白骨起出一具尸体五十元，这是行情。迁坟人一晌能拣七八具白骨。

这活儿也有两忌：墓穴阴气太重不做，这全凭迁坟人的感觉；墓穴有蛇不做，主家给钱多少，迁坟人也不敢下去。这些邪坟只有子孙后代去迁。迁坟人每次下墓前喝一口白酒，主家再给迁坟人身上喷洒一身酒，迁坟人才肯下墓道进黑堂（墓腔）。

有的故人坟墓打开，作古七八年甚至十几年尸体未腐，人们都说这老人有福气，十几年尸体不化。子衿父亲去世三十多年，墓腔打开后只见一堆白骨，子衿给迁坟人手里塞了一百元，自己跳下墓腔，亲自拣出老人的尸骨，把老人的骨殖放在一块白布上包起来。子衿给迁坟人说："棺木里的东西不要动，我们回来再说。"

子衿抱着老人的尸骨，姬天跟在其后，他把老人护送到运尸车上。每具尸骨上都有编号和名字，有专人登记，火化后装进骨灰盒。一位乡亲抬着自家老人走过来，众人都说老人有福气，十几年尸骨不化。车上的司机听见笑了，哪是老人有福气尸骨不化？他肯定是在外工作或者经常在外吃饭的人。现在的食品哪个不加添加剂，过去的面条放一天就酸了，现在街上买的面条，你放三天也不坏，都是防腐剂的作用。老人生前一定吃了太多的添加剂食品，尸骨自然久放不腐。闻听此言，谁也没有辩解，都悄悄地走了。

放好父亲的尸骨，子衿下到老人墓穴，走进墓腔里，姬天也跟下去了。乡亲们不知道他父子俩要干什么，站在旁边观看。他们揭开棺里腐烂的麦草和麻纸，在棺材一角发现了几堆种子，一边是蔬菜种子，一边是玉米和麦种。子衿早已准备了两个木盒子，把种子分别装进两个盒子里。乡亲们明明看见是一些黑灰的豆粒，子衿却说是黄金豆豆。人们知道他父亲棺木里不会有什么金银财宝，大家一笑了之，一哄而散。

子衿抱回了种子，打开木盒，把种子放在阳台上，在太阳下晾晒。晒种子时，他一直坐在阳台边，观察着种子的变化。他问姬天："你把地给我租下没有？"

姬天说："早租好了，一亩地一千元，给你租了三亩地，你想种啥都可以。"

夜里，许得穿过咸阳湖去看望豆丫，走进家门巧遇得福在豆丫家里。得福正在给豆丫修纱窗，看见许得停了手中的活儿，"许总，你这干啥来了？"

"我不能来吗？"

许得把带来的水果放在桌上，豆丫给许得倒了茶水，得福看见心里很不爽，放下手里的活要走。他说："我明天再来修。"

得福走了。许得推心置腹地对豆丫说："我现在不如以前了，不靠我爸，我照样会生活得很好。我爸是我爸，我是我。"

豆丫没有接他的话，她并不因为他父亲官位的变化嫌弃他，在她困难时他曾帮过她，她也不在乎他从前和豆花好过，这都是次要的。她只是觉得他们不是一道人，过去老人家讲门当户对，他俩就是门不当户也不对。

许得父亲被抓，过去的朋友都远离了他，他也不想理他们，像这样的人离得越早越好。日子还得向前过，他不能因父亲的问题萎靡不振让人瞧不起，他想依靠自己重新站起来。他对豆丫是真诚的，他心中的媳妇就是像豆丫这样本分、诚实、善良、贤惠的女人。

面对豆丫，他觉得以前的那种放荡行为，现在想起来很可笑。第一任妻子是自己谈的，结婚之后他却是那样的不珍惜。离异之后，他追求一种风花雪月的生活，追来追去一场空。他曾一度迷恋过豆花，豆花的美貌、风韵曾是那样的吸引他，但最终只剩下肉体的结合，各自对对方

伍拾叁

产生了厌恶。

在豆丫面前,他幡然大悟,他以前的所作所为是什么呀?那是大脑膨胀之后,人性丑恶的暴露,现在想起来是那样的可耻可笑。在那种情况下,他对豆丫的帮助,也带有一种目的性,甚至一种占有欲,那完全不是对爱的正常追求。当一切都变了,他回到了生活的原点,才意识到过去的那些日子是多么的不堪,让人痛心和悔恨。

褪去浮华,回归本心,面对豆丫,他冷静思考刷新以前的生活,留下的只有对豆丫的爱,这种爱是真诚的,毫无虚假之情,一种愿为所爱之人创造美好生活而奋斗的愿望是那样的强烈。仿佛只有这样,他的生活才有情趣,所追求的理想才有意义。

豆丫的无动于衷让他很失望,他的表白没有打动豆丫,他不知如何表现才能使豆丫感动。

豆丫望着许得,她也不知如何说服他,她知道许得现在对她是真诚的,但他找错了对象。她需要一个普通、本分的男人,跟她平平安安地过日子,许得不适合她。她知道再不拒绝,许得就可能酿成大错。她说:"许总……"

许得说:"你不要叫我许总,我过去只是一个花花公子,依附在我爸权力之下的浪荡不羁的闲人。"

"我告诉你,我已和得福好了……"

"是真的吗?"许得有些吃惊。

豆丫认真地说:"是的,我已和得福好了。"

"我……祝福你。"许得转身时身子晃了一下,他扶住桌角。豆丫欲扶他却没有动手。

许得走出门,在门口碰见偷听的得福。他说:"你上辈子积了什么德……"

得福回家一路喜悦,他走到萧何商店买了五斤喜糖,给老王抓了一把就走。老王感到奇怪,骂道:"尻子钻风咧!"

得福冲着他直笑。老王两眼放光:"得手了……把豆丫弄了?"

得福回到秦人居,给豆花塞了一把喜糖。豆花见得福高兴的样子,问:

"豆丫同意了？"得福只是笑。

豆花说："这样也好，你把豆丫领回家见见你妈，你妈就不急了，就不催你找媳妇了。"

得福早上起来，扫了大厅扫了门前。老韩刚一开门，他给老韩手里塞了一把糖。老韩就笑了，滴水穿石，铁棒磨成针，王母娘娘有眼，成就一对姻缘。老韩双手抱拳祝福。

街坊邻居知道得福的事，都在门口祝福。得福端了盘喜糖，挨个给街坊邻居送喜糖。

吃饭的时候，喜得合不上嘴的得福早早做好了早饭。早饭是小米稀饭肉夹馍。豆花说："你去给豆丫送一碗稀饭夹个馍，不要她做了，她忙，现在公司事多，你要多照顾她。"

得福答应一声，舀一碗稀饭，拌了凉菜，挖了一大勺子臊子夹在馍里。豆花看见："臊子太多了，她喜欢吃素的。"

得福说："对，她喜欢吃素的。"

得福把肉夹馍放菜碟上，端着稀饭和菜碟要走，豆花看见怨他："就这样端去？"得福忽然笑了，回灶房把稀饭和菜碟放在盆里，盖上笼布出了门。

豆丫见得福送来早饭，问谁叫你送的。他说豆花让送的。豆丫说："我不信。你送这么一碗稀饭、一碟菜，还有这流着油的肉夹馍，我吃不完浪费。"她拨出一半稀饭，把肉夹馍切成两半，"咱俩一块儿吃吧。"

豆丫从厨房端出一碟拌好的青菜。得福说："我喝稀饭不吃青菜。"

豆丫说："吃青菜好，青菜有营养，对身体好。"

俩人吃完饭得福洗了碗。他问："咱啥时回家去？"

"回哪家？"豆丫问。

得福说："回咱家呀。"

"咱家？"豆丫不解。

"回咱农村老家，我妈早等着了。"得福焦急地说。

豆丫问："回你家干啥，你看我忙的。"

"早回家，早办事。你回家和我妈一见面，咱拣个日子把婚事办了。"

"你胡说啥呢，谁要和你结婚？"

"你昨晚给许得说的，你和我好了……"豆丫看着得福，忽然觉得对不起得福。

得福说："今天早上我给街坊邻居把喜糖都散了。"

豆丫生气地说："你干的啥事！你不用脑袋想想，这么大的事，我能轻易答应你吗，况且这是不可能的事！"

得福不知怎么走出豆丫家门的，不知怎么回到家的，他一回到秦人居就病了。

伍拾肆

得福病了。

豆花邀请豆丫去看望得福，豆丫和豆花在萧何商店买了一箱奶一箱露露。老王知道豆丫豆花买食品的意图，骂得福有福气。如果是他病了，这两个美人会不会来看自己。老王收了豆丫的钱说："我这几天不舒服，头老疼，像是感冒了，想歇，这个店里没人……"

豆丫说："该歇就要歇，世上的钱挣不完。"

豆花说："你满面红光，哪像个有病的样子？你死了，我第一个给你送花圈。"

"你会不会安慰人？"豆丫知道他俩开玩笑，提着食品走了。

走进秦人居。豆丫问："他咋病了，夜个晚上见面还好好的。"

豆花说："今早上他地不扫，饭不做，我去叫他，他说病了，我让他去医院，他说没事，躺会儿就好了。躺了一上午早饭没吃，午饭也不吃。"

"你知道他咋病的？"豆丫问。

"你们俩昨晚上一定说得不好，他回来没吭声钻房子睡了，他平时有在大厅看电视的习惯，晚上十一点以后才会去睡。"

"事是我惹下的，咋办呀？"豆丫问。

豆花问："我知道咋办？"

"不是我要惹他，是他不懂事。许得找我，我给许得说，我和得福好了，完全是拒绝许得的借口。他竟信以为真，到处给人发喜糖，自己让自己下不了台，"豆丫埋怨道，"他哪有病？装的！"

"他两顿没吃饭了。"

"我不能因为他病了，就答应他。"豆丫沉默片刻说："我有个想法，不知行不行。"

"啥想法？"豆花问。

"把豆苗给得福说上，你看行不？"豆丫说完长出一口气。她早有这个心思，只是没有找到一个合适的机会告诉得福，谁知得福心急惹出这么多事。

豆花觉得这是一个好办法，豆苗是姑娘，姐妹易嫁这是常有的事。她忽然觉得得福因祸得福，顺手娶了一个媳妇。豆花说："这是一桩好姻缘，你问过豆苗吗？"

"没有。"

"得福人不错，大家都看得见，豆苗也到了找婆家的年龄了。"

豆丫说："如果他俩结了婚，房子我给他们买，婚事我给他们办，在得福家乡给他们办一场体面的婚礼。"

豆花说："快去给得福说。这事一说，得福保证没病了。"

豆花敲门，里面没有应声。豆花说，"豆丫看你来了。"

里面应了声："门没关。"豆花推开门。得福躺在床上没有起来，两人坐在床边。

豆花说："豆丫看你来了，你到底咋了？"

豆花这样一问得福竟哭了。豆花说："你有啥想法告诉我，我给你做主。"

得福哭出声来。豆丫见得福哭了，心里就憋了气："你一个大男人，动不动哭鼻子，你有出息没出息，你这样谁肯嫁给你！"

得福忽然掀开被子吼道:"我一辈子打光棍!"

豆丫说:"你可以一辈子打光棍,可怜你妈盼儿媳都要盼出病来了。"

"我妈病不病与你有啥关系!"

豆花见俩人吵起来,问豆丫:"你是看病人来了,还是气病人来了?"豆丫不再吭声。

豆花说:"我给你在韩信面馆要了一碗面,你先吃了这碗面,咱再说事。"

"啥事?"得福问。

"啥事?还不是你的事。"

"事说了我再吃。"

"这是大事,一时半刻说不完,你先吃饭,吃了饭再说。"

"我不饿。"

"你不吃不说事。"豆花说完话冲着得福神秘地笑。得福不知这姐妹俩葫芦里卖的什么药。

豆花说:"人是铁饭是钢一顿不吃心发慌,你先吃饭,咥了这一碗面,肯定是让你高兴的事。"

"是吗?"得福仿佛猜到是什么事,"我吃,我真饿了。"豆丫出去给得福端面。

得福问豆花:"姐,豆丫真的答应了吗?"

豆花没有回答他,把豆丫提的牛奶和露露指给他看,"这是她给你买的。"

"我又没病看我干啥?"得福得意地说。

"没病不吃饭,我看你是装病。"豆花佯装生气。

得福说:"我有点头昏。"

豆花说:"好人睡一天也会头昏,你以后再装病,我就不管了。"

得福笑着说:"以后有人管,不要你管了。"

老王在门口看见豆丫从韩信面馆端一碗面出来,问:"给谁端的?"

豆丫说:"得福病了。"

老王问:"咋病了?"

豆丫说:"没啥,伤风感冒。"

老王疑问:"病了还能咥这一大碗面,肯定是没病装病,让你俩可怜他。"

豆丫没理老王,端面进了秦人居。

得福见豆丫端面进屋,坐起来伸手接碗。豆花说:"看来你真饿了。"

"叫你两顿不吃试试。"得福索性坐起来,蹲在床上吃起来。

豆丫说:"没搅匀。"

得福像没听见,大口地咥面。豆花笑说:"跟饿狼似的。"

吃了面,抹了嘴,得福拉着被子坐在床上。豆花问:"还病呀?"得福笑而不语。

豆丫说:"让他装去。"

得福认真地说:"说正事。"

豆丫和豆花你看我我看你,不知如何开口。豆丫示意让豆花说。豆花问:"你妈为你的婚事,是不是很着急?"

得福说:"这事你们都知道。"

豆花说:"如果你这几天领媳妇回家,你妈肯定高兴。"

得福笑得眼睛眯成一道缝:"那还用说。"

豆花问:"家里给你的婚事都准备好了吗?"

得福说:"我妈给我缝了两床新被子,旧房都刷白了,柜子电视都买了,就是没钱送彩礼。"

豆花说:"那就是说,你妈给你把结婚新房和新房里的东西都置办齐了,就等你领媳妇回家?"

"人家不同意,我妈是白忙乎。"得福叹气。

豆花说:"豆丫给你说了一个媳妇。"

得福惊异地仰起头:"她给我说了个媳妇?"又好像在问自己。

豆花说:"对,是她给你说了一个媳妇。"

得福低头不吭声了。

豆花说:"豆丫看上你这人。这媳妇人咱也熟悉,跟我也是姐妹。"

得福觉得豆花说话转圈圈取笑他，她说的人一定是豆丫。他憋住笑说："你说是谁？"

豆花看一眼豆丫说："是豆丫……"

得福一跃跳下床喊："我没病了，我要请老王和老韩喝酒去。"

豆花见他疯狂的样子不敢再说下去。豆丫拦住他说："豆花把话还没说完，你急啥呢？"

得福望着豆花："还有话吗？"

豆花说："你先甭急，你急啥呢，你要等我把话说完。"

得福急切地看着她俩，仿佛要从她下巴接话："说呀，说呀！"

豆花说："我说的是豆丫的妹妹豆苗。"

得福急了："姐，你胡说啥呢？咋能扯到她那去呢！"

豆丫认真地说："豆花说的是真的，我想把豆苗许配给你，我俩想给你俩牵线，不知你同意不同意。"

豆花说："豆苗还是个姑娘，你家人一定能接受。你妈不是急着让你找媳妇嘛，豆苗的年龄正适合你。"

豆丫补充道："你俩要是结婚，如果你们愿意回老家，那就回老家。如果你俩愿意留在城里，城里的房子我给你们买，在老家给你们办一场体面的婚礼。"

得福不理她们，爬上床钻进被子里。

豆花扯着豆丫的衣服让她出去，她俩走出得福的房子。豆花说："咱现在做得福的工作，如果得福同意了这门亲事，咱还没跟豆苗谈呀。"

豆丫说："还有啥谈的，她从农村来能找到得福这下家，是她的福气，就怕得福不同意。"

"豆苗几点下班？"

"快了，一会儿就回来了。"她俩坐在大厅静等豆苗回来。豆丫在大厅坐不住，站到门口等候豆苗去了。

老韩看见豆丫问："得福咋咧？"

豆丫说:"没事,把你那一碗面吃了就好了。"

老韩说:"能吃一大碗面病肯定就好了。"

老王看见豆丫问:"得福得的啥病?"豆丫没有理睬老王的话,回了旅馆。

豆苗回来了。豆丫忙迎上去问:"你咋才回来?"

豆花说:"姐找你有事。"

豆苗坐下说:"我一下班就回来了。"

豆花开门见山地说:"姐给你找个对象,你愿意不?"

豆苗眼睛发亮:"愿意,男的在哪工作,有钱没?"豆花被豆苗噎得说不出话来。

豆丫生气地说:"你不问人咋样,先问人家有钱没,你钻到钱眼去了!"

豆苗理直气壮地说:"我好不容易进城了,我必须找个有钱的,这是我追求的目标。"豆花没话可说了。

豆丫说:"你用镜子照照,自己是个啥模样。"

豆苗不以为然,问豆花:"姐,你给我找的对象是干啥的?到底有钱没!"

豆花说:"他人好……"

豆苗打断她说:"人好顶屁用,有钱人才是人好,会挣钱的人,人还能差。"豆花彻底无语。

豆苗说:"我这辈子一定要找个有钱人,宁可坐在宝马里哭,也不坐在摩托车上笑。找不到个有钱人,我一辈子不嫁。"

豆丫气得脸色通红,"你就等你的有钱人,坐你的宝马哭吧。"

豆苗说:"姐,你不盼着妹子嫁个好人家,嫁个有钱人?到那时你也不用照顾我,我也不用这么苦巴巴地干活了。"

豆苗又问豆花:"姐,你到底给我找了一个啥样的人,是谁?我认识不,是哪个老板?"

豆花冷冷地说:"这个人不适合你。"说完回了房子。豆丫也扫兴地离开秦人居,走了。

一会儿,豆花给豆丫打手机:"咋办呀,给得福咋回话?"

豆丫无奈："实话实说，婚姻这事不是儿戏。"

得福躺了一下午，自个儿做饭去。吃晚饭时他给豆花说："谢谢你，强扭的瓜不甜。豆丫不同意，我就不为难她了。至于你们给我找的那个对象，她不适合我，我也不适合她。"

豆花安慰他说："我年龄大了，我再小几岁就嫁给你……"

伍拾伍

秋庄稼一收，地里开阔多了。子衿高兴的是，他在这里可以清晰地看到周陵，那是祖先周文王周武王安息的陵园。

子衿在地里下了麦种，看着种子在地里发芽，他常常一个人兴奋地在地里转来转去。姬天看见后偷笑，在外边跑了一辈子还是个农民，愿意在土地里刨食吃。他同意父亲的做法，咱要有自己的种子，农民手里有自己的种子心中不慌。

子衿回到家乡，确实看到在国外时听说的那样，转基因产品充斥了市场，他幸运自己有了这些纯种的种子。尽管他只有这几把种子，但这些种子会不断繁殖，一代一代地繁殖下去，会有很多的种子。他深深地知道一粒种子创世界的道理。有一把种子就会有千斤、万斤的种子。他觉得自己在干一件伟大的事业，一笔留给子孙后代的宝贵财富，只有走出国门的人才知道如何爱国，才知道身后有一个强大的祖国依靠是多么自豪。

这些年他在国外游荡，看惯了人的眉高眼低，在异国他乡受到的委屈欺辱，他无法给人讲。他回到祖国回到家乡，觉得是那样的幸福，这种宁静平安的生活，就是他一直追求的生活，这就是家呀。在国外他从来没有家的感觉，只有回到咸阳，回到生他养他的土地上，他才感到回家了。这种回家的感觉常常让他自个儿笑出声来。

老婆儿子不懂得他的心思，认为他在自讨苦吃。他们认为劳动是吃苦，他们哪里懂得劳动的快乐——在自己的土地上劳作的快乐。他在地里给自己搭建房子，睡在自己的房子里，他感到很舒坦。儿子叫他回家去，村里人说儿不孝，让老爸一个人住在野地里。他告诉儿子，他们哪里懂得生活，这才是生活，一种无比幸福的田野生活。他们哪里知道老子在做一件伟大的事。

子衿独居田野，常常吸引一些老者来这里聊天，谈天说地，他们来了子衿就不让他们走，给他们熬茶喝做饭吃。吃饱喝足了，子衿常常会问他们："我在这里是受罪受苦吗？罪在哪里？苦在何方？"他们听说他在培育本土种子，对子衿说："咱这传统种子产量不高，没有人会买咱这种子。你知道洋种子一亩产多少，比咱本土种子多一倍。"

他们哪里知道饭碗掌握在自己人手里的重要性。他们没有危机感。他们问："你在广州在国外待了那么多年，难道没有百万千万元？你跟谁说谁都不信！"

子衿说多少金银财宝也没有我这几把种子值钱！人们笑他。他说回来只带了一个拉杆箱子，箱子里除了衣服什么也没有。

"你回来没带钱，儿子不埋怨你？"有人问。

子衿说："养老是儿子的责任，我把他生在这个幸福的社会里就是功臣。"人们都不理解，认为他的理由大都和正常人不一样。

姬天也曾经问父亲，你是不是把钱藏起来了，你在国外干了那么多年，没有个千儿八百万元钱，没人信。子衿说："你看我像拥有千儿八百万元钱的人吗？你不信去问你妈。"

姬天问了几次，不再问了。他说："穷爸富爸都是我爸，有我就饿不了你。前几年儿亏了不少钱，也赚了不少钱，够花。你的创新观念对我启示很大，我要把大秦公司重新开办起来，做三秦最强的企业。"

子衿听着喜悦，暗暗赞叹。他说："国际上发达的国家，以开发生活和工作中的痛点为先导，你可以向他们学习。"

姬天疑惑："生活和工作中的痛点？"

子衿说："例如，城市车辆拥堵，这就是交通的痛点。你们可以研究开发一个软件，在某一段距离，调整整合时间，如何使行驶的车辆一路绿灯，解决城市车辆拥堵问题。还有政府城市管理的痛点、企业管理的痛点、公安治安的痛点……"

姬天眼前一亮，惊叹这是一种很好的创新观念。子衿问："欠乡党的钱你还完了没有？"

"有的乡党在外打工找不见人，有的搬到城里去住了，我正在找，正在还呢，我会把乡党的情还完，我的路还长着呢，我要给自己铺好路。"

姬天每次来都会给父亲带些食品。子衿说："这些食品哪有地里长出来的东西好吃。"姬天不管，还是爱给他带。

最近，子衿一个人常到村子原来的地方转悠，坐在工厂门口也不和人说话。

一天，子衿找姬天，让姬天把地里的小房子拆了，他要盖一栋像样的房子，一座面朝周陵的房子，他说在那里他天天可以看到先祖，享受先祖的扩佑。

姬天不同意，他说国家有规定，农田里不能盖房子。子衿听后很不高兴。姬天给母亲说了父亲的想法。母亲说："他说他没有家了，单元房不是他的家，他在村子的地方一坐就是一晌午，他说他的家在地里。他这把年纪了，他想干啥由着他干吧。"按照父亲的意思，姬天在租赁的土地上盖了一间房子，一间面朝周陵的房子。子衿心满意足地说，这才是他的家呀。自从有了这个家，他就很少再去村子的其他地方了。

伍拾陆

李又奇大学毕业了。

李奇把公司交给了儿子，说他要退休回家。李又奇不知父亲的家在哪里。

豆花知道儿子的事，想去看望儿子，怕碰见李奇，又怕儿子不理他，她想让豆丫陪她去。"你去看儿子又不是去看他，碰见他不理就是了，你怕他干啥！"豆丫鼓励她。

自从豆丫找到李奇的公司和李又奇的学校，在豆丫的陪伴下，豆花见过儿子几次，儿子刚开始见她如路人一般。老师再三对他强调，这是你母亲。李又奇只是用陌生的眼光看着她，不肯收她送的东西。回来的路上豆花就哭，她说这是李奇教的，我送的东西都是儿子以前最喜欢吃的，他怎么会不要呢？

豆丫劝说，儿子慢慢会认你的，比如这次儿子的眼神和以前的就不一样了，不再呆板和冷淡。

豆花又去见儿子，儿子慢慢地就和她说了话。高中毕业要考大学了，她问儿子需要什么，妈给你买。李又奇说："你不会买，我需要什么我自己买。"儿子和她说了话，她高兴地在路上手舞足蹈。她一再地对豆丫说，你看李又奇说话像大人一样，你看见没，他长喉结了，成大人了。

一晃儿子大学毕业了，李奇让儿子接了他的班。豆花怨李奇让儿子接班太早，他大学毕业还没有社会经验，如何掌管偌大的企业，不要把儿子累坏了。

豆丫和豆花到了厂门口，门卫不让她俩进。豆花说找李总，门卫问哪个李总，是李董事长还是李总经理。豆花说："我才不见你们董事长，我要见我儿子李又奇总经理。"门卫不知他们之间的关系，但见她对李董事长如此不尊敬，更不敢放她进去。他请示保卫处长，处长也拿不定主意，去请示集团办公室。办公室回话："问问她们要干什么，是联系业务，还是记者采访。"

豆花说："我不联系业务，也不是记者采访，我是来看我儿子的！"

门卫很快汇报集团办公室，办公室跑来两个人把豆花豆丫请到了贵宾室。办公室人送来水果和茶水，说李总到工厂去了，一会儿就回来。办公室人走了，豆花走进办公室问刚才倒茶送水果的人："是李奇到工厂去了，还是李又奇到工厂去了？我要见的是李又奇，我的儿子李又奇，不是李奇。"办公室人说是李又奇李总去工厂了，已通知了他，他一会儿就回来了。

一会儿李又奇回来了，他拉着母亲的手坐下。豆花问："工作累不累？你刚毕业，他咋就把公司交给你了。他把公司交给你，他干啥呀？"

李又奇说:"这几年上大学我有空就到公司来,寒暑假我都在工厂里实习,我对工厂的生产线、集团的运转都很清楚了,我当总经理,爸是董事长,大事我还得给他汇报。我爸说他再停几年退休,他现在不会走,也不放心走。"

　　见了儿子豆花就要走。李又奇说:"我爸今天正好在办公室,我请你们俩和我豆丫姨吃个饭。"

　　豆丫说:"我不吃,我还有事,你和你爸妈吃。"

　　豆花沉下脸说:"我不和他吃饭,豆丫你想干啥?丢下我想跑!"

　　李又奇说:"不叫他,咱三个吃饭行吗?"

　　豆花说:"儿子你忙,妈不打扰你了,我和你姨还想在西安逛一逛。"李又奇掏出一沓钱给母亲。豆花不要,说"妈不缺钱"。李又奇硬塞给她,她只好从那沓钱中取了几张。

　　走出工厂大门。豆花问豆丫:"你知道我为啥不跟儿子吃饭?"

　　"不知道。"

　　"我怕那个老东西嫉妒,又要说我儿子。你知道我为啥不要儿子的钱呢?"

　　"你怕拿了儿子的钱,那老东西给儿子寻事。"

　　"你咋知道?"

　　"我咋会不知道?你是我领来的,我咋能不知道呢!"

　　她俩回来路过萧何商店。老王问:"你俩干啥去了?"

　　还没等豆丫回答,豆花说:"我看我儿子和他爸去了。"

　　老王惊问:"你俩好上了?"

　　"我俩啥时候没好过!"

　　老王咳叹一声说道:"老韩白忙活一阵了。"

　　她俩走进秦人居,发现陈娅坐在大厅里。豆丫问:"你咋在这里?"

　　陈娅说:"我不在这里在哪里?"

　　豆丫问:"你没到学校去?"

　　陈娅说:"妈,放暑假了,不上学了。"

　　陈娅说她初中毕业后不想上高中了,要帮助母亲赚钱。豆丫听到这话,气得说不出话来。陈娅站起来说："我的事我做主，这事就这么定了。"豆丫和豆花望着陈娅扬长而去的背影，呆住了。

晚上，豆丫拖着疲困的身子回家。女儿陈娅的决定，打乱了她的所有期待。她不指望女儿成凤成龙，她只想让她好好读书，以后上大学，她考到哪里，她供到哪里。她想给女儿创造一个良好的学习环境，搭建一个平稳的起飞平台。以后女儿成家，她会为她打造一个舒适的小屋。

她这一生的奋斗就是要让女儿过上幸福安逸的生活，然而女儿让她失望了。

当初她带着陈娅离家时就想好了，要让女儿过上好日子，再苦再累她不怕。她现在有这个条件，而女儿却退却了，不想再上学了，不想再求上进了。她失去了奋斗的希望，浑身一下没劲儿了，她不知以后怎么办，她还有继续奋斗下去的必要吗？

豆丫让豆花去劝劝陈娅，她这小小年纪不上学干啥去呀？豆花找到陈娅，她告诉陈娅："你是你妈的唯一，你妈一生的操劳都是为了你。你不上学了，她就失去了奋斗的目标，她咋办呀？"

陈娅说："你告诉她，我马上就十八岁了，我有自己的生活选择。她寄人篱下多少年，现在才租了房子，她太苦了，我不愿她这样苦下去。"

豆花感觉陈娅说话有问题。什么寄人篱下？我什么时候把她娘俩当过外人。豆丫现在有钱了，前几天告诉她，她想在城里买房子了，房子一定离秦人居近点，这样姐妹俩可以经常见面。豆花想给陈娅解释，话到嘴边却咽了回去。

豆丫到秦人居问豆花给陈娅说得怎么样。豆花倒先问她："豆丫妹，姐这几年对你好不？"

"你咋问这话？"

伍拾柒

"姐问你，这几年姐对你好不？"

"姐，是陈娅说了不该说的话？"

"没有。她说她快十八岁了，要选择自己的生活。"

豆丫气愤地说："她能选择自己的生活吗？她还是个娃，咋样选择生活！"

豆花摇摇头说："我说不成了，我是没话说了……"

伍拾捌

豆丫猜到一定是陈娅在豆花面前说了不该说的话，"姐，她还是个娃，她若冲撞了你，不要和她计较。"

"你说的啥话！我是看着她长大的，咋会和她计较？我累了，想歇一下。"豆花说着进了房子。

豆丫站在大厅思忖着，陈娅到底对豆花说了些啥话。得福从屋里出来问："你站在这干啥呢？"

豆丫说："得福，你帮我找陈娅去，把她给我叫回来。"

自从上次那个误会之后，得福明白了很多，也想通了很多。他与豆丫坦诚相待。他俩确实不合适。如果他真把豆丫带回去，而且还带了个女孩，乡亲们肯定会笑话，母亲会难受的。况且豆丫还比他大好几岁，这更是人们取笑他的把柄。她真诚地把妹子豆苗介绍给他，让他感动。但豆苗和他是两路人。豆苗进城的目的，就是要找一个有钱人，她把挣下的钱都花在置衣和脸上了，这一点谁都能看出来，他是娶不起这样的媳妇的。正好豆苗嫌他穷，不肯嫁他，也就了却这桩亲事了。

误会在时间的隧道里慢慢被人遗忘，唯有老王常拿喜糖的事取笑得福。

得福接了豆丫的话，出门去找陈娅。陈娅小时候跟母亲受过苦，他很照顾陈娅，只要陈娅有事找他，他就会帮忙。一次街上一个男孩欺负陈娅，他带着陈娅找到那个男孩家里，直到男孩向陈娅道歉才算了事。

豆丫知道这事埋怨他说，一个巴掌拍不响，陈娅肯定嘴不饶人惹了事。他觉得陈娅是一个懂事的孩子，就凭那次在母亲遇到困难时求父亲要钱的举动，说明她知恩图报，她知道母亲为了她，为了生活吃苦受罪多么的不容易。

得福在学校篮球场找到了陈娅。陈娅拉他看男生打篮球。他问："你惹你妈生气了？"

"我哪敢！"

"听说你不想上高中了，要帮她干活。"

"谁说我要帮她干活，我不是一块学习的料，我不想上高中了，我想工作，我工作并不一定去她公司。"

"你想干啥工作？"

"我马上就十八岁了，我有选择生活的权利。"

得福觉得陈娅确实长大了，她有了自己的思想。他说："你妈的想法和你不一样，她想让你上学，她想让你成为一个有知识、懂大理的人。"

"我现在就很有知识。我爷十六岁初中毕业就是知识青年，回乡干活了。那个时候多少初中毕业的知识青年离开父母到农村插队去了。我今年初中毕业，难道不算知识青年，不算一个有知识的人？"

得福尴尬地说："算、算知识青年。叔初中毕业就出来打工了。"

陈娅高兴地说："那你支持我了！"

得福无奈地说："我不能支持你，你妈让我找你回家，有事要和你说。"

"不就是这事嘛！你们谁也不要劝，我决定了，不上学了，我要工作，我不想过我妈那种生活。她太苦了，她口口声声说是为了我，其实她是为了自己，为了她那一点自尊，为了实现自己的那点卑微的梦想，就把我绑架在她的付出之上。她苦了一辈子，一辈子不知道吃什么、穿什么，只知道挣钱。我不愿意让她为我再作践自己、自虐自己，我觉得她是世界上最可怜的人，我不能让她这样可怜下去。"

"长辈不就是为了晚辈过好生活奋斗吗？她这一切都是为了你，你竟然不领这个情，你不念书让她很伤心。父母最大的愿望就是儿女有出息，有成就。"

陈娅反唇相讥:"你父母最大的愿望就是让你领个媳妇回去。"

"谁告诉你的?"得福生气地问。

"难道不是吗?你父母的愿望如果实现不了,你咋办?"

"会实现的,只是我现在不愿意罢了。"他不知自己的不愿意指的是豆丫还是豆苗。

陈娅说:"我再长几岁,如果你再找不下媳妇我就嫁给你。"

"你胡说啥呢!"得福忽地站起来,"你这娃越来越不像话了!回,你妈让你回呢。"

陈娅说:"你甭急,说不定我再长几岁就不同意今天的想法了,那时你就老了,我不会跟个老头过一辈子。"

"回!你再不回我就拉你了。"

"你拉、你拉,"陈娅说着站起来,"走,回,回去她能把我咋样!"

回家的路上得福继续劝陈娅:"你妈都是为你好,哪个做母亲的会害儿女。你要听你妈的话,你有啥事叔会帮你。"

"你是为我妈才帮我,还是为我来帮我?"

"我是你的长辈有保护你的责任,不是为你妈,也不是为你,而是为了你们这个家。"

陈娅和得福过了秦都桥走上湖岸,看见豆苗花枝招展地飘过来。陈娅远远喊道:"小姨,你干啥去呀?"

豆苗看见得福很不高兴地说:"逛呢,闲逛呢。"她很瞧不起得福。穷光蛋,土老帽,还想娶她做媳妇,做梦去吧!她讨厌那些身无分文又想娶到漂亮女人的男人。

得福对豆苗也不屑一顾,他昂首阔步地走过豆苗,对陈娅说:"你小姨这人你少黏,她会把你带坏的。"

陈娅扭头问:"你咋说我小姨坏话?背后说别人坏话不好。"

得福气得咬牙。陈娅真是一个好坏话听不懂的女孩,太任性了。好不容易把陈娅带回来,得福把陈娅交给豆丫说:"你得好好管教她。"

陈娅回家钻进了房间。豆丫搞不清陈娅又说得福什么话了，惹得福不高兴。她送得福出门说："她还是个娃不懂事，有啥对不住你的地方多包涵。"

她把陈娅叫到大厅，让她坐下。她说："你看人人都讨厌你。"

"我想问，谁讨厌我？"陈娅问。

"你豆花姨和你得福叔都讨厌你。"

"他俩咋能代表人人，这百万人的大城市，只有两个人讨厌我，不足为奇，你能保证没有人讨厌你？"

豆丫生气了："你在哪学的这油嘴滑舌的样子！"

陈娅不再吭声。豆丫问："你说你豆花姨啥话了，惹得她不高兴。还有你得福叔平时老夸你，今天对你也不满意。"

"我不念书了，你们当然对我不满意了。"陈娅说。

"肯定不是为这。我刚见你豆花姨了，她啥也不说，你说，到底咋回事？"

"我不知道，我的哪句话得罪她了？"

"你真让你豆花姨不高兴了！"

"噢，我给她说你寄人篱下多少年，现在才租了房子，我不愿意你这样再苦下去……"

"你是这样说的？"

陈娅不言语。豆丫一下火了，她拿起地上的扫把狠狠地抽打陈娅的屁股。陈娅没跑也没哭，她愣愣地站着，任由母亲抽打。豆丫打一会儿丢下扫把自己哭了。

"你这没良心的东西！在咱最困难的时候是她救了咱娘俩，她给咱吃给咱住，咱才有了今天，你咋会说这话？你叫她多么伤心呀！"

"在她家里她说啥就是啥，你从不敢说个不字。她是土皇上，你就那么听她话？我不愿看你那俯首听命的样子。我永远忘不了，我在她家吃饭被打的情形！"

豆丫觉得陈娅变得很可怕，"你不敢这样说话……"陈娅却不理睬母亲的话，她转身拉开家门走了。

陈娅中午没回来吃饭，豆丫没管。陈娅今天变成这样，是她忙于生意疏忽对陈娅管教的结果，她现在要好好管教陈娅了，不然陈娅会给她闯祸捅乱子的。晚饭陈娅还没回来，豆丫感到不对劲，平时她训斥甚至打几下，她最多不吃饭，晚上回来就忘了挨打的事，要吃要喝，今天这是怎么了？

晚上她给得福打电话，说陈娅没回来吃饭。得福问："你咋陈娅了？"

她说："我打了她。"

"她都成大姑娘了，你咋能打她！"

得福告诉豆花说，豆丫打了陈娅，陈娅离家未回的事。

豆花说："你快去找，女娃不回家让人操心，我叫老韩开车也去找。"

许得知道陈娅出走的事，开车出了门。老王关了萧何商店门也加入了找陈娅的行列。

陈娅一夜未归。老韩和豆花找了半晚上不见陈娅踪影，豆花实在撑不住，让老韩开车送她回家了。一大早老王才开车回来，他在火车站、汽车站、电影院、公园找了一夜，没有找到陈娅。得福沿湖岸转了一个晚上，没见陈娅身影。豆丫听到这个消息，张着嘴欲哭无泪。豆花怕豆丫出事，不敢再离开豆丫，让老韩开车再去找。

老王在家打了一个盹就又开车出去了。许得一夜未归，街坊的人听说陈娅找不见了，有人也加入了寻找的行列。豆花打电话让得福报警，得福在派出所报了警，他把湖岸的树林搜索一遍，还是没有陈娅的影子。

陈娅找见了。在街道信合银行自动存取款间，她在那窝了一晚上。

老王领着陈娅回来说："灯下黑、灯下黑呀！都在远处找，就是忘了自家门口。"他领陈娅到秦人居门口，陈娅不进去。老王说："你先到你姨家歇着，让我给你妈打电话报平安。"

陈娅走进韩信面馆说她要吃面，老王过去给吧台交钱。吧台人说："你这是打我老板脸呢，我老板昨晚到今天一直在找陈娅，好容易找见了，咋能让你掏钱给娃买饭呢？"

　　老王还要交，服务员推他出去："再甭捣乱了。"

　　"我咋是捣乱呢？"

　　"陈娅是谁，她吃饭用得着你交钱吗？出去快走！"

　　一会儿，豆丫、豆花、得福、老韩都来了。许得的电话联系不上，可能还在外边寻找着。街坊都来看陈娅，陈娅在面馆吃完一碗面说她想回家去。豆花让她先到秦人居歇会儿，陈娅不进去，拉着母亲走了。

　　经过这一惊吓，豆丫六神无主了，任陈娅拉着随她离开。豆花站在门口，心里有一种说不出来的难受。

　　老王对豆花说："陈娅是我找见的，没一个人来谢我，咱忙乎啥呢——"

　　豆花说："你爱忙乎！"

　　陈娅找见了，却联系不上许得了。

　　豆花说："不要管他，他一个大男人还能丢了。"

　　豆丫说："他毕竟去找陈娅了，到这个时候联系不上，让人着急。"

　　陈娅的话让豆花很伤心，但她又想得通。她对她娘俩如何，豆丫心里清楚，她不能为陈娅娃娃的一句话，断了姐妹两人的情分。得福回来说陈娅安静多了，回家没哭没闹倒头睡了。

　　豆花放心不下豆丫，吃过午饭去看望豆丫。豆丫见了豆花抱住她就哭。她做一切都是为了女儿，女儿却不能理解她。她这点年龄不上学读书，在家干什么呀？豆花说："她不想读书，你也没办法。那是个用脑子的事，你硬让她读书，她读不进去也白搭。她要工作就让她工作吧，让她在你这里干算了，算算账跑跑腿，给你帮个下手，你也不要再忙

陆拾

活了。"

豆丫默默地答应。事到如今，只有她让步。她不让步，陈娅不定还会做出什么吓人的事。

一家医院来电话，说许得出了车祸，在医院里。

医院从手机上查到几个未接电话找到了豆丫，豆丫听到这个消息忙去了医院。许得躺在病床上，双眼紧闭不省人事。大夫说："是交通事故，发生在咸阳二道塬上，有人打了110，医院的救护车送来了，一条腿断了，如果明天还醒不来……"

豆丫说："先救人，咋样也要把人救过来。"豆丫给医院补交了医疗费，花多少钱由她来负责。

陈娅听说许得为寻找她在路上出了车祸，很害怕，她想到医院去看望他，得福不让她去。

豆花听说许得出了车祸没到医院去。得福说："这下麻烦了，要撞就撞走，撞下这半截子，就成了万年脏，以后咋办呀！"

豆花说："话不能这么说，许得虽然有很多毛病，但这人还是挺仗义的。"

得福说："他成了这样，他爸还在狱中，也不知他家还有谁，谁去照顾他？"

没有人回答他的话，得福找老王去了。老王听了许得的事感到很吃惊。他说："这事放到别人有可能不去管，谁能证明他去找陈娅的？但是豆丫是个啥人？她认为许得找陈娅出了车祸，她一定会管的，而且会管到底的。"

豆丫去医院不久，许得就醒了，他看见豆丫守在床边很高兴，一醒来他要吃东西。豆丫说他的腿可能保不住了。他说没事，断一条腿还有这条腿嘛！只要我能走，只要我天天能看到你就行。

医院给许得做了检查，轻微脑震荡，右腿骨折了，身体其他方面都没问题。大夫说："病房要留人，他这种情况，吃饭上厕所都不方便。"

交警来医院询问事故情况。他们搞不清楚，平路上车怎么会撞到路边的树上。许得说他也记不清了，只低头看了一下手机的工夫，就什么也不知道了。

交警说他是从变形的驾驶室被拉出来的。"车还没报废，放在停车场里，这是电话，你出院后办理取车手续，车有保险，赶快把车修一下。"

交警做了事故记录要走，许得说："非常感谢你们，你们救了我。我明天让人去办取车手续，拖车修理。"

交警走后，豆丫给得福打电话，让他照顾许得。得福不来。豆丫说："他一个大男人我咋照顾？"得福听到这话就来了。豆丫说明天她再来，让许得好好休息。

得福来后不说话，许得问他话，他也不回答。许得感到很好笑，许得让他回去，得福不走。

豆丫回来给豆花说了许得的病情。豆花说："他毕竟是为寻找陈娅出的车祸，他听说陈娅找不见了，给我打电话，你不知他有多着急，他在医院咱不管不行，要管了，他要生出事来咋办？"

豆丫说："他能生出个啥事来？"

得福来电话说许得不吃饭。豆丫问："为啥？"得福没说话。

豆丫去看了，许得看见豆丫就吃饭了。他问："你说昨天来看我，怎么一走就不来了，你不来我不吃饭。"

得福说："你不吃饿着去，他这人我不想侍候了。"

豆丫说："那你回，我在这里。"

得福说："那咋行？还是我在这里吧。"

豆丫回来说了许得的情况。豆花说："你看这不生出事了？你不去他不吃饭了。你不要去了，看他吃不吃，惯下他这毛病！"

事情真的如豆花的预料来了，许得又不吃饭了。得福打电话告诉豆丫，许得这是第三天不吃饭了，前两天他没管，今天他怕这小子真饿出病来。豆花说你甭管，看他还能真不吃饭，要饿死自己？

豆丫接了得福的电话再也坐不住，她不能听豆花的话，她的话是气话。豆丫来到医院，看到许得又气又急，急忙给许得端饭。医生说："先给喝稀的，不要吃得太急，像这样就不要住院了。"

许得知道豆丫来了，挣扎着坐起来冲着豆丫笑，豆丫没理他。按医生的盼咐，分三次让许得喝完了一碗稀饭。豆丫说："得福你回去吧，豆花说这几天客人多，她一个人在店里招呼不过来。"

得福说："你能抱动他，你在这里咋服侍他？"

许得说："她能，我上厕所不让她扶……"

豆丫说："你回吧，你也歇上几天。"

得福说："我不走，我就待到这儿。"许得冲着豆丫笑，豆丫怎么也笑不出来。

许得出院了。

许得出院后，豆丫雇了一个人护理许得。老王去看许得，骂许得因祸得福："你出车祸惹得两个美人睡不着觉，你是占一个用一个，你多幸福呀。"

许得说："我和豆花早不来往了，我出这么大的事她来过吗？"

"她人没来心在你这操着。"老王说。

许得解释道："她不会操心我，她操心的是豆丫。"

"你这人真会赖，豆丫不来你不吃饭，害得豆丫老往医院跑，你觉得你和豆丫有情况吗？"

"行，一定行，我想娶了她。"

"过去没太注意，豆丫这女人长得端正，身段也好，是女人中的上品，特别是她做事说话你不服不行。"

"我就看中她的为人，贤惠，说话声音好听。"

"你看她走路那形那态，你咋看咋好看，比豆花好看多了，就是少了豆花的妖。"

两人正说着有人敲门。老王说商店让你嫂子盯着，我不放心，我有空再来看你。老王开了门，进来的是豆丫。老王坐下给豆丫取橘子吃。豆丫说："在这你还照顾我？"

老王一直看着豆丫，使豆丫很不自在。许得说："老王，你不是有事吗？快忙去。"

老王缓过神来说："是，是呀，商店没人我老婆顶着。"

老王走了。豆丫说："他咋那样说话，商店没人老婆顶着，老婆不是人？"

许得说："跟他那人讲啥理呢？"

豆丫说："护理的人呢？"

"我叫他吃饭去了，让他回来给我带一碗羊肉泡。"

豆丫说："能吃就好，就恢复得快了。"

许得说："感谢你这段时间照顾我，我这腿最近越来越有劲了，快好了。通过这段时间，我感到我身边确实需要一个人，你是我最好的人选，你说你和得福好了，那是骗我的。我希望你考虑我，我父亲虽然犯了罪，但人脉还在，我腿好后准备做生意，守法做正道生意。"

豆丫没吭声。许得说："我上次给你说过，我就是要找像你这样本分、贤惠的女子做老婆。我单身逛荡多年了，只有你在身边，我的心才能收住，你救救我吧。"

豆丫说："你先养病吧，等你腿好了再说。"

一天，传言豆丫在许得家里两天没回去。

老王说："那几年，许得正火时他收了豆丫，豆丫还能享几天清福，现在许得啥也没有了，他收人家干啥？在这种情况下，豆丫能答应他，说明这女子心地善良。"

得福得到这消息去问陈娅："你妈这几天在哪里？"

陈娅说："在许得叔家呀。"

"没回来？"陈娅没吭声。

得福有些气急败坏，用手拍了桌子。陈娅不知得福为什么会发这么大火。

得福回到秦人居骂许得不是个东西，勾引豆丫，豆丫上当了。豆花说："你冷静地想一想，女人总得嫁人。嫁给你吧，她觉得不合适。她嫁谁，许得也是候选人之一。他爸虽然犯了法，但他得生活，他和豆丫结合，也是一种选择。你若真的对豆丫好，就该祝福她。"

得福说："我回家跟我妈说了，如果我领一个贤惠的女子回家，她带着一个女孩，你同意不同意，我妈笑得合不拢嘴，她说，村东头的二怪不是娶回来个带托的吗，这有啥。"

豆花说："那你咋不早给豆丫说呢？"

得福说："我回来还没找到机会，她就和许得睡一块儿去了。"

豆花说："你不要胡说，在一块儿不一定就睡一块儿，睡一块儿也并不一定会有那事。"

"你才胡说，睡一块儿还不会有那事？"

豆花说："这事你不懂。"

得福说："他是许得，许得是个啥人，难道你不清楚？"这话仿佛戳到了豆花的痛处，豆花沉着脸回了房子。

豆丫回来了，她来到秦人居。得福见了豆丫，上下打量她，他怎么看都觉得豆丫不是以前的豆丫了。豆丫问："你看干啥呢，你这么看着我。我咋咧？"豆丫转了转身子，"我哪里不对劲？"

得福问："你这几天在许得家里？"

"是呀，在他家里。"

"你和他睡了？"

豆丫变了脸色："你胡说啥呢！"

得福说："你一定和他睡了，你没和他睡才怪呢！"

豆花实在听不下去，走出房子吼道："滚！得福你滚！"

得福回了房子。豆丫不知如何给豆花解释。她说："这几天……"

豆花说："你不要解释，我认为你做得也对，人家有意这么多年了，罪也遭够了，你应当答应人家。"

"姐……"

"你做啥事，姐都会支持你。只要你愿意，只要你满意。"

"姐！不是你们想象的那回事，护理许得的人请了两天假，他跟前没人，我替了两天班。"

"你俩没在一块儿？"

"咋会呢！"

"晚上你们咋睡的？"

"他家里四室一厅，那么大的房子，还没有我睡的地方吗？"

"他那人我知道。"豆花说。

"他倒是想，我能容他吗？姐，别人造谣，你咋能相信呢！"

得福从房子出来给豆丫端一杯茶，豆丫没接。她冷冷地说："我单身这么多年了，陈娅也长大了，我找个人谁也拦不住，我找谁，谁也管不上。"说完走了。

豆花看着得福，得福把茶杯放在桌上，身子一软坐在了椅子上。

豆花说："你追女人的方法有问题，你去祝福她，可能会产生不一样的效果。"

陆拾壹

豆丫回家走到楼梯口，看见楼口蹲着一个人。她心里害怕，这人怎么蹲在楼口，她无法回避走过去。那人忽然站起来说："你回来了。"

在走廊的灯光下，她定神一看是陈进财："你来干啥？"

"咱回家说话行吗？"

"娃在家里，说话不方便，有话你就说。"

"在这……"

豆丫走出楼口问："啥事？"

"我上当了，她说让我把房子和银行的钱转到她的名下就给我生儿子。我把房子和银行的钱转到她名下了，她在她娘家不回来了，我几次去找他，她说要和我离婚。"

"这事你上次就说过了，你们的事自己处理，给我说这事有啥用！"豆丫毫无兴趣听他说话。

"她要和我离婚，我问她为啥要这样骗我，她叫她弟打我。"

"她叫人打你，你报警呀！你告她呀！你舍不得告她，你找我干啥?"

"你帮帮我吧,给我出出主意……"

豆丫要走,陈进财拉住说:"你不能走,你再和我说会儿话……"忽然从黑暗里窜出一个人来,那人一拳把陈进财打倒。

豆丫回家,得福常会尾随送她回家。今天送豆丫到门口听到楼口的说话声,后来见两个人影走出来,他看见陈进财拉住豆丫不让走,冲上去就是一拳。

豆丫厉声问:"你打他干啥?"她去扶倒地的陈进财,对打人的得福说,"你少管我们家的事!"

得福感到迎头一击。豆丫说"少管我们家的事",这说明豆丫仍把陈进财当她的家人看待。他又打错了人?是呀,他们虽然离婚了,但他仍然是陈娅的亲爸。他看见豆丫从口袋里掏出一叠钱,塞在陈进财手里,陈进财拿到钱跑了。

看到这一幕,得福觉得自己无颜在这里待了。他想不通豆丫到底是个什么样的女人,她那边和许得黏着,这边和她的前夫好着,自己算是她的什么人呀?他昏昏沉沉地回到秦人居。豆花见他丢魂落魄的样子问:"你咋咧?出去一会儿咋成了这样了。"得福没说话进屋关了门。

许得下床拄拐能走了,四个多月了,他仍没丢拐杖,豆丫时常给许得去送饭,这使许得很感动。那天许得在街上慢慢转悠锻炼走路,老王叫住了他,给他拿出一个椅子让他坐下。许得丢开拐杖走过来,老王惊问:"你能走!好了?"

许得说:"甭吭声,传出去她就不来了。"

"你能行,还是兄弟谋稠。"老王给他泡了一杯泾阳茯茶。

许得说:"这茶解馋克食利水很厉害,上午喝一杯早早肚子就饿了,下午喝一杯晚饭能吃一大碗面。"

老王见四下无人,神秘地问:"豆丫在你那住了几晚上?"

"两晚上。"

"美着没？"

"美很。"

老王含着口水问："咋个美法？"他俯下身子欲听许得说。

"那事咋说呢？"

老王把许得扶进店里，拆开一袋花生米、一袋锅巴放在碟子里，又取出一瓶啤酒给许得倒上。许得看见冒泡的啤酒就再也管不住自己了。他说："我给你说了，你万不可告诉别人。"

"哥是啥人，哥嘴严实很。"

"那天，侍候我的人家里有事走了，我给豆丫打了电话，豆丫来了。晚上吃了饭，她要回，我没让她走，她就没走。你想想，她单身多少年，得福在她跟前胡骚情，根本没办那事，她说要去住另一个房子，我就允她去了。

"晚上夜长咱有的是时间，只要她留下咱就有机会。夜里我说要上厕所，她就过来了。尿完她扶我躺下，我说你不要过去了，我一会儿还会尿，晚上茶水喝得多了，她看着我，我看着她。我说你困了就睡在我身边，她就睡下了，她要把灯拉灭，我就允了。一会儿她喘气越来越粗，我问她怎么啦，她说热很。我说热了就把衣服脱了。她没有脱，我把手伸过去放在她的胸上，慢慢地滑向她的下身……"

老王直直地看着许得，咽着口水，羡慕得不得了，觉得和许得一样的美。

"完了事。我伸手拉亮了灯，她的眼睛好亮好亮，她脸色通红，鼻尖冒着汗水。她问，你咋这么厉害呢，腿受着伤还这么厉害。我说因为你，因为你这亮亮的眼睛，我亲也亲不够的小脸蛋。她说跟你这一次，我知道什么是女人了。我说，你刚才的样子最好看，最惹人，她就咬我……她问，你以前跟豆花姐也是这么厉害吗？我说没有，因为我从没遇到如此的汪洋大海……"

老王听完许得的故事，一拳打在许得胸前："美得很！你小子真有福气，跟这女人有一次，死了也值。"

"我想娶她，你要帮帮我。"

老王说："你这人我知道，新鲜劲一过就把人甩了。"

"不会的，这也要看她的表现，你也要给她多说我的好话。"

老王说："没问题，这女的早就入我的眼了，她不像豆花打扮得妖里妖气，她穿着很质朴，再质朴的衣服也挡不住她那让男人倾倒的身材，那小蛮腰，走路那姿态让人着迷。"

许得说："老兄是过来人，什么样的女人没见过。如果你帮了小弟，小弟亏待不了你。"

老王再也没有心思守在商店里，他站起来东张西望，心神不定。许得喊："再拿一瓶啤酒！"老王说没有了。许得站起来要走，走了几步伸手拾起了拐杖继续拄上。

陆拾贰

倔强的陈娅不听母亲的话，态度坚决，大有不能选择自己生活就要再次离家出走的决心。豆丫不得已退让一步，允许她打工挣钱，但要求她在自己的公司上班。陈娅不同意，她要自强自立，自己去选择工作。

在僵持不下的情况下，豆花劝豆丫说："女大不可留，随她去吧，但必须每晚回家，这是底线也是红线。只要她答应，就由着她吧。"最终母女俩达成协议，陈娅可以选择自己的工作，但必须每晚回家。

豆丫和女儿谈妥条件之后，她想起舅，好久没去见他了，她一见舅无形中就有一种亲近感。

子衿在地里盖了房，过起了田野生活。这天，子衿在地里正锄地，看见豆丫说："你看我来了，拿的啥好东西？"

豆丫说："我给你蒸的菜包子，香得很！"

子衿领豆丫去看他的粮仓。他说："这是为你们存的五谷种子，如果有人不给咱种子了，这些种子是可以收割再种的，能保证你们年年有粮吃。"他在国外听说一种除草剂，他觉得那只是一种传说，但这传说让他很害怕，使他常常想起父亲棺木里的粮食种子。那一种除草剂，号称可以改善土壤，用后可以不长野草。其实它是一种化学制剂，常年使用就会使土地寸草不生，只能生长一种转基因种子。他们开始卖你除草剂时会赠送转基因种子，第二年就不再赠送，第三年转基因种子会涨价，最后你只能用他的转基因种子，而且他们会时常卡你的脖子，你不听话，他就不卖给转基因种子，一旦本土粮种农户大面积消亡，将会是灭国灭种的危险啊！到那时他要的不是你的钱，而是你的命。他听说这种除草剂和转基因种子已进入国内，他就急着想回国，想着父亲棺木里的那些种子。

豆丫没有反驳舅，她不想惹舅不高兴。豆丫看见舅把房子收拾得很干净，便问："舅，你真的把这里当家了。"

子衿说："这就是我的家，住到楼上不接地气，人容易生病。住在楼上就是生活在空中，五脏六腑都不得安生，不生病才怪呢。你看我这里出门就是土地，脚踩着黄土，呼吸着新鲜的空气，病不会找我。你表哥也想搬来，我不让他来，来了我就不安生了。"

"舅，听说你回来带了很多钱，还有珠宝翡翠，是真的吗？让我看看，我没见过翡翠是个啥样子？"

"你是看我来了，还是要翡翠来了？"

"谁会要你的翡翠？我只是想见识一下，我才不会要。"

"城里哪个商场没有珠宝翡翠？在那看多少有多少，为啥要看我的翡翠呢？"

说话间姬天来了，他提着一个篮子，豆丫去接表哥。她翻开篮子，见里面有红枣、核桃，姬天说老人吃这些东西补脑益寿。豆丫递过篮子给舅看。子衿不看，说："我这有吃的，好吃的吃不完。你想住我这里不行，你快办你的公司去，再别往我这里跑了。"

姬天笑了。他说："那天是开玩笑，谁愿意住你这里。"

子衿认真地说："你还没到时候，到时候你就想家了，想自己的家了，走得多远都要回家。城里的住房晚上看像一排排鸟笼，不是人住的地方。"

姬天给豆丫说："我的大秦公司已转变功能，要搞创新企业，你舅开启我创业的新思路。我们要向国际发达国家学习，做三秦最强的科技公司。"

子衿说:"这才是我儿。"

豆丫说:"这才是我的表哥!"

子衿说:"姬天,你给你表妹讲过姬姓吗?周文王姬昌是咱先祖,《周易》就是他写的。周文王周武王的陵墓就在前面,叫周陵,是先祖安息的地方。我烦了急了,抬头看着先祖,我就安静了,清醒了。"

姬天说:"讲过,你走后,我妈经常给我说姬姓的故事,我早给豆丫说过了,她知道。"

子衿说:"姬姓是皇家之姓,做事说话不能给祖宗丢人,你表哥这样做是对的。欠人钱财就要还,这是祖上的规矩,你表哥现在给人还了钱财,一身轻。但我劝你做生意做得再远,也不要忘了这个家,生你养你的这块土地。金窝银窝不如自己的土窝,你飞得再高走得再远,你最终得回家。我飞到国外去了,老了还不是回来了,家才是你的窝,幸福的窝窝。现在很多人没有家了,他们认为城里的大楼是他的家,那是他的家吗?这里才是我的家,我从土里来,又到土里去,变成了土,这就是轮回,这就是世事。"

子衿扛着锄头收工了。豆丫悄悄问姬天:"我舅真的没带钱、没带珠宝回来吗?"

姬天说:"以后不要再问这些事,你问他会生气的。我知道你是好奇,但他会认为你在跟他要钱要珠宝。"

豆丫追问:"那他真的有吗?"

姬天说:"没有,他就提了个箱子回来,如果他有钱他会住这里?所以我还得创业,再努力,再出去挣钱,使这个家富裕起来。"

"我听说他以前在缅甸,那是一个产翡翠的地方。"

"潼关产黄金,难道说那里的人都有黄金。"

子衿远远地望着他俩,他好想知道他们背着他在讨论什么,那神秘的姿态,古怪的手势,好像他在家里在这地里藏了什么宝贝。

得福到地里来找豆丫,他告诉豆丫,陈娅在城里转了一天没找到工作,回家了。

豆丫问:"你一天都跟着她?"

得福说:"我怕她出事。"

子衿指着得福问豆丫:"他是谁?"

豆丫支支吾吾说不上来。

在这世上,不是你认识多少人,而是你有难的时候,还有多少人认识你。

一大早豆丫叫醒了陈娅,她要让陈娅养成早起的习惯。吃过早饭,陈娅说她还要出去找工作,刚要出门,传来一阵急促的敲门声,她急忙开门,进来的是李强。

李强进来沮丧地坐在凳子上说:"完了完了!"陈娅不知发生了啥事,站着要听,豆丫让她快出去办事。陈娅走后,李强对豆丫说:"猪场遇到瘟疫,猪全死了,埋都埋不及,政府派人去猪场消毒,封了猪场。我现在啥也没有了,几年的奋斗打水漂了,还欠了一屁股债。"

"你先别急,咱慢慢想办法,办法总比困难多。"

"我来告诉你,借你的钱要推迟还了,我当下得找工作。老婆和娃一大家子要吃饭呀,现在拆迁了没地了,要到外面去寻食吃,打工挣钱养活他们。"

"借的钱你甭往心里放,你遇这么大的难,在外边有啥困难了就来找我。"

豆丫给他钱,他不要,说:"吃饭还不成问题。"

豆丫说:"我想成立一个'新市民服务中心',给乡亲们培训技能,维权,做法律咨询,还可以设立合作互助社,谁有困难大家可以互相帮忙。如果你经过技能培训,你的猪场或许会避过这一难,你也不会再为讨要工钱打人被拘留。"

李强说:"如果有这个服务中心,乡亲们在城里就有家了。"

陆拾叁

陆拾肆

豆花和李奇离婚后单身生活多年了，她有过和许得的浪漫激情，也有过和老韩的暧昧关系，但她始终没有决定要嫁给谁。这天豆丫给豆花说："你年龄不小了，女人的花样年华就这么几年，我看如果你不想和李奇复婚，我觉得韩哥人不错。"

"他光知道给人送面。"

"这说明韩哥人实诚。"

"他实诚！他实诚那天晚上跑到我房子里——"

豆丫惊异："他还是个这人，没为难你么？"

那天晚上雪很大，店里没客人，得福早早地睡了。豆花坐在床上看电视，忽然有人敲门，豆花以为是得福。晚上得福很少找她的，一定有重要的事要给她说。她拉开门见是老韩，她很吃惊，老韩端着一碗炒好的酸菜："听说你想吃酸菜，我给你炒了一盘，好吃很。"

原来下午豆花和得福聊天，得福问现在啥好吃，她说酸菜，现在啥好吃的都吃过了，唯独酸菜馋人。没想到说者无心听者有意，老韩竟给她送来了一盘炒酸菜。

豆花给老韩倒了茶，取了红枣瓜子和苹果。豆花问他咋进来的？老韩说门没关，他一推门就开了。豆花问："得福知道不？"

老韩说："不知道，我把门又轻轻合上了。"豆花关了房门，坐在床边，她让老韩靠近她，老韩扭捏不动。老韩说："韩信面现在变味道了，你最近吃过没？我明日让人给你送一碗。"

豆花感到很没趣地问："你的韩信面变啥味道了？"

"面里加了生姜。"

她看着老韩觉得这人太实诚。今晚要是许得或者老王进了她的房子，她怎么能安宁呢，老韩若能像许得和老王那样坏一点点就好了。人常说男人不坏、女人不爱可能就是这个道理。就是在这床上，就是在这沙发上，许得把她按倒多少次，那种刺激，她难以忘掉。但她不喜欢许得的无赖纠缠，他想干那事就要干那事，从不会想到她的意愿，她对他产生一种反感。这人她了解，新鲜感一过去，就会冷淡你。她要寻找丈夫，一起过日子的丈夫，而他不是，他想来就来了，而当她想见他时，却不知他在哪里。她更看不惯他大手大脚花钱、在外拈花惹草的花花公子样。

这几年许得认为他玩了她，岂不知他在玩她时，她也把他玩了。前段时间她见许得打豆丫主意，她警告豆丫，要小心这个人。虽然他的父亲被抓，他有所收敛，没了以前的风光和疯狂，但他这个人的本质不会有大的改变。这次许得为找陈娅发生车祸，她真怕豆丫为此事陷入他的圈套，被他蒙骗。

眼前这个老韩也是过来人，对女人咋就一点不主动呢。豆花脱了鞋坐在床上，她说你坐过来吧，老韩起身坐在了床边。她伸出手说："你看我手凉不？这几天我手凉很。"

老韩伸出两个指头在她的手心摸了摸，说："不凉，我手心都出汗了。"

豆花说："你胡说，我手是凉的，我身上热得很。"她希望老韩会摸她的身子。

老韩说："我摸摸。"老韩伸出右手，两根手指搭在她手背上。忽然大厅的门响了一下，老韩嗖一下缩回手，站在了地上。

豆花说："看把你吓的，是得福。"

大厅传来得福的声音："我记得没关门，还真是没关门。"然后传来关门的声音。得福回房子睡去了，大厅一片寂静，静得能听见老韩喘气的声音。

"你过来坐我身边，这下没事了，得福睡了。"

老韩坐在床边。豆花说："你坐过来，咱俩说说话。"老韩忽然起身说："我面馆的门没关，还开着呢。"

"你的门没关，谁还能把你家门背去。"

老韩笑。

"你年龄也不大，才四十多岁，人咋都把你叫老韩呢。"

"我长得老成，二十多岁就有人叫我老韩，一直叫到现在了。"

"我看你不老,才四十多岁咋叫老呢?下次有人再叫你老韩你就和他急。"

"我习惯人叫我老韩了。老者受尊。"

豆花见老韩是个木头,说:"你快去吧,去看你的门吧,小心谁把你家的门偷去了。"

老韩要走。豆花说:"开门小心点,不要弄出事来,没事的事让你弄出事来。"

老韩说:"知道了。"

老韩走了,豆花一阵窃笑。世上没有十全十美的人,她更喜欢老韩。一旦老韩和她成了婚,一定会听她的话,做一个乖顺的男人。她这个年龄了,需要找一个像老韩这样的男人过日子。门口的红门响了一下,得福又走出房子去了门口,只听到他自言自语地说:"我记得清清的把门关了,门咋没关呢,奇了怪了。"

豆丫听了豆花的讲述,说:"天下难找韩哥这样的老实人,这样的男人可靠。"

豆花说:"我也觉得老韩这人好,你去约约他,就说我晚上有事和他聊聊。"

"到哪去?"

"就在湖边,我和他去散步。吃过晚饭让他在门口等我。"

"你不怕人说闲话?"

"怕啥?我又不是偷人,况且他晚上到我房子都去过。他是单身我是单身,我就是要叫天下人知道,我和老韩要好上了。"

"姐,你这人就是敢作敢为。"

晚上,老王看见老韩和豆花去湖边散步,他在商店里待不住了,他跑到秦人居问得福:"豆花咋糊涂了,咋能跟老韩去散步,叫人看见笑话。"

得福说:"他们好也不是一天两天了,有啥笑话的,老韩和豆花是最佳结合。"

老王说:"老韩不就是让你白吃面么,你就这么向着他说话。"

得福说:"你着哪门子急呢?"

"我急啥呢?我不急,"老王说,"豆花瞎了眼,老韩是个啥人?装老实,我半个眼都瞧不上他,他仗着儿子在检察院,爱占小便宜,诡计多端。"

晚上豆丫回去又来了,老王拦住豆丫说:"你知道不,你姐晚上和老韩散步去了,她放着大财团的太太不当,要当一个面馆老板的老婆。"

豆丫说:"王哥,豆花姐是个有个性的人。她并不一定会看上有钱人,没钱的甚至是个穷光蛋,她说不定就看上了。她主要看的是人品。"

老王急了:"老韩那人品你不知道,他以前偷过街上卖菜的葱,你知道不?"

豆丫不愿听这些是非话,进秦人居去了。秦人居没人她又出来了。今晚不知咋回事,她约好豆花和老韩见面,自己却心神不宁。

老王又问豆丫:"你和许得咋样了?"

"他腿比以前好多了。你知道他天天在街上、在湖岸转悠锻炼呢。"老王窃笑,许得的腿早好了,只是她不知道。

老王说:"我问你俩的事。"豆丫不知如何回答。老王说:"许得虽说和豆花好过一阵子,那是要呢,许得就没挨过豆花的身子,他说跟你在一块儿美得很。"

豆丫的脸唰一下红了,说:"你胡说啥呢!"扭头走了。

夜里,得福多次站在门口,向湖岸上张望,总不见豆花和老韩的影子。要说豆花和老韩一块儿出去,他是放心的,但心里着急由不得他。他去商店找老王。卓花说老王出去了。

一会儿豆花头发凌乱地回来了,身后没见老韩。得福问:"老韩咋没回来?"

豆花怒道:"别提他!"

豆花径直冲向韩信面馆,面馆的门关着。豆花冲着门踢一脚骂道:"老韩,你不是人!"她回到秦人居,对得福说,"你买些东西把老王看一下。"

"咋回事?我去看望老王?"得福问。

"叫你去你就去！"豆花说完进了房子。

一会儿老王跑回来了，气喘吁吁地对豆丫和得福说："好险呀，我迟去一步……就出大事了……"

原来就在刚才，豆花和老韩在湖岸上散步，人越来越稀少，豆花要回去，老韩说还早着呢，急啥呢再转转。穿过一片竹林，忽然窜出两个人来，一个人一把推倒老韩，一个人从背后抱住豆花，把冰凉的刀子横在豆花脖子上。那人问趴在地上的老韩："这是你的女人吗？"

老韩战战兢兢地说："是……不是……"

那人又问："她是你的女人吗？"

老韩说："不是……"

那人说："不是你的女人，你快滚。"

豆花喊："老韩你别走，快救我……"老韩连滚带爬跑了，转眼不见了人影。

那人去掉豆花脖子上的刀问道："你一个女人在这里转悠啥，寻野男人吗？我俩就是。"

另一人说："往竹林里拉，拉进去再说。"危急关头一个黑影冲了过来，一棍打倒一个人，拉豆花的人见势不妙丢下豆花跑了。豆花哪经过这场面，双腿一软瘫坐在了地上。

黑影上前扶起豆花。豆花一惊，看清来人哭着说："老王咋是你呢！"

老王说："快往亮处跑，路上有巡警。我追他们去。"老王提着棍向前追去。

豆花站在路灯下左右张望，不一会儿只见几名巡警路过，她大喊："抢劫！那边有人抢劫……"豆花指了指老王跑去的方向，巡警向那里追去。豆花心里害怕赶紧往秦人居走去。

豆花遭遇抢劫，有惊无险。

她从此像变了个人，她常常一个人坐在大厅发呆，再也不去湖岸转悠。老王过来看过她几次。老韩来过一次被骂了回去，他端来一碗新品韩信面，被豆花连碗带面扔在了门外。从此老韩再没来过，路过秦人居门口他也绕着走。

谁也想不到会出这样的事，谁也想不到老韩是这样的一个人。豆丫劝豆花说："这是好事，早看清他这人好，要是你和他糊里糊涂结婚了，受罪受难就是你了，咱认清了这个人不理他就是了。你也不要对老王太好，你要注意呢。"

一天，豆花说她不想经营秦人居了。豆丫去找她："你是身在福中不知福，有这个秦人居在，你一生吃穿不愁。如果没了秦人居，你干啥去？"

豆花说："我不想在这里待了，我想找一个没有人认识我的地方过悠闲安宁的生活。"

豆丫知道这里成了豆花的伤心地。她告诉豆花："无论如何秦人居不能丢，丢了秦人居就丢了生活的来源。前几天，我还想帮你把秦人居装修成宾馆，提高档次，谁知你想丢弃秦人居。"

在豆丫的劝说下，豆花留了下来。但她要求豆丫入股，共同经营秦人居。

老王知道豆丫入股秦人居的事，让许得找豆丫。他说："秦人居没生意，是个烂摊子，你投资是白扔钱。"

豆丫说："这是亲情投资，这个旅馆对我有恩，豆花姐对我有恩，这叫知恩图报。"

根据豆丫的意见，秦人居进行了装修，更名为"秦人居宾馆"，开张那天老韩没来，听说老韩离开韩信面馆了。

街上传言许得和豆丫好了，豆丫住到许得家里了，并传出"美得很"的说法。这句话传到得福耳朵就成事了。得福去找许得，问他咋把豆丫骗到手的。许得回答得很理智，"我们是自由的，她是单身我是单身，我们情愿在一起呢，不存在谁骗谁。"

得福问："'美得很'是啥意思？你们没结婚，你咋叫她住你这里。"

许得说："这你要问她，你情我愿的事谁也挡不住。"

"你不要忘了，你老子是贪污犯！"

许得抄起扫把去打得福："我爸贪污不贪污自有国法认定，你凭什么说他是贪污犯！"

得福边跑边回头说："豆丫不会跟你的，她现在只是一时糊涂。"

豆花听说了许得和豆丫的事，她认定这是真的。特别是"美得很"这句话她是听过的，她知道这是许得说的话，他在兴奋时会叫会喊，会有这样的感叹。既然他们两人的关系到了这一步，她再劝说豆丫已无济于事了，她只想告诉豆丫，对许得这样的人要小心，现在因为他父亲的事他收敛了一点，不再那么张狂，但他的本性没变。怕只怕豆丫没有认识到这一点，被他的花言巧语所蛊惑。

许得听到这个传言心里很喜悦，希望他和豆丫的事传得越真越好，这样就没有人再敢给她介绍男人了。豆花会被传言压住，不能再在豆丫面前说他的坏话，得福因此会信以为真，埋怨甚至怨恨豆丫，不理豆丫了。这些多亏老王的快嘴起到了作用。

许得知道豆花和老韩分手了，老韩无颜面对豆花出走了。老韩看着是个男人，其实是一个胆小鬼，碰到那种场面咋说也不能跑，即使打不过，大喊大叫几声说不定也会吓倒对方。他的行为让豆花失望透顶，他是一个不能依靠、没有责任感的男人。

这件事倒是让老王火了一把，他舍身救美的故事越传越远，有人疑问老王在湖岸散步，怎么手里会提个棍。老王说竹林里正好插了几个棍，是怕新插的竹子被风吹倒，在竹子旁绑着，有人实地考察竹林确实有棍。至于这种事怎么就让老王碰上当上英雄了，这只能说是巧遇，老天爷要让老王逞一次能。每当人们怀疑老王的所作所为时，许得都会为老王帮腔说话，因为老王也帮了他。

这天豆花问豆丫："你和许得关系进展得挺快。"

"我没有答应他，人家为找咱姑娘折了一条腿，咱不能不管人家。"

"他的腿早好了，伤筋动骨一百天，他的腿小半年还挂拐，给谁看呢？"

"他说伤的地方不同，走路还疼。"

"我问你一句话，你不要不好意思。"

"你问，咱姐俩还有啥不好意思呢。"

"'美得很'是啥意思？你俩早在一块儿了？"

豆丫脸色通红："瞎说啥呢，谁说的？"

"你不要问谁说的，我只问你和他有这事没有？"

豆丫干脆地说："没有。"

"你看着我回答。"

豆丫看着她："没有。"

豆花说："在这方面我对他是了解的，他不是一个很强壮的男人，因为他的女人太多，不仅仅是我一个……"

豆花已经把话说得很露骨了，豆丫听得脸上发烧。

对于街上的流言，豆丫完全被蒙在鼓里，她一点也不知道，豆花的话使她产生诸多猜疑。她只是同情、感恩于许得，她和他之间没有发生任何事，她知道这是因为她照顾许得而引发的别人的胡乱猜疑。曾有几个晚上她是没有回家而是留在许得家，对待许得她心里一直防备着。许得知道一旦说出过分的话，做出过分的事，她会离开他的。夜里，有几次她听见卫生间拉水的声音，说明他是自己上厕所的，后半夜她听见房外有走动的脚步声，直到天亮许得没有打扰过她休息。或许他叫过她，但她睡得沉没有听见。有人说许得半年没丢拐杖是装给她看呢，想拖着她服侍他。她不这么认为，谁好着愿意天天拄个拐，再说她也没有那么大的魅力。

她想找许得谈谈，她不想再到他家去了。

她走进许得的房子。许得突然从床上起来，走过来欲抱她，她双手挡住他，"你这样我就走了"。许得退回去欲取拐，她说，好了还挂拐干啥？他不好意思地又丢了拐，"好了，不需要了"。她明白，许得的腿果然早好了。

豆丫说："最近街上传言很多，我们还是少接触为好。"

"我知道你顾虑什么，你是考虑豆花的感受，我和她是谈过一段时间，你知道那是扁担一头热。那时我爸还在位子上，人家守着秦人居，认为我是一个靠老爸吃饭的浪荡公子，多少次没有礼貌地对待我，所以我自动放弃了。当然你也知道人家讨厌我，"他说，"你和她不一样，我现正处在艰难处，你是在救我在帮我，不论以后结果如何，我都要感谢你。"

豆丫心里很乱，离开他她就很冷静，就会想到那几年见到的那个不务正业的许得，那个被豆花赶出去的许得。但和他一见面她就迷糊，面对他的追求就优柔寡断了。

她不隐瞒在这段时间，特别在许得出车祸之后，在接触的过程中，她对许得产生了些好感，他的大方、他对她的真诚和真情让她感动，怪不得豆花以前会喜欢他。他现在什么也没有了，要靠自己奋斗养活自己，他在她面前是那样真诚的有痛改前非的决心，她不知怎么去拒绝他。

她到秦人居认真地给豆花谈了她对许得的看法和想法。豆花说："他的腿早好了，你知道不？"

"是好了，我今天也看到了。"

"我知道你会走到这一步，既然你和他已到这一步，我还有什么好说的，祝福你们。但我要把丑话说在前面，后悔的时候不要怨我。"

豆丫说："姐，我把你当亲人才跟你说心里话，希望你给我一个理由，一个离开他的理由。"

豆花还是那句话，自己的事自己定吧，鞋大小只有自己的脚知道。在与许得的问题上，豆花和豆丫话不投机。豆花想，这可能就是女人，对于一个被自己甩掉的男人，她是不喜欢自己的妹妹再去接触吧。

陆拾陆

咸阳湖以周边的钓台西照、细柳清风、渭水晚情、咸阳古渡、长堤石刻、杜邮春草、上林晨曦等景观，展示其丰富的文化内涵，与蓝天白日相映，与咸阳千年古都呼应，吸引着省内外乃至国外游客观光。几年来，热闹的咸阳湖演绎出多少惊心动魄的爱情故事。豆丫家离咸阳湖一步之遥，她却很少去过咸阳湖，欣赏这人间美景。

李强的养猪场出事之后，豆丫很不放心。在村上时，李强家就在她家对门，她遇到什么事，李强常跑过来帮忙，特别是陈进财对她母女俩不好，他和媳妇常给她娘俩送吃的，这些她都记在心里。李强养猪失败，她觉得还是他缺乏经验。他这人多灾多难，前几年为讨债打人，被公安局拘留，好不容易建起猪场，又遭此劫。她想尽快成立"新市民服务中心"，使拆迁失地的乡亲在城里有一个落脚聚会的地方。更重要的是他们在这里可以学习职业新技能，更好地得到法律和权益保障。李强来电话说，他已找到工作，正在痛定思痛总结失败的教训。

陈娅在"爱家"商场找到了工作，她有事干了，这让豆丫稍微放心一些。这是女儿走向社会的第一步，她叫来豆花和得福，要给陈娅庆祝一下，陈娅很高兴还喝了酒。豆花说："在外干累了不想干了就回来，秦人居宾馆和保洁公司始终给你留着工作岗位。"

陈娅说："我走出去，就是不想在你们眼皮底下生活，你们总是把我当小孩，我十八岁了，要成大人了。"

秦人居自改成宾馆后，生意比以前好多了，劝说豆丫不要投资秦人居的老王，见到她总是尴尬地一笑。

老王常来秦人居串门，在宾馆喝茶。豆花不再讨厌他，他有时一坐就是半晌，老婆也不叫他，豆花也不赶他走，他成了宾馆的常客。有时得福会问，你那时咋那么勇敢呢，一个对两个，把两个匪徒打跑了。老王说："我主要怕匪徒伤了豆花，如果不是为了保护豆花，我三下两棒子就把他们打翻了。"每当这时豆花会很感激，就会亲自给老王倒茶水，甚至取好吃的给老王吃。

得福说："想不到老韩这人是个软蛋，被人家一吓就跑，把我姐留给了匪徒。我眼拙以前把人没看清，他这种人靠不住，女人找男人眼睛一定要亮，切不敢找老韩这样的人。"

老王说："说不定老韩以前的老婆和他离婚也是这个原因，把老婆塞给了匪徒自己跑了。"

豆花问："听说他离开韩信面馆，让他弟在这里经营着，他到哪里去了？"

老王说："他哪还有脸在这待呢，他不走由不得他。"

得福说："还是王哥眼亮，一直瞧不起他。"

"他这人有让人瞧不起的地方，都是邻居，在隔壁开饭馆，从没让我吃过他一碗面，我从不到他馆子里吃饭，宁肯到汇通十字去吃汇通面，也不在他的馆子里吃一碗面。"

得福问："你俩以前有啥过节儿？"

老王说："我是瞧不起他那人。"

正聊得热闹，陈娅过来说找她妈。老王拉她坐下。她说："王叔，我就佩服你，佩服你英雄救美的精神。找男人就是要找老王叔这样的。"

豆花说："你在商场干得咋样？"

"还行。"

豆花说："工作了，长大了，你妈也就放心了。"豆花给她倒了杯茶，陈娅本不愿意在这里坐，但还是坐下了。

陈娅那句"寄人篱下"的话，让豆花一直不痛快，好在豆丫心里明白，给陈娅讲了几次，让陈娅明白了事理。豆花就不明白，她从来没有把豆丫和陈娅当外人，自把她母女俩接进秦人居，就把豆丫当妹妹看待，她的儿子没在身边，她多么希望身边有个娃娃，她把陈娅当自己的姑娘，从没亏待过她。真不知陈娅寄人篱下的感觉从哪里来的。

豆丫说让陈娅给她道歉，她一直不让这样做。现在豆丫在秦人居入股了，她也成了秦人居的主人，这下她一定没有寄人篱下的感觉了。豆花说："陈娅，你有空常到秦人居来，你妈在秦人居入股了，就是秦人居的主人，你也是秦人居的主人了。"

陈娅口无遮拦："咋能呢！她入了股只是有了部分经营权，这秦人居的产权是你的，主人还是你，我妈只是你的长工，你用股份把她牢牢地拴在了这里。"

得福听着生气："陈娅，你会不会说话！"

豆花忽然落了泪："陈娅说得对，我和豆丫姐妹俩离不开，我用秦人居的股权把她拴在了这里，这样我就能经常见到她。"豆花说要回房间休息，起身走了。

陈娅的话像一把刀直戳豆花的心窝。她觉得陈娅有心眼了，对她有了看法，她不知自己哪里做得不好，让陈娅这样辱摆自己。这或许就是过去说的地主和长工、资本家和工人的矛盾。主家对他们再好，也不能改变两者的主仆关系，就像电影《白鹿原》中的白嘉轩和鹿三，白嘉轩把鹿三当家人对待，从没当外人（长工）对待过，但黑娃依然对白嘉轩有看法，这种看法慢慢演变成一种仇恨。陈娅会不会变成黑娃，她不知道，但这女子的话语，让她心里不安。

老王敲门要进豆花的房子，说得福送陈娅回去了。他说："那娃说话不着调，我让得福在路上好好教育她。"自从老王救了豆花，豆花对老王以前不好的感觉飞得无影无踪了，她觉得老王才是靠得住的人，细想这几年每当秦人居发生大事小事，都是老王过来帮忙，她对老王从心里产生一种感激之情。

她听见老王的声音，拉开门老王走进房子。老王嗅了嗅，好香啊。豆花说："你坐，我给你倒茶。"

"不喝茶。"

"你吃水果。"

"我不吃水果。"

两人面对面坐着无话可说。老王忽然问："你家的猫，咋不见了？"

"我家哪有猫！"

老王说："记错了，你家没猫，我家有猫呢。"

豆花剥开一个橘子递给老王，老王双手接过一下填到嘴里。豆花说："你慢着吃，这还有。"

她又给老王削了一个苹果递给他。老王说："你……你坐到沙发上，坐到我跟前。"

"不了，我就坐这里好给你倒茶。"

"我不喝茶，你坐过来。"

豆花不想坐过去，她知道坐过去会发生什么事，"我就在这里。"

"你坐过来我给你说个话。"

"王哥，你有话就说，我就坐在这里。"

"你不坐过来我不说。"

老王毕竟救过她，想起他救她时的勇敢，豆花没有再推辞坐了过去。豆花说："有啥话，你说我听着。"

"我说了你甭生气。"

"生啥气，不生气。"

"花……花……"

豆花看他一眼，不知道他说什么话。他说："……我喜欢你。"

"王哥，"豆花冷静地说，自老王救她之后，她就把"老王"换成"王哥"了，"这就是你的不对了，嫂子还在，这话要叫嫂子知道，我就没脸在这待了，你救了我，我感激你，我们只能做兄妹，不能有其他关系。"

"花，你不知道哥咋个喜欢你，你每次从哥门前走过，哥都有一种冲动，一种想要你的冲动……"

豆花觉得这样谈下去要出事。她说："王哥，你救过我，我有很多方式感激你，唯有你冲动的事不行。"

老王就不说话了。豆花说："我给你换水，茶水凉了。"

豆花要起身，老王忽然拉住她的手。豆花说："你松开，你再这样，就出去。"

老王松开豆花的手。豆花说:"我咋样感激你都行,唯有这种事不行,这是红线。"她是过来人,对这种场面她有把控的能力。

老王说:"我抱抱你行吗?"

还没等豆花回答,老王拦腰抱住了豆花,豆花无可奈何,任由他抱去。老王的手在她的身上游走。她忍无可忍:"你过分了,放开!你再不放开我就叫得福了。"

老王放开她,淡定自若地说:"吃了,喝了,抱了,也摸了,我走呀!"

豆花感到吃惊,她看着老王走出门,有一种很不舒服的感觉。

老王刚走,得福回来了。他问:"老王走了么?"

豆花说:"早走了。"

陆拾柒

难得有这样的好天气,蔚蓝的天空白云朵朵,雨后的咸阳湖湖面如镜,南山尽收眼底。

豆花说她要看儿子去,豆丫想陪她去。豆花说我知道路了,不要你陪了。豆丫叮嘱说:"见了大哥甭说硬话,硬话不能当饭吃。"

豆花说:"我去看儿子,见他干啥。"

豆花往厂门口一站,门卫就认得她了,赶紧让她进门。门卫说:"让办公室人带您上去。"

她说:"我知道他办公室。"自个儿进了大楼。

办公室人在楼梯上碰见她,把她领到贵宾接待室。李又奇知道母亲来看他,让母亲直接到他办公室。豆花见了李又奇直呼儿子瘦了,她说:"看把你忙的,你这么忙,他干啥呢?享清福呢?"

李又奇说:"他也忙,这么大的集团公司上下千人,事多得很。"

说话间,一个戴着安全帽的人走进来说:"环保局来人检查了,你安排一下。"

那人说完话走了。豆花问："刚才那人是谁，眼熟很。"

"是我爸。"

"看他那熊样，我看见他就生气。"

李又奇安排好接待环保局检查的人，拉母亲坐下说："中午儿子陪你吃饭。"

豆花说："今来就是想和你吃顿饭。前几次来，看你忙，怕耽误你工作，也带着你豆丫姨，不忍心让你破费。"

李又奇笑说："吃饭咋会耽误工作，再忙一天三顿饭还是要吃的。你跟我豆丫姨一块儿来我放心，吃顿饭能破费个啥呀！"

中午李又奇约父亲和母亲一起吃饭。李奇知道儿子的用意，他不想去，他知道去了场面一定很尴尬，儿子一定要让他去，他就去了。

刚才李奇看见豆花和儿子说话，他没有搭理她，十六年了，他不想见这个人。

当他们捞到第一桶金时，就闹矛盾了。她总是怀疑他外边有人，最后又怀疑他和秘书有特殊关系。他的解释没有得到她的理解，一天她竟冲进公司，在办公室大吵大闹，闹得秘书没办法工作。更可怕的是，她常去突击抽查他的办公室，有空就跟梢，他实在无法忍受这种被人监视的生活，她也觉得这种充满不信任的生活已无法维持下去。他提出离婚，她爽快地答应了。财产分割，她要了一个实体，湖边一座办公楼，而他拿到一个空壳公司，莽原公司。她把办公楼改装成了秦人居旅馆，他觉得她的思路是正确的，这个旅馆以后可以养活她。

莽原公司在发展中不断扩展业务，壮大规模，公司干脆搬到西安。更重要的原因是，她经常去看望儿子，儿子要上学了，他怕影响儿子的学习。十几年后的今天，她找到了儿子，找到了莽原公司，她毕竟是李又奇的母亲，他没有阻挡儿子与她见面。

李又奇在酒店订了包间，李奇到时李又奇和豆花已坐在餐厅里，李又奇见父亲来了，起身给父亲让座，豆花坐着没动。

豆花听说中午吃饭有李奇，就要走，她不愿意和他在一起吃饭。李又奇给母亲做了好大一会儿思想工作，她才勉强同意留下来，她是看在儿子的情面上留下来的。

李奇坐下要抽烟，豆花说："请你不要抽烟，害人害己。"

李奇点着烟又压灭，三人坐定没有话题。李又奇打破冷场说了话："爸、妈，今天咱吃个团圆饭，我们十六年没吃团圆饭了，今天咱只吃饭不说其他事。"

豆花问："啥是其他事？李奇你今天来了，我问你一件事，你今天不来，我永远都不想问你。"

李奇没吭声。豆花说："我问你，你搬到西安，咋不跟我说？你不想让我见儿子，你好狠心！"又说，"你挣再多的钱我不眼红，我只想见我的儿子。"

李奇说："你这不是见了吗？"

豆花说："你知道我费了多大的周折才找到儿子，你说你为啥不让我见儿子！"

李又奇说："妈，你这不是见了吗？"

豆花竟哭了："我不找你能见着吗？"

李奇坐着沉默不语。李又奇对父亲的表现很满意。他说："妈，你看我爸一句话都没有怨你，你就不要再说了。"

豆花说："他没理，当然无话可说。"

菜上来了。李又奇给父母亲各倒了茶水说："今儿不谈别的事，吃饭、吃饭。"他给爸夹一块牛肉，给妈夹一块鱼。

豆花擦了一把眼泪，扭头酸溜溜地问李奇："你跟妖精那么好，咋没跟她结婚呢？"

李奇霍地站起来怒视着豆花，把筷子往桌子一摔扭头走了。李又奇跑过去拉住父亲说："给儿子一个面子，就是吃顿饭嘛。"

李奇愤怒地说："你办的啥事！"头也不回地走了。

李又奇回到餐厅。豆花满不在乎地说："他不吃省下了，咱娘俩吃。我看见他就来气。"

李又奇说："妈，你和我爸有多大的仇要闹到这一步。"

豆花说："你问他，他自己知道。吃饭，我肚子饿了。"

下午豆花兴高采烈地回到咸阳。她先去了豆丫家。豆丫见她如此便问："啥事让你这么高兴？"

豆花眉飞色舞："我把那老东西美美骂了一顿！"

"你把谁骂了一顿？"

"就是那坏东西！"

豆丫不知道她骂了谁，只管忙自己事。豆花说："那坏东西就是李奇。"

"你这是干啥？多少年没见面，见了面就吵架就骂人，你当着孩子的面……"

"当然当着孩子的面，我当着孩子的面把他美美损了一顿。"

"他没吭声？"

"他无地自容自然走了，你不知道把他脸气成了猪尿脬。"豆花自豪地说。

"你能行得很，骂了人还这么高兴，"豆丫问，"儿子没说你？"

"儿子自然向着母亲啊，他咋会说我。"

"姐，今天这事是你不对。儿子不知想了多少办法才安排你们见面，你叫儿子白费心机了，痛苦的是你儿子，并不是李奇大哥。"

"我训他，儿子应当高兴，他不会痛苦，也不会伤心的。"

"姐，你瓜呀，李奇是谁，是李又奇他爸。你两个见面就闹仗，儿子能好受吗？你骂他爸，他心里能不难受？"

"我咋没想到这一点。"豆花恍然大悟。

"对儿子来说，一边是亲娘一边是亲爹，你们谁受到伤害他都会难过，对他来说手心手背都是肉呀！"

豆花忽然觉得自己做得太过分，不但伤害了李奇，更重要的是伤害了儿子。她不知怎样才能弥补自己的过失，她给儿子打电话说："儿呀，妈中午是不是做得不对，对他太厉害，让你伤心了？"

李又奇说："妈你做得对，是我爸不好，但你做得有点过分，我爸下午没上班来。"

豆花说："妈也是一时糊涂，妈以后不和他计较了，你也甭难过。妈有空请他吃饭，你甭操心我俩的事了，不能因为我俩的事影响你的工作。"

李又奇听到母亲这样坦诚的话，竟激动得哭了。他说："妈……你是最明白的，你最理解儿的心……"豆花听着儿子的话也伤心地哭了。她觉得对不起儿子，儿子管那么大的企业，还要操心他俩的事，她心中暗暗发誓，以后再不当着孩子的面和李奇闹了。

豆花一夜未眠，她一大早去了西安。她要和李奇一起吃饭，不让儿子为他们的事作难了，中午李又奇和母亲早早到了餐厅。

上午，李又奇陪她到商店买衣服。豆花说她衣服多得很不要买，儿子一定要给她买，在商场给她买了条蓝色长裙。其实在商场转了一圈，她就看上了这件衣服，一问，三千多块，便说："不买，省城的衣服太贵。"儿子坚决要买。她说，"这衣服在咸阳顶多三百元一堵墙"。儿子交了钱，衣服穿在身上她感到很满意。

走出商场，她突然感到很不悦，今天我为啥要穿新衣服呢？我为啥要穿新衣服去见他呢？她知道这是儿子的安排，一想到为了儿子，她就又喜悦了。

包间里，餐厅服务生已摆好餐具，儿子点了菜。她说："少点些，夜个点得太多，都是自家人不讲究。"

一会儿工夫凉菜就上桌了，李奇还没来。服务生看着豆花的长裙说："这衣服漂亮很，您穿上很合适。"

她说："这是儿子给我买的。"

李奇还没来。李又奇说："我爸忙，每天有很多人找他，咱多等一会儿。"

豆花说："我不饿，等吧，谁叫你爷俩干这么大的事呢。"

十二点过了，快到下午一点了，李奇还没来。李又奇拿着电话走出包间："爸，你咋还不来，我和我妈一直在包间等着。"

李奇说:"我不去,我忙得很。"

豆花觉得李奇不会来了。她说:"儿,咱吃,我肚子都饿了,他来了自己点去。"

李又奇说:"妈,咱再等一会儿,他忙,他一定会来的。"李又奇又出去打电话,"爸,咋回事?一点多了,你能不能把工作放一放,咱吃个团圆饭。"

李奇坚决地回答:"我不会和她吃饭的。"

李又奇回到包间若无其事地说:"我爸忙让咱先吃,他来了自己点去。"

豆花没吭声吃起来,她知道发生了什么事。吃罢饭她说:"你爸真忙呀,你在这等他,我不等了,我回家还有事。"

李又奇说:"你再坐会儿,他一会儿就来了。"

豆花说:"儿,你的心意妈领了,你等他吧,妈真有事要走了。"

李又奇给母亲叫车,要送母亲回去。豆花说:"不用了,这出门就是车站,我坐地铁一会儿就回咸阳了。"

豆花和儿子一分手就哭了。

陆拾捌

许得挂拐的伎俩被豆丫发现后,他再也不装了。他要成立泾渭公司做生意。

很多人疑问,他现在没了靠山也没了来钱的路子,他怎么做生意呢?以前是依附在别人公司上吃回扣,父亲被抓之后,很多人担心他家再出问题,不再和他来往了。

豆丫给许得说,生活平平安安才是福,你不如回厂上班去。豆丫不知道许得因长期不上班,早已被企业辞退。

许得没有回答她的话。他说:"男人一定要有自己的事业,我爸在位时掌管那么大的国企,他不让我做生意,都让那些没良心的东西赚了钱。父亲被抓之后,这些人都逃之夭夭,生怕跟我爸扯上关系,如果没有我爸,他们现在还是穷光蛋。我开办泾渭公司,为什么叫泾渭公司,这叫泾渭分明,我要明明白白地做事,我要让他们看看,没有我爸做靠山,我一样能发财,他们没有了我爸这靠山却会一败涂地。"

豆丫被许得的话打动。她说:"那你就干吧。"公司就是许得的房子,这是他以前买下的房子,在一层既能住人又兼做办公室。

泾渭公司开张这天,许得知道自己正走背字,在饭店只准备了三桌饭,祝贺的企业老板一个都没来,只来了几个街坊的乡邻。老王怕冷场,在街上叫了几个朋友,准备好的开张剪彩仪式没法进行,许得看着站在门前准备等待吃席的街坊邻居,猛一挥手喊道:"剪彩仪式结束,大家吃饭!"人们一起跟着他向饭馆走去。

公司开张剪彩仪式草草结束,许得深深感到门庭冷落的悲哀。他把街坊邻居们领到饭店门口,他告诉老王和饭店的经理:"让街坊吃好喝好,想要啥在吧台取,都记上。"

老王领着大伙海吃海喝了一顿,许得承诺一月内结清餐费,却迟迟没来结算。饭店经理几次在家里寻找许得,家里没人。那天豆丫去找许得,碰上饭店经理带人要账,他们抓住豆丫不让走,豆丫给他们解释。饭店经理说:"你俩都睡一块儿了,还不是一家子,你俩迟早都是一家子,许得欠的钱你必须还。"

豆丫羞得满脸通红说:"许得是许得,我是我,我和他不是一家人。"

有人喊:"都'美得很'了,还不是一家人?"

豆丫不知他们说什么,只见他们狂笑,这种笑让她莫名其妙,如芒刺背。她要走,饭店经理拦住她说:"你今天不结账,走不了。"

他们越是这样纠缠,她越不能结这个账,这个账一结,她就真无法说清和许得的关系了,况且他们那种不善意的笑让她很难堪。

他们在许得楼前闹哄,惹得看热闹的人越来越多。豆花和老王来了,老王走到许得门口,对着这一群人喊道:"干啥呢?大白天你们想干啥!"

人们见老王气势汹汹走来，给他让出一条道。老王看见闹事的饭店经理说："我在商店就听见你在这胡闹，许得欠你的钱，为啥要让豆丫还？她凭啥要替许得还钱？我也和许得好，你咋不找我要？过去邻居对门，这街坊哪个没占过许得的便宜，哪家哪户不跟许得好，你咋不找他们，你欺负一个女人有意思吗？"

老王对豆丫说："你走，这里没你的事。"

豆丫走出人群。老王喊道："豆花报警，这里有人当街欺负女人。"

老王话音刚落，饭店经理拉住老王的手说："王哥，这钱我不要了，你别报警了。"说罢自己先跑了。

豆花陪豆丫回到秦人居。豆花怨豆丫："我咋说你呢，许得是个啥人难道你不清楚？还跟他混。"

豆丫说："他欠人钱影响不好，要不……我替他还了吧？"

豆花说："你神经了，你替他还啥钱呢？你知道他欠饭店多少钱，这次你替他还了，下回他捅下其他的烂摊子你管不管？"

老王说："你这人心太善，那些人凭啥让你替许得还债。你们没领结婚证，你就没有替许得还债的责任。"

豆丫说："这样影响不好，几桌饭钱让人家上门讨债划不来，我替他还算了。"

老王说："他们不敢再找许得要账了，你放心。"

豆丫说："还是还了好，就是几千元，欠人钱总是要还的。"

老王说："你咋这么善良！"

豆花说："没有人应当善良，但还是有人要选择善良，善良受人尊重。"豆花怂怂地走了。豆丫也走了，走出秦人居向那家饭店走去。

老王摇摇头说："女人一旦和男人上了床就是这样子，她就像喝了迷魂药一样，糊涂。"

一会儿饭店经理来了，他捏着钱给老王说："王哥，我不要，她一定要送来，这咋办呀！"

老王说:"她送来了你就收下,以后不敢这样胡闹了,欠你钱是事实,你不能抓住谁都让人家给你还钱。"饭店经理讪讪地笑了。

许得回来了,知道饭店经理闹事的事,走到饭店门前,捏了一沓钱扔进饭店里,把经理骂得狗血喷头,骂得饭店没了人,骂得经理和厨子、服务员缩在店里不敢出来。老王过来说:"算咧、算咧,事都过去了,街坊邻居低头不见抬头见,出出气算了,他们以后再也不敢了。"

许得边走边骂:"狗眼看人低呢,老子过去红火时,照顾你们饭店多少生意,今天老子迟还你几天钱,你竟敢闹到我门口给我难堪,你还是人吗?"

他走到萧何商店门口说:"王哥,以前老在你的商店里取吃货,没少占你便宜。"他捏几张人民币放到柜台上,"这些钱你老兄收下,有多余的存你这里,以后兄弟取东西方便。"

老王喜出望外:"好、好,谢谢兄弟。"许得走了,老王纳闷,这小子在哪又发财了,出手如此大方?

姬天来到秦人居门口,听到关于许得发财的事,他说:"德不配位,他这人捞多少就会丢多少。"

老王听着接了话说:"有钱能使鬼推磨,无钱便做推磨鬼。"

许得知道豆丫受委屈的事,他去给豆丫道歉。豆丫问他:"你干啥去了?电话关机,欠人钱不还,让人家上门讨债!"

许得说:"我去外地做生意,人在山里没信号,生意做完我就回来了。"

豆丫说:"你这样,咋能让人相信你?"

许得说这次出门赚钱了,他拿出一张银行卡,让豆丫给他存起来。豆丫说:"你的钱我不要,我只是希望你能振作起来做一番事业,让那些看你笑话瞧不起你的人看看。"

豆丫不收他的钱,他把卡装进口袋里,想去拥抱豆丫以示感谢。豆丫推开他问:"那些人在你家门口要债,拉住要我还钱,他们说'美得很'是啥意思?我觉得这话是冲着我说的。"

许得笑了:"他们觉得咱俩在一起美得很。"

豆丫说:"我觉得他们不是这意思,而是另有一种特别的意思。"

许得佯装不知说:"你再甭胡思乱想了。"

豆丫觉得一种莫名其妙的事情包围着她,她和许得清清白白。许得出车祸以后,她感激他照顾他,她对他产生过一些好感,许得几次想走近她,她都予以拒绝。她是一个传统的女人,她去照顾他是有分寸的,如果他对她做出什么出格的举动或提出非分要求,她就会立马走人。然而,人们还是传出她和许得的事,特别那句"美得很"是什么意思呢?

许得的解释并没有打消她的疑问。她觉得那句话一定有特别的含义,只是这个故事让她不明就里,毫无头绪。

姬天知道豆丫和许得的事,劝说道:"你和许得这人少黏,他会给你带来灾难的。"豆丫回复他,我和他啥事没有,你别听人胡说了。

陆拾玖

豆丫想有一个家。

豆丫想在城里有一个家,买一套房子,这是她多年奋斗的目标。

她离家出走流浪街头,从那天起她就想在城里有一个安身之处,一个属于自己的家。这个想法很快就实现了。

这个家她不想离秦人居太远,因此她只能买二手房,因为新开发的住宅楼大都在郊区或高新区。她让豆花陪她去看房,最终选择书香河畔的一个小区。也不能算旧房,前几年才开发的,原来的主人搬到西安去了,装修好的房子没人住,她可以拎包入住。这是一个四室两厅两卫的房子,一百五十平方米。看见这个房子,她忽然想起带着女儿找工作时,在旅馆做的那个梦,梦里的房子就是现在这个样子。房间里有沙发、电视机、柜子、写字台、冰箱,还有餐桌……房子里该有的都有了。

豆花对这个房子很满意,让豆丫下决心买下来。豆丫想买一套百万元以内的房子，这套房子的售价超出心理价位。豆花说："给许得要，他不能占了便宜不出钱。"

"姐，我和许得啥事也没有，我只是对他有些好感。"

"都'美得很'了，还说没啥？"

豆丫想起饭店经理说的这句话，就问："姐，你们说的这句话啥意思？"

"你还问我，这是许得兴奋时最爱说的一句话。"

"姐，我从没听到他说这句话，这句话跟我毫无关系。"

豆花表情复杂地望着她。豆丫说："真的，姐，他和我没有那事。"

豆花不相信。许得把豆丫抓到手，能不对豆丫下手。她知道许得是个啥货色，没有那事，"美得很"这句话怎么能传出来？这是多么诱人的一句话，曾多少次让她疯狂，甘愿对他为仆为奴。豆丫一定被他骗了，她想阻止他们，让豆丫别再深陷下去。

豆丫说："姐，书香河畔的房子太大，价钱太高。"

豆花说："你不愿向许得开口，我借你钱。这房子位置朝向好，主要是它和咱秦人居在一条街上，咱姐妹俩想见面抬步就见了。"

在豆花的鼓动下，豆丫又想起那个梦，她心一横买下了书香河畔小区的这套房子。事后，豆丫给豆花说她流落街头的那个梦，她说那个梦里的房子和这个房子一模一样。豆花说："这房子是个好兆头，一定是你的，你一定买对了。"

搬家那天陈娅很高兴，她首先给自己选择了一间向阳的房间，说她看书学习方便。这让豆丫很欣慰，女儿知道看书学习了。她遂陈娅意愿。豆花进屋看了豆丫的房子，说："这样不合适，大人应住宽敞向阳的上房，你咋让陈娅住这里了？"

"陈娅要看书要学习。"

"她上班了还学习啥呢，以前上学不好好读书，现在知道读书，奇怪了！"

"她想读书总是好事，我现在又不读书，只喜欢看电视。"

陈娅从单位回来总带些奇奇怪怪的装饰品，豆丫看见也从不说，只要女儿高兴，她就觉得幸福。

豆丫给豆花说："现在家里有这么大的房子，让豆苗搬回来住吧。"

"我没意见，你和她商量。"

"豆苗晚上还出去野不？"

"我几个晚上没见到她了，她晚上大都回来迟，她回来我都睡了。"

"我对她操心很，她整天穿得花枝招展，万一碰个坏人，咋办呀！"

"她的心你拴不住了，她是个待嫁的姑娘，娃也着急。"

"着急也不是这个着急法，给她说个本分的，她看不上，她只认钱，这钱会害了她。"豆丫无奈地说。

"最近她谈了一个做装修材料生意的对象，领回来一次，我见人还可以，是南方人，就是口音怪怪的我听不懂。"

豆丫咳叹一声，盼只盼妹妹不要上当受骗，踏踏实实找个好人家。豆苗和她一样，在家里吃尽了苦头。父母亲身体不好，先后去世，剩下他们弟妹三人就守着家里那几亩地艰苦度日。她结婚之后，弟弟也结婚了，他常到她家里借钱，惹得陈进财很不高兴。她和陈进财离婚后，弟弟再没找过她，或许他日子过好了。豆苗上学的费用大都是她交的，豆苗高中毕业投靠她来了，妹妹吃过太多的苦，她不想让妹妹再过苦日子。她知道妹妹是穷怕了，所以总想找一个有钱的人家。

豆苗嫌姐姐管她，不愿和姐姐一块儿住。她住在秦人居，豆花虽时常由着她的性子来，但常常担心她会出事。豆花有一种预感，豆苗出事是时间问题，她太轻浮，常有不切实际的想法。好在现在她有了一个做生意的男朋友，豆花期望他们好好相处，能有一个好结果。

一天，豆苗回来什么话也不说，进了房子。豆花叫她吃饭，她走出来一脸不悦。得福问："咋咧？"

她说："那货赔了，买了一大堆新材料，卖不出去，全都砸在手里了。"

豆花说："你帮他想想办法呀。"

豆苗说："他都没办法，我有啥办法？我这命不好，谈一个老板砸一个老板,我是不是一个灾星!"

豆花说:"世上没有灾星,只能说你运气不好。"

得福不冷不热地说:"砸一个咱再找一个,凭你这长相、这打扮,还愁找不下一个有钱的老板。"

"滚!"豆苗说,"你是看笑话呢?我再找不下有钱老板也不会找你,你这穷酸样子,一辈子不会找到媳妇。"

"干啥呢,干啥呢?你两个咋干起来了!"豆花严肃地说,"你两个不结婚也不能成仇人呀。"豆苗回了房子,得福也生气地走了。

豆丫打电话问豆花,豆苗谈的那个对象咋样,豆苗再带他到秦人居你给我打电话,让我过去看看。豆花说:"吹了!"

豆丫听了豆花的话追了过来,"咋又吹了,咋回事?"

豆花告诉豆丫,那个南方客赔了,没钱了。豆丫一听急了:"没钱了就不跟人家了,这是找对象过日子,还是找钱呢?"

"你跟我喊啥呢,有本事你找她问去!"

豆丫像泄了气的皮球不再吭声了。

这几天,豆苗的脸色一直不好看。这天豆花关心地问:"你最近脸色不好,哪儿不舒服?"

豆苗吊着脸说:"我怀孕了。"

"啊,你怀孕了!跟谁,跟那个南方客?"

"他不承认。"

豆花见得福过来不再说话,拉豆苗进了房子。豆苗说:"这事你不要告诉我姐。"

豆花问:"多长时间了?"

豆苗说:"刚检查才知道的,其实我不想去真检查,我不跟他谈了,想用医院的妇科检查单诈他一下,让他赔我一些损失费。谁知一验真怀孕了,我把检查单给他看了,他不承认,他说跟我才一次,没那么准的。"

"这事我必须给你姐说。"

"不说行不？"豆苗祈求她。

"不行，这么大的事，我能瞒你姐吗！况且给你姐不说，我敢带你到医院打胎吗？"

豆丫接到豆花的电话差点晕过去。她知道这一天早晚会来，只是没想到来得这么快。豆苗整天浓妆艳抹地出去，豆丫知道她这样疯疯癫癫地在外乱跑，肯定会做下丢人的事。她担心的就是这事，这事终于来了。

豆丫扶住桌子，让自己镇静一会儿，急忙下电梯向秦人居跑去。她走进秦人居，见得福在大厅，得福问她吃饭了没有。她强装笑容说吃了，径直走向豆苗房子。她进去关了房门，伸手就打豆苗，豆苗躲在豆花身后。豆丫压低声音骂道："你做下丢人事，你自己去处理，叫我干啥！"

"我没叫你。"

"你不要嘴硬！"豆丫又要打。

豆花说："行了，别打了，这事咋办呀？"

豆丫说："打掉，赶快打掉。"

豆苗说："我不打，我不能白怀他的种，不能白受罪。"

豆丫问："你想咋办？"

豆苗说："我要找他去。"

豆丫问："找谁，那个南方客吗？"

"对。"说罢豆苗就要往出走。

豆丫拉住她说："你还嫌不丢人，找他干啥？听我话赶快打掉这小孩，其他事以后再说。"

豆丫挡在门口不允许豆苗出去。豆苗说："那好，我和你们去医院。"

豆花说："我给老王打电话，让他开车。"

豆丫说："开啥车，还怕没人知道！医院就在后街，走过去。她做啥赢人事了，还坐车去。"

姐妹三人走出房子，得福正在吧台给客人登记房间。豆花说："我们出去一会儿。"

得福点了点头。姐妹三人出了门往前走，碰见一辆出租车，豆苗一招手出租车停下，她迅速钻进车扬长而去。豆丫瞅着豆花目瞪口呆。豆花笑着摆摆手向回走去。

豆丫问："咋办呀？"

豆花说："她那脾气，你不是不知道，她要办的事谁也拦不住。让她去吧，她会回来的。"

她俩回到秦人居。得福问："刚出去咋又回来了？"

豆花说："本来想出去逛逛，没兴趣了，就回来了。"

得福走出吧台，给她们倒水。豆花、豆丫坐在那里对视无话，得福觉得好奇怪，但又不敢问。老王进来，豆花说："咱这街上还不能少了王哥这人，敢说敢当，敢为街坊打抱不平。"

老王笑。豆花给老王倒茶，老王就喜得合不上嘴了。豆丫站起来走了，老王感到奇怪。

豆花说："她这几天有事心里烦。"

老王说："是不是她前夫找她事了。"

豆花说："不是。"

"那是啥事？"

豆花说："你问那么清楚干啥？"老王就不问了。

豆苗关机一夜未归。豆丫打电话询问豆苗回来没有。豆花说："她已成这样了，她还怕啥呢，她不回来肯定在南方客那里。"

得福好像知道了什么，问豆花："豆苗咋咧，豆丫老找她？"

豆花说："快睡觉去，甭管闲事。"

得福说："你一会儿关门，我先睡去了。"

夜里豆花听见猫抓门的声音，她仔细辨认像是人敲门，她想起老韩上次敲门的事。她轻声问："谁？"

门外应了声："我，哥有事找你。"

豆花急忙拉灯穿衣下床开门，老王带一股风闪进来，又回手关了门。她问:"啥事?"

老王说:"先坐下,急啥呢。"

豆花紧着衣扣问:"这深更半夜的你来干啥?"

"想你了。"

"你胡扯啥呢!快说,啥事?"豆花站着问。

老王说:"真的想你了,想你想得睡不着。"

豆花知道老王来干啥了。她说:"王哥,你不要这样,你帮过我也帮过豆丫,我们都记着你的好,你不可以这样。"

老王说:"妹子,不行么老想你,想你成了心里一个事,有这一次我就不想了。"

豆花真恼了,她见老王油盐不进,索性坐在床上说:"我是看在你救过我、帮过我的分上,才允你进我的房间,你不要得寸进尺!"

老王厚着脸皮坐在床上,把手伸向豆花的被窝:"我咋对别人不这样呢?唯有对你。上次没摸到位……你不知道,哥想你想得睡不着觉么!"老王的手在她的被窝里乱揣,怪里怪气地说,"我兄弟说你也'美得很'!"

"谁是你兄弟?"

"许得。"

"你不要胡说,得福就在对面,小心他听见,你就走不出去了。"

老王说:"我还害怕他,他跟你好多少年了,谁说过他……"

"滚!滚出去!"豆花火了,提高嗓门大叫。

得福一惊,不知是梦境还真是豆花的声音。他开了房门喊:"姐,有事吗?"

豆花对老王说:"出去!"

老王说:"这咋出去?"

豆花说:"你出不出去?"

老王起来欲走。豆花大声对得福说:"没事,你睡吧。"

得福关了门,老王开门走了。得福听见动静走出房子问:"你好着么?"

"我睡了。"

"我咋听见大门响呢，大门咋开着，姐，你晚上没关大门？"豆花没吭声。得福关了大门，回房睡了。

一大早，豆苗回来了。豆花问："你夜晚咋没回来？"

豆苗说："我在他那里。"

豆花问："他给你钱了？"

豆苗说："给了。你给我姐打电话，今儿去医院。"

得福听得糊涂，不知她姐妹俩说什么。

豆丫知道豆苗昨晚没回来，在南方客那里要了一笔钱，她非常生气。来到秦人居，见得福在大厅，她没法发作，走近豆苗低声骂道："不要脸！"

豆苗得意地笑了："啥时候去医院？"

豆丫说："你和你豆花姐去，我不去了，我嫌丢人。"豆苗笑。豆丫说："还笑，有你哭的时候。"

豆花陪豆苗去了医院，豆丫不放心又跟着去了。豆苗上手术台前，拉着豆花的手说："姐，我以后再不干这蠢事了，你陪着我，我害怕。"

豆花说："你还知道害怕！"

"我今后再也不敢了，你陪陪我。"

豆花说："没事，你已吃了药，不会很疼，我在外边等你。"

豆苗打了胎就要回，大夫让她住院休息。豆丫说："让她回。"

豆花见豆丫什么备用东西也没带。她说："她已经知道错了，你再甭生气了，她好坏是咱妹子。"

南方客捧着鲜花来看豆苗。豆丫没见过他，有些吃惊，说："这男人长得蛮好看，就是瘦了点。"

豆丫问豆苗："这是谁？"

豆苗说："前任男友。"

豆丫、豆花面面相觑。豆苗说："我已和他没有任何关系了。"

"咋没关系了？"豆丫问。

"他给了我补偿钱,已是穷光蛋了。"

豆丫说:"人家来看你……"

"他是看我是不是真住院,真打了胎。"

南方客放下鲜花走了。

豆丫气愤地说:"这就是豆苗!"

豆花说:"这就是这代人的爱情观!"

柒拾

处理了豆苗的事,豆花想起了老王,昨晚对老王是不是太过分了,想起老王对她的好,她想请老王在家吃顿饭。老王一听豆花请他吃饭,提着一瓶"回家"就来了。

老王见到豆花嬉笑着说道:"美得很!"豆花顷刻知道她又做错了一件事。

当豆丫走进许得的家门时,就引起很多人的兴趣,这些人并不关心豆丫到许得家里干什么,而是会想起"美得很"这句话。这句话让男人们浮想联翩。许得为有这样的女人而感到自豪。当人们在他面前说"美得很"时,他是那样的满足和兴奋。然而,他并没有真的得到这些,并没有获得"美得很"所赋予的真实体验。他只是在与老王闲聊时,把和别的女人的感受移植在豆丫的身上。他想象和豆丫在一起的情景,但豆丫没有给他这个机会。这种奢望成了许得的一个幻想。

豆丫走后,老王的电话打过来,"来些,过来,老哥请你喝酒。"

许得知道老王会问他什么事,他会把他和豆丫的见面描绘得神采飞扬,以至于豆丫从街道上走过的每一个细小的动作,都会勾起男人们想入非非。老王无不感叹道:"弟妹这人刚到秦人居,我就看她是一个美人儿。你看她那站相、坐相,咋那么耐看,那走路的姿态就是模特儿表演。你老弟有福气,整街道的男人在嫉妒你。以前也有人在打她的主意,碍于豆花的面子,不敢在豆丫跟前骚情,唯有你老弟走桃花运,你是因祸得福。家里有了灾难，却捕获了一个美人儿，你要看住她，不要让她跑了。"

许得逃债被人讨债上门的事，在许得骂街之后，早被人们遗忘了。那天，许得妹妹找许得，让他去看望父亲，许得不去，许得妹妹就哭了，"他是咱爸！"

后来，许得还是去了。看望父亲回来后，他古怪地在家闷了三天，三天之后，他圈定了以前和他走得比较近的十位老板，这其中也有上次公司开张，他邀请没有来的，他要向这几位老板打电话借钱。这些人都是经过他认识他的父亲，他父亲在位时给他们介绍生意，让他们赚得盆满钵满。他父亲入狱后，至今没牵连他们，显然对他们做了保护。他们应当知道什么叫知恩图报。

十位老板先后接到许得的电话，都答应见面，许得敢直接打电话借钱，说明他们都没事了。大多数被邀请者猜想许得借钱是幌子，他不会以这样的方式向他们借钱。有的说，许哥要多少，给个账户，我给你打过去。有的说，你说个数我提现金过来。有个朋友说他结婚要办百桌宴席请宾客，一时实在拿不出钱来。许得说，少借点也行。朋友说忙得很没时间呀。还有的人说自己生病住院，正是花钱的时候，没钱借给他。

几天之后，许得设法把他们都请了过来。那位住院的朋友也来了。许得说："没有老子的保护，你们早去监狱了。老子能保护你们，也能把你们供进去。"了解情况后，他们有人就给许得跪下了："兄弟糊涂，鼠目寸光，我错了，兄弟对不起你。"

许得说："借钱只是个幌子，我想找一个理由和兄弟们吃顿饭。"饭局散了，没借钱的朋友都没走，许得说送朋友出门，再没回来。

第二天一位没被邀请的老板提着一袋现金过来，进门就骂自己，怨自己没有早些来找许得。许得让他坐下说："我请朋友吃饭，没请你，知道你忙。"

那人说："我不忙，我没别的想法，我知道这个企业是谁的……老爷子早有安排，他老人家说过，我只是许家的影子。一旦他老人家遭难，让我把这个企业交还给许家，交给你。"

许得说:"你知道就好。"

许得借钱的事在街道上传得沸沸扬扬,引起人们对许得的各种议论。

许得听到这些议论从不发表自己的看法。豆丫听到这些议论找到了许得,她认为这种触及人底线的游戏是不对的,是非常危险的。许得对豆丫的批评不以为然,他说:"要呢,只是个游戏,借钱没借钱的兄弟还都是兄弟。"

她问:"他们还和你来往吗?"

许得说:"能不来往嘛?他们过去哪个没受到我老子照顾。老爷子出事,他们什么事也没有,他们该知道知恩图报的。"

人们难以相信,一个不让儿女做生意,不让儿女进官场的"清官"怎么会贪污受贿?在许家就是这么奇怪,自老子当上国企老总后,他把许得安排在国企工作,不允许许得沾染生意上的事,更不允许他当领导干部。许得今天才明白了,父亲不让他做生意不让他当官的目的,是给许家留着后路,他一个人足以让许家几代人生活无忧。如果贪污受贿不被发现,子孙后代有享用不尽的财富;如果贪污受贿被发现,儿女是清白的,不会受牵连。他以朋友的名义在西安办的专给国企供应零部件的企业,仍可以为许家揽足财富。可以说,许老爷子为许家的发展费尽了心机。

豆丫觉得许得借钱是在复仇,是他在父亲被抓之后对世态炎凉的一种报复。她觉得这是一种可怕的念头,她想和许得谈谈。豆花知道这件事,劝豆丫早早离开许得,这种人自以为是,不必为他整天担惊受怕。

豆丫认为像许得这样家庭遭遇灾难受过打击的人,心态肯定会产生一点偏差,但他不靠父辈要独立创业的决心,让人赞叹。如果大家都不关心他、帮助他,他一定会走向生活的反面,况且他为寻找陈娅出车祸伤过一条腿。

豆花不想为她和许得的事说得太多,她不喜欢的不能强迫别人也不喜欢。但她眼看豆丫落入陷阱,为无法阻拦豆丫而痛恨自己。

豆丫不管人们对她和许得如何议论,她依然我行我素,坦然地走进许得的家门。豆丫说:"我对你在最艰难的时候,不为父辈的阴影而消沉,要干一番事业的精神感动。尽管我对你的支持和帮助会给我带来诸多影响,但我不埋怨你，我希望你成为一个在困难面前站得起、立得住的男人，一个有社会责任感和事业心的男人。这才是女人心中的大丈夫，女人才会为他献出一切。一个让女人为之献出一切的男人，是这世上最光彩和自豪的男人。"

许得面对豆丫，仿佛看到了一个女神，他无法想象豆丫的内心是如何纯真和美好。但他也清楚地知道，自己永远无法成为像豆丫期盼的那样的男人。

老王又叫他，他懒得去那里。他仿佛陷入一个巨大的黑洞，看不见阳光，只有见到豆丫，才能激起他生活的欲望。

柒拾壹

外边流言不断，说子衿从国外回来带了很多钱，有人说他亲眼看见子衿多次去过人民银行。这话传到姬天耳朵，他不相信，如果父亲有钱不告诉他，母亲也一定会告诉他的。

子衿经过几年的培育有了好多良种，他的粮仓要装不下了。他叫姬天把这些良种送给政府的种子站。种子站的负责人告诉他："这种子早已淘汰，现在的种子大多是从国外进口的，不生病，产量高。"

子衿提出一个严肃的问题："如果有一天人家不给种子了，我们怎么办？"

负责人说："我们怕断电就不买磨面机、建面粉厂，发展电力工业了？时代在发展，我们要用发展的眼光看世界。"

子衿刚开始觉得这话在理，但一回到家里，就觉得那位领导的想法有问题。中国人的饭碗，要牢牢掌握在自己手中，我们吃粮的种子也要靠国外供给，哪一天他们断给供应，我们怎么办？他闷闷不乐，一个人坐在门前晒太阳，甚至忘了吃饭。

姬天知道这事，动员母亲搬到地里住，给父亲做饭。母亲不去，她说："那里没水没电，洗衣服做饭都不方便。"姬天给那里拉了一条线路，可看电视，给那里放了一个水瓮，他定期挑水保证日用。母亲说那里是野外，她住在那里害怕。但儿子多次劝说，她也不放心丈夫在外受苦，最终答应先住几天，不习惯就回来。

子衿听说老伴要住他这里很高兴，他把房前屋后打扫一番。姬天母亲来后看到里里外外的摆设，叹道："这里像个收破烂的地方，哪像个家！"

她动手把房子又齐齐拾掇了一遍。子衿站在一边只是笑："你不是不来吗？"

"我不来怕你死到这里没人管，"她说，"你老了老了回来干啥？回来害人来了！"

子衿只是笑："我不回来，怕你嫁人。"

"你不回来，我真想嫁人了。"

"我念你一定想着我，没领个女人回来算你的福气。"

姬天母亲直起腰说："你敢？你敢领女的回来，我把你们打出去！"

"所以我没敢领人回来，还是老夫老妻好。"

姬天母亲收拾完屋里，子衿给她倒了一杯水，让她坐下休息。她说："这里有啥好的，你整天待在这里，家里吃的用的啥都方便，你不愿住，你要害死我。"

子衿只是笑，他觉得这里好，这里吃的菜是自家地里长的，粮食是自己种的，这里空气新鲜、视野开阔，人活得自在，他不愿和老伴强辩，"你住不惯随时可以走。"他是不会走的，他要住在这里，直到闭眼的那一天。

姬天见母亲来后，子衿的脸上有了笑意，姬天很高兴，买了各种水果放在桌上。母亲说："你这样照顾他，他当真不想回去了。"

姬天说："妈，你劝他回去。"

"我能劝他回去？你们姬家人都是这犟脾气，我是没办法哟。"

姬天母亲在外面晒太阳。姬天给父亲说："明年咱不种粮食，种子攒这么多，粮仓里放不下了，明年咱种果树，现在樱桃很卖钱，南方一朋友说有多少他收多少。咱明年种樱桃。"

子衿说:"我有钱。"

姬天说:"你有钱还向我要钱。"

子衿说:"我拿你的钱会还你的。"

姬天说:"你拿啥还?现在就还,还给我。"子衿不吭声了。

姬天说:"你在国外待了那么多年,人都说你一定带回很多钱,我现在创业正需要钱,开发软件投进去不少钱,一直没见效果,你如果有钱就支持我一把。前几天你孙子问我,我爷回来带啥宝贝没有?你儿媳妇问我,爸从缅甸回来,难道啥也没带?你到底带啥回来了没?我给你盖房,在这里给你置办家当,你如果带回来了一些东西,就拿出来让全家人高兴高兴,我也不再这么费神努力了。"子衿还是低着头不吭声。

姬天继续说:"当然,你就是穷光蛋,我也不能不管你,谁叫你是我爸呢?"又埋怨子衿,"你说你操心,怕儿孙没粮吃,要给子孙留下吃饭的种子。你养育了这么多种子国家不收,你操的是哪门子心!明年由不得你了,我要种樱桃,让我媳妇种樱桃补助企业。"

子衿听完儿子的话,阴沉着脸扛锄头到地里去了。从此他不吃饭,要绝食了。姬天母亲以为他要一下脾气就过去了,谁知到第三天还不吃饭。她劝他给儿子说实情吧,他扭头不吭声。姬天母亲就害怕了,她去找儿。儿媳妇问她:"我爸回来到底带钱没有?"

姬天母亲道:"我说过了,他回来只带了几件衣服和一个旧箱子,你们要是不信到我屋里去搜。"

姬天说:"妈,你说的这是啥话嘛!"

母亲严肃地说:"我今天当着你的面,要对你和你媳妇说清楚,你爸要是没带钱回来,你们还认他这个爸不?"媳妇不吭声。

姬天说:"他有钱没钱都是我爸。"

母亲说:"你们以为你爸出国是挖金矿去了,回来一定会带一堆金银财宝回来。他去谋生,他能安全回来就很不错。村东头二怪他爸到南方打工,至今连个尸首都没有。二怪给他爸做了一个衣冠冢,年年去上这个坟。你爸活生生地回来，这就是你们的福气，不要老逼着向你爸要钱。"媳妇脸色难看地走了。

母亲继续说："你跟他赌气，他也跟你赌气，他今天又不吃饭了，他是个老人，一天两天不吃饭扛得过去，今天再不吃饭，我怕他扛不过去要出事。我不管你明年种不种樱桃，你爸要有个三长两短，我和你没个完！"

姬天端一碗燃面到地里去看父亲。他说："爸，你明年还种你的种子，我在银行贷下款了，不种樱桃了，你快吃饭，你饿出病来我妈饶不了我。"

子衿对儿子说："爸哪里能饿着自己，我天天吃着呢，只是没让她看见。"

姬天一惊："你在哪学的这哄人的法子？"

"在国外呀，你不要告诉你妈，让她着急去。"

姬天放下碗生气地走了。子衿叫姬天回来，姬天很不情愿地转过身，"啥事？"

子衿说："你过来。"

姬天不高兴地走过来。子衿说："爸给你一千美元，你给你媳妇买些金银首饰。"

"我的企业正需要钱，我咋会给她买首饰？"姬天接过父亲手里的一沓钱，看到钞票在阳光下泛着光泽，他两眼放光地问："爸，这是美元吗？"

子衿说："你到人民银行问去，我只有这一千美元，全给你了。"

姬天兴奋地正要走，子衿说："不要跟你妈说，也不要给你媳妇说是我给的。"

姬天母亲回到地里，发现子衿坐在房门口晒太阳。她说："你呀，有话和儿子好好说，咋能自己折腾自己，儿子不懂事，难道你也不懂事？你父子俩让我操了一辈子心。"

他说："他哪是我的儿子，我的儿子不会和老子过不去。"

她说："他不是你的是谁的儿子？"

"我走了这么多年，谁知道他是谁的儿子！"

"你说啥疯话呢！"

"我没疯。"

她走到他跟前问:"你走以前他就出生了,你敢不承认他是你的儿子。"

"我们结婚后,我经常往外跑生意,谁能保证他一定是我儿子。"

"我这一辈子守着你父子俩,一趟远门都没出过。"

"谁知道呢?"他又扛起锄头到地里去了。

她气得想哭,这个没良心的老东西。他出门逛了三十多年,她从没怨他,他不能不承认姬天是他的儿子。她感到很冤屈,她不知给谁去述说。正在她难受时,忽然瞥见子衿正在偷看她,那狡黠的笑容,让她哭笑不得——

柒拾贰

积德无须人见,行善自有天知。

豆丫和许得的关系越来越明朗化,尽管豆丫始终不承认她和许得有那种关系,而只是一种同情与报恩的交情,但许得现在腿好了,不用人照顾了,豆丫依然去许得家里,连豆花对这事也有了看法。她说如果你想和许得好就好去吧,大大方方地好起来,不要因为你和我的关系,影响你和他的关系。

豆丫只是一笑,不置可否。

豆丫还经营着她的公司,她真把自己的房间当成乡亲聚会的落脚点了。寻找她的人大都是乡亲,不是寻她找工作,就是要在她那里借宿,或者找她借钱。她知道有些人借钱根本没法还,她还是借了。只要是村里的人来求她,她都会伸出援助的手。乡亲们说,这就是咱的"新市民服务中心"。

唯有陈进财来找她,她不愿意帮忙。

她不咒他有今天的下场,但她不愿看见这个人。在他和那个女人鬼混的时候,他怎能忍心把她母女俩赶出了家门。茫茫雪夜,她和女儿流落街头。在那个寒冷的早晨，如果不是豆花收留了她母女俩，她现在会是什么样子？摆小摊的摊贩？在街上捡垃圾的蓬头散发的女人？在工厂打工的工人？……她不敢想象，不敢想象陈进财给她们母女造成的后果。

如今，陈进财受骗被打，这个可恨又可怜的人呀，在走投无路时又找到了她。她说："你找你女人去，我没有责任帮你。"

陈娅下班回来，豆丫给她拿一些钱，让她送给她的父亲。陈娅说："你为啥还可怜他？"

豆丫说："因为他是你爸。"

"他不是我爸，我爸不会是这个样子。你不知道我去求他帮你，他不但不愿帮，还把我推出家门。当我去找他时，我还存有那一点父女之情，认为他是我的父亲，当他把我推出家门时，我就发誓不认他这个父亲了，"陈娅说着哭了，"你难道忘了他把我们母女俩赶出家门，我们流浪街头的事……"

豆丫说："我们不是他赶出来的，是我自愿带你出来的。"

陈娅哭得更凶，"你胡说，你和我自愿流落街头，然后去过那寄人篱下的日子吗？"陈娅停顿一下又说，"我们现在有自己的房子，你有自己的企业，我有自己的工作，他却找上门来要我们帮助他。早知今日何必当初，我不会认他这个爸的！"

早上起床，豆丫做好饭，把钱放在桌上说："他要找你，你给他吧，就帮他这么一次。"陈娅拿上钱走了。

陈娅走后，豆丫想起陈娅几次说过的"寄人篱下"的话，她不理解女儿怎么会有这样的想法。自始至终豆花是真心诚意地在帮她。她不知豆花的哪一次生气发火，让陈娅产生了敌意的想法；还是她在秦人居勤勤恳恳干活，让陈娅有了那种寄人篱下的感觉。她觉得和豆花之间的姐妹之情是真诚的，要说以前还有一点老板和雇工的关系的话，那现在她们完全是姐妹关系了。她有一次问陈娅："你咋会有那种感觉？"

陈娅说："因为你习惯了那种奴颜媚骨的样子，她说话你总是服从，没有反抗的意思，她的话对的是对的，错的也是对的，在秦人居我看不惯她那种老板的架势，你做仆人的样子。每次吃饭她坐下，我们才能坐下，她动筷子，我们才能动筷子，这是什么规矩？"

豆丫曾给陈娅解释这是礼仪、礼貌，"就像在家里，因为我是你妈，是你的长辈，你就得听我的，吃饭时我动筷子你才能动筷子，这是祖传的规矩"。陈娅不服气："她是我的长辈，她是你的长辈吗？还是我得福叔的长辈吗？再说我有时嘴馋在家里偷吃，你咋不打我，还对我笑？"

豆丫不知如何回答。陈娅说："这是主人和仆人的关系，这就叫寄人篱下。"豆丫感觉女儿的想法不对头，但女儿说，"这是我的感觉不是你的感觉。你现在也当老板了，不敢向她学习。"

晚上陈娅回家，豆丫想陈进财今天一定去找陈娅了，她等陈娅主动给她说见她爸的情况，陈娅一回来就进了房间，她说和朋友在外边吃过饭了。豆丫叫她看电视，她说累了要睡觉。她在商场站一天工作确实很累，豆丫再没叫她，让她睡去了。

早晨吃饭时，陈娅说："昨天他来找我了。"

"你们见了？"

"见了。"

"他咋说？"

"我没理他，我为什么要理他！他是我什么人？当我流落街头时，他管过我吗？当我被人欺负时，他帮过我吗？"

豆丫担心地问："那你咋办了？"

"咋办？我不理他。"

"最后呢？"

"他叫我，我说不认识他，让值班的经理赶他走。"

"陈娅，你过分了。"

"他一直在门外等我，下班时，我趁他没注意溜了。"

陈进财在商场和女儿搭不上话，就找豆丫来了。这天豆丫买菜回来，陈进财在楼梯口等着她。她看见他问："你这是干啥？"

他说:"陈娅不理我,我也不想影响她的工作。"

"啥事?你找我有啥事?"豆丫问。

陈进财说:"听说你买了一个大房子,这里的房子贵得很,你咋买得起?"

"房子的事你就不要操心了。"

陈进财说:"我觉得……还是咱俩在一起好,我想和你复婚,咱毕竟还有个陈娅呢。"

"你认为还有可能吗?"

"有可能,因为我们有孩子。"

"不要再说了,这事不可能!"

她看见许得开车停在了楼下,下车后朝这里望。豆丫走过去,"你过来了。"

许得问:"那人是谁?"

豆丫说:"村上的。"

许得提着水果陪豆丫上楼,豆丫看见陈进财可怜的样子,一声叹息。

许得下楼时看见那个人还坐在那里,他想过去问又没过去,回去后他越想越不对劲,是村上乡亲豆丫怎么不让去家里,她这个人见了村上的乡亲特别热情,这不是她的作为。豆丫回家了,他在门口还等什么,等豆丫下楼?他走时,豆丫说她要休息,没有送他的意思。他在那里等什么?许得不放心,又来到书香河畔,开车进了小区,远远看见那个人还坐在这里。他上前问道:"乡党,你在这里的时间不短了,你找谁?"

"我找豆丫。"

"你找她干啥?"

"我找她问个事。"

"傍晚你们不是见过面了?"

"见过了。"

"见过了,没谈完?"

"没有,我在这等她,等她下来,我想再和她谈谈。"

许得觉得奇怪说:"你回去吧,她不会下楼了。"

"你知道她住几层几号?"

许得说:"不知道,你不要等了,她不会下楼了。天都黑了,她下楼干啥?"陈进财起来,提着兜兜走了。

得福好久没见豆丫了。他母亲同意他找一个结过婚还可以带孩子的人做媳妇,这话他一直找不到机会给豆丫说。街上传出豆丫和许得的风言风语,他没有力气去给豆丫说,把这个事一直在心里放着。他曾把这件事给豆花说过,豆花说豆丫的心思现在在许得那里,哪有心思听你这话。他不甘心,还想亲自把这个话告诉她,"她以前害怕我妈不同意,现在我妈同意了。我妈还说,带的是个女娃好,男娃麻烦多,女孩长大就嫁人了"。他想豆丫晚上一定会出来散步,他和她一块儿散步,顺便把这事告诉她。

得福知道豆丫家在几楼几号,但他不愿意在她家说这事,她家去的人多,碰见她女儿就更不能说了。他看见花坛沿上坐着一个人,这个人特像陈进财。他怎么在这里?陈进财看见得福站了起来说:"你也来了。"

得福本不想理他,但见陈进财这么热情,就搭了话:"来了,我找豆丫有个事。"

陈进财说:"那你上去吧。"

得福也一屁股坐在花坛沿上,说:"我不想上去,我在这儿坐坐。"又说:"上次我打你不对,豆丫几天不理我。"

"是吗?她几天没理你。"

"你不珍惜,被妖精迷了眼。"

"我现在后悔呀,我天天在这等着见她,想和她说话。"

"世上没有后悔药。"得福说着话眼睛一直望着楼上。他知道豆丫在哪层楼,哪一户。陈进财不知道,往楼上乱瞅呢。

豆丫房间的灯熄了,得福知道今晚白等了,他要走。陈进财说:"兄弟,你再把我打一顿。"

"我打你干啥呀?"

"哥求你把我打一顿。"

得福觉得他怪怪的。陈进财说:"你打我一顿,豆丫就下楼看我来了。"得福扭头走了。

早上吃饭的时候,得福谈到他昨晚在书香河畔遇到陈进财的事。豆花说:"他是妄想。豆丫不可能和他复婚,现在的豆丫不是过去的豆丫了,我这妹子升值了,你也不要再找她了,即使你父母现在同意,你村上人双手赞同,她也不会和你结婚。她现在是有身价的富婆,不是以前那个打工妹了。"

得福摇着头说:"豆丫虽然有了钱,但她的本质不会变,她还是那个质朴诚实单纯的豆丫。"

豆花说:"现在豆苗是个落架的凤凰……"

"豆苗的事我也知道,她现在不疯了!"

"你要实际点,再说她没结过婚。你妈肯定愿意,村里人也不会笑话你。"

这段时间豆苗经常回来吃晚饭,晚上再也不往外疯跑了。豆苗这种人得福管不住,她不是一个过日子的人,她只想吃喝玩乐,找个有钱的男人做太太,她不会安分守己地过日子。

豆花不再提这事,说话间豆苗和南方客从房间里走出来,他俩的出现使豆花和得福大吃一惊。豆花和得福面面相觑,好像相互在问,昨晚他俩什么时候走进秦人居的?

得福站起来走了,豆花碍于和豆丫的姐妹情没有走。她说:"你俩在灶房舀饭去,锅里有馍。"

豆苗去了灶房。豆花问:"你俩又好了?"南方客笑了笑。

豆苗从灶房出来说:"刘总现在有钱了,把车都换了。"

"刘总?"

"就是他,你们叫他南方客。"

豆花问:"换了个啥车?"

刘总说:"跟没换一样,还是桑塔纳系列,价格差不多。"

豆苗说:"比以前的车贵了五万呢。"

对于那些不需要解释的事，从你张嘴的那一刻起，你就已经输了。

豆花给豆丫说了豆苗的情况。豆丫打电话把豆苗叫到家里问她："你到底和南方客是什么关系？是未婚妻就赶快结婚，不是就散伙，不要再做丢人的事，我再也丢不起人了。你在哪里不能和南方客同居，你到秦人居同居，他在外边酒店旅馆出不起一个房钱？"

豆苗说："他现在还没买房，我咋和他结婚。"

豆丫气得说不上话了，"他没买房，你就和他同居，他要一辈子买不起房子呢？"

"他能买起房。我的事你不要管，把你的事管好就行了。"

"我的啥事？"

"许得他爸被抓，再抓许得只是个时间问题，你不要和他在一起了。"

"你听到啥事了？"

"我也是听别人说的。"

"别人咋说的？"

"许得他爸不让他做生意，是怕自己的事牵扯到儿子。他爸知道自己贪污受贿的行为总有一天会露馅，要给许家留一条活路，入狱后，把儿子介绍的那个生意圈的人都保护了下来。你知道许得现在干啥呢？他把过去受过他爸照顾的人都召集到他的公司，成立了一个什么泾渭集团公司，要进攻房地产市场，他建房，又组织一些人帮他炒房。刘总说，许得的房地产企业是一条龙生产，供应材料的人都是他的哥们，他的兄弟们要垄断房地产建材市场，他爸担心儿子还会出事。"

"刘总是谁？"

"南方客，你们叫他南方客！"

豆丫想起许得借钱的游戏，她觉得这是一个可怕的信号。她和许得在一起，只想帮他站起来，在他家庭遭遇不幸，在他被国企辞退的情况下。尽管他没有告诉人他被辞退的事，但她已经知道了。她曾天真地想到他父亲被抓，没牵连到他，她要帮他度过这段艰难的日子，却原来他父亲早已给他设计好了一条后路……他把儿子要带到什么道上去呢？

豆苗的话提醒了她，她不能再和许得来往了，她该尽的义务已尽了。她听见敲门声，从猫眼看到是许得来了。她开了门。许得一进门就问："那个男的在楼下一直等你，是咋回事？要不要让人把他赶走？"

"他是陈娅她爸。"

"他来干什么？"

"来看他女儿。"

"我以为他来纠缠你。"

"许得，你的腿好了，你的公司也开张了，我也帮不了你啥了，以后你不要再到我这里来了，我也不会到你那里去了，省得人说闲话。"

"让他们说去，我不怕！"

"我怕！"

许得以为和以前一样，她只是说说而已。等他再去豆丫家时，豆丫竟不开门了。

许得不明白豆丫的态度为何会发生如此变化。他见不到豆丫，心慌意乱，兄弟们劝他，漂亮的女孩多得是，没必要纠缠这一个。

然而谁能知道，许得和豆丫认识这么久，竟没有和她发生过任何事，连拥抱一下也没有，他给谁说都没人会相信。他和别的女人从不会这样，往往认识就上床，唯有对豆丫的爱使他如此珍惜。他以为好事多磨，好饭不怕晚，一切都顺从着豆丫，期望给她留下好的形象，使他真正享受一次"美得很"的感觉。朋友都知道他对豆丫好，是在寻找贤妻良母型的那种体验，新鲜感一过，定会恢复花花公子的形象。

自从结识了豆丫，许得不再游手好闲，他有了自己的事业，他想在她面前树立一个独立自主、有责任担当的男人形象，他正在做着这一切，她却退缩了。他的所作所为失去了一个重要的观众，这场戏还有什么演头，这演出还有什么意义？！

在豆丫家门口碰了几次钉子之后，许得的心态变了，他后悔当初跟豆丫情意绵绵，没有把她压倒在床上，多少次唾手可得的机会，他都放过了。今天只要她开了门，他一定会把她压在床上，他无论如何也要"美得很"一回，不然这么久的等待就枉费了。

豆丫仿佛知道许得的目的，始终没有开门。许得在楼下碰见陈进财，拿他撒气，狠狠地踢了他一脚，就像踢一块路上的障碍物，然后上了车准备发动。陈进财无故被人踢一脚，骂道："王八蛋，你踢我干啥？"然后挡住许得的车不让他走。

许得下车想打陈进财，小区里几个居民围过来。陈进财叙说了被打的经过，人们愤怒了："你凭啥踢人，有钱就可以随便打人？！"

有人打了110，许得开车跑了。有了这事以后，许得再也没有去过书香河畔。

柒拾肆

不是没有人知道就可以心安理得，事实上，每个人心中都有善恶的标杆。你到底是一个怎样的人，自己最清楚。

老韩回来了，他还是原来那个老韩，只是出门少了话语，见街坊很少打招呼。

豆花念及过去交情，况且那次遇险也没有什么损失，她邀请老韩到秦人居坐一坐，只是把"韩哥"的称呼变成了"老韩"。听到豆花的邀请，老韩说："免了，忙。"

这天有民警来到萧何商店门口，老王耷拉着脑袋跟他们走了，走了后再没回来。

后来慢慢传出消息来，公安带走老王是因为那次老王"英雄救美"的事。一天，老韩在门口说了话，"今年六月要下雪了"。

人们感觉事有点大，豆花在家坐不住了，既然是关于她的事，公安把老王叫去了，为什么不叫她？她正在思忖着，老韩给她端来亲自下厨做的一碗韩信面。他说："面还是以前的面，人还是以前的人，韩哥还是以前的韩哥。"豆花感到老韩话里有话，但她不知从何问起。她接过老韩的面碗说："老……韩哥，谢你。"

一天，又有民警来到秦人居门口，叫走了豆花。得福急忙给豆丫打电话。豆丫去找老王，卓花说老王被带走后一直没回来。

豆丫又去找老韩，老韩的儿子在检察院，一定能打听到豆花的消息。老韩却说："吃面，吃面，啥事都不要急。没有一个冬天不可逾越，没有一个春天不会到来。"豆丫对老韩的话大感不解，不免有些反感。

忽然，豆丫听到豆花在街上骂人。得福和豆丫跑出秦人居，发现豆花已经回来了，正站在萧何商店门口破口大骂："你也算人？做的那事猪狗不如！"

豆丫拉住豆花，把她拉回秦人居。豆丫问："咋回事？你也会骂街。"

豆花说："气死人了，真是气死人，他咋能做出那事，把韩哥冤屈扎了。"

豆丫和得福听得莫名其妙。豆花说："叫韩哥来。"

老韩像是早在门口等候着，听见豆花的声音就进门了。豆花恭敬地站起来说："韩哥你坐，你上座。"

豆花给老韩倒茶，豆丫要帮忙，豆花让她坐下，自己要亲自给老韩倒茶端茶。她说："韩哥，事我已经知道了，是那东西给咱布的局。你喝着茶，慢慢跟我说，我很想听你把那天的事讲一遍，我心里就更明白了。"

原来，那天晚上，老韩和豆花在咸阳湖畔散步，走到竹林旁，忽然窜出两个人把老韩打倒，劫持了豆花，他们问老韩，这是你的女人吗？老韩以为歹徒是冲着他来的，他为了撇清和豆花的关系，说"不是"，拔腿就跑，等着那俩人来追他，豆花就安全了。没承想，紧接着老王就冲出来解救了豆花。老韩这时已拨打了110，他远远地见豆花已被老王解救，便尾随那两个歹徒，想趁机抓住他们。其中一人的一句话引起他的注意："这事划得来吗？八百元叫咱俩来挨一顿打……"顺手把一个东西扔在地上。老韩等他俩走后，上前捡起一看，是一把塑料匕首。而那两个人早已上了一辆小车，抓不住了。路灯下他看见那是一辆红色的海马车。当晚，他拿着匕首报了案。第二天当人们赞美老王的英雄壮举，诅咒他胆小如鼠苟且偷生的时候，他只想出去转一转，在韩信面馆干了十几年了，他想出去旅游一下散散心，按以前的计划，他是想带着豆花一起旅游的。然而，这个计划落空了。

豆丫说："只要韩哥有心就有机会。"

豆花补充道："老王已经如实交代了，这一起抢劫案是他一手策划导演的，那两个人已被公安抓住，要是抓不住他们，韩哥就委屈扎了。"

老韩说："现在街道上到处是摄像头，虽然我没看清车牌号，但看清了是一辆红色海马车。"

豆丫说："多亏了韩哥，要不是你跟踪那俩家伙，发现证据，为追踪这个案子提供了线索，老王还不知要嚣张到啥时候。"

"算了，都是一条街的街坊，认识人就行了。老王要蹲监狱了，"豆花说，"中午一人端一碗面，再弄几个菜。"老韩高兴地跑进了面馆。

过了几天，一大早豆花给豆丫打电话："听说你和许得断了来往，他找你几次你不开门，这样就好。过去我不知道你们关系的深浅，不敢多说。现在我告诉你，他和你接触，只是想占有你。他的腿早就好了，拄着拐是给你看的，可能还没有找到对你下手的机会。他不会和你结婚的，他和咱不是一路人，有空我给你说说他，你会后怕的。"

"姐，以后不要再提他了，好在一切都过去了。"

"你不想知道谁告诉我的吗？"

"姐，我不想知道。他腿好了，我已尽心了，该给他的我都还了，我和他断绝来往了。"

柒拾伍

善良总会离幸福很近，你所给予的都会回馈到你身上。

今天女儿休息，豆丫要给女儿包韭黄鸡蛋馅饺子。她出门买菜，刚走出电梯口，一个人当面给她跪下，她一看是陈进财。她说："你这样干啥！这样能解决问题吗？"

陈进财说："我要和她离婚，咱们复婚吧。"

"你站起来说话。"

"你答应我我才起来。"

"你不起来我就走了。"

陈进财站起来，像一个做错事的孩子，"我想和你复婚。"

豆丫说："我问你，你和老婆离婚了吗？"

陈进财说："马上就离。"

豆丫说："你离了后才有资格找我，才有资格在这里跪。但我估计她不会和你离婚，这是她的另一个骗局。离婚后，她只能分你一半财产，她愿意吗？她现在占着你的全部家产，她和你离婚不划算。"豆丫说罢绕开他走了。

邻居们看见这情况，远远地站着，对这个下跪的男人议论纷纷。

豆丫买菜回来，她怕陈进财在楼梯口等她，走进楼前后打望，她不想叫人再看笑话。在确定没有陈进财影子后，她匆忙进了电梯。

子衿这几天特别高兴，因为他看到了他家的家谱。姬天形容父亲："整天抱着家谱看，像军人看地图似的。"

豆丫提着包好的饺子，看望舅和妗子来了。他知道有表哥照顾，舅和妗子什么也不缺。妗子正在房门口择菜，她看见妗子亲热地上前打招呼。过去家里事多，舅又不在家，表哥欠债还没还上，妗子见不得她，怕她到家里去，更怕她添乱，她有自知之明很少来找妗子。过去的事都过去了，母亲去世后，就剩这几个有血缘关系的亲戚了，亲戚是越走越亲，不走就疏远了。妗子给她让座。她问："我舅呢？"

姬天母亲说："他在屋里看书呢。"

她看见舅在屋里专注地看着一本书。她说："妗子，我给你和我舅带了韭黄鸡蛋饺子，你俩想吃时随时可以下锅。"

子衿看见豆丫带来饺子，说："今晌午吃韭黄鸡蛋饺子！"

豆丫问："听我表哥说，他给你送了一个宝贝？"

子衿说："就是这本家谱，这是你表哥对姬家的一大贡献。那天他拿着这一本书来找我，说村子拆迁时，他在隔墙窑窝里发现了这本书。过去先人藏东西的秘密，你知道吗？墙上窑窝就是放油灯的地方，一般都有隔层，窑窝明处放油灯、针头线脑什么的，隐蔽的隔层里往往放贵重的东西，家谱就是在窑窝的隔层放着。你表哥拿来时问我，你看这是啥？像祖上留下的东西，他一直留着要让我看。我一看不得了！这是一本姬家家谱，记载着姬家子孙繁衍的支系和年份。"

"这么重要的一本书？！"

姬天母亲对豆丫说："过去，你外爷、你舅常给我说费家村的姬家，我们也是费家村人，民国以前费家姬姓历代不交皇粮，因为他们是周陵守陵人。"

豆丫说："我表哥也给我说过这些，我搞不清楚，只知道我是姬姓的外甥。"

子衿说："我们是周陵费家人，怎么住到窑店了？我也搞不清了。咱说咱是守陵人没证据。现在明白了，这家谱里写得非常清楚，你老爷爷在这里给人家上门了。"

姬天母亲说："弄清楚这能干啥，能吃还是能喝？住在费家村并不一定比这里好。"

子衿说："你懂个啥！你不知道你从哪里来，你咋知道你到哪里去，只有找到来龙去脉，人活着才有意义。"

豆丫觉得舅的话有道理，这也可能是他从国外跋山涉水回家的原因。她问："舅，粮仓里还能放下种子吗？"

子衿说:"我们现在全家吃的是种子粮,你问你妗子,咱麦子、玉米磨的面粉和糁子是不是比买的好吃。"

姬天母亲在门口应了话:"这话不假。这麦面有麦的味道,这玉米糁吃着香,就是比街上卖的好吃。"

子衿说:"街上的面粉大都加了人不该吃的东西,当然不好吃了。"姬天母亲让豆丫回去时带些面粉,豆丫喜悦答应。

子衿说:"我已跟你表哥说好了,我死后不火葬,让他在礼泉店张那一带给我买块坟地,我要土葬。"

豆丫说:"舅,把你埋得那么远,我们给你上坟烧纸要跑多少路呀。"

子衿说:"我让你表哥给我棺材里放种子,各种粮食种子和菜种子都放些,我要跟你外爷一样,家中有粮心里不慌。我到了那边想吃啥自己种啥,不求人。"

说话间姬天进来,他对豆丫说:"你舅说啥就是啥,你舅说咋办就咋办。你舅就是咱家的天。"

子衿看见姬天很不高兴,自他拿出了那一千美元,这段时间姬天对他格外殷勤,话里话外套他的钱。

子衿问儿:"如果你哪一天真有了钱,有个几千万,你准备咋花这些钱?"

姬天说:"爸,你看我现在天天累的样儿,如果我有这些钱了,我就不这么奋斗了,我要像供佛一样把您供起来。我带你周游世界,然后在农村买一块地,盖房……我要在咸阳原上建一座豪宅。"

豆丫问:"表哥,你不是要向国际上发达的国家学习,做创新企业,做三秦最强的企业吗?"

姬天说:"有钱了,还干啥企业呢!我可以把这个创新企业项目转让给其他企业,这项目太费神费力了。"

子衿听到儿子的话皱了眉头:"难道你要建咸阳宫!"他觉得儿子有点陌生。

豆丫听后很吃惊,她说:"表哥,你曾经是我的偶像,因为你我才有了今天的生活。你要干大事，像舅一样去闯世界。干成干不成是另外一回事，起码你干过、闯过，今生不悔。"

姬天说："把我爸侍候好就是最大的生意！"

姬天母亲听见姬天的话说："不要靠你爸，你爸没有钱，你快办你的企业去。炫耀啥，就容易失去啥呀！"

子衿说："有本事的人，没钱也会有钱；没本事的蠢材，金山银山也会败光。"

姬天母亲说："姬天，你快把你的公司做好，你再甭胡想了，你爸他没有钱，他平安回来就是你的福。前几年，你的公司多红火！你爸不是给你带回了创新观念吗？"

豆丫说："表哥，你不能让我失望，你能干，搞企业你有经验，一定能把大秦公司办好，东山再起也是你的初心。"

姬天母亲说："娃，你不要忘了你的难场日子。那几年你欠债跑了，讨债的把我能吓死，那时你爸不在，我不知咋办，我死的想法都有了。"

豆丫说："表哥，你干大事去，舅和妗子这里有我呢。"

姬天说："那不行，赡养父母是儿子的事，不用外甥女操心。"

豆丫笑说："你是怕我舅把他在国外带回来的钱给我吧？"

姬天母亲说："好像他从国外回来真带了多少钱似的，即使带回了钱也是他的，与你们有啥关系！"敏感的话题总在人不经意时，忽然撞出来。姬天相信自己的判断，父亲一定有钱。

子衿说："你还年轻，我在你这个年龄都出国赚钱了。"

姬天深信父亲是一个有钱的人。一天，他去问母亲："我爸回来到底带了多少钱？"

母亲说："我没见，你见了吗？"

他说："我见了。"

他想他说过之后母亲一定会惊喜万分，哪知母亲低头干活却不理他的话。姬天又强调说："我真的见了。"他说了父亲给他一千美元的事。

母亲平淡地说:"他有是他的,他想给谁我管不着,你不要再打听他的钱了。"母亲的话,使他怀疑母亲早已知道父亲有钱。

柒拾陆

老王蹲了半年监狱保外就医回家了。街坊邻居并没看出他有什么病,只是比以前蔫了许多。

一天,老王来到秦人居,他提着一袋酸奶,缩头缩脑地走进来,得福和豆花坐在那没动,他自个儿坐下说:"这些年,还没有一个人敢在我门口骂我。听说你在哥门口跳着骂,我在里边听不着,你嫂子也没敢吭声。"

"谁跳着骂你了?"豆花问。

老王笑说:"你骂得对,哥允许你骂,别人他不敢。"

"咋,你还想报复呀!"

"你骂得对,骂得好,哥服。但话又说回来,哥还不是为了你好,不想让你跟老韩好,他是个啥人咱知道。"

豆花说:"我喜欢韩哥,我就喜欢韩哥。你想拆散我俩,咋能想出那卑鄙的办法?亏你想得出,也只有你这样的人才能做出那样的事。"

"哥受的罪也受了,哥今日给你赔礼来了,以后你不敢再到哥门口骂了。其实你这么一骂也好,你嫂子放心了,知道我和你的缘分断了。"

"我跟你从来就没有缘分,你少胡说!"

老王自个儿倒水喝,得福坐在旁边一言不发,心想,老王怎么还有脸来这里给豆花解释,这人的脸皮真厚。老王见得福和豆花都不说话,他觉得再坐下去没有意思,该说的话都说了。

"我走呀。"他边说边站起身。没有人吭声,他悻悻地走了,他刚走出门,得福站起来砰地关了门。得福转身对豆花说:"应当让那老东西多蹲几年,咋这么快就放出来了?"

豆花说:"给他教个乖就行了,让他死到里面还是个事。"

得福说："你心善得很。"

天下着小雨，老王看见豆花从街上走来，奔出商店去给她打伞，豆花看见他就来气，"滚、滚、滚！"

老王说："我滚哪去呀，我不愿看见你在雨中淋雨。"

豆花对老王从心底产生一种反感，甚至听到他的名字也会生气。老王给她雨中送伞这一举动，更使她感到厌恶，"你以后少在我面前出现，惹急了，我就把你嫖娼开房那张欠条给你老婆看。"

"我把钱还你了，你咋还把欠条揣着？"

"对你这种坏人，我不留一手不行。"

老王停住了脚步，不再为豆花打伞。豆花冒雨跑向秦人居。

望着远去的豆花，老王怅然若失，他不知自己怎么就迷上了她——这个已是半老徐娘的女人。

"英雄救美"的故事，他认为设计得天衣无缝，不会有人知道内情，只怪那两个兄弟露出了马脚，怎么会把劫持人的刀扔在湖岸的草堆里？来帮忙，怎么能开一辆耀眼的红色小车，怎么偏偏让老韩知道了这些？他知道老韩儿子在检察院，有一定的破案手段。怨只怨自己粗心大意，搬起石头砸了自己的脚。

他不知什么时候对老韩产生嫉妒的，这种嫉妒慢慢转化为一种嫉恨，这还得从豆花来到这条街上说起。这本是一条不起眼的街道，因为南依咸阳湖，成了人们早晚休闲的好去处。商场、酒店、美发厅、各种饭店的涌入，使湖滨街道繁华而热闹。尤其是秦人居旅馆的加盟，给这条街道增加了亮度和看点，豆花的出现，扰乱了整条街的平静，她出门时总是一身与众不同的打扮，常常一个人在湖岸上悠闲散步，人们除知道她是一个年轻的富婆外，对她一无所知。

因为她的特立独行，因为她的光彩照人，吸引着这条街上众人的目光。

在豆花没来之前，老王和老韩有接触，两人见面还客气。豆花来了之后，老韩的面馆要更名招牌，他的面馆原来叫秦人面馆，他请了一帮文化人改名韩信面馆。那天来了很多作家和书画家，豆花也去了，老王一直等老韩叫他，他在商店坐不住，几次在韩信面馆门口转悠，希望老韩叫他一声，叫他去帮忙招呼客人也行，他就可以有机会和豆花套个近乎。他怕老韩看不见他，那时秦人居正在装修，他几次走到面馆门口，看见老韩出来迎接客人，但老韩看见他就是不叫他进去。

停了几天，他给商店也更名了，叫萧何商店。挂牌那天，老韩来到商店门口看热闹，他问："我姓韩，西汉开国大将军韩信是我的祖先，我起名叫韩信面馆天经地义。你的商店叫萧何商店，啥寓意？"

老王说："韩信再能行，没有萧何的推荐他能成大业？他是托萧何的福气才得以重用，在楚汉之争中才大显身手的，没有萧何他什么也不是。"

老韩没想到老王还懂一点历史。老王又说："你知道萧何月下追韩信吗？你知道成也萧何败也萧何的故事吗？韩信再有能耐、再张狂，也跑不出萧何的手掌。"

老韩听到这里气愤地走了。挂牌那天老王也请了一桌饭，叫了几位咸阳文化界的名人，也叫了豆花，当然不会叫老韩。从此老韩老王就有过节了。

秦人居和豆花的存在，曾使韩信面馆的老韩和萧何商店的老王关系有些缓和，因为两人都想在豆花面前展示一种好形象，见到豆花时，两人都想显示一下特有的男人风度，就是衣着也比以前整洁多了。

一场饭局，两者的矛盾昭然若揭。

秦人居旅馆开张那天，豆花请了萧何商店的老王和韩信面馆的老韩，他俩先后向豆花介绍，要求请几位文化名人。豆花不喜欢这样，她说文化人大都穷酸，哪有钱住旅馆，她请企业界老板和工商界领导参加了揭牌开张仪式。饭局也没放在韩信面馆，她不能请领导吃面，面馆菜做得再好也是面馆。

饭局安排在观湖楼酒店，介绍嘉宾时，豆花介绍了工商界领导，她对隔壁两位还不太熟悉，说，"这是我隔壁的两个老板，你们自我介绍"。老王正在喝茶没腾出口来，老韩先介绍了自己，并随口介绍说："这是隔壁老王。"这话引起一阵笑声，有人疑问他真是隔壁老王，还是誉名？老王听到这个介绍很生气。

众所周知，在民间，"隔壁老王"是个贬义词，是代称，此人并非一定姓王，可以是你老婆婚外情的对象，也可以是你家小孩的爸爸，还可以是你发泄情绪的对象，抑或当作笑话的主角。第一次在正式场合和豆花见面，老韩让老王出了丑。当着众人的面，特别当着豆花的面，老王没动声色，他压住火气，对老韩很有礼貌地说："有你这个面馆在隔壁，我以后吃面不愁了。"又对在场嘉宾解释道："本人姓王，的确姓王，萧何商店老板王得志。"

工商界领导听到老王的介绍，赞叹咸阳人有文化，单看这牌匾就足以说明三个老板都有文化——"秦人居""韩信面馆""萧何商店"。以后再来几个"卫青酒店""霍去病药房""李广茶馆"，把周亚夫、陈汤、赵充国、彭越、程不识、冯奉世等西汉这几个名将名字都用上，这条街就可以叫将军街了。

老韩说："各位领导和豆花，有空到韩信面馆吃面，是看得起我，一定免费送上。"老韩只字没提老王的名字，老王觉得很没面子。老王借口说商店没人看欲走。老韩说："看你小气的，谁能把你商店背走！"

这句话让老王更加不高兴，他说："我小气？你问问街坊邻居，谁小气！"他起身走了，豆花没留。这顿饭让老王吃得很憋气，老王从此记恨上老韩了。

豆花走进秦人居的门，老王站在商店门口看着豆花隐去的身影。这是一个什么样的女人呀，让他失魂落魄，竟愿为她执迷地去犯错，甚至去犯罪。

陈进财用尽各种办法也说服不了豆丫，他非常苦闷，他不知下一步怎么办，在豆丫完全不理睬他之后，他又回到了安置房里。这是政府拆迁后给村民盖的安置楼，一想到这个房子的房主是胡琴的名字，他就恨自己。

柒拾柒

为了生存，陈进财干起了农家熟悉的活儿。他在城里的菜市场看到新鲜蔬菜还有圣女果很抢手，邻村二虎拉了一车鲜菜和两篮子圣女果，一会儿就卖完了，他也想做个菜农种菜。

陈进财和二虎在镇上开过会，彼此很熟悉。二虎愿意帮他，说自己家菜地隔壁有两亩地，有人签约租了五年，后因老婆得病无法继续经营欲转让。陈进财借了一些钱，在二虎的帮助下，租下这两亩地，一边搭棚栽了圣女果苗，一边种上辣椒、菠菜、韭菜、莲花白等。二虎说这些菜都是市场好卖的家常菜。

空闲时候，陈进财还是要去找胡琴。她娘家的村子还在，有村子的村民多么幸福呀，宽敞的庭院，前院有菜地，后院有果树，不愁下楼去买菜，不愁下月的水电费物业费在哪里。过去的居民大都有工作，拿着工资过日子，失地的居民得自己去找工作，年轻人还罢了，年龄大点的谁要你。拆迁分得的那点钱，装修房子后就所剩无几了。

走到胡琴家门口，胡琴正在门口洗衣服，一看见他忙起身回去关了门。

陈进财看到这情景就怨她，你心里没鬼你躲啥呢？你要想和我过日子就回家，你不想和我过日子咱离婚，把房产证和存折还我。生活逼得他无计可施，他再也不怕被她弟打了。

他推门，发现门关得死死的。他坐在她家门口，难道她家人一天不出门？他坐到中午，肚子饿了。但他不能走，他怕他一离开胡琴可能就乘机跑了，跑到她姑家或她姨家，总之就再难找见她了。

村里家家户户开始吃饭了，男人们端着碗坐在门口，用筷子挑着长长的面条，让人眼馋呀。有人问他："吃了吗？"

他说："不饿，你吃吧。"

有人走近招呼他："吃饭。"他嘴上回答："不吃，你吃吧。"心里说，咋能不吃呢，你真端一碗面过来试试，端一碗面汤也行，看我吃不吃。人都是这样虚情假意，你虚情假意地问候，我虚情假意地回答，一切都是为了面子，你为了面子招呼我，我为了面子回答你。那人咥了一碗面后回家舀第二碗去了，陈进财肚子咕咕叫，他看见那人吃了第二碗，手里还拿着一个白馍，好大的饭量呀。他想，这些人吃过饭蹲在家门口朝这里望，他们一定和我一样，在盼着这家门开，里面出来一个人，看我怎么对付或者打起来，他们就有笑话看了。

胡琴家的门始终没开。有人走过来悄悄地告诉陈进财："你喊她名字。"

"我喊她的名字干啥？我不是来闹事的，我是来解决问题的。"有人给他出主意，让他砸门。他没这胆量，他砸门必挨打，他可不会惹火烧身。他就这样慢慢地等着，难道她家人就不出来吗？

门终于开了，是她弟，她弟若无其事地站在门口，没看见他似的。陈进财问："你姐在没？"

"没在。"

"晌午，我看见她在这儿洗衣服，跑进家里的。"

"那你到家里去找。"

陈进财不敢进家里找，他就坐在原地，等着她出来。一会儿胡琴她妈出来了，她手里拿着两个馍。"娃呀，你能撑得很，在这里坐了一晌午，"她说，"胡琴没在家，她看见你来了，吃过饭从后门走了，你俩有事好好谈谈，甭吵架。"

陈进财哭了："姨，我不是来吵架的，我是来和她和好的，我是来领她回家的。"

胡琴母亲说："那你明天再来，她走了，今天一定不回来了。"胡琴母亲把馍放下，一拐一拐地走了。

陈进财拿起馍正要往嘴里塞，忽然一只手抢去了他的馍，是胡琴她弟。她弟凶狠地说："你们两个闹事，你跑我家干啥？让人笑话！你不嫌丢人，我还嫌丢人呢！"陈进财看着她弟的凶样，缩头走了。

第二天陈进财又去了胡琴娘家，路上，他想起她弟那凶神恶煞的样子，心里很害怕，但他还是去了。他不去不行，钱转给她了，房子转给她了，他什么也没有了，豆丫陈娅不管他，只有找到她，他才有活路。

胡琴娘家的门开着，他坐在门前不敢进去，村民远远地看着他，大概都知道这家的儿子是个不好惹的楞娃。他坐了一会儿，有村民过来和他打招呼："来啦？"

他说:"来了。"

村民给他出主意:"他们今天不给你吃饭,你就去他家锅里舀饭,你和她没离婚还是她家的女婿,哪有女婿来了,不让进门不给吃饭的道理。"他摇头示意不敢。村民说:"你不敢,你就坐着,饿死也没人管你!"

陈进财不知今天胡琴会不会出来,吃饭的时候胡琴母亲又拿着两个馍走过来。他看见站起来:"姨。"

老人把馍递给他说:"你甭等了,她夜晚没回来。"

"她没回来住哪里?"

胡琴母亲说:"我咋知道。"老人唉声叹气地走了。

吃了馍,陈进财站起来慢慢地走了,他边走边想往后的日子怎么办呀?他不由自主地走到自己的菜地,看见二虎正在给地里的菜打农药,他问这农药人吃了对身体有伤害吗?二虎说:"没伤害,一下雨就冲洗干净了。即使不下雨,时间一长也就没药性了。"二虎说:"你地里的菜也该打药了,你去仔细看,菜叶上都有小虫子了,你不打药,虫子几天就把菜叶吃烂了,这圣女果的小花芯芯几天就没了。"

陈进财跑进地里察看,菜叶上果然有虫子,他慌忙跑出菜地问:"咋办呀?"

二虎说:"还咋办呀?凉办!只能打药,这一季菜,至少得打三遍药。"

陈进财问:"要是老天不下雨,打到菜上的农药冲不掉咋办?"

二虎问:"你种过菜么?这菜地里谁不打药?"

陈进财知道自己问错了话,求二虎给自己地里打药。二虎说他没时间,给了陈进财一个电话,让他自己去购买喷雾器和农药,"你要种菜,就得有一套家伙事,你不能老借别人的,一套家伙事也不值几个钱?"

给菜地里打了药,回家的路上陈进财想起胡琴,他知道她再也不会见他了。又想起豆丫,这个曾被他抛弃的女人,他想去告诉她,他当菜农了,以后她娘俩就不要到菜市场买菜了。

陈进财来到书香河畔——这个诗意的社区。他坐在花坛沿边,看着居民来来往往从身旁走过，他觉得他们是最幸福的人，他们有家有快乐，而自己什么也没有。如果没有拆迁，乡亲们看到他这种情况，左邻右舍一定会帮他的，会有人给他送饭、送吃的，村里总有一些菩萨心肠的人，他们看见谁家困难，谁的日子过不下去了，就会出手相助。而这里没有乡亲，他只认识豆丫和女儿陈娅。

社区的保安走过来，"你找谁呀？前几天就看你在这里坐过。"

陈进财不愿意说出豆丫和女儿的名字，他这种形象这种衣着，怕对豆丫和女儿有影响。他说他捡破烂，在这里歇歇。保安问："你捡破烂的车子、秤呢？"

他说三轮车和秤在社区外边。保安说："我跟你去看看。"他哪有秤和三轮车呢，这下话说大了，他走到社区门口撒腿跑了。保安没追他，望着他笑。

豆丫从外边回来，听保安说那个在花坛等她的人被赶走了。她说："你赶他干啥，他坐那儿又不影响你们啥。"

保安说："我们早注意他了，他一来就坐在那里。那天他给你跪下，我们都看得清楚。"

豆丫不愿意听这些事，她不愿意听他们说陈进财的事。但他毕竟是陈娅的父亲，她不能看着别人对他不好，就说："他下次来，你不要赶他走，他坐一会儿就走了。"

吃完晚饭豆丫下楼，她想碰见他，他几天都没来，他和老婆不知谈得怎么样。陈娅下班回来，问母亲在院子干啥呢。豆丫说："等你。"

陈娅一听母亲在楼下等自己很高兴。豆丫说："你下班就回家，别在外边跑，让妈妈操心。"

陈娅说："我这不是回来了吗？"又说，"我觉得在商场干没意思，一天站得人腿疼，我想换个工作，轻松一点，不倒班的工作，这样我就能天天吃你做的饭了"。

豆丫说："你回来给妈帮忙，妈把公司的事交给你。"

"我哪能管得了你那些事，你还是自己干吧。"

柒拾捌

陈进财来到菜地，看见二虎打孩子，他上前去劝阻，"打娃干啥呢？"

二虎说："他偷吃草莓！"

陈进财说："满棚的草莓，娃吃几个能吃穷你？你真是财迷转向了。"二虎还要打，陈进财把娃拉走了说："到叔地里吃圣女果，随便吃。"

二虎跑过来抓住娃，问他："你咋能让娃吃地里的果子？"

"咱地里的，咱自个儿种的咋不能吃？"陈进财不解。

二虎冷静地说："你真不知道，还是假不知道？"

陈进财纳闷。二虎说："地里这草莓和果子哪个不打药，你不知道？"

陈进财说："知道呀，你不是说下一场雨就冲干净了，时间一长就没药性了吗？"

二虎说："谁说时间一长就没药性了？哪能真冲干净！"

陈进财听明白了，这带毒的菜和果子自己人是不能吃的。陈进财问："那咱不打药行不？"

二虎说："你不打药，虫就把菜和果子吃光了。不打药没办法，谁愿意去害人呢！"

陈进财说："我女儿在城里，她天天就吃这有毒的菜？"

二虎说："城里的菜，城里的果子，大都是带毒的，这些带毒的菜好看鲜嫩也好卖，城里人就喜欢这个。被虫咬过的菜和果子又烂又难看，卖不掉，也没人买。"他又说："别说这菜，现在的猪、鸡哪个不喂激素，两个月长成一头出槽的猪，几十天长成一只肉鸡，你到养猪场、养鸡场去看看……"

陈进财去了城里，他在书香河畔社区门口等候豆丫。门卫认得他，调侃他："你收破烂，今天带家伙事了吗？"他看见豆丫，冲上去拦住她说:"市场的菜有农药,你买菜要买那烂叶、黄叶菜……尽量跟娃不要吃肉……你万不可让女子吃那草莓,那毒性大得很!"

"你乱七八糟说啥呢!"豆丫转身进了社区,陈进财欲跟进去给豆丫说清楚,并想告诉她,他当菜农了,以后会经常给她娘俩送新鲜的无公害蔬菜。保安把他拦在了门外。

陈进财回到菜地,另开辟了一块菜地,他这是专为女儿和豆丫种的菜,他只施肥不打药,施的是农家肥,他从十几里外农场拉农家肥,菜叶长了虫子他也不管。青菜长大了,陈进财挖了一大袋子青菜,洗干净,他要给豆丫和女儿送去。

他走到社区,对门卫说给豆丫送菜,门卫弄不清他和豆丫的关系,见他提着一袋子青菜就让进去了。他不知豆丫住哪层楼上,他依旧坐在花坛沿上等候豆丫,忽然听见背后有咳嗽声,回头看见是豆丫。豆丫从外边回来提着一篮子菜。他说:"你买外边的菜干啥,那些菜有毒。"他打开袋子让豆丫看,说:"这是我专门给你和陈娅种的菜,我当菜农了,专门种菜,这些菜虽然烂,被虫咬过,不好看,但吃着有菜味,没打药,没毒,干净!"

豆丫看了一眼陈进财提的菜扭头走了,陈进财提着菜袋子追上豆丫,把菜袋子往豆丫手里塞,豆丫把菜袋子扔到地上走了。豆丫上了楼,保安就来了,保安看见地上袋子里的菜说:"你这菜像从菜市场捡的,你拿这菜去喂牛喂羊吧。"

陈进财骂道:"你懂个屁!"

李强打来电话说:"进财出车祸了,被人送进医院,他自己又出院回来了。"

豆丫问:"啥时候的事?"

李强说:"出事好几天了,在你们社区附近。"

豆丫心里紧张，他几次送菜都被她拒绝，保安就不让他进社区了。他当菜农了，每天早上骑着电动车在市场卖菜，卖完菜，他会给她和女儿送包装好、冲洗过的，没打药的干净菜。那天他肯定还是来送菜，保安不让他进社区，他又气又急才出了车祸。

豆丫去找女儿，告诉陈娅："你爸出了车祸，在村里的安置房里。你快去看看他咋样？伤势重不重？"

陈娅说："我凭啥看他？"

豆丫说："他是你爸，他是为给你送菜出的车祸。"

"我没这个爸，谁想吃他的菜！"陈娅回岗位干活去了。

豆丫给李强打电话："你去看看他，他伤得要紧不？"

李强说："我已看过了，右腿骨折，对方给他赔了一些钱让他住院治疗，他就出院回家了，说在家里养着一样。"

豆丫问："他吃饭咋办？"

李强说："有钱就有办法，他卖菜赚钱了，一个小吃店专门给他送吃货。"

豆丫长出一口气："地里的菜咋办？"

李强说："他交给临村二虎看管着。"

豆丫心里很难受，早晨她出去买菜，给保安说："那个人再来社区，请让他进来。"

保安说："他几天没来了。"

捌拾

老王从监狱回来后，得福很少搭理他。

早上老王看见得福在门口打扫卫生，他喊："兄弟，你来。"得福没理睬。老王又喊，"叫你呢，哥叫你有事。"

得福走过去没好气地说："啥事？"

老王说："好像我要害你似的！"

得福走近他问:"有话快说,我还要做饭呢。"

老王问:"娶媳妇的彩礼钱攒够了没有?"

得福摇头要走。老王说:"神气!哥关心你呢,你咋不懂人话呢?"

老王听说得福为了攒够彩礼钱,晚上蹬三轮车给人帮忙拉货。他说:"哥给你说个掏心窝的话,你不要在秦人居住了,你住在秦人居,谁知道你俩在屋里干啥呢,说不清。别人想给你找个对象也不好说。"

"我给你说过,我和豆花姐没有那事。她年龄大,我年龄小,咋会有那事!"得福有些急。

老王说:"有些话好说难听。我相信你俩清清白白,但人多嘴杂,哥不能给人人去解释。"

得福还要说。老王说:"你这点工资,彩礼钱啥时才能攒够?等你攒够彩礼钱人都老了,有空哥在城里给你看看。"

得福纳闷。老王说:"城里姑娘有不少是农村娃,都想找个有房的主。你有固定的工资,在城里申请一个解困房,就是有房的人了。"

得福听着一脸惊喜,"我不认识办解困房的人呀?"

老王说:"政府有规定,只要你在城里工作,就可以申请,你不认识人哥认识人。"

得福一高兴说:"买两包烟,要好的。"

老王问:"买烟送谁呀?"

得福说:"你要求人办事呀。"

老王取了烟,得福开了钱。得福说:"这烟是兄弟孝敬哥的,弟的事就交给你了。"

得福拿着扫帚走了。老王喊:"甭跟她混了,混一辈子还是个光棍。"

得福做好早饭,把饭菜端上桌,兴奋地哼歌,豆花很少听得福唱歌。她问:"啥把你高兴的?"

得福说:"没事。"

"有好事,你还瞒姐?"

"真没啥好事,我就是闲着哼几句。"

豆花没再追问。她问:"豆苗最近回来了没有?"

"回来过几次。"

"还带那个刘总过来住吗?"

"没有,就那么一次。可能被豆丫骂了,以后再没带那个南方客来过。"

豆花不知如何说这件事。豆苗不想和刘总结婚,两人却住到一起。豆花不看好这个南方客,他在咸阳没根没底,说来就来说走就走,一旦结了婚再拍拍屁股走了,剩下豆苗怎么办?

得福说:"不要为你那妹子发愁了,她不会和那个南方客结婚的,她在谋划人家的钱,拿了钱她就离开他了。南方客在这里没朋友,跟她在一起也是耍呢,要烦了就不要她了。"

"你咋这样说他俩?"

"我早看出来了,他俩之间没有爱,只有交易和欺骗。"

"不敢这样,这样她就把自己毁了。"见得福没吭声,豆花又说,"其实你两个在一块儿是最好的,我和豆丫把你俩都能照顾上,多好。"

得福说:"她已成这样了,你还给我说她。这种女人在农村是没人敢要的,你以后再不要提她和我的事了,我嫌丢人!"

豆花说:"你也不要生气,我就是这么一说,她这样下去咋办呀?"

老王答应给得福找解困房的事,得福爱往老王这里跑了,来了就买吃的。老王说:"不要买了,你吃我的。"

得福不听,他买了半斤瓜子,"放到这里,咱慢慢吃。"得福说,"你知道不,老韩听说豆花喜欢乡下四合院,他要买一个庄基,要盖四合院。"

"盖个四合院豆花就跟他了?痴心妄想!"

得福说:"豆花也是有钱人,不会贪图他那个四合院就跟了他。"

老王听着得福的话,心里高兴,他说:"有了家,媳妇就好问了,有了媳妇才有家的样子,有了家才会有儿女。到时候,你带媳妇和儿女一起回老家,你妈能高兴死!不成家没尝过女人的味道,进了老坟,隔壁邻舍也瞧不起,就成了没人爱、讨人嫌、到处游荡的孤魂野鬼了。"

"妈呀！那我要快找媳妇了。"

"你想好要搬出去住？"

"想好了，"得福说，"你找好安置房我就给豆花说。"

"你要提前给她说，小心你找下房子，她不让你走。"

"不会的，她咋会不让我走呢。"

老王思忖着，豆花也是半老徐娘了，得福还年轻，还是一个壮小伙，她能离开得福吗？自己一定要把得福支开，她空房了，才会想起隔壁老王，他老王才能有机会接近她。

谁知这解困房如此难搞，他托了几个人，因为房源太少，根本申请不上。老王只得跟得福说："你先租个房子住在外边。"

"这里有房子住，我在外边租房子，她一定不同意，除非我不在这里干了。"

"你试探问问她，看她愿意放你走不？我怕她离不开你。"

得福有些生气："哥，我说一千遍了，她和我没有那关系。"

"打死我也不信，你这老弟嘴严实得很，你是怕说出去她不叫你到房子去了？"

得福无可奈何地说："你说有就有。"说罢，"给我来一瓶啤酒，咱俩喝一杯。"

老王见得福高兴，说："这一瓶啤酒算哥的，哥提前祝贺你。"

陈进财的腿慢慢好了，他拄着拐到地里转悠，他放心不下地里的菜，他给李强说二虎偷割他的菜，就不让二虎帮他看菜了。

他给女儿和豆丫开辟一块无毒菜地，好心得不到好报，女儿不领他的情，豆丫好坏不收他的菜，送菜碰壁之后，他索性给地里菜全打了药，没虫害的蔬菜长得又大又鲜嫩。他懒得跑市场了，叫了一个菜贩子

捌拾壹

来从地里拉菜，虽然赚得少了，但人不受累。

陈进财丢开拐杖能走后，他把家搬到了地里。他在地边搭了一个顶棚，吃住在地里。他想做一个有良心的人，给菜尽量少打药，能不打药就不打药，除非虫子成了灾，他才会打药。

二虎嘲笑他叫他"圣人"，还说你家菜地的药不比我家菜地少，咱两家菜地一土梁之隔，我家打药，你家菜地沾了不少光，你省了不少药钱。

陈进财买了一箱挂面和干面，他不敢吃地里那又大又鲜嫩的菜，专拣地边和土梁上的菜吃，他说地边和土梁上的菜药少。二虎说地边和土梁上的菜药才多呢，两人常为此争执不下。陈进财说："我看城里人天天吃打药的菜，也不见谁中毒或得个啥瞎瞎病。"

二虎说："谁要得了瞎瞎病给你打招呼，你麻烦就大了。"

捌拾贰

这个世界我们只来一次，所以吃你想吃的饭，见你想见的人，看喜欢的风景，做喜欢的事，你永远不知道明天和意外哪个先到。你安好，我无恙，便是这世上最静好的时光。

最近陈娅下班时常不按时回家，豆丫做好饭等不见她，就下楼坐在小区花坛沿上等。小区保安见豆丫晚上经常坐在那里，心里很过意不去。保安对她说："我不知道那个人对你这么重要，早知道我就不赶他走了，他上次走后一直没来。"

豆丫忙解释："你误会了，我在等我女儿，她就要下班回来了。"

正说着，陈娅回来了，她看见母亲又坐在花坛边等她，一脸不悦："我给你说多少次了，不要在楼下等我，你咋不听呢！"

豆丫笑着说："你单位离咱家也就半小时路程，你不按时回家，我在家里坐不住，下边宽敞，妈心就不慌了。"

陈娅扶母亲进电梯。豆丫说："我还不老，没到你扶的时候。"

陈娅笑："最终会有我扶你的那天，等你老了，一定会靠我，让我服侍你。"

"妈老了不靠你靠谁？到那时，妈就成了你的累赘，你在哪里，妈就在哪里，哪里就是妈的家。"陈娅听母亲这么说，幸福地拥抱母亲。

早上陈娅上班去了。姬天打电话给豆丫："你舅想你了，叫你过来。"豆丫收拾完毕，就到舅这里来了。

子衿说："我告诉你们，我找到家了。"

豆丫纳闷，舅曾说城里的住房不是他家，地里才是他家，现在又说找到家了，他的家在哪里？子衿激动地说起来，"我根据家谱找了很多人，到周陵费家村去了好几趟，总算找到家了。我们是费家村人，你老老爷为三，人们叫他姬三，当时咱家日子不好，老辈们兄弟又多，老三就在窑店咱这个村给杨家上门了。我哥顶了杨姓却英年早逝。今天我们要认祖归宗，你们要知道，我们是费家人。费家村以费姓和姬姓为主，他们是周文王周武王的后人。西安事变前蒋介石、宋美龄、张学良、杨虎城一行人到周陵祭祀，蒋介石和宋美龄还栽了两棵树，现在还在庙前。历朝历代，有祭祀碑文存在周陵里，人称周陵'小碑林'，你们见过没有？你们有空一定要去看看。传说蒋介石一行离开周陵时，姬家老先人送给他一把蒿子也叫八卦草，当蒋介石的车走出咸阳城时，满车的蒿子香，你说奇怪不奇怪？祖先找到了，根就找到了，家就找到了。我想请姬家的兄弟和咱家人吃顿饭，也想把辈数排一下，可他们不愿意来。"

姬天觉得父亲很好笑，但又不敢笑，他是那样的认真，对先祖是那样的虔诚。姬天问："他们不来咋办？"

豆丫明白表哥的意思。她问："那咋办呀？这饭还吃不吃？"

子衿说："他们不来就不来。我们总算找到家了，饭还是要吃的。"

"叫我妗子下面，咱吃臊子面庆祝一下。"豆丫说。

"那咋行！姬天，你开车，我们一家人到城里去吃饭。"姬天母亲不想去，吃顿饭跑进城里干啥，她不愿意动弹。豆丫劝妗子，吃过饭去看她的新家，姬天母亲就答应了。

吃过饭，豆丫邀请舅和妗子、表哥到她家里去看看。子衿不去，他不愿上楼，有电梯他也不去，他对楼房有一种心理上的拒绝，姬天只好送他回家去。

豆丫带着妗子去了她家，到了豆丫家里，妗子说起豆丫刚进城时她没有伸手帮助，觉得对不起豆丫。"那个时候人家逼债，我表哥和我嫂子都跑了，你一人在家多难呀，好在难熬的日子过去了。"豆丫宽慰妗子。

妗子说："你要劝你表哥，让他考虑自己的事业，把他的公司好好办，不要再想着他爸回来带没带钱的事了，他要是这样，他爸有钱也不会给他。他的路还长着呢，他过去抵押房子还债，就是想把公司办起来，现在咋就不上进了！"

姬天把父亲送回家，给父亲沏好茶，开口问道："您只一千美元？我不相信！"

子衿说："就那一千元。"

姬天说："你就我一个儿子，你藏着钱干啥呀？你给谁呀！"

子衿说："我愿意给谁给谁。"

两人正说着姬天母亲回来了。她对儿子说："你不要再惦记你爸有没有钱了，你应当有自己的事做，你忘了你的初衷吗？你曾说过你的路还长着呢，你要做三秦最强的企业。"

姬天说："我现在没钱，有了钱我的项目就一定会成功，我就一定能把公司办好。"

子衿说："你现在有项目，有人才，办法总比困难多，你一定会比以前做得更好。"

夜里，姬天母亲悄悄对子衿说："娃也难，他现在需要资金。"

子衿说："他已在银行贷款了，他不是缺钱，他现在缺少的是干企业的信心。如果他手里有一大笔钱，就绝对不会再奋斗，再搞这个项目了。他可能知道我回来带了一笔钱，而且是一笔不少的钱。"

姬天母亲问:"那咋办?"

子衿说:"这钱我不能给他。如果他有本事会做个样子给我看,让我佩服他、信任他,这钱给他我才放心。如果他是一个蠢材,这些钱给他,他很快会折腾完的。"

姬天母亲唉叹一声。子衿说:"他押房子贷款还债的事做得多好,我觉得我这些钱会对他不利。"

子衿在国外确实赚了一笔钱,那是他用命换来的,他回来的次日晚上就交给妻子了。他说:"这笔钱是福也是祸,用好了它会使姬家兴旺发达,用不好就把这个家害了。"

捌拾叁

行善之人,如春园之草,不见其长,但日有所增。作恶之人,如磨刀之石,不见其损,却日有所亏。

一天,豆丫去秦人居,被老王叫住。老王说:"听说陈娅借许得钱了,她咋能问许得借钱呢?"

豆丫听后难以置信,她忙给陈娅打电话,让陈娅下班早早回来。豆丫在秦人居再也坐不住了。豆花问她:"你咋回事,出啥事了,脸色这么难看?"

豆丫就说了陈娅借许得钱的事。豆花说:"老王的话你不敢信。"

老韩见豆丫来了,就对豆花说,中午要请她和豆丫吃饭,说豆丫好久没来了。豆丫一直思索着陈娅借钱的事,女儿用钱为什么不给她当妈的说,为什么要借许得的钱?她心头忽然涌上一种不祥的征兆,"陈娅可能会出事!"

豆花说:"你再甭一惊一乍的,陈娅不会借许得的钱,她咋会借许得的钱?"

豆花转达了老韩想请吃饭的意愿,豆丫就留下了。豆丫心神不宁,又去问老王:"你咋知道陈娅借许得的钱了?"

老王说:"许得亲口给我说的。"

豆丫一听腿就软了,她走回秦人居,老韩在桌上已摆满了凉菜热菜。豆花见豆丫失魂落魄的样子,知道准是老王给豆丫又说了什么。她出去骂老王:"你跟个女人一样,整天拉是非,你给豆丫说啥了?你再这样胡说八道,我就让公安把你收进去,你得是在里面没蹲够!"

老王走出柜台说:"好姑奶,你小声点,我没说啥呀。"

豆花问:"你看见陈娅借许得钱了?"

老王说:"没看见,没看见。"

"那你信口雌黄啥呢!"豆花怒斥道。

老王急于平息豆花的怒火,就说:"我胡说,我胡说呢。"

豆花回到秦人居对豆丫说:"你刚听到没?他说他胡说呢。"她让豆丫坐下,叫得福过来一起吃饭。豆花说:"你一来,韩哥就请你吃饭,我天天在这,韩哥也没请过我。"

得福说:"韩哥请你几次你不去,咋说韩哥没请你?"

豆花瞪得福一眼,老韩只是笑。吃了饭豆丫再也坐不住,她要走。她走时避过老韩对豆花说:"老王说许得亲口给他说的。"

豆花一惊。豆丫说:"你先别吭声,等陈娅回来,我问问咋回事。"

晚饭后,豆丫依旧坐在花坛沿上等陈娅,等着等着再也坐不住了,她走到社区门口徘徊。陈娅下班回来了,她劈头盖脸就问:"你借许得钱干啥呢?"

陈娅问:"谁给你说的?"

豆丫说:"你不管谁说的,有这事吗?"

陈娅说:"有。"

豆丫在陈娅屁股上狠拧一把,女儿长大了,她不能在外边随意地打女儿,她拉陈娅上楼。陈娅边走边解释:"那天我请同事吃饭,本来约了两个人,后来来了八九个人,我没有带那么多钱,刚好碰见许得叔也在这饭店吃饭,我就过去借了他五百元。"

豆丫说:"你请同事吃饭为啥不给我说,你打电话我给你送过去呀。"

陈娅说:"我怕你训我,他们都说你是大款是老板,要我请他们吃饭,那天我就请了。"

豆丫说:"妈是啥大款?你没告诉人家,你妈只是个保洁工。"她给女儿一千元,说:"你有空把钱还给人家。"她不愿在陈娅面前说许得的不是,只说:"你以后少跟他打交道。"

"他为了找我断过一条腿。"

"咱该给他补偿的都补偿了,住院费、护工费都是咱清的。"

"那疼谁能代替他呢?"

"我告诉你,咱现在不欠他的,该还的都还清了。你把钱还给人家,不要跟他来往就是了。"

豆丫和许得断绝来往后,许得的泾渭公司搬家了,听说搬到市区一栋写字楼里。成立集团公司时,他邀请了一位大腕女明星,整天和那女明星厮混。豆丫感叹自己当时的决断是正确的。她和他在一起总有一种不安全感,那种感觉始终伴随着她,神经在一种不确定的因素下紧绷着。她和他断绝关系之后,她的整个身心一下子轻松了,有一种穿越黑洞的安全和舒缓。岂料女儿竟和他攀上了关系,这是她意想不到的,好在陈娅答应把钱尽快还给许得。

晚上,豆丫怎么也睡不着。陈娅下班回来说,已把钱从微信上转给许得了,并让她看微信记录。

豆丫问:"你们咋加的微信?"

陈娅说:"我已把他微信删了。"稍顿一下又说,"一个许得就把你吓成这样,他又不吃人,你怕他干啥呀。"

豆丫感激老王告诉她陈娅借许得钱的事,她买了水果去看望老王。老王坚决不收,说:"咱是啥关系,还来这一套。"

豆丫还是把水果放下,"这又不是值钱的东西,放下你慢慢吃。"老王说:"你的女儿,就是咱的女儿,我不操心谁操心?"

豆丫听不惯老王这种套近乎的话,赶快离开了。豆花见她说:"你给他送啥水果呢?你往他商店门口一站,他就张狂了。"

老韩过来说:"我过去也没注意豆丫,豆丫长得就是俊,年轻时追她的人肯定不少。"

豆花笑说:"咸阳原上一枝花。"

豆丫经不起人夸,一夸脸就红了。她说:"再甭辱摆人了!不是你们救我,我现在不知在哪流浪呢。"

捌拾肆

老韩现在是秦人居的常客了。一天老韩给豆丫说:"我和你姐的事本来应该确定下来了,让老王一搅和耽搁了这么长时间,你帮我探探你姐的心思,她是咋想的?"

豆丫问:"你是咋想的?"

老韩说:"几十年来我也存了些钱,她不是想在乡下住四合院吗?我在乡下给她盖一座四合院,我和她一起去乡下,过自由自在的田园生活。她是我的追求,她就是我后半生的幸福和快活。"

豆丫说:"你不能光给她送面,出去散散步、看看戏和电影,你要浪漫一点,她是一个爱浪漫的人,不像我啥也不懂。"

老韩说:"晚饭后几次我邀请她散步,她不去,也邀请过她看电影,她也不去。"

"你要看她有没有时间,还有她的兴趣和心情,你邀请得肯定不是时候。"

中午老韩请吃饭,在秦人居摆了一桌,他提来一瓶红酒。他说今儿不喝"回家"酒,喝"回家"会叫人想起爹娘,会忆起那些艰苦的日子,让人难受。他说红酒是属于女士的酒,女士爱喝,在这香醇的酒里能品出生活的甜蜜。

豆丫去房间叫豆花吃饭。豆花说:"他翻来覆去就是这一套,那几个菜把我都吃腻了,你吃我不去了。"

豆丫说:"人家是请你呢,还带了红酒。你以为他请我呢?快走,甭叫人家等。"

豆花硬被拉过来。得福从外边回来说："韩哥又请客了！还是红酒，这酒没劲，没有'回家'酒来劲。"他不客气地坐下要吃。老韩挡住他说："我要说话……"

大家觉得新奇，齐齐望着老韩。豆丫希望他的话能拉近他和豆花的距离，"韩哥，你心里有啥话就说，都是熟人，没人笑话你。"得福等得不耐烦，说："快说，人等着吃饭呢！"

老韩给每人面前的高脚杯子倒了酒，然后端起酒杯说："今天请豆……丫和大家吃饭，我很高兴。"豆花闻听此言，一下子放下了杯子。

豆丫哭笑不得："你提我干啥呀？你该请不请，你请我吃饭干啥呀，你这明明是给我姐摆的席。你白摆下这么好的席，话都说不到向上。"

豆花自个儿饮一杯酒说："这红酒有味儿，我们沾豆丫光了，喝！"

豆丫说："姐，你看不出这席是给你摆的，他和我有啥关系！"

得福说："我不管这席给谁摆的，吃美喝好再说。"

老韩知道说错话了，他心里想得清白，嘴里却词不达意。他讪讪一笑，说："我明天重摆，我再摆一席。吃，随便吃，哪个菜少了，我让他们再上。"

得福喝了两杯酒脸就红了。豆花说："得福，你少喝点，这红酒后劲大。"

老韩说："你让他喝，让他就喝个痛快。"

很少喝酒的豆丫也连饮了几杯。老韩说："豆丫一喝酒好看很。"得福听了这句话，嘻嘻地笑说："我也好看。"一杯酒下肚又倒一杯。

豆花说："不要喝了，不敢让得福喝了，得福今儿这是咋了，这样喝酒？"

得福说："我没醉，我不会醉的。"

豆花让把酒杯拾了，不让得福喝了。得福就哭了："我命好苦呀，我在秦人居和豆花姐睡了几年啥事没有……"

豆花气坏了，让豆丫拉得福回房子。得福不走，"我后悔呀……我和我姐啥事没有……"

老韩去搀得福，拖他回房子。得福指着豆丫说："你看不起我，你有钱了就看不起我了……你说怕我妈不同意……你是骗人的话……"

老韩把得福扔到了床上："你喝不成酒就不要喝了，喝一点酒就耍酒疯。"

得福躺在床上还在咕咕哝哝，但已听不清他说什么了。老韩关了房门，其他人再无吃饭的兴致。老韩说："一人一碗面谁要？"

豆花说："你自己吃吧。"回了房间。

豆丫说："韩哥，你甭生气，她就是那人，对谁越亲就越不客气。"

就在此时，老王走进秦人居，一见人就哭了。老韩和豆丫不知怎么回事，豆丫说："王哥，你还没吃饭吧？"她把剩菜给老王拨了一盘，放在老王面前。老王吃一口又哭，老韩和豆丫不知咋办。

豆花听见哭声走出来说："你哭丧呢，在我这哭啥呢？谁让给他弄饭的？"

老韩、豆丫没吭声。老王抹了一把眼泪，说："你嫂子跑了，把她的好衣服都带走了。"众人惊愕，老王的老婆卓花跑了，她跑哪去了？

老王和前妻离婚后，经卓花的姨父介绍认识了卓花。

卓花是四川人，咸阳这一带有很多四川女在这里成家。过去四川山沟里比较穷，一些女子就走出来，姐带妹，乡亲带乡亲，嫁到了咸阳，这就是第一批来陕西的四川女人。老王去兴平看望一家客户，也是朋友，朋友媳妇的外甥女叫卓花，卓花正想在陕西找个好人家，经她姨夫介绍认识了老王，老王一见卓花就喜欢得很，一来二去老王就把卓花领回家了。

按理说二十世纪九十年代的四川也不是很穷了，但卓花的家庭比较特殊。她到老王家后，看到老王开商店挺富裕，只是家里的空间太小，住房连着店铺，顾客站在柜台前就能瞅见房子里床上的一切。婚事确定后，老王在商店和里屋中间加了一个隔断，布置了新房。老王认为自己是二婚，卓花是姑娘，家里的事总是让着她，尤其有了女儿之后，为了使卓花跟他安心过日子，他把家里的财权全交给卓花管理了。

谁知卓花在四川时早已结过婚，且育有一儿一女，她瞒着丈夫嫁到陕西老王家。卓花前几年想回四川，老王要跟她一起去四川看望她娘家的父母，她怕露馅不同意，又不回去了，却常以要回四川要挟老王，老王从没在意。前几天她说要去姨家逛逛，老王就由她去了，谁知她竟回了四川。今天老王接到来自四川的一封信，是卓花写给他的。她说女儿已长大成人，她毫无牵挂了，她要回家了。

"她哄了我，她在四川有丈夫有儿女，当初之所以愿意嫁给我，是她老公有病，家里太穷了，没钱给老公看病。她到兴平她姨家来借钱，没借到钱，正好碰上了我，我给她一笔彩礼钱，她就跟我了。"

四川老家的日子慢慢好起来，卓花越来越思念她的儿女和丈夫，几次想离家出走，但她放心不下现在家里的女儿，如今女儿上了大学，四川的儿子也有了儿子，儿子几次劝她回来看孙子。最终她决定回四川老家，她回去就不打算再来了。她说信封上的地址是假的，请老王不要找她，她把该带的衣服都带走了，把老王的衣服已洗好放好了，这几年老王存的钱她一分没动。老王看过这封信捶胸顿足，"这才是你的家呀！你咋那么糊涂！你走了我咋办？女儿不能没妈呀！以后谁给我做饭，谁给我洗衣服料理家务……"

豆花见老王哭得可怜，给老王端一杯水说："你有商店，家里又有钱，再在乡下买个庄基买块地，找个女人也不难。"

老王说："她常说这家没院子，巴掌大块地方挤着一个商店两个小房子，不像个家。我是想在农村买个庄基买块地，她和我过日子就踏实了。"

豆花说："你是唬她呢，明知买卖土地政府不允许，你还这样对她说。这家再小，也是你祖上传下来的。"

老王咳叹一声："她跟我二十多年，我们在一起生活了二十多年呀，她就这样忍心丢下我父女俩跑了！"

豆花说："她寻儿子去了，她在陕西没生个儿子，要是生个儿子，她一定不会走。"

老王说："她不生儿子怪我吗？"说罢站起来要走，说商店没人看。

豆花说："你不是会算吗？算一算你老婆家在四川哪个方向。"

豆丫说："他都成这样了，你再不要羞辱他了。"

得福酒醒后知道了老王的事，他对老王的家事无动于衷，只惦记着自己解困房的事，他又去找老王打问。老王没好气地说："我现在都这样了，哪有心思给你办事！"

得福咬牙切齿："以前的东西我就当喂狗了。"

得福回来愤愤地给豆花说老王答应给他办解困房，他给老王买了很多吃的，老王现在说没办法办了。

豆丫问："你还真想出去住呀？"

得福说："我在这里住也不是个长法，也没个啥好处。"

豆花问："你要啥好处？我看你和老王没啥两样。"她又想起得福酒后说的混账话，愠怒道，"你走，你走了我这就清闲了！"说罢回了房子。

老韩说："你该挨打，你知道你酒后都说些啥话！"

捌拾伍

李又奇看母亲来了。

李又奇在秦人居门口站了半天，看了又看，这就是娘的秦人居宾馆。得福不认识他，问："你找谁呀？"

他说："找我妈。"

"你妈是谁呀？"

豆花听见有人在门口找妈，从房子走出来，见是李又奇，又惊又喜："儿子，你咋来了？"

李又奇说："我来看你来了。"

得福知道眼前这小伙是豆花的儿子，赶快去给李又奇沏茶。"这宾馆不错呀。"李又奇环顾宾馆大厅赞叹道。得福端茶水给李又奇。

豆花介绍说："这是你得福叔。"又对得福说："你把水放到桌上，他想喝自己倒。"

老韩见秦人居门口停了一辆奔驰车，听说豆花儿子来了，就过来了。豆花对李又奇说："这是你韩叔，隔壁韩信面馆的老板。"

老韩说:"中午我给咱备饭,就在这儿吃饭。"

豆花问儿子:"中午在这儿吃饭?"

"肯定吃,我来就是到你这里吃饭的。"

"你今天咋有空到我这里来了,可也不打个招呼?"

"我爸早就让我来了,可我一直忙。"

老韩正要走听到这话放缓了脚步。豆花说:"韩哥,你今多加几个菜,一会儿把豆丫也叫来。"

老韩说:"知道了。"

老王看见一辆奔驰车停在秦人居门口,他不知道是谁的车,在车周围转圈说:"这就是奔驰!这车放这里,咱那车就不敢开了。"

豆丫来了。老王看见问:"你来了?"

豆丫说:"我外甥来了,我姐让我过来吃饭。"说着,走进秦人居。

老王看见老韩往秦人居里端菜,也跟了进来。李又奇看见豆丫就叫姨,看见老王不知怎么称呼。豆花介绍:"这是隔壁你老王叔。"

老王说:"我听见隔壁老王这名字就来气,以后介绍我就说是萧何商店老王。"

李又奇联想起这两个名字。他说:"韩信、萧何,嚄,西汉的开国功臣是咱秦人居的隔壁。"

老王说:"咸阳这地方了不得,到处都有历史遗存,一块地方不留神就能挖出文物来。前一段时间唐朝上官婉儿的墓被发现,央视都播放了。咸阳扩建机场挖出近千个古墓,文物无数。"

李又奇说:"王叔是文化人?对咸阳历史文化这么清楚。"

一直沉默着的老韩开口说:"他也算文化人?"

老王说:"开商店的,店里卖一些文物复制品,懂点历史文化。"

凉菜上齐了。老韩说:"吃饭。"

老王看到老韩只摆了五个位子,没有他坐的地方。李又奇说:"王叔,你坐下一块儿吃。"

豆花本不想留老王在这吃饭，但见儿子说了，没吭声。豆丫端来一张凳子，招呼老王坐下。

老韩很不高兴，得福也不喜悦，他给老王送了那么多东西，谁知老王一句话办不成就完事了，老婆跑了活该。豆丫说："你坐下吃吧，不就多一双筷子吗？"

李又奇很有礼貌，给各位长辈敬酒，他今天从省城里专门带了瓶"回家"酒。他说："妈，你跟我回家吧，我爸叫你呢。"

在座的人都知道老韩和豆花正处在一种明朗阶段，大都不敢吭声。老王听到这话高兴起来："去、去，去大城市好，一家人在一块儿多幸福。"他喝一口酒，匕斜了老韩一眼又说："'回家'这酒有味道。"他知道老韩最近隔三岔五请豆花吃饭，更知道李又奇的到来对老韩是一个巨大打击。

豆花说："我不去，我今天有事。噢，他叫我去我就得去？"

"喝酒，"豆丫抿一口酒说，"这酒冲得很。"借机想冲淡一下这尴尬的气氛。得福漫不经心地说："好着呢，'回家'这酒好着呢。"一杯酒就见了底。

豆丫说："谁叫你喝？你少喝点，你喝酒我就怕。"

豆花说："怕啥？我都不怕你怕啥呢！"得福放下杯子，不敢再喝了。老韩一直没端酒杯。

老王问："还有啥好菜赶快往上端。"老韩走了。

一会儿老韩端一碟菜回来，问："谁要面？"

老王说："人正喝酒上啥面呢？"没人要面。

豆花说："给我来一碗。"老韩很不高兴地走了。

吃罢饭大家都散了。李又奇坐到母亲的房子里，劝母亲跟他一块儿去西安。豆花嘴上说："让我去干啥，他说让我去我就去，他是谁呀！"心里已经起了波澜。

太阳西落时，豆花走出了秦人居。坐在韩信面馆门口的老韩和坐在萧何商店门口的老王，以及在秦人居门口站着的豆丫和得福目送着豆花坐上儿子的车远去。

老王在门口故意咳叹一声:"白忙活了,有人白忙活了。"

老韩站起来大骂:"狗日的,吃得比猪都多。"

老王不甘示弱:"你骂谁呢?"

老韩怒不可遏:"谁喊叫我骂谁!"

豆丫拦住老王,得福挡住老韩,终于把俩人劝了回去。

没过一会儿,老王又出来找豆丫,对豆丫喋喋不休:"人家儿子把他妈叫走了,你老韩对我发啥火,有本事你追到西安城去……"

豆丫又劝老王回到商店,老王抓把瓜子给豆丫,转了笑脸说:"你不知道许得现在要得大,在西安北郊买了一块地,要盖几十栋楼,人都抢着交钱买房,这小子这回发大财了。"

豆丫说:"够吃够喝有个营生干就行了,要那么多钱干啥呀!"

老王说:"还是他爸有本事,在任时不让儿子做生意,却给儿子经营了一个生意圈,老子进去了,儿子享用了,这是另外一种贪污的门路。"

许得窝了十几年没事干,他爸一倒台反倒红火起来了,许得还是以前的许得,他依然风光。一夜之间,许得成了泾渭集团公司老总,开始启用他爸一手编织的那张财富网,收回了他爸在位时让人在西安经营的企业。

那个影子本想老爷子会把这个依靠国企滋生赚得盆满钵满的企业交公,他做好了一切准备。一天天过去了,平安无事。他以为老爷子不敢要这个企业了,天天窃喜。这个企业只有老爷子和他知道,这几年他为企业付业、为企业已积蓄不少。影子万万没有想到,老爷子把这个秘密告诉了儿子许得。影子还算老实,给许得交回了一大笔钱。许得也慷慨,给影子一笔可观的资金,让他带着全家到海南发展去。条件是,秘密从此消失,他从此不能再回陕西。

老王对豆丫说:"你没福气,他发财了,你却跟他断交了。走个穿绿的来个穿红的,他身边不缺漂亮女郎。你不和他来往也好,不知他什么时候会跌跤,像他这种人发财快财也散得快。你没有大富大贵,却落个平平安安,也是个活法。"

豆丫没接他的话，转了个话题，关心地问："嫂子走了，你日子咋过呢？你不妨去四川一趟找找她，给她好好说说，说不定她会回心转意，这里毕竟有她的姑娘，娃在上大学，难道她就不想姑娘？"

老王说："她走的心思早就有了，前几年她就想走，只是娃还在上高中，她放心不下娃，如今娃考上大学，她也没有后顾之忧了。我去过兴平她姨家，她姨去世了，她姨父年龄大了，又得了脑梗，支支吾吾也说不清楚。我只想问她姨父，当初你外甥女在四川都结婚生子了，为啥给我说她是个姑娘，骗我给她那么多彩礼钱。"

豆丫说："过去的事不要再提了，也不要再埋怨她了，她那时多难，她男人有病，她又带着两个娃，出走咸阳嫁给你，嫂子也是无奈之举……你去找她告诉她你原谅她，说不定你们还能从头再来。"

老王叹口气说："我找她还有意义吗？她骗了我，再没脸见我，找回来也过不到一搭去了。"

豆丫说："那你一个人咋办呀？做饭也不方便，要不到吃饭时候你到韩信面馆去吃，给他交钱。"

老王说："我不去，让我白吃也不去。我看不惯他，他也看不惯我，我俩是水火不容，唉，真是成也萧何败也萧何呀！"

豆丫问："你老家还有谁？"

老王说："我哪还有老家。"

豆丫说："你在这城里总算还有个家，是个城里人。"

老王说："我爷是从河南逃难到陕西的，我爸是单传，我爸妈去世后没地方埋，骨灰盒一直在家里放着，没有下葬的地方。我没有家，这个门面房和后边的房子是我居住和工作的地方，我死后也会像父母一样没地方埋。我想有一个实实在在的家，有院子，有宽敞的住房，再有一块地就好了。有时，我觉得自己像一个流浪汉，一生没有归宿，死后就是个流浪鬼。"

老王说得可怜，豆丫顿时觉得老王也活得艰难。

这天豆花回来了，说她再也不去西安了。

经历了寒冬，才懂得春天的温暖。

子衿和老伴闹矛盾了。姬天母亲几天没去地里的房子，她实在不愿住在野地里，春夏秋天还可以，冬天里虽然有空调，一出门，呼啸的寒风她受不了。况且生活不方便不说，空旷的田野里人迹罕至，夜间她真的害怕。

有天晚上一个走夜路的人过来讨水喝，把姬天母亲吓坏了。那人敲门像砸门，子衿开了门。那人就问有水没给一口喝的，说着就进来，他不管这屋里还睡着一个人。子衿倒一碗水给他，他说水烫要凉一凉，站在房子不走。出门讨饭的也有讲究，不能进主家屋里来讨要，况且这黑天半夜的，你要喝水主家给你，你应到外边去喝呀，怎么能站在人家屋里喝呢？那人喝够了水没说个谢字就走了。夜里常有野狗到这里来寻食，有野猫发情，一夜一夜地在屋外叫，姬天母亲经常睡不安宁。子衿从不管这些，他挨着枕头就睡着了。

一天上午，姬天母亲跌跌撞撞地回到城里的家，下午子衿打电话说发烧头昏，儿子连忙把母亲又送过来。子衿躺在床上哼哼唧唧，她知道他装病，没有办法只得继续待在这里守着他度日。

姬天母亲真正出走的原因是在那天晚上。

夜里，子衿睡不着觉，叫老伴起来和他聊天，讲起他在国外的故事，他怎么从一个挖矿的淘金工，成为一个小矿主。他讲得兴奋时，姬天母亲忽然问："你在缅甸那么有钱，就没有一个相好？"

子衿说："缅甸的姑娘穿着比较简朴，她们个个身材妖娆，清秀美丽，她们非常辛苦，在家里像男人一样，要挑起家庭的重担养活一大家子人，就算结了婚也要照顾自己的娘家，还要在娘家生活和劳作。要想和缅甸姑娘结婚，就必须在婚后照顾她全家人，还要养活她的娘家人，没有实力是娶不起缅甸女人的。"

"怪不得你没在缅甸娶老婆，"她又问，"你在缅甸这么久，就没有遇到一个喜欢的女人？"

"没有。"子衿一口否认。

"你说实话没事，都是过去的事了，晚上闲谝呢。"

子衿这才说："要说在缅甸那么多年，没有一个喜欢的女人，谁听了也不相信。"

姬天母亲紧张起来。子衿接着说："她经常给我送马豆糕，就是用香蕉树的树心炸成的，很好吃，我说好吃，她就老给我送。有一天我和她在香蕉树下聊天，周围人都走完了，我们也不知道，她……我……我们啥事也没有。"

姬天母亲问："啥事没有？连抱也没抱……"

"抱了。"子衿说。

"光抱了？"姬天母亲追问。

"不由我，不是我主动的……"

姬天母亲再也不愿听了。第二天早晨她一个人走了，坚决不再回来。

这事传到儿子那里，姬天坐不住了，他给母亲打电话，母亲不接他电话。他问媳妇，妈到底是咋回事？在父亲的启迪下，大秦公司的业务刚刚铺开，他走不开呀。媳妇说："妈不说原因，只说不去。"

姬天又给父亲打电话。子衿说了前因后果，姬天感到很可笑。他说："你咋没事寻事呢，你给她说在国外的那些事干啥呀？"

姬天找到母亲，跟她说了自己的现状，他已转变创业观念，招聘了一批硕士研究生，找到一些企业管理和民政生活的痛点，正在攻克难关。如果父亲没人照顾，他会分心的，再说那些事都是过去的破事儿了，"你说过他能回来就是咱们的福气，我现在有爸有妈，我多幸福呀，你咋忍心把他一个人扔到地里不管呢？"听了儿子的掏心话，姬天母亲想通了，她说："我回来是取衣服，谁说我不回地里去？"

姬天给父亲打电话说："你跟我妈在一起，切记，过去的事，该说的说，不该说的万万不可再说。女人的心都小，我妈也一样，你再得罪她，我就不管了。"

豆丫听说舅和妗子闹矛盾的事，过来帮忙送妗子回舅那里。

子衿见了妻子说："你咋耍不起呀？跟你说笑呢，你还认真了。"

姬天母亲说："你说那话谁信呢？我是回去取衣服。"

子衿问豆丫最近在干什么。豆丫说："我那个小公司也是股份制，是几个乡亲入股共同开办的，可没到分红的时候他们老来借钱，把公司都借空了。"

子衿说："你不按公司制度办，你可怜他们照顾他们，一旦公司亏空出现问题，大家都倒霉，到那时他们不但不会说你照顾了他们，反而会埋怨你不遵守公司规定，害了他们。办公司你要向你哥学习，赏罚分明责任明确，这才能管理好公司。"他又说周朝有个"圈地为牢"的故事，"你知道吗？假如一个人犯了法，就在地上画一个圈，让他站在里面，那就是牢房，什么时候叫出来才能出来。这就是法律和规矩的作用，要让大家有法可依、有规可守，首先你自己不能违规"。

听豆丫说要在市区成立一个"新市民服务中心"，把因拆迁进城打工的失地农民组织起来，进行技能培训交流，法律咨询和维权，子衿表示，"我认为你办这个服务中心好，舅支持你，这种爱心不是谁都有的"。

豆丫说："这还只是一个设想，我看到好多农民进城后被人骗，甚至在工作中不能维护自己的权利，干活拿不到钱，有的人分得拆迁款在赌场一夜输光了，有的人拿这钱做生意赔得精光，太多的事例，让人伤心同情他们，这是我成立服务中心的初衷。服务都是免费的，这是我们对社会的一点贡献。街办对我的想法很支持。"

子衿看着外甥女，觉得特别的骄傲。他说："舅听了你的想法很高兴，你虽然不姓姬，但身上有姬姓的血脉，以后有啥困难你给舅说。"

豆丫说："我们没有困难，办这个中心不是我一个人，是我们公司办的，还有政府的支持。"

捌拾柒

那天，陈娅身体不舒服，提前下班回家休息。她看见屋里坐满了人，在一起聊天、喝茶，争论着什么。她把母亲叫到房子说："你把家变成自由市场了，你这样叫我在家里咋待？"说完摔门走了。

陈娅的突然出现和出走，让乡亲们很惊讶。豆丫说："没事，小孩子脾气，过几天就好了。"

李强说："我建议咱设定个时间，不能像现在这样想来就来。每周三下午咱们在这里聚合，正好是娃上班时间，这样我豆丫姐也好安排。"

大家鼓掌通过，豆丫心里很高兴。她有了一个宽敞舒服的家，而那么多乡亲在城里居无定所，他们有人干活拿不到工资，身无技能找工作难，她心里着急，她想把这个家当成乡亲们的联络聚会场所。

豆花从西安回来了，得福中午特地做了麻食，在房门口叫她吃饭，里边不应声。得福以为豆花还在生他的气，他那天酒后失言，肯定说了不该说的话。他曾问豆丫，我醉酒后到底说了些啥？豆丫说，你说的你不清楚？他确实不清楚。有一天豆花对他说，你想出去住也好，啥时候走都行。他问，我啥时候说过出去住了？他知道这都是那天酒后闯的祸。

他在房门口说："姐，你有啥话你给我说，甭憋在肚子里，再大的事饭还是要吃的。"房子里始终没有应声。"姐，我对不起你，那天酒后我不该胡言乱语，惹你生气。"

豆花在房子里问："你那天酒后说跟我睡了多年，啥事没有……谁跟你睡了多年，你嘴上是不是想挨打了！"

得福说："妈呀，我咋会说这话？肯定是老王瞎编的！"

豆花说："不要啥事都往老王身上推。"

得福说："姐，我真的记不清说了啥，我今后再不敢喝酒了。你知道咱俩晚上从没在一块儿住过，一人一个房子，从没有那事。"

豆花说:"我倒希望和你有那事,你敢吗?"

得福说:"姐,你胡说呢,你是不是在西安和我哥喝酒了。别人胡说,咱不敢胡说。"房内没了声音。好大一会儿得福说:"姐,饭做好了,你吃了再睡。"房间仍无应答,得福在大厅转来转去。

得福去找老韩。老韩反应冷淡,"这事我咋劝呢?人家刚从西安回来,在西安都住几天了,我还胡扑啥呢?"

得福说:"她回来钻到房子不出来,饭也不吃,这咋办呀?"

老韩说:"放到前几天我啥话都好说,人家去西安跟老公都睡几天了,我现在还掺和啥呢?"

得福对老韩的举动很不满意,人家和老公好了你就不高兴了,豆花是死是活与你都没关系了吗?此刻,他认为豆花和老公和好是对的,跟了老韩这种人不会有好日子过的。人是铁饭是钢,一顿不吃心发慌。得福又去叫:"姐,天塌下来有我呢,咱先吃饭,甭饿着自己。你嫌麻食不好吃,我给你重做。"

"我想吃韩信面。"豆花猛然开了门说。

豆花总算想吃饭了。得福说:"你坐大厅喝茶,我给你去要面。"

他兴奋地去找老韩:"我姐想吃饭了,想吃你的韩信面。"

老韩说:"忙很,你等会儿。"

得福回来说:"等会儿,等会儿,一会儿老韩就把面端过来了。"

等了好大会儿,没见老韩过来。得福去面馆问老韩:"咋还没端过去呢?"

老韩说:"她在老公那没吃?"

得福说:"她吃了我跟你要面干啥?你快些,都快两点了,她肯定饿坏了。"

得福回来又等了好一阵儿,还不见老韩送面过来。豆花说:"我想吃麻食。"

得福说:"这时麻食都坨了,留下我晚上吃,我给你去要面。"

豆花说:"我就想吃你做的麻食。"

得福去热锅里的麻食,一会儿麻食端出来,他说:"粘成糨糊了,你吃这干啥呀！"

或许是饿了，豆花端起碗大口地吃了起来，吃罢说："麻食比面好吃。"话音刚落，老韩端着一碗面站在了门口。

老韩问："你吃了？"

豆花说："你把你的韩信面端回去吧。"老韩扭头就走。

得福对老韩这种人很瞧不起。他说："以前他隔三岔五请你吃饭，你今天回来，他竟说你去西安跟老公都住几天了，他还掺和啥呢！"

豆花说："你去忙吧，我回房子躺一会儿。"

那天，豆花在李又奇的热情劝解下，随儿子去了西安。李奇开着车早早在社区门口等着。豆花问儿子："这是你的家？"

李又奇说："是呀。"李又奇看见父亲在门口等候很高兴。

豆花问："是你家，他咋在门口？"

李又奇笑了："妈，你好糊涂，他是我爸，你今天来，他在门口专门等候你，迎接你。"

豆花心里一阵喜悦，"是吗？"

李又奇的车在前，李奇的车尾随在后，到楼口他们一起停了车。李奇走过来说："来了，回家、回家。"三人上了电梯。

房子好大呀，豆花在屋里转了一圈，发现有个人正在厨房做饭。她问："还雇了厨师？"

李又奇说："今天你来，我爸专门把厂里食堂的师傅叫来，给咱做饭。"

厨师做了一桌好菜，三人坐定。李又奇说："很高兴几年来第二次跟爸妈在一起吃饭，祝爸妈身体健康！"

李又奇示意父亲说话。豆花忍不住说："想不到儿子把事业做得这么大，想当初……不敢想呀。"

吃罢饭，李又奇说，爸妈今天肯定累了，早些休息。他要走，豆花问："你不住这里？"

李又奇说："我在对门住，对门是我的房子。"

豆花说:"晚上我和你住。"跟儿子出了房门。

豆花来到儿子房子,这房子和那个房子一样大。李又奇问:"你怎么不跟我爸住?"

"你都不跟他住,我为啥要跟他住?"李又奇笑了,打开电视跟母亲一块儿看电视。

早上,豆花和李又奇又一块儿过来李奇这边做早饭。李奇知道这是儿子昨晚做工作的功劳,他赶快扫地、抹餐桌、擦椅子和茶几。李又奇知道父亲是在给母亲表现,他也不帮忙,笑着站在旁边看。

一家人吃过早饭,李又奇要带母亲出去转转,李奇说他就不去了,他在家准备晚饭。

豆花说:"城里人挤人有啥看的,咱们出城去转转。"

李又奇说:"好!"

李又奇带母亲去逛西咸新区诗经里、茯茶小镇,参观崇文塔。回来的时候,李又奇想去参观空港新城文学馆,豆花不想去。李又奇说:"文化部原部长王蒙,诗人叶延滨,作家贾平凹、陈彦、高建群、叶广芩,文化学者雷涛都去过。"豆花听说这么多作家名人都去过,不禁心动,说那咱也去看看,沾沾名人的光。

走进文学馆,首先看到的是王蒙、贾平凹的题词,康熙皇帝的字,于右任的小楷书法。他们还在文学馆看到陈忠实、莫言、阎纲、周明、白描以及很多咸阳籍文化名人的题字题词,顿觉文学的气息扑面而来。欣赏过红色大门上贾平凹的平印,在"陕军文学星光灿烂大厅",浏览"文学陕军"的阵容和那些闪亮的名字。豆花不懂文学,她到电子图书阅览室看画册,这里有几个年轻人正在看书。李又奇去参观西咸(咸阳)文学史馆,文学史馆介绍了西咸(咸阳)古代文学、近代文学、现代文学、当代文学和新世纪文学。在这里他了解到诸多家乡的文化名家,尤其看到古代、近现代的中国前沿文化人大都与咸阳有不解之缘,很是激动。

在宽广的院子里,陈忠实的题词"文学依然神圣"在阳光下熠熠发光,几位驻馆作家在院子里讨论文学人物的创作塑造手法，他轻步从他们身边经过。

李又奇和母亲走出文学馆，开车直接上高速走绕城公路回家了。豆花意犹未尽地说："那个馆很有意思。"

李又奇说："走进文学馆，就是一次文化洗礼。"

他们兴致勃勃往回走，路过一家饸饹面馆，豆花说她想吃饸饹。李又奇说："我爸给咱把饭都做好了，咱快往回走。"

豆花说："我这次来，咋看你爸不倔强了呢？"

李又奇说："他本来就不是一个倔强人，你这次来都是我爸安排的，我想有个家，我想有一个完整的家。"

豆花不吭声。李又奇说："这次你来，有争论的话题咱不说，我只想和你、和我爸团聚，过一个愉快的节假日。"

豆花说："今天是啥节？"

李又奇说："今天是周末。"

"我都过糊涂了。"

他们回到家，李奇看到他们母子俩高兴的样子说："吃饭，我都准备好了。"

吃罢饭李又奇说："妈，你爱看电视，你看电视，不想看电视，你和我爸歇着，我要回去休息了。"

豆花坐着没吭声。李又奇说："妈，你有事叫我。"

李奇说："能有啥事？你快去歇着，跑一天了。"李又奇嬉笑着走了。这是他早已安排好的，今天晚上让父母共居一室，接下来就看爸的本事了。

儿子走了。豆花问："哪个房子是我的？"

李奇说："主卧，主卧是你的，床都给你铺好了。"

之前的两次见面不欢而散，父母亲的复合成了李又奇的心病，他多次动员父亲去咸阳看望母亲，父亲就是不去。他想了一个办法，把母亲接来，要求父亲必须配合。在儿子的再三祈求下，李奇想通了，其实他和豆花之间没有什么大的矛盾，俩人只是在赌气。过去她说他在外边有人，十几年过去了，他并没有结婚，这证明他在外边没有人。如果他们能复婚，他是愿意的。老家拆迁了，父母离世后，兄弟们各奔东西，孤独的他需要一个温暖的家。豆花在咸阳经营着那么一个活不旺死不了的宾馆，也让他实在不放心。

李奇有了复婚的心思，就想起豆花对他的好。他给儿子李又奇说："你爷你婆在世时，你大伯二伯结婚了也没有离开家，家里可大了。咱家门前有一个拴马桩，你爷说这个拴马桩标志着咱家以前也是一个富有人家，村子拆迁时，被你大伯卖了。咱家门口有一棵皂角树，过去一村人洗衣都摘咱家树上的皂角，乡亲们和睦相处好得很。后来有了洗衣粉、洗衣机，人们就很少用皂角洗衣了。咱家后院有三棵沙果树，年年沙果吃不完，你爷你婆就送给隔壁的八婆家、对门的七婶家。八婆家有一棵枣树，树枝伸到咱家里，我和你二伯常骑在墙上偷枣吃。吃饭时全家人围在底桌旁，你爷你婆动了筷子，大家才会吃饭，全家人围在一起，大都讲些让你爷你婆高兴的事，你爷高兴时就捋着他的山羊胡子仰头大笑。"

李又奇一直希望有一个完整的家，他找过一个对象，对象听说他是单亲家庭，俩人就吹了，这事对李又奇打击很大。事后他一再动员父母复婚，他几次让父亲去接母亲。李奇知道豆花的脾气，她一定不会来，搞不好会弄巧成拙，让他下不了台。他对儿子说："你只要接她来，我一定好好配合。"达成协议后，李又奇真的把他妈接来了。

晚上剩下他们俩人四目相对，李奇不知说什么好，问："你喜欢看啥节目？"

豆花说："我晚上不看电视。"

李奇又问："你喝水吗，你喝茶还是喝水？"

豆花说："我不喝。"他们坐了一会儿，豆花站起来向主卧走去。

次日上午，李又奇敲门。李奇开了门，李又奇问："饭好了没？"

李奇说："早好了，等你呢。"

李又奇没见母亲，问父亲，李奇示意她在屋里。李又奇推开母亲的房门，见她正在看电视。李又奇说："我爸把饭做好了，你咋不吃？"

豆花说:"你没来我咋吃呢。"

李又奇悄悄问:"我爸昨晚过来没有?"

豆花说:"他敢过来?"李又奇就笑了。

三人坐上桌,李又奇给父母一人夹一个鸡蛋说:"妈,我今天忙,让我爸陪你去城里转转,给你买些衣服和首饰。"

豆花说:"我这衣服好好的,是今年最流行最时尚的款式。"

李又奇说:"妈,你咋不听话呢。"

豆花问:"你啥时候回来?"

李又奇说:"我回来就到晚上了,晚上我和你们一块儿吃饭。"

吃完饭李又奇走了。李奇给豆花说:"你收拾一下,我们一会儿出发。我去开车在楼下等你,你收拾好后下楼,我们去城里转转。"

李奇在楼下等了半天,不见豆花。他停好车上楼回家,发现她房间的门关着,里面没有声音。他想她一定是累了休息了,就没有打扰回了自己房间,他在房间一边看电视一边等候。过了一会儿,他听见主卧门开了,然后听见厨房传来倒水的声音,就等她叫他一块儿出去。只听见咣的一声,好像是豆花开门出去了。他忙趴在窗台往下看,只见豆花一个人向小区外走去。

晚上,李又奇见父亲已做好饭,母亲等他回家吃饭,他很高兴。他问父亲:"今天你带我妈到哪里去了?"

李奇含含糊糊地说:"去大雁塔广场……逛了。"

李又奇问:"给我妈都买了啥东西?"

"没买,她说啥都有。"

"爸,你这人!她说不买,你就真不买了?"

李又奇又去问母亲:"妈,我爸给你买东西你咋不要?给你买几件首饰多好,你也不亏到西安来一趟。"

豆花说:"他啥时候给我买东西了?他今天就没出门。"

"没出去啊!他干啥去了?"

"他在家看电视,我自个儿逛了一天。"

李又奇很吃惊："你怎么一个人出去逛呢？你给我打电话呀。"

"你今天不是有事吗？"

"今天星期天，我能有啥事？我就是想让你们俩出去逛逛，早知道我带你去了。"

李又奇去问父亲："爸，你怎么骗我？你今天在家里待了一天，却说陪我妈逛街去了，还说她啥都不要！"

"我把车开到楼下等她，她不去。"

"你不会上楼叫她，你叫她，她能不去？你不主动，这事怎么谈？我看你是不想和我妈好。"

第二天早上，李又奇早早过来，他自己开了门，进屋后看见父母的两个房间门都紧闭着，饭也没做。他敲开母亲的房门，豆花正在看电视。他问："妈，你们早上为什么不做饭？"

豆花说："妈现在去给你做。"

豆花去厨房做饭，李又奇去叫父亲。他想让父亲给母亲帮忙，却发现父亲的房门不知道什么时候已经开了，他进屋一看，房间已无人。豆花说："你到妈房间时，我听见他开门出去的声音。"

李又奇说："噢，公司早上有早会，他肯定开会去了。"

吃罢早饭，豆花说："儿，你忙，妈不打扰你们，妈感谢你，妈知道你工作好就行了。我上午想回去，那边宾馆我不放心。"

李又奇说："你那宾馆能挣几个钱？你在这多住几天，我爸晚上回来，我给你们做饭。"

"不了，我也有事，不打扰你们了。"

在儿子面前，豆花不愿多说什么。她来了三天，憋了一肚子的气。儿子费心安排咱们两人去逛街，你光在楼下等，你不知道上来叫我一下，晚上坐在大厅看电视，你像木头一样一句话没有，谁没看过电视，来你这里是看电视来了？儿子给咱们准备了那么多交流的机会，你到我房间来坐坐，我还能把你赶出去？娃一走你回房间就睡觉，早上你有事连招呼不打就走了，我知道你这不是忙工作，而是烦我。你还烦我，我早就烦你了！

李又奇让司机送母亲回咸阳，豆花想了一路，窝了一肚子的火。回来后，她想见老韩，想吃老韩的韩信面。谁知老韩小心眼，给她摆起了架子，说了那样不该说的话，她不得不对老韩进行重新审视。

捌拾捌

陈娅回家说要换工作。豆丫问："你干得好好的，想换哪儿去呀？"

陈娅说："当收银员站一天腿都站肿了。"

豆丫说："你要换工作，等找好工作再辞职呀。"

陈娅说："有人给我介绍了一家公司。"

豆丫问："这个公司是干啥的？经营咋样？一定要打听好，不要还不如现在这家。"

豆丫去找豆花说陈娅换工作的事。得福说豆花从西安回来后，一直闷闷不乐，整天叹气。豆花见了豆丫，大发牢骚说："我不可能和李奇复婚，他那傲慢的样子，我接受不了。夜个早上，他给儿子和我连招呼都没打就开门而去，我再也不会去他那里了。"

豆丫说："甭生气，不在一起也不要成仇人。上午我请客给你接风，让老韩给咱弄几个菜。"

豆花连连摆手，说："你不要给他说了，他是个啥东西！嫌我在西安几天没回来，夜个连面也不给我吃了。"

"他会这样？"

"我跟前夫住不住一块儿，他吃啥干醋！我和他还没结婚，他就这样，这以后还不把人怄死呀。"

"要不晌午我给咱做饭，你想吃啥我做啥。"

这时，老韩走进来说："豆丫，你来了，你中午不要做饭，我给咱弄几个菜。"

豆丫不吭声。豆花说："不用了，你忙你的，我们随便吃点。"

老韩说:"忙啥呢,不忙!我弄几个菜,咱中午吃韩信面。"

得福从灶房走出来说:"算了,你那面贵,我们吃不起。"

"再别说了,我给咱端去。"一会儿工夫,老韩端着凉菜进来了。

老韩又出去端菜。豆花给豆丫说:"这是请你吃饭呢。"

豆丫说:"姐,你别开玩笑,人家凭啥请我呢?"

豆花说:"你不知道,那天我从西安回来又饥又饿,想吃他一碗面,得福一催再催不见过来,我把一碗剩饭吃了,他才慢悠悠端着面过来,我让他端回去了。"

豆丫说:"姐,你的事要尽快确定下来,这样悬着把人能急死,我都受不了,更别说老韩了。老韩是个死心眼儿,他认为你跟他是板上钉钉子的事。可你现在还往我哥那跑,一去就是两三天,你和我哥在不在一块儿,谁能说清?他能不急吗!"

老韩又端了两碟凉菜过来说:"先吃着,我让他们给咱炒热菜。"豆丫拉豆花坐下,喊得福过来吃饭,得福跑过来。老韩说:"今天我为豆花洗尘……"大家看到,今天的酒换了牌子。

得福说:"心想事成,心想事成。"

豆花勉强举起杯子抿了一口酒说:"我自己都洗了,还要你洗?"

豆丫说:"洗尘只是一种形式,一种礼仪的说法,你还真叫韩哥给你洗呀?"

豆花就笑了:"你也学会胡说八道了!"

得福给自己倒酒,豆丫挡住他:"你以后不能沾酒!"

得福知道自己曾犯的错,不敢再动酒杯。豆丫喝了酒脸就红了,豆花越喝越多,豆丫不敢让她喝,她要是喝醉了,说了不该说的话,大家就都难看了。老韩说:"没事,让她喝。谁还要面不?一人一碗。"

豆丫和得福都摇手:"吃好了,不要了。"豆丫要扶豆花进房子,老韩起身搭手,豆丫就让他扶豆花到房子去了。剩下的菜豆丫打个包送给了老王。老王见豆丫给他送菜来,高兴地说:"哥问你,娃给你说了没?"

"说啥呢？"

"陈娅要到许得的公司干活去，你不知道？"

"咋可能呢？陈娅咋会到他的公司去呢！"

"许得昨晚给我打电话，说下月陈娅就到他公司上班了。"豆丫再没说话，满面愁容向回走去。

捌拾玖

晚上陈娅下班回来。豆丫问："你要在哪里工作去？"

陈娅淡定地说："泾渭集团公司。"

"在那干啥工作？"

"先干门迎。"

豆丫气得跺脚："你知道那是谁的公司？"

"知道，他是许叔叔的公司。"

"你知道是他的公司还去！"

"你们以前不是很好吗？再说了，你们是你们的关系，与我工作没有关系。"豆丫气得说不出话来。

那天，陈娅正在商场出口收银，有人叫她名字，她抬头一看是许得，惊喜地说："许叔，你也来买东西？"

许得说："听说你在这里工作，叔特地来看你。"

陈娅不解。许得问："你在这一月多少钱？"

陈娅说："两三千元。"

许得说："两三千元你干啥呢！到叔那儿去，一月给你六千元。"

陈娅惊奇地问："那么多？"

许得说："你去后先干门迎，锻炼一段时间，然后到办公室当文员。"

"文员干啥呢？"

"贵宾接待、传递文件，都是些碎事。"

陈娅心中暗喜,"我和我妈商量一下。"

"你不要给你妈说,你妈对叔有看法,你给她说了,她一定不会让你来我这工作,"许得说,"如果你同意,下月就到公司来报到,如果不愿意,就当叔没说。"

陈娅非常想到泾渭集团公司上班。她本想瞒着母亲,等上班后再说。既然现在母亲知道了,她也索性实话实说:"其他事我听你的,但我工作的事你不要管。到泾渭集团去不去,我还没决定,你也不要着急。"

豆丫说:"你在哪儿工作都行,就是不能去他那里!"语气严厉决然。

陈娅只得说:"好了,我听你的。"

陈娅并没有真听豆丫的话。月初这一天,陈娅到泾渭公司报到了。她在人事部填了表,人事部给她发了一套工作服。好漂亮的工作服哟,她穿在身上很合适,在镜子前照了又照,觉得自己不是自己了。

上班的第一天,她和其他三名门迎小姐站在门口,人们从她们的身边走过,她欣喜地看到众多惊艳的目光落在自己身上。许得走过来,站在她面前说:"这身衣服一穿,你比你妈漂亮多了。"

"谢谢许叔叔!"

旁边的姐妹很惊讶,"你认识许董事长?"

"认识。"

姐妹们很羡慕。她们问她:"你们怎么认识的?"

"他为我曾断了一条腿,现在好了。"

姐妹们更瞠目结舌了,许董事长竟为她断过一条腿。这消息在公司不胫而走,众人对陈娅刮目相看了。

豆丫还是得知了陈娅在泾渭公司上班的事,她寻到公司来,见了许得。她说陈娅不适合在这里工作,让许得把陈娅辞退了。许得认为没有理由辞退陈娅,说:"我以前对你多好,多么尊敬你,你说翻脸就翻脸,我至今不知道怎么回事。我知道,让陈娅来我这里上班,你一定会找我的。"

豆丫说:"你不知道我为啥离开你吗?因为你不是我想象的那种人,我当时同情你、怜悯你，希望你在陷入绝境的情况下，能自强独立地站起来。而你没有。我是怕你，才离开了你，我怕你走到你父亲那条路上。你对我只是有一种占有欲。"

许得说："你说得不对，我接近你，是我喜欢你，我断腿之后，你不顾豆花的反对执意照顾我，说明你是一个知道感恩的人。你是那么的单纯，你使我在你面前有一种畏惧感，我从没在女人面前有这样的感觉。我认识她们就上床，唯有你不愿意和我上床。你保持了当代女性最后的纯真，我被你拒绝的理由感动。我真心实意想和你结婚，你却是那样的绝情，断绝了我们的关系，使我一点准备都没有，我为你的举动遗憾，为我没占有你而遗憾，我从此产生了一种强烈的占有的报复感。"

豆丫忽然想起豆花给她打的那个电话，"他和你接触，只是想占有你，和你结婚是骗局"。现在她完全认同了豆花对许得的判断，认清了许得的真面目。

"你想咋样？"豆丫质问道。

"我们虽然没有那种关系，但毕竟有过那么一段难以说清的暧昧。陈娅在我这里工作，你放心，我会好好照顾她的，因为我现在又不想报复你了。"

"我真的希望你做一个守法的公民、守法的商人。"

"我们现在是在国家法定的范围内做企业的，我们依法注册公司，所有手续都是合法的。"

"陈娅是我唯一的女儿，如果她受到伤害，你定会为你的行为付出代价的！"

许得竟笑了，说："中午吃了饭再走，我给你准备好了。"

"我还有事，不打扰你了。我不想在这里见到陈娅，你也不要对她说我找过你。"

豆花知道陈娅在许得公司工作的事，急得在大厅团团转："咋会这样？咋会这样？！"

豆丫说："陈娅对她的工作很满意，我没法让她离开许得的公司，如果强迫她，可能适得其反。"

人人都觉得永远很远，其实它可能短得你都看不见。珍惜你认为值得珍惜的，别让生命留下遗憾。

李奇把公司交给儿子李又奇了。

李奇在太平镇的一个村庄租了庄基地，在乡下盖了一座四合院，过起乡下人的生活。他说，什么是乡下人的生活？吃自己打下的粮食，吃自己地里种的蔬菜，早上睡到自然醒，饭后端上茶壶和所爱的人聊天，和乡亲们谝闲传，这才叫生活呢。他几次给儿子李又奇谈起他原来的老家，老家门前那棵皂角树，皂角成熟的时候，他婆会藏很多皂角，送给那些没来摘皂角的人。吃饭时，皂角树下坐一片人，吃饭聊天，乡亲们把这叫老碗会。

在李又奇的劝说下，李奇同意儿子再次接豆花来西安缓和关系。李又奇来看母亲，他见母亲为宾馆的事整日忙忙碌碌的，说："你没必要这么操劳经营这个宾馆，你和我爸复婚后，咱那里什么都有。"

豆花说："你以为我是为了挣钱才经营这个宾馆，这个宾馆有你豆丫姨公司的股份。她那公司都是进城打工的失地农民，他们靠我这个宾馆每年的红利养家糊口。如果我不开这个宾馆，你得福叔咋办？农民工咋办？"

李又奇见没法说服母亲，就说："那你到西安休息几天，我带你去医院把身体调养一下。"

她说："我身体好好的，调养啥呢。"

李又奇说服不了母亲就去找豆丫，讲了自己的想法，想带母亲去西安住，希望父母亲再次缓和关系。中午老韩听说李又奇来了，他要为李又奇摆一桌饭，豆丫很为难。不让老韩摆吧，她没有一个阻挡的理由；让老韩摆吧，他要知道李又奇的目的，还会乐意摆这一桌饭吗？

豆丫给老韩说："李又奇这次来，你摆席我买单，不能每次都让你

玖拾

破费。"

老韩说："你买单让豆花知道了，她会骂我的。"

得福喊："韩哥，你快上菜，谁买单都一样！"

老韩摆上了菜，李又奇却说要带大家到外边去吃。老韩看着豆花，希望她说句话。豆丫说："韩哥把菜端过来了，这菜咋办呀？在这儿吃算了。"豆花同意了。

饭桌上，豆丫不敢劝说豆花去西安的事，李又奇也没提，饭桌话少，一会儿就吃完了。老韩和得福喝茶，豆丫拉豆花到房间，李又奇跟进去了。豆丫说："难道你看不出来孩子的心思，他叫你到西安休息是假，让你和我哥和好是真。你好好想想，如果你和我哥能和好多好呀。今天孩子求我，让我劝说你，如果你去后我哥对你真不好，你再回来，以后不到他那去了。宾馆的事你不用管，有得福和我呢。"

李又奇说："我爸这段时间老给我讲家里过去的事。"

豆花一惊，以为李奇给儿子说她什么坏话。李又奇笑说："我爸说咱家门前的皂角树、拴马桩，还有后院的沙果树。他说，春节时，年三十晚上，一家人围在一起吃年夜饭，我爷会发压岁钱。你进我家门是头一年，我爷给你的压岁钱最多，惹得我大妈二妈不高兴。大年初一一大早，你和我爸去给我爷我婆磕头拜年，我爷竟然还没起来，我婆用被子挡住了我爷的头。我爷在被子里说，免了、免了！大年初一吃饺子，唯有你吃到了铜钱，全家人都说你有福气，有财运。吃过饭，我爸领着你去给本家长辈拜年，这一天，他说你馋嘴吃得就没停。"

豆花听着扑哧乐了："我馋嘴，他不馋嘴！"三人说笑着，一起出了门。

老韩见豆花、豆丫、李又奇往外走，问："你们干啥去？"

豆丫说："儿子接她去城里散散心。"

老韩突然站了起来，望着走出大门的豆花，又慢慢坐了下去……老王看见豆花上了车，在后面喊："去了多住几天，别急着回来。"

车走了。老王说："豆花这次去，可能不回来了，老公和儿子在西安经营着一个大公司,这小小宾馆根本不入人家的眼。哎,有人在乡下盖四合院,四合院没人住了。"

"快回你商店去。"豆丫制止老王再说下去。

老王老婆走后再没消息,女儿从学校回来一次,知道了母亲出走的事。临走时对老王说:"我大学毕业成家后看谁管你!"

老王说:"没人管我,我给你找个后妈。"女儿走后再没回来。

老王老婆走了,他再不像以前见个漂亮女的就张狂。豆丫见他日子过得恓惶,有时候会给他带些吃的,他也很少说那些轻狂话了。

豆花在西安住了两天,容光焕发地回来,说她要复婚。她把自己的想法先告诉了豆丫。豆丫说:"老韩知道这事咋办呀?听说他在乡下给你盖了四合院。"

豆花说:"他胡张呢!我说我喜欢四合院,没说我要住四合院,没说我要跟他住四合院。我的事我做主,谁叫他以前不主动,只知道给人送面!"

豆丫笑说:"你心里一直有我李哥,不然老韩早把你娶了。"

豆花说:"你哥早有这心思,那犟脾就是不给我说。离婚之后,他一直没找个人,一直等着我。最令我感动的是,他给我买了终身保险,在城里买的房子上的都是我的名字。他说我喜欢乡下的四合院,在乡下早盖好了。"

豆丫打趣道:"你不是说你不一定要住四合院么?"

"那要看跟谁住呢。"

豆丫说:"女人的心呀,难琢磨!"又问,"李哥有这心咋不给你说呢?"

豆花喜滋滋地说:"他就是这样,嘴硬,其实心里啥都想着我。"

豆丫问:"你这次决定了吗?"

"我说回去考虑一下。"

"还考虑啥呢?他有那么大的企业,对你又这么真心。"

"我不能这么快的答应他,晚上就和他睡一块儿,我回来也是对他的考验,吊一吊他的胃口,以后他就听话了。你轻易答应他,显得咱太不值钱了,"她说,"我要到西安去,这宾馆咋办呀,就给你一个人扔下了。"

"只要你对我放心，妹子不会辜负你的期望。宾馆是一个稳赚的生意，只要把牌子挂在这里就有客人来。今年我想让得福入股，他若有钱就入现金股，不愿意就入管理股。他攒了十几年也没攒够娶媳妇的彩礼钱。"

当老韩得知豆花要复婚的事，一切都晚了，多少年的追求一场空，他再也不愿到秦人居去了。豆花回来待了两天，没告诉他，又去西安了。这天，得福到韩信面馆说来一碗面，服务生说到吧台交钱去。他去交钱，老韩收了钱，好像不认识他似的。

得福把这事给老王说了，"一碗十八元，吃人呀！"

老王说："他那种人豆花怎么会看得上，他不给你吃面也好，白吃了几年了也划得来。"

老王说："这几天你没吃的，到我这来，我商店有的是吃的。"

豆丫中午过来，得福把老韩的作为告诉她了。豆丫说："你这没志气的，你为啥不给人家交钱？如果是我，人家不要钱我也要给他，现在情况变了，咱也得变，再不能白吃人家的了。"

次日中午得福想吃面，让豆丫去要。豆丫到吧台要交钱，老韩不让。豆丫说："韩哥，我不能再白吃你的面了。"

老韩问："为啥呀？"

她说："我姐要和我哥复婚了，她觉得很对不起你。"

老韩说："咱把话说到明处，不结亲还是邻居是朋友，她要复婚不给我说，让我瓜等，她这点做得不对。"

豆丫说："我今天不是给你来说吗？她觉得不好面对你，她临走时叫我好好给你说一下。"

豆丫要交钱，老韩坚决不收。老韩说："她是她，你是你，没有那场事，你在这里吃面还是和过去一样，赠送。"

豆丫说："你是做生意的，开面馆多辛苦呀！让我们白吃，我心里过意不去，如果不收钱，就是拒绝秦人居人在你这吃饭。"

老韩说："半价，半价行不？"

豆丫说:"这也行,不白吃就行。"

一天得福去买面付了半价。老韩说:"你得交全价。"

得福说:"你说话咋不算数呢?豆丫说我们秦人居吃面是半价。"

老韩说:"秦人居除了豆丫,其他人吃饭都不优惠。"

得福回来给豆丫说了。豆丫去了韩信面馆,要一碗面交了全价。老韩说:"你是半价。"

豆丫说:"算了,你还是给我算全价吧,一起工作的,你给我半价给他全价,叫人知道笑话。"

豆丫执意要交全价,不领老韩的情。老韩无奈地说:"半价,秦人居的人都是半价。"

豆丫说:"老王老婆跑了,剩他一个人多恓惶,你落个人情,给他也半价算了。"

老韩说:"给他半价不行,他跟我闹伙了十几年,看见他我一肚子气。"

豆丫说:"如果你整天憋着气干活,非憋出病不可。你给他和秦人居一样对待,我相信他以后肯定不会为难你。他那个人毛病是多,但也爱管事热心肠,在这条街上不论谁家有个啥事,他都冲在最前面。如果你不给老王半价,我们秦人居这半价也不好开。老王那嘴长,会说出闲话的。"

老韩说:"你这人心善良得很。"

老王听说老韩照顾他,让他在韩信面馆半价吃面,于是拿一盒烟扔到面馆吧台上说:"兄弟,谢了!成也萧何败也萧何。萧何和韩信是好朋友,我们也是好朋友。"老韩一时语塞,百感交集。

豆花从西安回来带两瓶精装"回家"酒,放到韩信面馆吧台,什么话也没说转身走了。老韩在厨房看见豆花走了,盯着那两瓶酒难受了好一阵。

玖拾壹

过了腊八就闻见年味了。

李强感谢豆丫对他的帮助,使他度过了最艰难的日子。周三,他买了小半扇黑猪肉送过来要重谢豆丫。这么一大块肉把豆丫吓住了,这么多肉咋吃得完。豆丫让他把肉扛到秦人居去。

豆花从城里回来,见宾馆大厅拥了一堆人。豆丫看见豆花,带她去了房子。豆花问:"干啥呢这么多人?"

豆丫说:"都是我的乡亲,来找我的。周三是他们聚会的日子,他们有好多问题需要在一块儿商量解决。"

"你能帮助他们解决啥问题?"豆花觉得豆丫多管闲事。

"你知道李强以前讨薪闹事被抓了,我怕他们再闹出事来。"

"我知道你办新市民服务中心的意图了。"

豆丫有点不好意思地说:"我不知你今天回来,你回来也不打个电话。"

"我再不回来,秦人居就不成宾馆了。"

得福见豆花豆丫在房子半天没出来,乡亲们知道给豆丫把事惹下了,纷纷走了。得福在灶房门口喊:"别走呀,肉快熟了。"

豆花从房子出来,得福看见豆花:"姐,你回来了?"豆花没吭声,得福去了灶房再没出来。豆花走进灶房,见锅里煮了一锅肉,案上放了一堆锅盔馍。她问:"哪来这么多肉,这么多馍?这是给谁吃的?"

得福说:"豆丫的乡亲李强送的,大伙今儿在这聚会,准备给大伙吃的。"

豆丫进来说:"姐,这都是我安排的,与得福没关系。"

"我问煮下这锅肉咋办呀?"

豆丫也不知道咋办。豆花说:"叫他们回来呀!"

豆丫觉得豆花说的是气话。她说:"他们都走了,吃不完咱慢慢吃。"

"你叫他们回来,快把这些肉吃了,"豆花说,"去啊,叫他们呀。得福,把两张桌子拼起来。"

豆丫说:"不用,他们蹲在地上吃。"

"来者都是客,况且是你的乡亲,咱一定要招待好!"

豆丫见豆花真心请他们吃饭,她给李强打了个电话,说:"饭桌都摆好了,咋不见人了?"

一会儿,李强带着乡亲们来了,几个人进了灶房帮忙,几个人抹桌子。豆花说:"你们一见我咋都跑了,我长得难看,没有豆丫漂亮?"乡亲们笑了。

"你们吃饱了继续开会,得福,给乡亲们把茶水倒上。你们是豆丫的乡亲,也是我的乡亲,她是我妹。"

乡亲们听豆花这么一说就放开了,自由地坐着,大声地说话,随意地开玩笑,一会儿喷香的肉端上来了。李强说:"澄县有水盆羊肉,咱这叫水盆猪肉。"

乡亲们一人一碗,有坐着吃的,有蹴着吃的。豆花问:"豆丫,你咋不吃?"

"我不习惯这吃法。"

豆花说:"得福,给我来一碗。"

豆丫给自己舀了一碗,便和豆花端进了房子。豆花说:"乡亲们来了,咋能让走呢。况且煮了一锅肉,买了那么多锅盔馍,咱也吃不完。"

豆丫说:"以后他们不到这来了,聚会就放到我家里,那里宽敞。"

乡亲们吃了饭高兴地谈论起来,有人说:"再要不下工钱咱就去找政府!"

李强说:"找政府去两个代表反映情况就行了,不要像我以前那样闹事打架,那就违法了。"

大家笑了,有人说联合起来堵老板的家门。李强说:"大家冷静,咱们听听豆花老板的意见,她见多识广。"

李强敲开豆花的房门,让她给大家出出主意。豆花被邀请出来,听了问题，她说："不要认为老板都是赖皮，不愿给你们工资，他们肯定有原因。一是派几个人和他们先沟通谈判，如果他们有钱不给，谈不到一搭，你们可以上访，呼吁政府协助解决，堵门打架，在政府门口闹事，不是好办法。工伤事故医疗纠纷，如果老板不承担医疗费，可以上法庭，打闹出了问题，受害的是咱自己。"

有人说豆花讲得有理，有人说你这种办法永远要不回工钱。李强说："咱成立新市民服务中心干啥呢，就是帮助咱们解决问题的。"他带头鼓掌致谢豆花。李强又说，"我认为豆花讲得在理，我们不妨这样去做，在这过程中若出现问题、纠纷，我们再商议再寻求妥善处理的办法。"

老王从秦人居门口路过，看见秦人居大厅坐满了豆丫的乡亲，他咳叹一声走了，"城里人都没活干，这么多人涌进城了在哪找活干去？"听说西安要做大都市，要把周边的县城都纳入西安市区管理。大城市有什么好处，人多车多，在城里走个朋友多么的艰难呀。小县城人少车稀不堵车，走出县城就是绿色的田野，那多好呀。如果有人非要做西安大都市，不必那么费神费力，把陕西改成西安，把西北叫作陕西不就是世界大都市了。老王想着自个儿笑了，咱操的是哪门子心呀。

豆花在宾馆待了两天走了。她对宾馆的事并不上心，她上心的是她和李奇的生活。当她得知李奇给她买了终身保险，房子登记她的名字，还在乡下为她盖了个四合院，她对李奇的所有防线瞬间崩溃，那天夜里李奇彻底把她俘虏了。

豆花在城里住了两天又回秦人居了，她一回来就问："咱那些乡亲呢？我也是农民，咋能容不下乡亲们呢？"她对得福说："以后叫乡亲们在咱这开会讨论，他们进城打工不容易，这里就是他们的家。"

得福说："你走后，乡亲们再没来过。"

她去找豆丫："是不是我那天说话冲撞了乡亲，得罪了乡亲。我走后他们咋都不来了？我过去也是农民，我现在依然是农民，你让他们来，有事在咱秦人居聚会，那地方阔敞，吃饭休息都方便。"

豆丫说:"在那边影响咱宾馆生意,他们都不愿意去,在我家里更自由些。"

"难道咱秦人居就不自由不方便?"

豆丫把豆花的意见转达给了乡亲们,期望大家聚会到秦人居去。但大伙都不愿去,不愿去也说不出个理由,总之不想去。

那天老王到面馆去吃饭,他悄悄告诉老韩:"豆花回来了。"

老韩说:"她回来与我有啥关系?她来吃饭也是半价。"

玖拾贰

人都说陈进财自己把自己撂倒了。

李强来电话说陈进财得了瞎瞎病,在家里寻死觅活的要自杀。

社区的人都说陈进财自己把自己毒倒了,天天吃自己种的毒菜,能不得瞎瞎病吗!

豆丫让陈娅回家把她爸看一下,或许能好些。陈娅不去,她说她没爸。

豆丫给豆花打电话讨要主意。豆花说:"你管他干啥!你凭啥管他?他有老婆呢,你再管他就惹火烧身了。"

豆丫睡不着觉,她一大早去了陈进财家里。

她忘不了陈进财给她送菜出车祸的事,他给她和女儿送无公害的蔬菜,他说城里的菜是有农药的,他自己怎么会吃有问题的菜,把自己吃得得了瞎瞎病。她后悔那次没收下他的菜,如果收了他送来的菜,或许他就不会这样作践自己。

陈进财家已不像个家了,饭碗几天没洗,筷子扔得到处都是。陈进财为了看电视方便,把被子抱在了客厅,脏衣服到处乱扔。豆丫小心地走过去,陈进财看见她,"你来了,你咋来了?"

"你病了咋不去医院?"

"去医院就要开刀,一开刀我就没命了。"

豆丫没吭声。他又说:"这种病治不好,有钱人得这病花几百万都治不好,咱咋能看好这病!我这是活一天算一天……只是我给女儿啥啥也没留下,就留下这个房子了。"

豆丫说:"你安心养病,她不会要你这房子,你甭操心她,她日后的生活,我给她安排好了。"

"我没用,我是个废物!"

豆丫埋怨地说:"听说你住在菜地天天吃打药的菜?你咋这么瓜的!"

"你们天天吃打药的菜,都没事,我吃了咋就有了事,得了这瞎瞎病?"陈进财自言自语地说。

"你咋办,就这样熬着?"

陈进财咳叹一声说:"这家不像个家了,你回来才会有家的样子,你走后这家就不是家了。你回来吧……"

豆丫说:"你现在是有妻的人,再甭胡想了。"

陈进财说:"我要和她离婚,我把她告了,她以欺骗的手法骗我钱财,是要还我的。"

豆丫没吭声,她不愿听他叙说他们这些事。他又说:"菜也种不成了,菜地我转交给二虎了,没有来路的钱了,你手头要是宽余,给我留些钱,我叫社区饭馆给我送饭。"

陈进财乞求地望着她,她不忍心看着陈进财可怜的样子,她掏出一沓钱放在茶几上说:"陈娅忙让我来看你,这是娃给你的钱。"

豆丫走后,她让李强给陈进财雇个保姆。李强说:"天下难遇你这好人。我一直让人给他送饭,不然他早饿死了。人都说你会看他的笑话,谁知你这么善良。"

豆丫说:"人生在世,有三不能笑——不笑天灾,不笑人祸,不笑疾病。"

豆丫给陈娅打电话,说了陈进财的病况。陈娅说:"你不要给我说,你要管你管,我不会管他的。"又说,"我在集团办公室上班,不能说走就走。"

豆丫说:"你最好辞了这份工作,那里的环境不适合你。"

陈娅说："你总是对许叔有看法，希望你们之间的矛盾不要影响我的工作。"

许得心机重，陈娅幼稚看不透那种人，豆丫无法告诉陈娅，许得让她到办公室工作的真实用意，她常常希望自己的判断是一种误会，但真实的情况让她夜不能眠。那天许得打电话让她过去一趟，想邀请她吃饭。陈娅在他那里，她不去又不行，如果没有陈娅在那里，她不会去赴约的。

吃罢饭，许得希望她晚上不要走，说他已订好房间。他说："我真傻，以前有那么多机会，没有睡你。我想好事多磨，好饭不怕晚，却让你从我的手心溜走了，让'美得很'成了一个传说，我要让'美得很'成为我的荣耀。今天你只要满足我的要求，我会让陈娅愉快地跟你回去，甚至会答应你的一切要求。"

豆丫说："世上的女人不是人人都很贱，身体是送给我爱的人的，不是谁都能得到的！"

"你今天不同意，你总有一天会求我的，我等着你。"

"我不会让你如愿的。"

"我就是这样一个人，你想我多么坏就多么坏。"

豆丫回家让女儿辞职。陈娅说："我已正式调到集团办公室当文员了，工作很轻松，只是送送文件打打字。"

她明知女儿已在虎口，却毫无办法。豆花听说陈娅调到许得办公室，她有点害怕，她把陈娅叫回来吃饭，想劝陈娅赶快离开许得的公司。谁知陈娅毫不客气地说道："你怎么会这样想，我刚有了一个称心的工作，我妈让我辞职，你也让我辞职。别人过上好日子，你心里就不舒服了。如果我和我妈还在你这里打工，伺候你，你就满意了？"

晚上，豆丫打电话问豆花和陈娅谈得怎么样，豆花哭了。她说："我们是好姐妹，我有苦水总会与你倾诉，你有难事总会找我协商，你的难就是我的难，我的苦就是你的苦……"她说不下去了，越说越让人伤心。

"是不是陈娅又说了不该说的话？"

"妹妹，没有，我只是心里难受。"

豆丫不知豆花为甚如此难受，豆丫要到秦人居去看她，豆花说她出去散步了。

豆花走出门外，她不知到什么地方去。这几天，她从西安回来，本来想在咸阳湖散散心。人就是这样，在哪里待久了，就想换一个环境。她放心不下她的秦人居，虽然这里有豆丫，秦人居毕竟是她创办的，她习惯了这里的一切。

她想邀请老韩一起散步，却想不到邀请的理由。老韩知道她和前夫好了就再也不理她，听得福说，过去老韩隔三岔五送面，现在秦人居人吃饭要收半价。她不是出不了这一碗面钱，而是老韩做事让她心寒。有心和老王散步去，他会陪她笑，讲很多有趣的故事逗她乐，但他也会做出让人不可理喻的事。何况现在老婆跑了，他单身在家，如果给他机会，他会让她难堪。她觉得人与人之间太难相处了，她有时想离开这里，又离不开这里。

一阵冷风吹过，她想起陈娅，她对这孩子多么好，从小看着长大，像对待亲闺女一样。如今陈娅长大了，对她的怨恨也跟着增长了。她无法想象陈娅对她怎么会有那种想法，十几年真心付出却换来这样的结果。豆丫给她打电话时，她竟一时忍不住哭了，她不知是哭自己的委屈，还是对陈娅的埋怨。豆丫的声音，让她忽然感到陈娅还是个娃，没长大的娃娃，我怎么和她计较呢。她是这么想的，心里却是如此的憋屈和难受，她想对夜空呐喊："我怎么做，你才能原谅我、理解我！"

又一阵冷风吹过，她一回头发现老王跟在后边。她问："你跟着我干啥呢，我想一个人转转。"

"我不放心，我怕你身边来坏人。"

"你走了，坏人就没了。"

"你晚上一个人出门，我操心——"

人若简单，快乐相随。心若清净，一切美好。

豆花在秦人居待了几天又回西安了。

她说，什么是家，过去她认为秦人居就是她的家，现在她说李奇走到哪里，哪里就是她的家。

李奇说："城里再好的房子，住到里边心里不踏实，只有回到乡下站在土地上，和自己爱人在四合院里一起劳作，一起歇息，在田埂上一起散步，一起聊天，这才是家，一个实实在在的家。"他要过一种真正的安逸生活。他没事常到村里转悠，和村民聊天，他想融入他们的圈子里，他羡慕那些蹲在家门口，一顿能咥两大碗面的汉子。村民们想不通，这人那么有钱，咋住到农村里，常想和咱们聊天。一天李奇叹道："有钱人不一定能用钱买到家的感觉，没钱人却可以拥有一个实实在在的家。"

豆花说："咱住到乡下，咱就是农民了，我们在城里打拼了一圈又回到农村了。"

李奇问："咸阳湖那个许得现在干什么？就是他爸被抓的那个许得。"

豆花问："你咋知道？"

"他不是还和你好过一段吗？"

豆花打他："别提他！"

李奇说："几年之后房地产市场肯定会冷下来，你别看他们现在跳得欢，到时候会跳楼的。"

豆花惊问："为啥？"

李奇说："对他这人我了解一点，他一边盖房，一边让一帮人炒房。中央一再强调，房子是住的不是炒的！这是信号。"他又说，"你看现在国家出台了一系列购房住房政策，保障房地产平稳健康发展。风月同

玖拾叁

天，守望相助，这才是一个社会应该有的样子。人狂没好事，狗狂挨砖头，整治他们那些投机分子只是时间问题。"

玖拾肆

子衿的身子一天不如一天，这天，他把儿子姬天叫回来。他说："我给你以前说过的事，你还记得吗？"

姬天问："你说的事太多，我记不清是哪件事。"

"听说礼泉县店张那一带还可以土葬，你给我在那买一块坟地，我要土葬。"

"国家提倡火葬，塬上的人去世后都火葬，你咋还要土葬呢？"

"我想土葬，这是我给你提的最后一个要求。"

姬天把这事给豆丫说了。豆丫说："他要土葬就土葬，这是他的一个愿望。"姬天同意了老父亲的要求，着手购买墓地。

姬天的公司一直无大的起色，这让姬天很着急。一天子衿把姬天叫到跟前说："搞企业要有缘分，更要有恒心，一镢头挖不出一口井来。"他又说："听说豆丫在城里要创办新市民服务中心，你支持她一下，这也是她对社会的一点贡献。豆丫干这事是大事，也是咱姬家的事，姬家人应当做出自己这点贡献。这个道理你懂。"

姬天说："这是政府的职能，她咋自己做？"

子衿说："她做自有她做的理由。"

停了几天，子衿给豆丫打电话询问新市民服务中心办得怎么样？豆丫说："舅，正在筹备呢，开张挂牌那天，一定邀请你参加。"

子衿说："你很久没来看舅了，你有空过来。"

豆丫不敢说她忙。她说："我过来。"

见到豆丫，子衿说他要土葬。豆丫说："我同意，只要你和我表哥意见统一，没有人反对。"

豆丫从舅那里回来。老王告诉她说："得福脑子有麻达了。"

她问:"咋回事?"

老王说:"他喊叫要杀人。"

豆丫问:"他没说杀谁呢?"

"他不说,光说要杀人呀。"

豆丫去看得福,得福站在吧台里,她觉得得福很正常。她正要走,得福恶狠狠地说:"我总有一天要杀了他!"

她问:"你吓我呢,你杀谁呀?"

豆丫把她看到的情况给豆花说了。豆花说:"看他有杀人的本事没?他会杀人?别管他,他肯定在哪儿受了刺激,气得说胡话呢。"

什么事能气得得福要杀人,豆丫想不出来。她去问老王:"王哥,他咋回事,好好的咋要杀人呢?"

老王说:"他不是杀人的病……我不好意思给你说。"

豆丫问:"还有啥不好意思的?"

老王说:"老人把这种病叫发癔症,他十几岁就找媳妇,找到现在也没找到。跟豆花一个屋檐下生活多少年啥事也没发生,娃是想那事想疯了。"

豆丫没听明白:"想啥事?"

"说白了,就是他想和女人干那事。"

"我不信!"

"过去有过这病,现在也有,只是你们不知道罢了。"

豆丫从来没听说过人会得这种病。如果世上有这种病,和尚不都得上了。

姬天给父亲把坟地找好了,让父亲和豆丫去看。豆丫说:"坟地的事我就不掺和了,只要你和舅看好就行了。"

姬天说:"我爸说一定叫上你去,他现在很看重你,家里的事要我和你商量着办。"

豆丫笑说:"舅糊涂了,把我当女儿了。"

姬天开车带着父亲和豆丫看了坟地。子衿很满意,说那块地向阳,背靠咸阳塬,是一块风水好地。夜里,子衿把老伴摇醒,老伴睡得迷糊,"你深更半夜出啥神呢？"

子衿说："你说我带回来这笔钱给不给姬天？"

老伴说："你不给他给谁呀？咱就这么一个儿子。"

子衿说："如果他有了这笔款，不再奋斗，像他说的去周游世界，在乡下建一座豪宅，那咋办？"

老伴说："这些钱是他的，他咋花咱就不管了。"

子衿摇头说："这不是我苦苦奋斗的目的，这不是我受苦受难的初衷。"说完躺下睡了。老伴看到他一丝游离的目光在黑暗里闪烁。

玖拾伍

李强来电话说陈进财离婚了，官司打赢了，胡琴骗他的钱财基本都追回了。豆丫问他的病咋样，李强说，医生说癌细胞扩散转移了。

一天，李强来电话说陈进财失踪了，他和社区领导到他家里看望他，叫不开门，领导怕他死在屋里没人管，撬锁打开门，发现家里很干净，被子枕头整齐地摆放在床上，地面桌椅擦得干干净净，连灶具也擦洗得锃亮，人没了。社区派人在咸阳的各个医院打听过了，没有这个人。豆丫问："那他跑到哪里去了？"

李强说："他都成那样了，能跑到哪里去。"

玖拾陆

豆花听说得福口出狂言要杀人，她不放心，回到秦人居看望得福。

得福如果精神真出了问题，宾馆就不能留他了，得把他送回家。一个好端端的人怎么会得这种病？得福看见豆花和豆丫回来，从吧台走出来给她俩倒水，豆花让豆丫悄悄检查一下得福记的账目，看有没有问题，以便判断得福的精神是否正常。她问得福："最近好吗？"

得福说："好着呢。"

她又问："豆苗最近在宾馆住吗？"

"我告诉她，晚上我十点关门。她有时回来住有时不回来住。"

豆丫说得福记的账没问题。豆花看不出得福有病的样子。她问豆丫："你是不是又听老王乱说？我看得福没病。"

豆丫说："不要再管他了，看他能成个啥精！"

一天吃完饭，豆丫和豆花正在大厅说话，灶房里传出得福摔铁勺的声音："你看着，我总有一天要杀你，叫你作孽、作孽！"

豆花跑到灶房又回来说："他最近和老王老韩没闹矛盾？"

豆丫说："没有，老王说他得的这病叫癔症……"并说了老王对癔症的解释。

豆花难以置信："世上还有这病？"

豆花去找老王。老王见到豆花就喜得手不知往哪里放了。豆花问："这世上真有癔症？"

老王说："古代皇宫的妃子有人得这病，现在也有人得这病的。南街有一个女孩得了这病，整天疯疯癫癫地乱跑，见了男的就笑，后来结婚就好了。河南细柳营的二娃得过这个病，给找了媳妇就好了。"

豆花说："给他说个媳妇就好了，可现在他是这样，谁敢嫁他呢？"

"我有个主意，不知敢不敢说。"

"都到这时候了，还有啥不敢说的。"

老王说："给找个小姐……"

"你胡说啥呢！"

老王走了，豆花把老王这坏主意给豆丫说了。豆丫骂："老王不是东西，只有他能想出这馊点子来。"

一天，老王过来说："这是给人治病又不是闹着玩的，你们要是愿意我去找，不愿意就算了。"

豆丫说："滚、滚！不嫌人笑话。"

豆花说："如果这法子真能治了得福的病，不妨试试。老王你看着办。"

老王说："小姐的小费谁出？"

豆花说:"我出,多少我给你报销。"

老王说:"咱要给得福保密,传出去他就不好找媳妇了。"

豆丫说:"姐,不要……"

豆花拉豆丫到了书香河畔,"为了治得福的病,咱啥法子都得试试。你看他年纪轻轻的,得了这个病咋办呀?"

吃早饭时,豆花回秦人居。走到门口,老王跑过来说:"弄不成,弄不成。"

"咋弄不成呢?"豆花问。

老王说:"小姐见得福神神道道的样子,吓跑了。"

得福做好早饭,他把饭端上桌说:"姐,老王那瞎尿,昨晚领个小姐到我房子,把我吓一跳,我要应了就成他的笑柄了,他会要挟我请他吃饭,我装得疯疯癫癫,把那个小姐吓跑了。"

吃过早饭豆花回乡下去了,临走时她给豆丫打电话:"得福没病,我回家去了。"

豆丫问:"你把钱给老王了?"

豆花说:"小姐让得福吓跑了。"

玖拾柒

南方客刘总无声无息地走了,他没有给豆苗留下任何东西。

豆苗哭着给豆丫说:"晚上他和我规划生活的蓝图,早上醒来就不见人了,手机关机,我去商店找他,他把商店早已转让了。"

豆苗说她上当了,这个南方客是骗子。她相信世上的好人还是多,她要找一个比南方客更有钱的男人,让他看看。豆丫说:"你找一个本本分分的男人过日子不行吗?你这是拿自己赌博!"

"姐,我再赌一把,世上有钱人一层层,我有运气会碰上我心仪的人。"

豆花说:"我当年不该把你留在城里。"

豆苗说:"命运把我生在了农村,生在了一个穷人家里,我要自己改变命运,即使你当时不收留我,我也要留在城里,我要过上自己想要的生活!"

豆丫接到妗子的电话说让她去一下。豆丫知道舅的身体越来越差,她不敢耽误,就去舅的田间房子。远远望去,舅在田野的房子独立显耀。他是一个与众不同的人,回国后不住楼房,要住田间小屋,他一直寻找自己的家和根,根找到了,他有充分的依据证明自己是周文王姬昌的后人。他寻找自己的家,他说土地就是他的家,他从土里来又回到土里去,这正应了古人说的入土为安的说法,他仿佛把自己的一切都安排好了。

今天她不知舅叫她有什么事。房子周围已长满杂草,这可能正是舅需要和向往的环境。豆丫走进房子,子衿坐起来,他能坐起来说明他身子还好。她坐在舅旁边说:"舅,我看你比以前好多了。"

子衿说:"舅是风中的灯,随时都会熄灭,可能参加不了你的新市民服务中心开张挂牌了。"

豆丫说:"不会的。"

子衿说:"舅叫你来,有两件事要交代你。"

她说:"家里有我表哥,你给我表哥说多好。"

子衿说:"你表哥忙,我交给他不放心。"

妗子在旁边说:"他就信任你,他说你虽然不姓姬,但你有姬家的血脉。"

豆丫忽然感到自己的责任重大。

子衿说:"你表哥送我那个家谱你知道吗?我希望你帮我记载下去,传下去。如果最后你不想记了,等我孙子长大后你交给他,这个家谱记载着姬家几代的传承。"子衿说着停顿下来,他喘息一会儿说,"舅确实在国外挣了一些钱,而且是一个不小的数目,你知道吗?"

豆丫惊喜地望着舅:"你真在国外带回了一大笔钱!"

妗子说:"是的,他带回来交给我了,他让我保管着。"

豆丫说:"你咋不给我表哥?"

子衿说:"这笔钱本应是给你表哥的,你能记得我问你表哥那句话吗?我不怕他拿这些钱周游世界，我真怕他在塬上建了豪宅，我就无颜面见祖先了……你知道，我没回来以前，他做得多好，他创办大秦公司虽然受到挫折，他用房抵押贷款还债，他有信心从头做起，这才是我的儿子，姬家的后代，我多高兴呀。当听说我回来带了一笔巨款后，他就不想做企业了，他等着花我的钱。那天他竟说，把我侍候好就是最大的生意！我害怕，我害怕这钱害了他。"

豆丫知道舅会说什么，她能接受这笔款吗？如果让表哥知道会怎么想。子衿说："我知道你的担心，你表哥知道我把这笔钱给了你，会错判你常到舅家来的意图。你不要怕，我给他留了一封信，会给他说明白。这笔款我分了三份，一份给你表哥，是百分之五十，一份留给我孙子，是百分之三十，一份留给你，是百分之二十，你一定会把这钱用得很好，我相信你。

"你表哥这部分款，在他创业时不能给，企业走入低谷时不能给，直到他的企业蒸蒸日上的时候，他成为一个成熟的企业家了，这笔钱可以给他锦上添花。那时候如果他不需要这笔款，你代我把这笔款捐给养老院，让他们善待老人……"

子衿双手把银行存折交给了豆丫，豆丫打开一看，三千万！她以为自己眼花了，仔细再看真是三千万。她不敢收："舅，这么多钱放我这里……"

妗子说："你舅说，这笔钱放到你这里他才放心，他才会安然地走……"

子衿坦言道："挣钱渠道很多，人一生会挣很多钱。德不配位，挣多少会丢多少；德行不丰，在获得的过程中，会有挫折，但随着德性的积蓄，收获会越来越多；有多少德行，才能承载多少金钱物质，这叫厚德载物，这是先祖《周易》中的名句。但是，有敞亮的德行，金钱也会迷惑人的眼睛呀……"

豆丫说："舅，我听明白了，我记下了。"

"记下了要给你表哥说说，你表哥……怕是被金钱迷惑了回家的路……"

豆丫走后，子衿叫回了姬天。他给儿子说："保护粮种的事，我已无能为力了，我死后给我的棺木里放上咱的种子，这是本土真正的粮种……"

姬天说："国家现在很重视粮种，已有了我们自己的科研粮种基地。"

子衿固执地说:"这些……这些粮种菜种我已给你备好,你放着就是了,我到了那边想吃啥种啥,手中有粮心中不慌。"

姬天知道父亲不行了,他说:"爸,你去国外三十多年,我妈等你多半辈子,她总算把你等回来了,你能回来就是我妈的福气,就是儿的福气,你回来给我一个幸福圆满的家。你回来找到了姬家的根,使先祖的精神有了赓续,这是子孙万代之福……"

子衿望着儿子满意地笑了,他说:"在国外那一天,成千上万人为佛争烧那第一炷香,我从不去争烧那一炷香,因为我心中自有一炷香,日夜为佛点燃着。"

玖拾捌

有时候,我们明明知错了、知罪了,放下了包袱,却无法快乐起来。那是因为,罪孽仍在纠缠着自己。

许得他爸保外就医回来了,许得送父亲回家,走到小区门口,许得父亲说:"我要回家。"

许得说:"马上就到家了,我妈在家等着你呢。"

到了楼口,许得父亲不下车说:"我要回家。"

许得说:"这就是你的家呀,这就是我们的家呀!上楼就到了。"

许得父亲说:"这不是我的家,我要回老家。"许得想起农村那个家,那个家几十年不住人了,不知成什么样子了。许得父亲坐在车内就是不下车,他说:"那年,我进去之后,天下暴雨,家里一面墙倒塌了,乡亲们组织起来把老房翻修了……"

许得说:"我妈和我妹马上下楼了,你们见见面咱去农村老家。"

许得父亲说:"我不见她们,我不想见她们,我谁也不想见。咱快回农村老家去!"他拍着车门大喊。许得怕引起居民围观,开车走了。他从后视镜看见母亲和妹妹已下楼,在楼口张望,她们忽然看见他的车,向这边追来。

路上许得问:"你怎么不见我妈?她天天在家烧香磕头,盼你平安回来。"

父亲说:"我谁也不想见,我想回家!"他说他最近常梦见母亲打他,打得他不敢回家,他在外边逛荡太久了,他要回家去。

许得说:"我婆去世几十年了,她怎么会打你?"他掏出一个新手机交给父亲说,"在老家有事叫我。"

父亲把手机扔出车窗:"我不要这些东西了,以后再也不用这些玩意儿了。"他说,"许得,回家吧,跟爸一起回家吧。"

许得说:"我不回家,我的事业才刚刚开始。"

玖拾玖

豆花从乡下回来,兴奋地说,她那个四合院好得很,他们的二人世界幸福得很,她不想离开这个家了。她说:"我想通了,我有家了,我不能忘了农民兄弟姐妹,我也是农民,我想把新市民服务中心的牌子挂到秦人居门口,秦人居在楼上免费为中心提供办公和聚会的场所,这是我对新市民的敬意。"

李奇和村民坐在门口聊天,聊的吃饭也叫不回来。一天他回来忽然说:"这不是我的家,我的家不是这个样子。"

豆花疑惑:"这就是你的家呀,这就是我们的新家呀。"

李奇说:"咱家门前有皂角树、拴马桩,后院有沙果树,这门前后院啥也没有。"

自从住到乡下,他一直说四合院好,天蓝地绿空气好,这是怎么了?是不是他想儿子了,她给李又奇打电话,让他回来。李又奇接到电话就回来了。听了母亲的叙说,李又奇问父亲:"乡下好不好?"他说好。李又奇又问:"这个家满意吗?"他说满意呀。

李又奇回城前给母亲说:"我爸好好的,你再别吓我了,钱不够了给我打电话。"

晚上，李奇说梦话："这里没有拴马桩，没有皂角树，也没有老碗会……"豆花给李又奇说了他爸晚上的梦话，李又奇说是不是他在农村住得久了，想回城里住。豆花对李奇说了李又奇的想法。李奇不愿回城里去。李又奇说："过去他接触多少人？要说多少话？现在没人找他，也没人找他说话了，这是孤独寂寞了。你带他出去转转，给他寻些事干干，可能会好些。"

李奇哪里会孤独寂寞，他天天往外跑，和乡亲谝得热火，吃饭也叫不回来。豆花给李又奇说："你爸说家门前没有皂角树、拴马桩，后院没有沙果树——"李又奇差人很快买了皂角树和沙果树，门前也安放了拴马桩。

栽树的时候，门口围了很多乡亲，评说这皂角树的年轮。有人问："这么大的皂角树，在哪挖的？这拴马桩是个老古董，后院那三棵沙果树明年就能结果了。"

李奇喜悦地说："这就是我的家，前后院和我的老家一模一样。"乡亲们没见过他的老家，无法和他的老家做对比，只说这皂角树有年岁了，小心这拴马桩被人偷去了。

过了一段时间，李奇又说这院子不像他的老家，老家院子只有门房和厢房，这个四合院到处是房子。豆花说："你再甭折腾娃了，难道你要把这四合院拆了，盖成你家原来的老房子！"李奇很不高兴。

豆苗又怀孕了，豆丫很吃惊，"这是谁的孩子？"

豆苗说："这不是南方客的。"

豆丫再问，她就不吭声了。豆丫和豆花商议帮助豆苗打掉这孩子。豆苗说："这个孩子不能打，我要把他生下来。"

豆丫说："你生下来咋办？一个姑娘家养着一个孩子。"

她说："我知道他是谁的孩子，他说一定会管的，他说等我生下来，他会给我买别墅，带我回家，要给我一笔款，我和这孩子一辈子也花不完。"

豆丫狠狠地打了豆苗一耳光："你清醒点！"豆苗站起来要走，豆丫拉不住，豆苗冲出门跑了。

新市民服务中心揭牌开张在即，豆苗的事豆丫没法管了。

这天，豆花带着李奇来了。姬天来了，说他爸不能来了。豆丫的乡亲大都来了，还来了很多农民工。秦人居门前锣鼓喧天，新市民服务中心的牌子挂在秦人居门头上格外醒目。李强说："新市民服务中心就是我们的家。"

中心下设技能培训中心、法律咨询和维权中心、合作互助社。街道办领导来了，给这个揭牌仪式增添了庄重的气氛。还没开始，老王拿出一串长鞭炮在萧何商店门口放起来，老韩急忙取出他的钻天炮，在韩信面馆门前冲上了天。

文化名流和领导站在中心牌子左右，主持人请豆花剪彩，豆花推豆丫上台。豆丫和街办领导上台剪了彩带，台上台下一片掌声。

豆丫听到这热烈的掌声，看着乡亲们期盼的笑脸，眼里闪着泪花说："我们……乡亲们，今天有了一个真正的家……"

忽然豆丫的手机响起，是女儿陈娅打来的。陈娅说："祝贺你的新市民服务中心挂牌，同时我向你报喜，我要结婚啦！"

豆丫问："他是哪里人？是本地人还是外地人？你快带他回来让妈看看。"

陈娅说："你认识……"

豆丫问："谁呀？"

陈娅说："许得……"

豆丫一阵昏晕，手机掉在地上，豆花扑上前扶住将要倒下的豆丫。远处传来得福一阵阵喊声："我要杀人，我要杀他狗日的，他畜生不如！我要杀了他……"

壹佰零壹

夕阳西下，断肠人在天涯。

豆丫昏睡了一天，她不知道自己怎么被人抬进秦人居的。人都说她是累的，豆花陪着她也说她是累了，让她好好歇几天。她张不开嘴给豆花说出实情。她起来说要去看舅，豆花不让她去。她说："我梦见我舅叫我呢，你让我去，我走出去心里就亮堂了，见到我舅，我就不难受了……"说着竟哭了，泪流满面。

豆花不知豆丫怎么回事，她不敢让豆丫一个人出去。她说："你去舅家我陪你。"

豆丫说："我好好的，我看我舅去，你陪啥呢？你让我一个人出去走走。"

豆丫向外走去，豆花扶门而立。望着远去的豆丫，她心里一阵慌乱，豆丫遇到什么难事了，让她这样痛苦不安？

豆丫跌跌撞撞走出城，面对空旷的田野，她放声大哭："我把女儿丢了……舅呀！我咋会把女儿丢了呢……我是一个失败者……"

一阵寒风中，飘来子衿的声音："人生漫漫路，不要用别人的罪恶承担你的又一次教训。积德无须人见，行善自有天知。面对周陵、面对先祖，请你迎风挺立，痛苦和泪水将会像雪花一般消散。"

豆丫赶到舅家时，子衿已经走了。

夜里，大雪覆盖了咸阳城，覆盖了子衿那座田野小屋，阳光下的周陵，显得特别的恢宏沧桑。

2021 年 5 月 7 日初稿

2022 年 12 月 25 日第五稿

后记

村子

我们村口有一条河叫肖河，我们村口有一道湾叫黄鼠腰湾，我们村口的几个土堆叫冢，我们村子有一段墙叫城墙——我们村子叫靳里村。我爷爷的爷爷、我爸和我，还有我的兄弟姐妹，都出生在这个村子里。

这个村子很小。最初只有一户人家，后来分为殷、王两家，后来有了数百户人家。

这个村子很大。有走不完的路。

想当年我从学校毕业回到村子，日落后，我常站在村口向南望，南边的那一片亮光，就是城市，那里是诸多人的梦想。为走出这个村子，多少年轻人的汗水和泪水湿透了衣衫。他们走了，又都会回来。年老者说这是他们的根，年轻人说这是乡愁。

这是一个古老的村子。

他们从陇西走到关中，横扫六国血染战袍，他们是大秦之子，却驻守在茂陵邑千年不悔。

清朝的殷提督（王化行）再次创造了村子的辉煌，他戎马一生，屡立战功，被康熙皇帝亲赐佩刀与匾额。他出外镇守边疆，为了父老乡亲在村子平安生活，他在村里打了一圈城墙。传说他嫁女，士兵和亲友喝干了亲家的井水。他生在这个村子，最终老在这个村子。他葬在村子东边，成群的石人石马成了乡亲永恒的记忆，他的名字成了村子的传说和骄傲。

那一年，有人盗了提督的墓。全村老少爷们提着家伙冲进了盗墓者的村子……

自从村子的记忆中有了殷提督，村里又出了很多杰出人物，有将军、教授、大医士、作家，还有"拾娃老婆"。印度大文豪泰戈尔到中国访问，村里有人曾是他的首席翻译。

小时候，我碰见疑难的字，就去找我五伯父。他把《红楼梦》的很多段落可以倒背如流。传奇的人物是我五婆，她说村子里四十岁以下的男人女子，都是她一手拾下（接生）的，她爱骂人，但村民却很敬她、爱她。她去世后，村民为纪念她，连放了三天电影。

这个村子很传统。

谁家有事全村人都会去帮忙，腊月三十下午，一拨一拨的后生去给先祖上坟烧纸，叫先祖们回来和家人一起过年。

除夕晚上，家家户户灯火通明，嬉闹声从屋里窜出来，那是谁家孙子又领到了丰厚的压岁钱；大年初一的凌晨，鞭炮齐鸣，谁家炮放得早，幸运就会到谁家。这一夜灶王爷也睡不成一个安稳觉——天亮吃了饺子，家里的晚辈就去给本族长辈拜年。正月十五下午送先祖们回去，十六晚上碰灯笼，捣蛋的小子专欺负那些胆小的女孩，碰着她们的灯笼嬉笑着跑回家，这年就算过完了。

烧火的门口家里一定添了新丁，谁家老人走了，村里相近的男人就会去祭奠，女人去了哭几声。老人的祭礼是很讲究的，祭奠的程序严谨而有礼数，大户人家的孝子队伍出了村，队伍的后尾还卷在家门口。传说我大伯他爸在四川去世，他为了让父亲落叶归根，千里迢迢，翻山越岭把父亲的遗体背回了村子。

这个村子依然保留着秦人的品性。

二十世纪六十年代，它是咸阳原上很是富有的村庄之一，小村唱大戏，在全县唱出了秦人的智慧和气魄。我和王玉芳、张学忠带着村子团支部五十名男女青年参加"五四兵团"，大战"宏土坡"，连续几次夺得共青团流动红旗。

那一次丢了流动红旗，我在老书记家里很难受。老书记说："靳里村不能输！"副书记王福荣连夜开拖拉机"夜袭"宏土坡，我们再次夺得流动红旗。那些年，村里的年轻人叫一伙来一伙，干劲冲天，一月修建一座水库。

后来，村里办起加工厂、油坊等企业，各队都有了拖拉机，村里规划庄基，村庄整齐划一，家家户户首次用上了自来水。

改革开放，农民分田到户承包了土地，天时地利人和，使整个村子插上了奔小康的翅膀，大部分村民有了自己的小车……

那一天，2019年初夏的那天，西安机场要发展，村子面临拆迁，为了国家建设，村民舍弃自己的利益，丢下祖辈留下的土地和家园，昂首走进了城里，他们是一代英雄，他们的举动感天动地……

村子在一夜间被夷为平地。他们走了又回来了，在废墟中寻找自己的家，炕头和厨房，找见了，就惊喜地招呼乡友来看，合影留念。老人们坐在自家的庄基地上，一坐就是一天，嘴里絮叨着遥远的故事。

有人搬进城里，见不到左邻右舍的乡亲就苦闷无聊，便有了忧郁之症。年轻人走进城里，一天到晚不回家，四处寻找创业的机会，要实现自己的发展梦想。

几年之后，谁还会记得这个村子？谁还记得他们？还有那个"拾娃老婆"……

我们村口有一条河叫肖河，我们村口有一道湾叫黄鼠腰湾，我们村口的几个土堆叫冢，我们村子有一段墙叫城墙，我们村子叫靳里村——